KB260820

아누스의 불꽃 ①

양창국 지음

야누스의 불꽃

양창국 지음

1

Janus' Flame

지구문학

　크고 작은 과학적인 발견·발명은 인류의 역사를 몇 바퀴씩 현대로 끌고 왔다. 불, 문자, 수레바퀴, 종이, 화약, 인쇄술, 증기기관, 전기, 컴퓨터······ 등 획기적인 발견·발명은 인류 문명을 한 단계씩 도약시키는 기폭제가 되었으며, 우리 생활에 명明과 암暗을 드리우며 역사를 바꾸어 왔다.

　원자력 에너지는 20세기 인류가 발견·발명한 것 중 가장 획기적인 것 중의 하나로, 1945년 '원자폭탄'이라는 무서운 파괴력을 가진 무기, 악마의 모습으로 인류 앞에 나타났다. 원자력을 평화적으로 이용하려는 R&D의 결과 인류는 현재 사용 가능한 에너지원 중 온실가스를 가장 적게 배출하는 원자력발전소의 개발에 성공하고 원자력을 천사의 모습으로 바꿔가고 있으나, 아직 첫 선을 보였을 때의 악마의 잔영을 다 벗지 못하고 반핵의 대상이 되고 있다.

　세계 2차 대전 후 강대국들 간의 흥정의 결과로 분단된 한반도의 남쪽, 대한민국과 북쪽, 조선민주주의인민공화국은 사상과 체재가 다른 만큼이나 원자력에 접근하는 방법도 크게 달랐다.

　남북한이 원자력을 개발하기 시작한 지 50년이 지났다.

　그 50년 동안 남한은 원자력 에너지를 전기 에너지로 바꿔 평화적으로 이용하는 원자력발전기술 개발에 힘써 왔으며, 북한은 국력을 집중하여 파괴적인 핵무기 개발에 매달렸다.

　남한은 해외에서 도입한 기술을 바탕으로 원자력발전소와 연구용 원자로의 건설·운영기술을 자립하고, 국내에서 쓰는 전력의 약 40%를 원자력 에너지에서 얻고 있으며, 세계 6위의 원자력 강국으로 발돋움하며, 그 기술을 수출하는 단계로까지 격상시켰으며, 북한은 핵확산을 막으려는 국제적인 압력을 벼랑 끝 전술로 맞받아치며 핵무기 개발에 매달리며 두 번의 핵실험을 강행하고, 세계 아홉 번째 핵보유국이 되었다고 큰소리를 치고 있다.

　원자력발전소 건설기술의 국산화를 본격적으로 추진한 1980년대 중반부터 지난 연말 아랍에미리트에 수출한 용량 140만 kw인 APR1400을 개발 완료한 2000년대 초까지 남한의 기술 개발 이야기와, 같은 기간 북한의 핵무기 개발 이야기를 묶어서 소설로 꾸며 봤다.

　그 기간 남한에서는 정권이 여러 번 바뀌었고, 기술 개발을 관장하는 정부 부처의 장관, 직접 기술 개발을 주관하는 한국전력공사를 비롯한 원자력 관련 기관장들도 여러 번 바뀌었다. 실무 책임자도 몇 번씩 바뀌었다. 정권에 따라 원자력에 대한 선호도가 달라 정책도 흔들거렸다. 정부 관련부처 간 사업 주도권 다툼이 끊임없이 이어졌으며, 원자력 관련기관간 밥그릇 싸움도 그치지 않았다.

　떼법을 앞세운 주민들의 민원이 그치지 않았으며, 공급자간 이권을 둘러싼 헐뜯기와 투서도 난무하였다. 반핵 세력의 저항도 거세었다. 그런 와중에도 기술 자립에 성공하여 우리 기술로 원자력발전소와 연구용 원자로를 건설·운영할 수 있게 되었으며, 수출까지 할 수 있게 된 것은 민주주의의 힘이 아닌가 생각된다.

　북한은 세계에서 그 유례를 찾아볼 수 없는 부자 세습, 유훈정치 등을 펼치며 최고 지도자의 일사불란한 지도 아래 핵무기 개발을 최우선 정책으로 밀어붙였다. 핵무기 개발에 참여한 전문가 집단도 거의 바뀌지 않았다. 북한은 핵무기비확산조약(NPT)에 가입, 탈퇴, 탈퇴 유보, 탈퇴 등을 되풀이하며 벼랑 끝 전술을 펼치고, 남북회담, 4자회담, 6자회담장에서 밀고 당기며 핵무기 개발을 위한 시간을 벌고 국제적인 제재를 뚫고 핵실험을 강행했다.

핵무기나 원자력발전소는 고도의 품질과 정밀성을 요구하는 현대과학기술의 총집합체이다. 또한 그 기술의 범위가 방대하며, 그 내용은 전문적이다. 기술 개발에 얽힌 이야기를 소설로 쓰다 보니 자연히 기술적인 내용을 기술하지 않을 수가 없었다. 원자력발전소 건설 관련 모든 기술을 다 다룰 수가 없어 A/E, 핵연료, 터빈 발전기 등 분야는 제외하고 원자력발전소의 건설·운영의 핵심기술 중의 하나인 원자로계통 기술 개발에 초점을 맞춰 소설을 썼다. 원자력 여러 분야의 기술 자립을 위한 기술자들의 노력을 다 보이지 못한 것같아 아쉬움이 크다. 줄거리를 구성하며 불가피하게 기술하게 된 기술적인 내용들은 원자력 관련 상식을 넓힐 수 있는 양념이라고 생각하고 아량을 가지고 읽어주시면 한다.

북한의 핵무기 개발 이야기는 실제 일어난 사건들의 순서를 따라가며 핵무기 제조를 위한 기술적인 내용까지를 가미하여 썼다.

북한은 시설 이름과 개발계획 등을 주로 숫자로 표시한다. 그 관례를 따르다 보니 숫자로 된 시설명과 개발계획이 끊임없이 등장한다.

남한에서는 기술 개발을 총괄한 한국전력공사(한전), 원로계통과 핵연료 설계 기술을 개발한 한국원자력연구소(KAERI, 연구소), 발전소 종합설계와 감리 기술을 개발한 한국전력기술주식회사(KOPEC, 한기), 핵연료 제조 기술을 개발하고 제조하는 한국핵연료주식회사(KNFC, 핵주), 원자력발전소 기기를 개발하고 제조하는 한국중공업(한중, 1990년대 말부터 두산중공업, 두중), 인허가 기술을 개발한 원자력안전기술원(KINS) 등 여러 원자력 관련 기관들이 기술 개발에 동참하였다.

기술 개발에 참여한 원자력 관련 기관들의 회사명은 실제로 불리는 대로 썼다. 이런 접근이 읽는 이에게 혼란을 줄 수도 있을 것도 같다.

사실을 바탕으로 글을 쓰다 보니, 실명 사용은 가급적 피했으나, 실존하는 몇 분들의 이미지가 일부 투영될 수도 있어 그 분들의 마음을 불편하게 해 드리지 않을까 저어된다.

필자는 50년 동안 원자력 분야에 몸담아 왔다. 원자력발전소 운영의 어려움을 소설로 쓴 장편, 《잊혀진 사람들》(1, 2권)에 이어 쓴 이 소설이 원자력 건설 기술 자립의 편린이라도 이해하는 데 도움이 되었으면 한다.

필자의 자문에 응해 주시고 자료를 제공해 주신 한국전력공사, 한국수력원자력주식회사, 한국원자력연구소의 여러 선배, 동료, 후배님들에게 감사를 드린다.

2010년 4월

저자 識

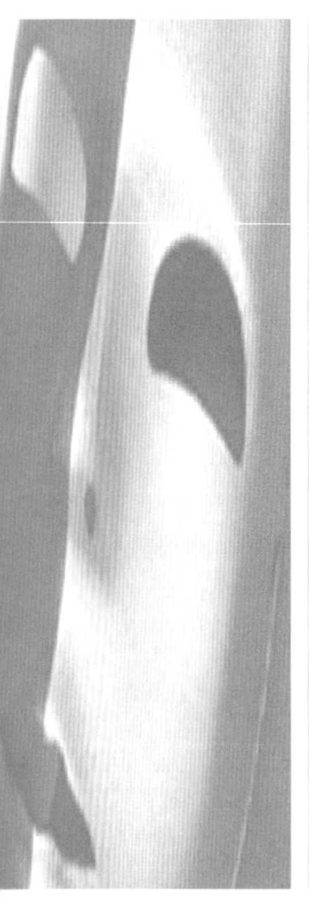

야누스의 불꽃 ❶

CONTENTS

Janus' Flame

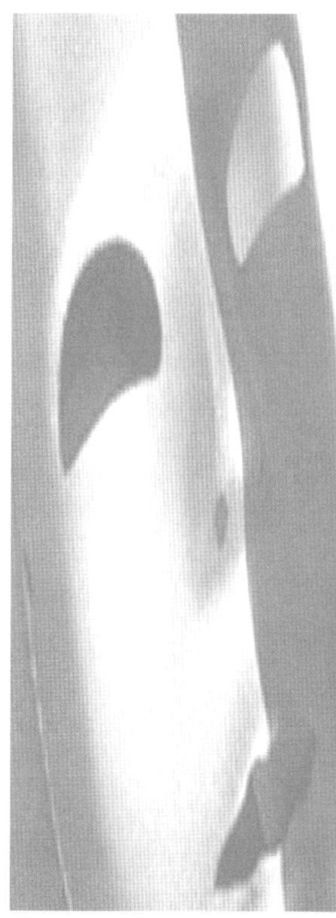

01

두 세계

2007년 8월 15일.

원자력공학과 겸임교수 박경호는 아침 일찍 더위가 기승을 부리기 전에 부지런을 떨며 한 시간 이상 공원을 산책하고 아파트로 돌아왔다.

찬물로 땀을 씻어내고, 거실로 나오며 아내 김선영에게, "오늘 광복절인데 태극기 달아야지, 태극기가 어디 있지?" 하고 물었다.

아내가 TV 밑 서랍장에 있다고 알려줬다. 그는 퍽 오랜만에 태극기를 손수 걸었다. 바람이 없어 국기가 깃봉에 축 처져 매달렸다.

그는 안락의자에 편히 기대앉아 탁자에 놓인 신문을 집어들었다.

노무현 대통령의 방북 관련기사가 첫 면을 도배했다.

그는 DJ가 평양을 방문했을 때 김정일이 서울 답방을 약속했었는데, 김정일은 안 오고 뭐가 아쉬워 노통이 선물 보따리를 싸들고 평양에 가는지 이해가 되지 않아 강하게 고개를 저었다.

'DJ는 5억불+α를 퍼주고 평양 출입증을 받아냈다는데, MH는 얼마 주고 가나?'

'북핵문제는 아무런 진전이 없는데, 노통은 경협 확대가 더 중요하단다. 핵문제는 어물어물 넘기고 그냥 퍼주고만 올 건가? 그것도 임기 말에……'

'핵이 얼마나 무서운데…, 핵 몇 방으로 남북간 힘의 균형이 깨지고, 일본은 핵무장을 하려 할 거고……'

28일째 맞는 파키스탄 탈레반의 인질사태 기사에 눈길을 주고 신문을 넘기자 나란히 실린 사진 두 장이 눈에 확 들어왔다.

〈집중호우로 침수된 평양거리〉와 〈개성 자금산여관에서 열린 남북 정상회담 준비 남북대표단의 상견례〉.

그 사진 밑에 ‘진보연대’와 ‘자유민주국민협의회’의 집회 소식이 나란히 실려 있다.

‘진보연대’는 오전 11시에 혜화동 대학로에서 ‘8.15 민족대회’를 열고 가두시위를 할 예정이며, ‘자유민주국민협의회’는 오후 2시에 종묘공원에서 ‘북핵 폐기 국민대행진대회’를 연 후 종로1가까지 행진을 한단다.

박경호는 특별한 스케줄도 없는데 그거나 구경할까 하며 읽던 신문을 무릎에 내려놓고 멍청히 창밖의 녹음을 쳐다보고 있을 때 애국가가 들려 왔다. 켜진 채 혼자 놀고 있던 TV에서 세종문화회관에서 열리고 있는 광복 62주년 경축식을 생중계하는 장면이 나왔다. 단상에 노무현 대통령 내외를 비롯하여 자주 언론에서 얼굴을 접한 3부요인들의 면면이 보였다.

노무현 대통령이 경축사를 낭독했다.

대통령은, 북한 핵시설 폐쇄라는 초기조치가 이행되고 있으며, 6자회담의 진전은 남북대화를 촉진함은 물론, 한반도의 평화체제를 수립하는 방향으로 발전하고 있다고 힘주어 말했다. 2주 후, 7년만에 김정일 국방위원장과 남북정상회담을 갖게 되었으며, 그를 계기로 정전체제가 평화체제로 전환되고, 남북이 함께 공조하는 한반도 경제시대가 열리며, 한반도는 명실공히 동북아 경제의 중심이 될 것이라고 역설하며, 국민들도 마음을 모아 ‘무엇은 안 된다’든가, ‘이것만은 꼭 받아내라’는 부담을 지우기보다는 큰 틀에서 미래를 위해 창조적인 지혜를 모아주기를 간곡히 당부하며, 정상회담에서 ‘욕심은 안 부릴 것’이라고 강조했다.

박경호는 북한이 6자회담을 질질 끌며 금강산 관광 수입, 개성 공단 임금, DJ 방북 때 바친 5억불 + α 등 남측에서 준 현금으로 핵개발을 하고 핵실험까지 강행하며 유리한 패를 쥐고 흔드는데, ‘욕심을 안 부린다’는 말이 설마 핵무기 폐기를 요구하지 않는다는 뜻은 아니겠지? 자문자답했다.

바로 광복절 노래가 흘러 나왔다.

"흙 다시 만져보자, 바닷물도 춤을 춘다……."

박경호는 광복절 노래를 따라서 불렀다. 고등학교를 졸업한 후 몇 십 년 만에 불러본다. 그는 아직도 가사를 외우고 있는 것이 신기했다.

그는 광복절 노래를 따라 부르며 나라 사랑하는 마음이 불끈 치솟아 콧등이 시큰해졌다.

청바지, 티셔츠, 운동화 차림의 박경호는 지하철 4호선 혜화역에서 전철을 내렸다. 힐끗 시계를 보니 11시가 조금 지났다. 그는 대회 개회시간에 늦은 것같아 부랴부랴 출구로 발걸음을 옮겼다.

지상으로 통하는 출구에 소속 단체의 깃발을 든 대학생, 청장년들이 끼리끼리 삼삼오오 모여서 웅성거렸다. 시위대들은 파란색, 하늘색, 고동색 티셔츠 유니폼을 입고 있었다. 유니폼의 등에 〈환영〉, 〈제2차 남북정상회담〉이라는 검정색 구호가 위아래 두 줄로 찍혀 있다.

박경호는 깃발에 적힌 단체명을 읽어 갔다.

양심수후원회, 울산지역 민주노총, 제5기 민주선봉대, 6.15 실천단, 서울대 6.15연석회의, 전국금속노조, 섬유노조, 애국한양대…….

박경호는 처음 들어보는 단체의 이름들에 눈이 커졌다.

참가자 숫자를 채운 그룹들이 깃발을 앞세우고 지상으로 올라갔다. 박경호도 깃발을 따라 지상으로 올라갔다.

사물놀이 패 30여 명이 문예회관 건물 앞 6차선 도로를 다 차지하고 꽹과리 소리에 맞춰 흥겹게 춤을 추고 있었다. 그들은 대학생으로 보였다.

〈환영 남북정상회담〉 대형 플래카드가 풍선에 매달려 무더운 바람에 나부꼈다. 도로 양편 가로수 사이사이에 플래카드가 펄럭였다.

〈남북 정상회담 환영, 전쟁 훈련 중지〉

〈신명나는 6.15 운동으로 희망과 번영의 시대를 열어갑시다〉

〈전쟁위기 조성하는 을지포커스 훈련 중지하라〉

〈통일의 이정표 6.15 공동선언 반포일을 국가기념일로〉

〈민족화해 가로막는 국가보안법 폐지되어야 합니다〉

플래카드의 구호를 보고 이질감을 느끼는 자신을 돌아보며 박경호는 '별 수 없는 보수골통이군' 하고 쓰게 웃었다.

혜화역 1번 출구에서 2번 출구 사이 100여 미터, 6차선 도로를 덮고 등받이에 번호표가 붙은 플라스틱 의자가 줄맞춰 놓여있다. 2000개는 넘어 보였다. 색색의 풍선을 든 시위대들이 소속단체의 깃발을 앞세우고 무리를 지어 지정된 좌석을 찾아가서 앉았다.

시위대들은 피켓을 흔들었다. 피켓에는 〈제2차 남북정상회담 환영〉, 〈FTA 국회비준 저지〉, 〈미군철수〉, 〈미선이 효선이의 한을 풀자〉 등이 쓰여 있다.

대형 트럭 위에 연단이 마련되어 있었다. 트럭 뒷면 입간판의 가운데 부문에 대회 명칭, 〈8.15 민족대회〉, 그 왼편에 〈우리는 하나요〉, 오른편에 〈통일이 됐어〉 라는 구호가 보였고, 구호 밑에는 한반도 기가 그려져 있었다. 대회 주최자는 '6.15 공동실천 남측위원회'.

무대는 단순했다. 무대 양쪽에 대형 앰프가 설치되고, 중앙에 북 등 몇 개 타악기가 놓여 있었다. 연단에 태극기는 보이지 않았다.

박경호는 시위대를 보며 서성이다가 예총회관 앞 보도에 설치된 가두전시장에 들렀다. 전시회를 구경하는 사람은 별로 없었다. 선군정치, 북한의 미사일 개발사, 북한의 각종 통계자료가 전시되어 있었다. 박경호는 전시물을 보며 그가 지금 어느 나라의 수도에 서 있는지 헷갈렸다.

하늘은 잔뜩 찌푸렸고, 대기는 무더웠다. 곧 비라도 내릴 것 같았다.

박경호는 임시로 가게를 열고 '한 병에 오백 원' 하며 생수를 파는 장사치들의 재빠른 상혼을 보며, '그들은 당장 빵이 급하지' 하며 고개를 끄덕였다.

11시 25분, 의자가 거의 다 찼다. 늦게 도착한 시위대들은 의자 뒤편 도로에 빙 둘러앉아 끼리끼리 소풍이라도 온 듯 웃고 떠들었다.

박경호는 기자라도 된 듯 무더위를 쫓으며 여기저기를 기웃거렸다.

11시 30분, 사회자가 무대 한 끝에 마련된 사회석에서 개회선언을 하였다. 국기에 대한 경례도, 애국가 제창도 없었다. 박경호는 '무슨 집회인데 국민의례도 없어' 하며 투덜거렸다.

백낙청 6.15 공동위원회 상임대표가 주위 분위기와 어울리지 않게 신사복에 넥타이차림으로 등단했다.

백 상임대표는 아프가니스탄 인질사태와 북한의 수해에 대해 위로의 말을 보냈다. 이어 평화통일의 초석이 될 남북정상회담을 환영하며, 동 회담에 임하여 우선 남북은 핵무기로부터 자유로워져야 하며, 남북은 한 사회임을 확인하고, 철도개통, 지역협력 강화 등으로 질적 양적 남북교류를 확대하며, 고려연방제, 낮은 단계의 통일논의를 심화하고, 서해해역의 공동이용 등 상호 신뢰구축 방안이 논의되어야 한다고 강조했다.

백 상임대표는 다시 국가보안법 폐기를 외쳤다.

좌석 앞쪽 몇 줄에서 박수가 터져 나왔다.

대회사를 하는 중에 하늘이 못 참고 비를 뿌렸다. 대회 진행요원이 잽싸게 연사에게 우산을 받쳐줬다. 우산과 우비를 준비해 온 시위대들은 허겁지겁 우비를 입고 우산을 폈다. 우비 장사가 기다렸다는 듯이 의자와 의자 사이를 비집고 다니며 우비를 팔았다.

백 대표의 열변이 비를 뿌리는 하늘로 흩어졌다. 시위대들은 옆자리에 앉은 동지들과 대화에 더 열중했다.

박경호는 비를 피하여 음식점 처마 밑으로 뛰어들었다. 음식점 안에 시위대들이 끼리끼리 모여앉아 식사를 하며 담소하고 있었다.

비가 멈췄다. 박경호는 다시 보도로 나왔다. 이어 등단하는 연사들의 연설 내용이 과격해졌다. 교통 신호등은 시위대가 도로를 점령한 사실도 모르고 규칙적으로 파란불, 빨간불을 교차하여 점멸했다.

공동결의문 낭독을 끝으로 30분 만에 대회는 끝났다.

사회자는 다음은 여흥 순서라고 했다.

박경호는 점심을 해결하려 뒷골목 식당가로 갔다. 젊은 연인들은 바로 몇 미터 저쪽 도로를 다 점거하고 외치는 시위는 딴 세상일로 치부하고 재잘거리며 한가하게 공휴일을 즐기고 있었다.

박경호는 시위대들로 북적대는 일식집의 겨우 한쪽 구석자리를 차지했다. 식사를 마친 박경호는 거리로 나왔다.

무대에 4인조 가수, 한복 차림의 여자 가수 3명과 농민복 차림의 남자 가수가 등장했다. 그들은 ‘통일의 노래’를 불렀다. 여자 가수들의 복장, 춤과 음색이 북한 TV에 나오는 가수와 너무나 닮았다. 꼭 북한 가수를 초청하여 공연하는 것 같았다. 여자 가수 가슴에 단 브로치가 멀리에서 보기에 김일성 배지같이 보였다.

시위대들은 무대에서 진행되는 여흥은 뒷전으로 하고 도로에 떼를 지어 앉아서 떠들며 도시락을 먹었다. 초라하게 보였다. 박경호는 도로에 퍼질러 앉아 식사를 하는 시위대 중에 내 아들딸이 끼어 있으면 어떤 기분일까? 하며 한숨을 쉬었다.

오후 한시, 시위대는 ‘남북정상회담 환영’ 상징물을 실은 차를 앞세우고 가두행렬에 나섰다. 그들은 전차선을 점령하고 구호를 외쳤다.

박경호는 모든 차선을 점령하고 행진하는 시위대를 보며, 통행을 방해받은 시민들은 무엇으로 어떻게 보상을 받아야 하나 생각하며 우울해졌다.

그는 다음 행선지, 종묘공원으로 가려고 전철역 지하도로 들어섰다.

박경호는 지하철 1호선 종로2가 역에서 전철을 내려 2번 출구로 나갔다.

그는 종묘공원 방향으로 도로변에 이중으로 주차된 앰뷸런스 차량행렬을 보며 눈이 커졌다. 차량 옆면에 ‘고엽제 전우회’ 표지가 선명했다.

가슴에 훈장을 장식한 군복차림의 경우회 회원들과 머리에 백발을 인 60, 70대의 노인들이 종묘공원을 향하여 줄지어 걸어갔다. 그는 혜화동 대학로에서 보았던 광경과는 너무나 다른 광경에 섬뜩해졌다.

‘보수’와 ‘진보’의 분열상!

박경호는 무리에 섞여 종묘공원에 다가갔다. ‘영광 대한민국’과 정수라의 ‘아, 대한민국’ 노래가 교대로 공원과 그 주위에 울려 퍼졌다. 귀에 익은 가요를 들으며 그의 가슴에 잔잔한 파문이 일었다.

군복차림의 경우회 회원과 평상복 차림의 장·노년들이 공원에 가득했다. 젊은이는 거의 눈에 띄지 않았다. 시위대들은 손에 손에 태극기를 들고 있었다.

종묘 정문 앞 빈터에 연단이 마련되어 있었다. 연단 뒷면에 설치된 〈북핵 폐기 북한해방 8.15 국민 대행진〉 입간판이 종묘의 정문을 가렸다. 주최측은 '반핵 반김 국민협의회'이었다.

박경호는 난생 처음 들어보는 단체명에 고개를 갸웃하며 단상을 올려다 보았다. 단상에는 정래혁 전 국회의장, 이상훈 전 국방부장관 등 눈에 익은 원로들의 얼굴이 보였다. 정장차림의 원로들은 통째로 더위를 몸으로 맞고 있었다.

단상에 태극기가 보였다.

단상을 중심으로 공원의 산책로를 따라 플라스틱제 의자가 빼곡히 줄을 맞춰 놓여 있었다. 앞줄부터 경우회 회원들이 질서 있게 자리했다. 뒷좌석은 일반 참가자들의 몫이었다. 박경호는 뒷자리에 앉아 아픈 다리를 달랬다. 주최측에서 그에게 종이 태극기 2개를 건넸다.

시위대들은 '북핵완전 폐기', '자유 민주통일', '선군정치 타파', '한미 FTA 비준 촉구', '친북좌파 끝장', '한미동맹 강화', 'TYRANNY ENDING' …… 등 문구가 적힌 피켓을 들었다. 시위대 일부는 피켓에 적힌 구호가 인쇄된 띠를 어깨에 둘렀다.

박경호는 손으로 햇빛을 가리며 대학로에서 본 구호와 완전히 다른 구호를 보며 심각하게 국론 분열이 노출된 현장에 서서 울화가 치솟았다.

'정치가 놈들이!'

그는 흥분을 가라앉히려 의자에서 일어나 나무 그늘로 갔다. 일부 참가자들이 햇빛을 피하려 의자를 들고 와서 앉아 있었다.

전투경찰들이 줄을 서서 시위대를 경호(?)했다.

박경호는 과격할 것으로 예상되는 대학로 집회에서는 보지 못했던 전투경찰을 종묘공원에서 보며, 이곳 집회에 전투경찰을 배치한 이유를 이해할 수가 없었다.

오후 2시 정각, 식전행사가 시작됐다. 구국기도에 이어 찬송가를 특송으로 불렀다. 오늘 집회는 기독교 단체가 주관하는 모양이다.

2시 30분, 사회자의 개회선언에 이어, 국기에 대한 경례가 이어졌다. 경우회 회원들은 거수경례를, 일반 시위대들은 왼쪽 가슴에 손을 얹었다. 군악대 반주에 맞춰 '나는 자랑스러운 태극기 앞에 조국과 민족을 위하여……' 멘트가 흘러 나오자 더위를 피해 우왕좌왕하던 시위대들이 숙연해졌다.

순국선열에 대한 묵념, 애국가는 4절까지 불렀다. 박경호는 정말 오랜만에 애국가를 4절까지 따라 부르며 목이 메고 눈시울이 뜨거워졌다. 보이지 않는 '조국'이라는 존재가 울컥 가슴을 울렸다.

박찬성 공동위원장은 개회사에서 임기 6개월도 안 남은 대통령이 남북정상회담을 하는 것은 대선전략이며, 대통령의 방북은 6.15 공동 선언을 위배하는 것으로, 수십 년간 계속해 온 을지연습을 연기하는 것은 굴욕외교라고 강도 높게 비난했다.

이상훈 전국방부장관은 대회사를 통하여 2004년 이후 2년여 동안 계속된 6자회담에서 얻은 것이 무어냐고 물었다. 그 기간 동안 북한은 핵개발을 완료하고 핵실험까지 마친 사실을 강조했다. 2.13 합의로 북한 핵시설의 운영이 중지되고, 국제원자력기구 사찰이 시작되고, 핵불능화가 논의되고 있으나, 이미 만들어놓은 11개 핵폭탄은 어떻게 할 것인가 물었다. 남북정상회담은 임기 5개월 남은 대통령이 국가간 의전도 무시한 대선 전략용으로, 평화선언을 한다는데 북한 핵은 놔둔 채 평화선언을 하는 것은 보수 세력을 다 죽이려는 폭거라고 주장했다.

여기저기서 "옳소" 하는 외침과 박수가 나왔다.

김정일과 친북세력에게 보내는 결의문 채택을 끝으로 대회가 끝나고 가두시위에 들어갔다.

박경호는 가두시위 참가자들에게 길을 비켜주고 공원 가장자리로 자리를 옮겼다. 그늘에서 몇 몇 노인들이 확성기에서 울려 나오는 절규를 외면한 채 장기와 바둑을 두고 있었다.

군복 차림의 경우회 회원 여덟 사람이 대형 태극기의 한 끝씩을 들고 앞장서고, 그 뒤로 유엔기, 태극기, 성조기를 한 폭에 그린 깃발을 든 회원들이 뒤따랐다. 전투경찰들이 가두시위 경계선 3차선을 따라 바리케이드를 쳤다. 손에 손에 태극기를 든 경우회 회원과 일반 시위대들이 애국가를 부르며 탑골공원을 향하여 질서 있게 행진했다.

반대편 차선으로 통행하던 차량들이 잠시 멈춰 서서 행진을 구경했다.

박경호는 노인들과 함께 보도를 따라 시위행렬을 따라가다가 지하철 역 입구에서 멈춰 섰다. 그는 더위를 참고 행진하는 것을 그만두고 지하철 구내로 들어갔다.

계단 입구로부터 노인들이 긴 줄을 섰다. 그는 '무슨 줄?' 하며 긴 줄을 따라 내려갔다. 줄은 매표소 앞까지 이어졌다. 경로 무임승차권을 받으려는 행렬이었다.

'나이 드신 어른들은 무엇을 위하여 땀을 흘리시나?'

박경호는 그가 상상했던 것보다 훨씬 심각하게 벌어진 보혁갈등의 현장을 벗어나며, "개새끼들" 하며 상대도 없이 욕설을 날렸다.

2007년 8월 15일 밤 9시.

북한의 지도자 김정일 국방위원장은 큰물로 철길이 끊겨 함경북도 홍남 75 휴양소에 16일째 머물며, 그곳에서 광복절을 맞았다.

만찬을 마친 김정일 국방위원장은 오른손에 코냑 잔을 왼손에 수해 피해 보고서를 들고 어둠에 싸인 동해 바다를 내려다보며 큰물 피해로 어려움을 겪고 있을 인민들에 대한 연민으로 가슴이 아팠다.

그는 평양에서 모사전송으로 보내온 보고서를 물끄러미 들여다보며 하늘이 내린 엄청난 재해에 이맛살을 찌푸렸다.

지난 7일부터 11일까지 대동강 상류와 중류에 역사상 최대인 542mm의 폭우가 내렸다. 만경대, 중구, 평촌 구역 등 평양의 일부거리가 2m까지 차올랐으며, 보통강 호텔 1층이 침수되고, 능라도 5.1 경기장도 침수되었다. 전국적으로 주택 8만 8천 가구가 붕괴되거나 침수되었으며, 이재민만 30만 명에 이른다. 인명피해도 300여명이다.

허천강, 부전강, 통천 1호 등 수력발전소와 공공기관 800여 곳이 침수되었으며, 500곳의 고압 송전탑이 유실되었다. 석탄 14만 4000톤이 유실되고, 탄광갱도 300여 개소가 무너졌다. 교량 54개소, 철길 100여 개소도 유실되었다.

벼, 옥수수 재배면적 약 10만여 정보가 유실되었으며, 약 40만 톤의 곡물 생산차질이 예상된다.

김정일 위원장은 코냑 잔을 창틀에 내려놓고 잠시 밖의 어둠을 노려보다가 큰물 피해보고서를 한 장 한 장 다시 넘겼다. 그는 이번 난국 타개가 1996년, 10년 전 큰물 피해 때보다 훨씬 더 어려울 것 같았다. 어두운 그림자가 그의 가슴을 뒤덮었다.

그는 큰물 피해보고서를 내려놓고 대남공작부에서 올린 남조선 동향보고서를 집어들었다. 노무현 대통령의 8.15 경축사 요약문, 야당의 반응, 8.15 민족대회 소식을 보고서에 담고 있었다. 보수단체의 집회 소식은 보고서에 없었다.

김정일 위원장은 보고서를 넘기며 차근차근 생각을 정리해 갔다.

'8.15 경축사를 하며 노무현은 28일 평양을 방문할 거라고 남조선 국민에게 자랑하며 최고위급 회담의 성과를 얻기 위해 무리는 하지 않겠다고 했다고? 그 친구 평양에 오기도 전에 무리하지 않겠다고 미리 꼬리를 내렸어? 아주 영리하군.'

'한나라당 친구들이 경축사에서 핵폐기 문제를 거론하지 않은 점에 발끈하며 내가 서울을 답방하기 전에 노무현이 평양을 찾는 것은 6.15 북남합의 위반이라고 트집을 잡았다?'

'보수 골통들이 그렇게 나오는 것은 당연하고.'

'미제국주의와 남조선 괴뢰정부가 합동으로 을지군사훈련을 강행하려고 하여 부산에서 북남 공동으로 개최키로 했던 8.15 공동축제에 우리 대표단 파견을 막았더니, 용기 있는 남조선 동지들이 아예 그 개최지를 괴뢰정부의 심장인 서울로 옮겨서 8.15 민족대회를 열었다? 북남 최고위급 회담을 대대적으로 환영하며, 도심을 휘돌며 널리 인민들에게 그 사실을 알렸다.'

'뜻 깊은 8.15 광복절에 서울에서 공화국을 지지하는 애국동지들이 도시 한복판을 누비며 시위를 벌였다! 우리의 최대 목표인 남조선 적화통일이 눈앞에 다가오고 있다.'

김정일 위원장은 보고서를 책상 위에 내려놓으며, 박봉주 내각총리의 우회적인 건의를 어떻게 처리할까 생각에 잠겼다.

내각총리는 큰물 피해가 심각한 현상황에서 최고위급 회담의 연기를 완곡하게 건의했다. 국제간의 신의를 하늘같이 여기는 지도자 김정일은 어둠을 응시하며 해법 찾기에 골몰했다.

두 손으로 뒷머리를 감싸 안고 깊은 사고의 세계에 빠졌던 김정일 위원장은 하늘이 내린 영명한 지혜로 일을 매듭지어 갔다.

'노무현이 8.15 경축사에서 평양에 와서 우리의 핵을 폐기하라고 떼쓰겠다고 공언을 하지 않는 것은 우리를 이해하려고 애쓴 흔적으로 보이고 ……, 내가 수십 년 동안 그렇게 공을 들여 개발한 핵탄두를 호락호락 포기할 수야 없지. 이번 만남에서 노무현의 발목을 잡고 경제원조나 더 받아내야지.'

'노무현더러 휴전선을 넘어 승용차로 평양에 오도록 허락한 마당에 그말을 뒤집을 수는 없고, 큰물로 끊긴 일부 개성－평양간 고속도로 복구를 위해 군을 동원하여 24시간 총력전투를 벌이고 있으나, 8월 28일까지 복구가 어렵다고, 대동강 물이 넘친 평양 시내의 청소도 그때까지 마치기 어렵고…'

'노무현을 평양에 부른 것은 인민들에게 나의 탁월한 통치력을 보이려는 것인데, 노무현이 예정대로 오면 아직 수해 뒷정리가 덜 끝난 고속도로와 평양이 그대로 TV에 노출되어 남조선 인민들에게 공화국의 치부를 보이게 된다!'

'최고위급 회담을 연기하자고 하면?'

'임기 말에 한 건 올려 그 패거리의 대선 승리를 노리는 노무현은 치적에 목말라 끌려오겠지. 남조선 야당들이 벌떼같이 정부의 무능을 비난할 것이고, 그렇게 되면 남조선에 있는 우리 동지들이 더 힘을 얻을 거고.'

‘최고위급 회담을 10월 초로 연기할까?’

‘내가 국방위원장으로 추대된 10주년, 핵실험 1주년, 노동당 창건 62주년 기념일과 때를 맞춰? 그러면 모든 행사에서 나의 통치력은 더욱 빛날 것이고, 최고위급 회담 연기를 우회적으로 건의한 내각총리와 내각은 그들의 의견을 받아준 나에 대한 충성심이 용솟음쳐 더욱 혁명 투쟁에 매진할 거고. 때를 맞춰 노무현이 평양에 와서 경제지원 보따리를 풀고 허허거리면 내 후광이 더욱 빛나겠지.’

‘최고위급 회담을 연기하자며 버텼다가 노무현이 아예 회담 자체를 무산시키면…. 노무현은 절대 최고위급 회담을 포기하지 않을 거다.’

‘면담의 시혜를 베푼 나에게 바칠 조공의 입금이 약간 늦어지겠으나, 최고위급 회담을 연기하는 척하며 애를 태우면 몸이 후끈 달아오른 노무현이 큰물 피해 복구용으로 더 많은 물자를 주겠다고 하겠지.’

전광석화와 같이 결론을 내린 김정일 위원장은 일을 매듭짓기 위해 북남 최고위급 회담 연락책을 맡아 그 임무를 탁월하게 수행한 김양건 통일선전부장을 바로 전화로 연결하도록 책임비서에게 지시하였다.

“김 부장 동지. 남조선에 최고위급 회담을 10월초로 연기하자고 연락해요. 노 대통령이 오늘 국민에게 28일 평양 간다고 신고까지 했으니 오늘 연기하자고 하면 노 대통령의 체통이 말이 아닐 테니, 통보는 금요일 오후 쯤 해요. 주말이면 남한 언론들이 쉴 테니 좀 조용할 거고.”

“네. 말씀 모시겠습니다.”

김정일 위원장으로부터 직접 전화를 받은 김양건 통일선전부장은 남조선의 언론 동향을 소상히 파악하고 남조선 대통령의 체면까지 배려하는 지도자 동지의 탁월한 혜안과 관대한 마음을 대하며 감격하여 목이 잠겼다.

김정일 국방위원장은 김인철 인민무력부장에게 전군을 총동원하여 큰물 피해와의 ‘15일 전투’를 성공적으로 마무리하도록 지시하고, 큰물 피해로 고생하는 인민을 걱정하며 잠자리에 들었다.

02
출발

1985년 5월.

한국전력공사 사장 박정규는 옷맵시를 추스르고, 수행비서가 전해 주는 서류 봉투를 받아 들고, 가슴에 달린 방문증을 다시 한 번 확인했다. 그는 직사각 봉투에서 각하께 보고할 문건을 조심스럽게 꺼내 다시 한 번 확인하고 부속실로 들어섰다.

"박 사장님, 기다리고 계십니다."

부속실장 손만수가 공손히 인사를 하였다.

"오랜만이요."

박정규는 손만수의 손을 잡고 흔들며 특유의 호탕한 웃음을 날렸다.

"각하께서 박 사장님이 육상연맹 맡은 것을 퍽 좋게 생각하고 계십니다. 올림픽에서 제일 메달이 많은 기초 종목이지만 우리나라는 불모지나 다름없잖아요? 제일 중요한 체육 단체인데 대중적인 인기가 없어 누가 잘 맡으려고도 안 하고."

손 비서관이 미리 정보를 주었다.

"그래요? 옛날 럭비를 하면서도 느꼈지만 달리기는 운동의 기본이지요. 각하께서 우리나라에서 제일 큰 기업체인 한전 사장이라는 막중한 자리를 맡기셨는데 보답을 해야지요. 그래서 모든 체육의 기본인 육상을 맡아 바로 세워 보려고 합니다."

"아주 잘 하셨습니다. 각하께서 기다리시니 들어가 보시지요."

박정규는 접견실에 들어서서 부동자세로 대통령을 기다렸다.
"박 사장 잘 있었나?"
대통령이 접견실에 들어섰다. 전기 불빛을 받은 머리에서 윤기가 났다.
"네 각하! 각하의 배려로 아주 잘 하고 있습니다."
"앉지."
대통령이 소파에 앉았다.
"네. 각하!"
박정규는 직각 자세로 앉았다.
"박 사장 활약이 많더군. 지난 2월 총선 때 많은 도움을 받았다고 당으로 부터 이야기 들었어."
"각하께서 베푸신 은혜에 비하면 아무것도 아닙니다."
"그래, 계속 당과 잘 협조하고, 박 사장도 알다시피 지난 총선에서 우리가 얻은 지역구 의석이 야당이 얻은 의석보다 적어. 겨우 전국구로 과반수는 넘겼지만."
"네, 죄송합니다."
박정규는 끔뻑 고개를 숙였다.
"박 사장은 할 만큼 했어. 김대중이를 풀어주면 김영삼이랑 합칠까? 서로 싸울까?"
대통령은 마음 속에 담고 있던 고민을 고등학교와 육군사관학교 후배인 박 사장에게 털어놓았다.
"김대중은 호남뿐만 아니라 서울에서도 인기가 대단합니다. 풀어주면 당 분간은 둘이 합치는 척하겠지만 다음 대선 때는 김영삼이나 김대중이나 둘 다 잘났다며 서로 상대에게 양보를 강요하며 깨어지겠지요."
박정규는 자신 있게 말했다.
"그렇겠지? 허문도는 반대하고 장세동이는 찬성하고 있어. 박 사장의 소신 있는 태도가 맘에 들어. 김대중이는 때를 봐서 풀어줘야겠지. 타이밍이 중요해."

대통령은 눈에 힘을 주며 말했다.

"그렇습니다. 가장 결정적일 때 극적으로 풀어줘야지요."

"그때까지 뜸을 들여야겠지. 음……. 박 사장은 정치를 맡고 있지 않으니 정치 얘기는 그만 두고 박 사장이 육상연맹을 맡았다며?"

"네. 우리나라에서 제일 큰 기업을 맡겨 주셨는데 내년 86 아시안 게임도 있고, 88 올림픽도 있는데 메달이 가장 많은 육상에서 뭔가 보여줘야지요. 금메달 한 개에 3억을 투자할 생각입니다."

"금메달 한 개에 3억이라?"

"네. 내년 아시안 게임을 대비하여 개최국인 우리나라가 중국은 어렵지만 일본은 눌러야지요. 그러려면 육상에서 뭔가 해 줘야 합니다. 그래서 뉴델리 때보다 네 개가 많은 금메달 일곱 개를 목표로 하고 훈련비로 20억 원을 책정했습니다."

"뉴델리 때의 두 배?"

"네. 대표단을 약 백 명, 정확히 구십팔 명으로 늘이고, 호주, 뉴질랜드, 멕시코 등지로 전지훈련을 보내 전력을 강화할 계획입니다."

"그래? 잘해 봐. 국영기업이라 돈 마련이 쉽지 않을 텐데."

"여러 기업에서 잘 도와주고 있습니다. 각하의 후광이 큽니다."

"허허허, 박 사장이 잘하고 있다는 보고를 여러 곳에서 받고 있지. 내 힘이 필요하면 주저 말고 이야기하고."

"네, 감사합니다."

"그래 오늘은 무슨 일로 왔나? 회사 일하는데 정부 친구들 간섭이 심하지?"

"아닙니다. 원자력 후속기 건설과 관련하여 사전에 결심을 받을 일이 있어서 찾아뵙게 됐습니다."

박정규는 미니 차트 판을 대통령이 보기 편하도록 그의 앞에 세웠다. 차트 판에는 마분지에 색깔을 넣어 정성껏 글씨를 그린 한 장으로 요약된 보고서가 끼워져 있었다.

"원자력 후속기? 공사비가 2조 9천억이나 든다고?"

대통령은 보고서를 위에서 아래로 훑어보며 눈을 크게 떴다.

"네. 계약을 해봐야 알지만 그 정도 들 것 같습니다."

"음, 경제수석과 미리 이야기해 봤나?"

"조금 전에 경제수석실에 들렀습니다. 마침 회의중이라 깊은 말은 못했습니다."

"앞으로 도움을 받을 일이 있을 테니 경제수석을 오라고 해야겠구먼."

대통령은 인터폰으로 사공일 경제수석을 불렀다.

"보고는 사 수석 오면 시작하고 한중 사장하다가 한전 사장으로 가니 어때?"

대통령은 믿을 만한 후배에게 사적인 질문을 던졌다.

"한중하고 한전은 비교할 수가 없습니다. 규모면에서도 그렇고 그 중요도에서도."

한국중공업 사장에 부임했던 박정규는 1년도 지나지 않아 한전 사장으로 영전했다.

"그래? 그래도 한중은 정인영이 큰맘 먹고 세운 회산데."

"네, 한중이 규모가 크기는 하지만 한전은 우리나라 전체 전력을 공급하는 회삽니다. 제가 한전 사장 가기 전에는 전기는 스위치만 켜면 그냥 들어오는 것으로 알았었는데 가 보니 그게 아니예요. 한전하면 보통 전봇대 올라가 전기 공사하는 이미지가 떠오르는데 들어가서 일해 보니 회사 규모만 큰 게 아니라 아주 고급 기술이 필요해요. 인재들도 많이 있고요. 일년 예산이 국방부 예산의 배는 되고. 원자력만 해도 사장으로 갈 때는 원자력은 위험하고 골치 덩어리라는 막연한 선입견을 가지고 갔었는데 내용을 알고 보니 생각보다 훨씬 안전하고 한전에 돈을 벌어주는 효자예요. 원자력을 안 했으면 별 수 없이 전기요금을 몇 십 프로는 올렸어야 했어요."

"박 사장이 그 동안 프로 원자력이 됐네."

"네. 일반적으로 원자력발전을 원자탄과 같은 것으로 생각하고, 저도 한전 사장으로 발령받고 임기 중에 원자력발전을 이용해서 원자탄을 만들어

볼까 생각했었는데 지금은 완전히 생각을 바꿨습니다.”

박정규는 젊은 시절 호형호제하던 대통령에게 편한 마음으로 말을 이어 갔다.

“어떻게?”

“원자탄 만들 때 쓰는 우라늄과 발전소에서 쓰는 우라늄이 완전히 달라요. 원자탄 만들 때는 90퍼센트 이상 농축한 우라늄을 쓰고 발전소에서는 3퍼센트 농축한 우라늄을 써요. 원자탄 만드는 우라늄은 마치 백 퍼센트 알코올 같아서 불을 붙이면 바로 불이 붙지만 발전소에서 쓰는 우라늄은 막걸리보다 훨씬 알코올 농도가 얇아 불이 붙지 않아요. 그래서 원자력발전소에 쓰는 핵연료로 절대 원자탄을 만들 수가 없다는 것을 알았어요. 폭발이 안 돼요.”

대통령은 그의 앞에서 당당하게 원자력을 선전하는 후배를 애정 어린 눈으로 쳐다보았다.

“원자력의 실상이 잘못 알려져 사회적으로 부정적인 시각이 많은데 회사 내부에서도 원자력하는 친구들이 따돌림을 받고 있었어요. 그런데 그 친구들 그런 환경에서도 소신도 있고 사명감이 대단해요. 저도 그 친구들의 열정에 결국 동화되고 말았어요. 실체를 알고 보니 원자력의 장점도 많고.”

그 때 사공일 경제수석이 “부르셨습니까?” 하며 접견실에 들어섰다.

“앉아요. 지금 박 사장한테 원자력 강의 듣고 있는데. 박 사장이 원자력 박사가 됐어.”

경제수석이 “아 ~ 네에” 하며 공손히 박정규의 맞은편에 앉았다.

“박 사장 계속 이야기해 봐요. 이 자리에 사 수석을 부른 것은 사 수석이 도와줄 일이 있을 것 같아서야.”

대통령이 사공일 경제수석을 쳐다보며 말했다.

“네, 힘껏 돕겠습니다.”

사 수석이 머리를 숙였다.

“감사합니다. 그럼 원자력 후속기, 원자력 11, 12호기 건설계획을 보고 드리겠습니다.”

박정규는 포인터를 꺼내 차트 상단의 제목을 짚었다.

"정부의 장기 전원개발계획에 의하면 원자력 11, 12호기는 각각 100만 kw급 발전소로 1995년과 1996년 준공 목표이며 전남 영광에 건설할 계획입니다."

"전남 영광에 건설한다고?"

5.18 광주 사태를 주도하고 마음에 짐을 안고 살아가던 전두환 대통령은 전라남도에 큰 국책사업을 벌리겠다는 박정규의 보고가 마음에 들었다.

"네, 전남 영광에. 원자로형은 고리, 울진, 영광에 있는 원자력발전소와 같은 타입인 가압경수로입니다. 공사비는 계약을 해야만 정확한 공사비를 알 수 있겠습니다만 대략 3조원이 예상됩니다."

"원자력 11, 12호기면 우리나라에 원자력발전소가 벌써 10기나 있나?"

대통령이 보고를 끊었다.

"네. 고리에 4기, 월성에 1기, 영광에 2기, 울진에 2기 해서 아홉 기가 운전 또는 건설 중입니다만 당초 월성에 2호기까지 건설할 예정이었으나 차관문제로 2호기가 취소되는 바람에 연이어 발전소 이름을 붙이다 보니 다음에 지을 발전소가 원자력 11, 12호기가 됐습니다."

"울진이 불란서에서 들여온 거지?"

"네, 고리 1, 2, 3, 4호기, 영광 1, 2 호기 등 여섯 기는 미국 웨스팅하우스에서 들여왔으며, 월성은 캐나다에서, 울진은 불란서에서 들여왔습니다."

"월성이 인도에서 핵무기를 만든 원료를 제공한 원자력발전소와 같은 발전손가? 에이디디(주 : 국방과학연구소) 친구들한테 들은 것 같은데."

대통령이 아는 체하였다.

"네, 그렇습니다. 인도는 캐나다에서 들여온 원자로에서 타고 난 연료를 재처리하여 플루토늄을 얻어 원자탄을 만들었다고 합니다."

"그럼 우리 월성에서도?"

"국제원자력기구의 감시가 심해 거의 불가능합니다. 일전에 월성에 가서 보고를 받았는데 국제원자력기구 감시 장비가 20개나 달려 있답니다."

"20개씩이나?"

대통령은 차트에서 눈을 돌려 창밖의 신록을 물끄러미 내다보았다. 미국으로부터 정권의 정통성을 얻어내기 위해 핵무기 개발계획을 포기했던 아픈 기억이 머리를 스쳐갔다.

쿠데타로 정권을 잡은 전두환 정부는 미국으로부터 정권의 정통성을 보장받는 조건으로 미국의 요구를 받아들여 핵무기 개발계획을 포기하고, 그 증표의 하나로 '한국원자력연구소'의 이름을 '한국에너지연구소'로 바꾸고, 사용후 핵연료에서 플루토늄을 추출하는 공정인 '재처리' 라는 단어까지 쓰지 못하도록 하였다.

* 주 : 1981년 1월 한국원자력연구소 명칭을 한국에너지연구소로 개칭하여 사용하다가, 1990년 1월 다시 원자력연구소로 환원하였다. 본 소설에서는 원자력연구소라는 이름을 전편에 그대로 사용한다.

"박 사장이 원자력 전문가가 다 됐군. 계속 해 봐."
대통령이 창밖에 두었던 눈길을 후배에게 돌렸다.
"네 지금까지 원자력발전소 건설은 외국 업자가 책임을 지고 하였으나 이제 원자력발전소를 아홉 기나 지어 봤으니 원자력 11, 12호기 건설을 계기로 기술 자립의 기틀을 삼을까 합니다."
"기술 자립?"
"네. 원자력 11, 12호기 건설계약 때 기술을 전수 받고 익혀서 다음 호기부터는 우리 기술로 건설할 계획입니다. 그러기 위해 국내 전문기관을 선정하여 외국 업체들의 하청계약자로 하여 기술을 전수 받게 하는 겁니다. 총 공사비 2조 천억 원 속에는 기술 전수 비용 1천억 원도 들어 있습니다."
"기술 도입비가 1천억이라…. 경부고속도로 건설에 450억이 들었는데 원자력발전소 두 개 짓는 돈이 경부고속도로 짓는 돈의 몇 배야? 기술 전수 비용만 1천억, 잠실 올림픽 주경기장 건설비용이 500억 든다고 보고받았는데 기술 전수비용만 그 두 배라?"
"네. 원자력발전소는 고도의 기술집약적인 시설이며 안전을 위해 그 품질이 생명이므로 운동장 건설이나 고속도로 건설과 그 비용을 비교할 수는 없습니다."

박정규가 소신 있는 목소리로 말했다.

"손목시계 값과 벽시계 값을 비교하지 말라는 말인가?"

"네, 죄송합니다."

"외국 회사가 쉽게 기술을 주려고 할까?"

"요새 원자력 신규 발주가 뜸하여 업체간 경쟁이 치열하므로 가능하리라 확신합니다."

박정규는 '확신'에 힘을 실어 말했다.

"박 사장이 확신한다면 그렇게 되겠지. 차트를 보니 사업을 맡는 국내 기업으로 한국중공업, 한국원자력연구소, 한국전력기술주식회사, 한국핵연료주식회사 등이 있는데 한국중공업과 원자력연구소는 알겠는데 나머지 두 회사는 어떤 회사야?"

"두 회사 다 한전 자회사입니다. 한국전력기술주식회사는 발전소 종합설계와 감리회사이고, 핵연료회사는 핵연료를 만드는 회삽니다."

"핵연료를 우리나라에서 만든다고?"

"네. 아직은 만들지 못합니다만 지금 대덕단지에 공장을 짓고 있습니다. 3년 후 준공 예정입니다."

"그래? 핵연료를 핵연료회사에서 만든다? 원자력연구소에 들렀을 때 거기 소장이 연구소에서 만든다고 했는데."

"네. 연구소에서는 월성에 쓰는 연료를 만들 계획입니다. 핵연료주식회사에서는 경수로, 고리 영광 울진에서 쓸 핵연료를 만들 계획입니다."

"한 기관에서 만들면 더 낫지 않나?"

"연구소는 연구소로 할 일이 있고 발전소용 핵연료를 만드는 것은 비즈니스, 사업입니다. 그래서 주식회사를 만들어 그 일을 맡겼습니다. 그러나 연구소와 핵연료주식회사의 긴밀한 협조를 위해 공군 대령 출신 한철우 박사가 소장과 사장을 겸임하고 있습니다."

"연구소 들렀을 때 한 박사한테, 한 박사라고 했지? 재미나는 이야기를 들은 기억이 나는군. 연구소와 핵연료회사를 같이 경영해야, 뭐라더라 무슨 인력이라고 했는데 그렇게 돼야 필요시 그 인력을 활용하여 핵을 만들 수 있다고."

"네. 임계인력입니다. 핵개발을 위해서는 일정 수준의 고급 기술자 확보가 필수적입니다. 그래서 이번 기술을 전수 받을 때 가장 핵심기술인 원자로계통 설계와 핵연료 설계기술은 원자력연구소에서 받도록 할 예정입니다."

"그래? 그럼 언제나 기술 자립이 되지?"

"이번 원자력 11, 12호기가 끝날 무렵 1995년에 95% 기술 자립 목표를 세웠습니다. 그 다음 후속기부터는 우리 기술로 원자력발전소를 세우는 것입니다. 10년 내에 우리 기술을 해외에 수출도 할 수 있을 겁니다."

"해외 수출까지 한다고?"

"네. 그래서 이번 입찰평가를 할 때 기술 전수를 잘 안 해 주겠다는 회사는 아예 자를 생각입니다. 비록 돈을 좀 싸게 써넣더라도."

"그럼 정치적으로 문제가 될 수도 있을 텐데요."

사공일 수석이 나섰다.

"네, 그래서 각하께 먼저 보고 드리는 겁니다. 국회에서도 시비를 붙을 수 있고 감사원에서도 시비 붙을 수가 있습니다. 각하! 우리나라 에너지 사정을 볼 때 에너지 해외의존도는 계속 높아지고 있으며 석유는 값도 문제지만 30년만 지나면 석유자원이 고갈됩니다. 강원도에서 무연탄이 생산됩니다만 질이 떨어지고 물량이 많지 않아 크게 기대할 수가 없습니다. 전력 수요는 매년 10%씩 늘어나고 있습니다. 매년 3백만 킬로 와트씩 새 발전소를 지어야 하는데 새 발전소에 쓸 석탄도 기름도 다 해외에서 사와야 합니다. 원자력은 핵연료를 국내에서 만들게 되면 우라늄만 사다 국내에서 만드니 준국산 에너집니다. 원자력에 대한 반대도 일부 있습니다만 에너지 수급의 먼 장래를 생각하여 반대를 극복하고 원자력발전소를 계속 건설하여야 합니다. 그런데 원자력발전소를 지을 때마다 외국에서 비싼 돈을 주고 기술을 계속 사올 수만은 없습니다. 우리 기술자들의 능력은 탁월합니다. 각하께서 용단을 내리시어 원자력 기술 자립에 앞장 서주시면 우리 기술자들은 원자력 기술 자립을 달성하고 해외에도 수출할 수 있습니다. 그래서 이번 입찰에서 값만 싸게 내고 기술 전수에 소홀한 업체는 자를 생각입니다. 좀 시끄럽겠지만 기술 자립을 위해 감수해야 하는 과제입니다. 그래서 각하께 미리 그 사정을 말씀 드리는 겁니다.”

박정규는 강한 신념을 담아 열변을 토했다.

“박 사장 말은 알아듣겠고, 사 수석, 문제없겠소?”

“외국 업체가 이번 한 번 프로젝트를 하면서 기술을 다 주려고 할지 의문입니다.”

“사 수석님. 좀 전에도 말씀 드렸습니다만 지금 원자력 시장은 철저한 바이어스 마켓입니다. 그 점은 염려 안 하셔도 됩니다.”

“기술 자립은 아주 좋은 착상인데 미국에서 딴소리 안 할까? 원자력연구소에서 개발하던 기술개발을 막으려고 미군 철수까지 거론했던 친구들이.”

“우리가 자립하려는 기술은 핵무기 만드는 데 전용할 기술이 아니라 원자력발전소 건설을 위한 기술입니다. 원자력을 평화적으로 이용하려는 기술이지요. 미국 벤더들도 못 팔아먹어서 안달입니다. 미국 정부도 적극 협조할 거고.”

“발전소를 팔아먹는 것은 그렇지만 기술 전수는?”

사 수석이 고개를 갸웃했다.

“평화적인 이용 기술이니 미국도 반대할 수 없습니다.”

“그래? 그런데 기술 전수 비용이 천억씩이나 들어?”

“네 도입할 기술 종류가 아주 많기 때문입니다. 그래서 기술 전수 비용을 조금이라도 줄이려고 이번 기술 전수는 돈을 받고 할 예정입니다.”

“돈을 받고 기술 전수를 받는다?”

“네. 우리 기술자들을 외국 업체에 보내 일년쯤 돈을 주고 그쪽 기술을 익히게 하고, 그 다음 우리 기술자들을 우리 발전소 설계에 직접 참여시키고 일한 대가를 받는 겁니다.”

“그게 되겠어?”

“제가 몇 회사에 알아 보니 그런 조건을 받아들이겠답니다.”

“그럼 누가 사업을 책임지지요?”

사 경제수석이 나섰다.

“각 외국 업체가 한 설계에 대하여는 외국 업체가 져야지요. 우리 기술자는 외국 계약자의 컨트롤 하에 설계에 참여하고요.”

경제통인 사공일 경제수석이 미간을 찌푸렸다.

“박 사장 자신 있어? 원자력같이 중요한 분야에 기술 자립이라, 당연히 해야지.”

대통령은 박 사장의 말을 뒷받침하며 사 수석의 회의적인 제스처를 잠재웠다.

“네. 자신 있습니다. 믿고 밀어 주십시오.”

“그럼 박 사장 믿고 그렇게 결정하지. 사 수석, 박 사장 잘 밀어 줘요. 정부에서도 딴죽 걸 수도 있고, 감사원에서도 말이 있을 수 있고, 사 수석은 내가 결정한 일이라고 미리 알려주고.”

“네, 그렇게 하겠습니다. 박 사장과 긴밀히 협조하겠습니다.”

사 수석이 부동자세를 취했다.

“각하께서 오늘 내리신 용단은 우리나라 에너지 자립의 초석이 될 겁니다.”

박정규가 최상의 아부를 하였다.

“그건 그렇게 결정됐고, 몇 회사나 입찰할 것 같나?”

“네. 미국, 불란서, 독일, 영국 등 회사에 입찰안내서를 보낼 예정입니다.”

“그럼 또 대사들이 나서서 귀찮게 하겠구먼.”

“그보다 더 높은 선에서 움직일 겁니다. 정상들이 나설 수도 있고.”

“얼마 전 불란서 수상이 왔을 때 잘 봐달라는 말 들었어. 지난 달 미국 갔을 때도 은근히 청탁을 받았고. 건설은 누가 하나?”

“지금까지 현대가 주로 했습니다.”

“건설 공사비가 1조쯤 된다고? 국내 공사 중 제일 크겠구먼. 결정할 때 미리 말해.”

　“네, 우선 외국 기술도입 업체를 선정한 후 할 겁니다. 내년 쯤 될 겁니다. 미리 보고 드리겠습니다.”
　“앞으로 사 수석과 잘 협의하고 국회, 정치권과도 미리 이야기해.”
　“네. 분부 받들겠습니다.”
　“원자력 기술 자립이라? 정말 멋진 아이디어야. 박 사장다워. 핵심기술 자립을 원자력연구소가 맡는다고, 거기 박사급이 몇 백 명 된다고 하던데.”
　대통령은 잠시 말을 멈추고 허공을 응시했다.
　“북쪽 친구들도 핵을 평화적으로 이용한다는데 시비 붙을 수 없을 거고, 기술 자립이 되면 그때….”
　대통령은 “핵무기 개발이 가능한 거지?” 라는 뒷말을 삼켰다.
　“참 일간 재용이 엄마가 보고 싶다고 하던데, 곧 초대할 거야.”
　대통령은 말머리를 돌리며, 경제수석 앞에서 박정규 사장과 개인적인 친분을 강조하며 경제수석이 박정규 사장을 적극적으로 돕도록 간접적으로 압력을 넣었다.
　“네 영광입니다 각하. 각하의 이번 결정은 우리 에너지 청사에 길이 빛날 겁니다.”
　박정규 사장은 90도로 허리를 굽혔다.
　대통령은 정이 듬뿍 담긴 눈으로 당찬 기술 자립 계획을 진언하는 후배를 건너다보았다.

　“이 부사장. 각하께 보고 잘 됐어요. 우리 계획대로 진행해요.”
　박정규 사장은 경제수석실에서 사공일 경제수석과 차를 마시며 담소를 나누다가 여비서가 건네주는 전화기를 들고 득의에 찬 목소리로 말했다.
　“네, 사장님 바로 입찰안내서 결재 올리겠습니다.”
　“나 사 수석님과 좀 더 협의하고 갈 테니 수고해요.”
　박정규 사장은 자신이 경제수석과 맞먹는 실세임을 부사장에게 과시하고 전화를 끊었다.

이정현 부사장은 여비서에게 송창수 신규사업처장에게 연락하여 즉시 태스크포스팀을 회의실에 모이도록 지시했다. 한국전력은 원자력 11, 12호기를 추진하며 사장 직속 기구로 신규사업처를 신설했다.

그는 TF팀이 모이는 동안 잠시 휴식을 취하며 팔짱을 끼고 창밖을 내다봤다. 영동대로 12차선 도로 너머에 우람하게 서 있는 코엑스 빌딩과 무역회관이 눈에 들어왔다.

'정말 10년이면 강산이 변하네……'

이 부사장은 영동대로를 가득 메운 차량의 행렬을 내려다보며 15년 전 고리 1호기 건설현장에 처음 부임했을 때 허허벌판에 서서 황당해 했던 장면이 떠올랐다.

그는 대학에서 전기공학을 전공하고 한국전력에 입사하여 화력발전소에서 근무를 하다가 고리 1호기(주 : 부지 : 경상남도(현 부산광역시) 기장군 장안면 고리, 1971년 착공하여 1978년에 준공, 시설용량 587,000kw인 우리나라 최초의 원자력발전소) 건설 시작과 함께 원자력 분야로 옮겨 원자력 분야 주요보직을 역임하고 부사장으로 승진하였다.

'선발대로 고리 현장에 내려갔을 때 사무실도 없어 여관 방 두 개를 빌려 썼었지……'

'주민들은 불도저 앞에 드러누워 건설 현장에 들어가지 못하도록 막고…, 여자들은 가슴 근처에만 손이 가도 성희롱이라고 고함치고……'

'그때 무슨 깡으로 데모대와 불도저 사이에 누우며 객기를 부렸지? 그 바람에 주민들이 주춤하고 협상이 시작됐지만…'

'웨스팅하우스, 지이씨 치들(주 : 고리 1호기 주계약자 미국 웨스팅하우스사, 터빈과 발전기 계약자 영국 GEC사) 당시 우리나라에서 제일 좋은 부산 극동호텔에 투숙시켰는데도 시설이 나쁘다고 투덜대고, 포장이 안 된 해운대 길을 출퇴근하며 길이 나쁘다고 투덜대고, 출퇴근 시간까지 다 근무시간으로 카운트하고……, 그치들 일당이 내 한 달 월급보다 많아 속상했었는데…, 40평이 넘는 호화판 사택을 지어 달라며, 수영장은 필수. 180리터짜리 냉장고를 사줬더니 그게 냉장고냐고? 450리터짜리 사내라고……, 시원한 바다가

보이게 사택을 지어 줬는데도 에어컨 사내라고 조르고.'

'핵심 기술 이야기할 때는 우리 기술자를 다 몰아내고 자기들끼리만 모여 숙덕거렸지…, 기기 설치도 비밀스럽게 자기들끼리만 했고. 우리 돈 주고 발전소 지으면서 정말 어이없고 분했었지.'

'우리들이 조금씩 알아가니 그 치들 태도가 바뀌기는 했지만, 아주 사소한 것만 물어봐도 계약서에 쓰여 있지 않으면 돈 내라고……. 정말 힘든 세월이었지. 그런데 이제 기술 자립이라……'

이 부사장은 원자력을 하며 보낸 지난 15년 세월을 떠올리며 코끝이 시큰해졌다.

'이제 공직생활이 일년도 안 남았네. 20여년 근무한 전력회사를 떠나는 기념으로 최선을 다하여 기술 자립의 기틀을 마련해 주고 떠나자.'

이 부사장은 무역회관 건물의 수출 성장률을 상징하는 커브를 올려다보며 10년을 바라보는 원자력 기술 자립의 기초를 제대로 닦아 원자력 분야도 저 수출탑의 한 축을 차지하도록 해야겠다고 다짐했다.

"부사장님 회의 준비됐습니다."

신규사업처 사업부장 박경호가 노크를 하고, 집무실 문을 열고 들어서며 보고했다.

1985년 7월 10일.

"지도자 동지께서 부르신 동지들이 다 모였습니다. 안으로 드시지요."

이승기 노력영웅이 3호 청사 김정일의 집무실 대기실에 들어서자 책임비서가 대기실에서 기다리던 일행을 둘러보며 말했다.

오진우 인민무력부장이 앞장서고 허담 외교부장이 그 뒤를 따랐다.

"어서들 오십시오."

팔짱을 끼고 창밖을 내다보고 있던 지도자 김정일이 일행을 반겼다.

지도자 김정일이 상석에 앉고, 그 왼편에 일렬로 오진우 인민무력부장, 전병호 군수담당비서, 리지찬 전력공업부장, 최영림 중앙검찰소 소장, 김광범 평양원자력연구소 소장이 앉고 그 반대편에는 허담 외교부장, 전금진 통일전선부 부부장, 김창호 국가과학기술위원회 위원장, 이승기 박사가 앉았다.

"이 선생, 영변에서 오시느라 고생 많았지요? 오늘 이렇게 모인 것은 이미 책임비서에게 들었겠지만 지난 해 어버이 수령님께서 소비에트 연방공화국을 방문했을 때 수령님께서 체르넨코 서기장과 최고위급 회담을 하시면서 우리 공화국에 원자력발전소를 짓는 데 도움을 요청하셨어요. 그때 체르넨코 서기장이 기꺼이 지원을 약속하시면서 핵무기전파방지조약(주 : NPT, 우리용어: 핵무기확산금지조약)에 가입하도록 조건을 달았어요. 허 부장이 그 때 수행했으니 상황을 간단히 설명하시오."

지도자 김정일이 허담 외교부장에게 눈을 돌렸다.

"네, 지도자 동지. 항상 인민을 생각하시고 인민의 생활 향상을 위하여 전기의 필요성을 누구보다 잘 알고 계시는 위대하신 어버이 수령님께서 소련 연방 최고 간부회의 의장이신 콘스탄틴 체르넨코 서기장과 최고위급 회담 자리에서 원자력발전소 건설을 지원해달라고 말씀하셨습니다. 체르넨코 서기장께서는 기꺼이 원자력발전소 건설지원을 약속하시면서 원자력발전소에서 나오는 타고난 연료를 핵무기 만드는 데 돌려 쓰지 않겠다는 증표로 핵무기전파방지조약에 들라고 권하셨습니다. 수령님께서는 귀국하는 대로 검토하여 알려주시겠다고 답하셨습니다. 최고위급 회담 중 따로 열린 각료급 회의에서 소련측은 미제들이 영변 핵시설을 인공위성으로 일일이 감시하고 있으며, 영변 핵시설이 핵무기 제조에 쓰일 수도 있다며 우리의 우방 소비에트공화국에게 강하게 우려를 표시하고 있다고 전해 줬어요. 지난 몇 달간 소련측과 원자력발전소 건설 문제의 협의가 잘 진전되어 이제 핵무기전파방지조약 가입에 대한 우리의 입장을 정리할 단계가 된 것 같습니다. 지난 3월 취임한 고르바초프 신임 서기장께서도 지난 해 체르넨코 서기장과 어버이 수령과 합의사항을 성실히 지킬 거라며 굳게 약속하셨습니다."

허담 부장은 존경을 가득 담은 눈으로 지도자 김정일을 올려다보며 말을 마쳤다.

"그래요. 오늘 동지들을 모은 것은 우리 당과 인민을 위하여 어떤 방안이 가장 좋은지를 토의하고 결정하여 수령님께 보고하기 위한 겁니다.”

지도자 김정일은 담배갑을 만지작거리며 말을 이어갔다.

“이 선생, 핵무기 전파방지조약에 가입하면 지금 우리가 추진하고 있는 핵개발계획에 어떤 영향이 있는지 말씀해 주시지요.”

지도자 김정일은 조용하나 저력이 있는 목소리로 이승기 박사를 쳐다보며 물었다.

“네. 국제원자력기구에 모든 핵시설을 공개하고 검열(우리 용어 : ‘사찰’) 을 받아야 하므로 우리 핵활동이 세상에 다 알려집니다.”

이승기 박사는 70대 나이에 비하여 당찬 목소리로 보고했다.

“우리가 비싼 자금을 들여 해온 모든 계획이 다 알려진다는 말씀이지요?”

“네, 지도자 동지. 모두 보고하고 검열을 받아야만 합니다.”

“수령님이 혼신을 기울여 추진하는 핵개발계획이 물 건너간다는 말이지요?”

지도자 김정일의 안광이 빛을 발했다.

“그럴 수도 있습니다.”

“이 선생, 지금 어느 정도 핵개발 준비가 되어 있는지 여기 모인 분들이 알아듣도록 쉽게 말씀해 주시지요.”

지도자 김정일이 노력영웅 이승기를 건너다보며 말했다.

“어떤 준비가 되었는지 말씀 드리기 전에 핵무기를 개발하려면 무슨 준비가 필요한지 먼저 말씀 드리겠습니다.”

노력영웅 이승기는 긴장하여 목소리가 가볍게 떨렸다.

지도자 김정일은 고개를 끄덕이며 동의를 표했다.

“핵무기를 만들려면 우선 핵물질이 있어야 합니다. 핵물질로 일본 히로시마에 떨어진 원자탄에 쓰였던 고농축우라늄이나 나가사키에 떨어진 원자탄 원료인 플루토늄을 확보하여야 합니다. 자연에 나는 우라늄은, 좀 전문적인 이야깁니다만, 동위원소 우라늄-235가 0.7% 들어있고, 우라늄-238이 99.3% 들어있는데 우라늄-235는 핵분열을 잘 일으키나 우라늄-238은 핵분열을 잘 일으키지 않아 핵무기를 만들 수 없습니다. 그래서 농축이라는 과정을 거쳐 우라늄-235의 농도를 자연에서 나는 0.7%에서 90%까지 끌어 올립니다. 플루토늄은 우라늄이 원자로에서 탈 때 우라늄-238이 바뀌어 생기는 원소로 핵분열이 잘 일어납니다. 최근 미국이나 소비에트공화국 등 핵 보유국에서는 주로 플루토늄으로 원자탄을 만들고 있습니다. 우리 기술로 설계하여 건설하고 있는 영변의 원자로는 플루토늄 생산에 아주 적합한 원자로입니다. 내년 준공 예정입니다. 미국, 소비에트공화국, 영국, 불란서 등에서 핵무기를 만들 플루토늄을 빼내는 원자로와 똑 같은 타입입니다. 영변 원자로가 가동되면 5,000kw나 되는 전기를 생산할 수 있으며, 1년 동안 태우고 연료를 꺼내 처리하면 7~8kg의 플루토늄을 얻을 수 있어 원자탄 한 개는 충분히 만들 수 있는 핵물질을 얻을 수가 있습니다. 플루토늄을 빼내는 기술은 이미 동위원소 가공실험실에서 소련이 공급한 IRT- 2000(주 : 소련의 지원으로 1959년 건설계획 수립, 1962년 영변 부지에 착공, 1965년 준공, 1967년 본격 운전개시. 당초 출력 2천 kwt 10% 농축 우라늄을 연료로 사용하였으나, 북한의 기술진은 80% 고농축 우라늄을 사용하여 출력을 4배인 8천 kwt로 증가시킴) 원자로에서 타고난 연료를 처리하여 소량 추출한 경험이 있으며, 영변 원자로 가동 후 타고난 연료를 처리할 수 있는 12월기업소(주 : 방사화학 실험실)의 설계가 거의 마무리 단계로 곧 건설에 착수할 계획입니다. 그 시설이 건설되면 핵무기를 만들 때 필요한 플루토늄의 확보를 위한 준비가 완성됩니다. 핵무기 전파방지조약에 가입하면 국제원자력기구 검열단이 기업소에 상주하면서 검열을 하여 우리 마음대로 사용후 핵연료에서 빼낸 플루토늄을 쓸 수는 없겠지만."

"영변에 그런 시설들을 건설할 땅은 충분해요?"

지도자 김정일은 고개를 끄덕이며 이승기 노력영웅의 설명을 접수하고 자상한 목소리로 물었다.

"네, 위대한 수령님께서 먼 앞날을 내다보시고 900만 평방미터(주 : 약 270백만 평)나 확보하여 주셨으므로 충분합니다."

김창호 국가과학기술위원회 위원장이 두 손을 모으며 말했다.

"그렇습니다. 남조선이 원자력발전소는 우리보다 많지만 대전에 핵무기를 개발하려고 설립한 원자력연구소 부지는 겨우 130만 평방미터로 우리의 칠분의 일도 안 됩니다."

이승기 노력영웅이 자랑스러운 목소리로 말했다.

"영변 발전소용 핵연료인 우라늄 생산현황은 제가 말씀 드리겠습니다."

김창호 위원장이 노력영웅 이승기가 차를 들며 목을 축이는 것을 보고 거들었다.

지도자 김정일은 김 위원장에게 눈길을 주었다.

"지도자 동지께서 혜안을 가지시고 지원해 주시어 4.15 혁신 돌격대의 당찬 노력으로 4월기업소(주 : 박천 우라늄 정련시설)에서는 1982년부터 2호 광석(주 : 순천 우라늄 광산에서 캐낸 평균 품위 0.07%의 우라늄 광석)을 처리하여 매달 1톤씩 우라늄을 생산하고 있으며, 3호 광석(주 : 평산 우라늄 광산에서 캐낸 평균 품위 0.08% 우라늄 광석)을 처리할 1월기업소(주 : 평산 우라늄정련소)는 곧 착공할 예정입니다. 두 기업소가 운영되면 국내 원자로는 물론 소련에서 공급을 약속한 원자력발전소에 쓸 핵연료도 충분히 자급할 수가 있습니다."

"남조선은 어떻게 하고 있지요?"

지도자 김정일이 진지한 말투로 물었다.

"네, 입수한 정보에 의하면 외국에서 모두 사다 쓰고 있습니다. 남조선도 1950년대부터 우라늄광을 탐사했었지만 국내에서 찾은 우라늄의 평균 품위가 순천이나 평산의 절반 수준으로 0.04%에 불과합니다. 남조선은 국내의 우라늄을 캐서 쓰면 외국에서 사다 쓰는 것보다 몇 배 더 돈이 든다는 자본주의적 사고방식으로 에너지 자립의 길을 포기한 겁니다."

침묵을 지키고 있던 전금진 통일전선부 부부장이 대답했다.

"미제의 농간이군. 그래야 꼼짝 못하고 미제의 말을 듣지."

지도자 김정일이 고개를 주억이며 결론을 내렸다.

"네, 그렇습니다. 남조선 미제 꼭두각시는 그 중요한 핵연료를 외국에 의존하며 에너지 자립의 길을 스스로 포기하고 있습니다. 우리 인민공화국은 위대한 수령님과 지도자 동지의 영도 아래 착착 자력갱생의 길로 매진하고 있습니다."

기술자들의 말을 듣고 있던 오진우 인민무력부장이 지도자 김정일을 우러러보며 말했다.

"폭탄 실험을 하고 있다고 들었는데 그 상황은 어떻습니까?"

모든 일을 다 꿰뚫어 아는 지도자 김정일이 이승기를 건너다보았다.

"네, 원자탄을 만들려면 플루토늄 약 5킬로 정도 있으면 되는데 평소에는 5킬로를 한 덩어리로 뭉쳐 놓으면 폭발할 수도 있어 서로 떼어 놓습니다. 핵무기를 터트릴 때 서로 떼어 놓았던 플루토늄을 한 덩어리로 뭉치게 하는데 순식간에 한 덩어리로 뭉쳐져야 합니다. 그래서 떼어 놓은 플루토늄을 폭약으로 둘러싸고 사방에서 동시에 폭약을 터트려 플루토늄을 한 곳으로 모이게 하는데 그 것이 고도의 기술입니다. 그 기술을 고폭기술이라고 하는데, 영변에서 이미 1983년부터 실험을 실시하고 있습니다. 미제가 2차 대전 때 원폭을 개발하면서 2년도 넘게 별도로 화약전문가들을 모아 비밀리에 고폭실험을 했습니다. 핵물질이 확보되고 고폭실험까지 성공하면 핵무기를 개발하는 기술은 거의 완성된 것입니다. 다음은 상대방 목적지에 실어 나를 운송수단 미사일이 있어야 합니다."

이승기는 오진우 무력부장을 건너다보았다.

"그 문제는 제가 말씀 드리겠습니다."

오진우 인민무력부장이 자신이 넘치는 목소리로 보고를 시작했다.

"미사일 문제를 말씀 드리면, 이집트로부터 지난해 도입한 소련제 스커드 미사일 B의 개량이 완료되어, 600 내지 800kg의 탄두를 싣고 340km 이상 날 수 있습니다. 사정거리를 더 늘리는 연구도 활발히 진행되고 있어 핵탄두를 만들어만 주시면 문제 없이 적의 목표를 까부수고 불바다로 만들겠습니다."

지도자 김정일은 아버지 김일성과 함께 항일 빨치산 투쟁을 하였던 노투사 오진우 인민무력부장의 당찬 발언에 믿음이 갔다.

"제국주의자들에게 빼앗긴 남조선 인민과 영토를 되찾기 위하여 미제와 한판 붙어야 할지도 모르니 수천 km를 날 수 있는 장거리 미사일 개발에도 힘쓰시오."

10년, 20년 후를 내다보는 지도자 김정일의 지시에 실내가 숙연해졌다.

지도자 김정일은 인터폰으로 책임비서를 불러 다시 차를 들여오도록 지시했다.

갓 이십을 넘은 군복 차림의 청순한 모습의 여비서가 잘 다려진 개성 인삼차를 청자기 잔에 담아 지도자 김정일에게 올렸다.

지도자 김정일은 한 달 전에 들어온 윤정희라는 이름표를 단 비서 동무의 볼록한 가슴과 탄탄한 몸매를 조각품을 완상하듯 부드러운 눈길로 건너다보았다.

남조선 영화를 즐겨보는 40대 중반의 지도자 김정일은 동년배의 남조선 여배우 윤정희를 마음에 들어 했다. 지도자 김정일은 차를 따르는 윤정희라는 이름표를 단 젊은 여비서를 건너다보며 남조선 여배우 윤정희를 떠올렸다.

"핵기술자들은 충분한가요?"

"네. 1959년에 체결된 조·소 9559협정(주 : 원자력분야 협력 협정)에 따라 모스크바 근교 듀브나핵연구소를 비롯한 소련의 대학교와 연구소에서 약 300명의 핵전문가가 교육을 마쳤으며, 20여명의 재일교포 핵전문가도 핵계획에 참여하고 있습니다. 김일성대학과 김책공대 핵물리학과에서 원자력을 배운 인재들을 모스크바와 중국으로 파견하여 훈련을 시켜 훈련효과를 극대화하고 있습니다."

김창호 위원장이 말했다.

"인력 양성을 위하여 도상록 박사(주 : 일본 교토대에서 양자분야 전공, 서울공대 교수를 하다 1946년 5월 월북, 김일성대 물리학 교수주임을 역임하며 북한의 초창기 원자력 기반을 세움)가 고생을 많이 했지. 그럼 인력도 충분히 확보됐다 이거지. 리 전력공업부장! 우리의 전력 공급문제와 소비에트공화국과 원자력발전소 건설 지원문제 협의는 어떻게 진전되고 있나요?"

지도자 김정일은 안경 속에서 눈을 반짝이며 대화 내용을 한 자도 놓치지 않고 메모하는 이지찬 전력공업부장에게 따뜻한 눈길을 보냈다.

"예. 위대한 수령님의 영도 아래 전력분야의 생산능력이 커져서 십오만

kw 용량의 장진 중앙화력발전소, 20만 kw의 대동수력발전소, 19만 kw 용량의 태평만 수력발전소 등의 건설을 마쳐 지난해 말 전력 시설용량이 500만 kw를 넘어섰으며, 위원수력발전소의 시설 향상계획을 마치면 39만 kw의 용량을 또 확보할 수가 있습니다. 전국 계곡에 건설 중인 소수력발전의 용량도 옹골차 5년 후인 1990년에는 시설 용량이 6백7십2만5천 kw로 뛰어오를 것으로 예상됩니다. 그러나 이제부터는 수력발전을 개발할 지점이 거의 바닥이 나고, 화력발전을 건설할 경우 중유를 외국에서 들여와야 하므로 외화가 필요합니다. 위대한 영도자 수령님께서도 그 점을 걱정하시고 제6차 노동당 전당대회(주 : 1980년 개최)에서 원자력발전소 건설을 지시하셨으며, 지난 해 모스크바에 가셨을 때 그 바쁘신 일정 가운데서도 체르넨코 서기장과 최고위급 회담에서 원자력발전소 건설을 챙기셨습니다. 그에 따라 소비에트공화국측과 협의 결과 지금 소련에서 운전 중인 44만 kw급 VVER 경수로 4기, 총 176만 kw의 원자력발전소 건설을 위해 부지 선정부터 지원하겠다고 합니다. 그들은 하루라도 빨리 우리가 핵무기전파방지조약에 서명하기를 요구하고 있습니다. 미국도 하루 빨리 우리 조선이 핵무기전파방지조약에 가입하도록 뒤에서 소비에트공화국의 등을 떠밀고 있는 것 같습니다."

보고하는 이 부장의 콧등에 땀방울이 송골송골 맺혔다.

"방금 보고 드린 바와 같이 전기를 쓰는 량은 점점 늘어나는데 수력은 더 이상 개발한 곳이 마땅치 않고, 화력은 해외에서 들여오는 중유 공급에 차질이 있을 때는 돌릴 수가 없어 한 번 연료를 넣으면 일년씩 돌릴 수 있는 원자력발전소의 건설을 서둘러야 할 것 같습니다."

"그럼 리 부장은 하루라도 빨리 핵무기전파방지조약에 서명하라는 말이요?"

"핵무기전파방지조약에 서명하면 자칫 핵주권을 국제사회에 넘겨주게 됨으로 신중한 검토가 필요합니다."

"이 선생! 남조선의 핵능력은 어느 정도요?"

지도자 김정일이 이승기 노력영웅을 건너다보았다.

"예. 1970년대 남조선은 우리 공화국과 비교하여 열세인 군사력을 만회하기 위해 박정희 도당은 핵무기 개발을 시도하였습니다. 남조선은 불란서에서 연간 4톤의 사용후 핵연료를 처리할 수 있는 재처리시설을 사기로 계약하였습니다. 필요한 돈은 불란서에서 빌려주기로 하고. 박정희 도당은 그 사업을 추진하려 서울 공릉 20만평 부지에 1959년 설립한 원자력연구소를 제쳐두고 대전에 핵연료개발공단을 별도로 설립하였습니다. 그러나 핵무기가 퍼지는 것을 두려워하는 미제의 압력에 굴복하여 불란서와 계약은 무효화되었으며, 핵연료개발공단을 원자력연구소에 흡수시켜 서울에 있던 원자력연구소를 아예 대전으로 옮겨 버렸습니다. 서울 공릉에는 1962년에 건설한 미국 제너럴 아토믹사에서 사온 TRIGA MARK 2호를 운전하다가 대학생들 실험용으로 돌렸으며, 1972년에 준공한 용량 2천 kw 규모의 TRIGA MARK 3호를 운전 중입니다. 영변에 있는 IRT-2000 초창기 규모와 비슷한 규모입니다."

"남조선 원자로가 우리와 규모가 비슷하다고?"

지도자 김정일은 투지에 불타는 눈으로 이승기 노력영웅을 쳐다봤다.

"네. 그래서 영변에 건설이 완료되어 시운전 중인 원자로는 출력이 남조선의 트리가 마크 3호의 10배도 넘는 2만5천 kw로 설계하였으며, 전기도 5천 kw를 생산할 수 있습니다. 남조선 괴뢰정부는 지난 해 공군 대령 출신을 원자력연구소장에 임명하여 몰래 핵무기 개발을 추진하고 있으며, 용량이 우리 영변보다 큰 실험용 원자로 건설도 추진하고 있습니다. 원자력발전 분야를 말씀 드리면 1978년 60만 kw급 고리 1호기를 준공한 이래 고리 2호기, 월성 1호기 등을 준공하여 지난해 말 현재 총 6기의 원전이 가동 중이며, 한 기 용량이 100만 kw인 발전소를 짓기 시작하였습니다."

"원자력발전소 하나 용량이 수풍발전소 용량보다도 크다고?"

"네. 그러나 남조선은 1975년 핵무기전파방지조약에 가입하면서 바로 국제원자력기구와 핵담보협정(우리 용어 : 핵안전보장조치 협정)을 체결하여 모든 핵활동을 국제원자력기구에서 감시하고 있으므로 핵무기를 만드는 것은 어려울 겁니다. 우리의 맹방인 소비에트공화국도 그렇습니다만 미제국주의자는 남조선에 핵우산은 제공하지만 한사코 남조선이 핵무기를 개발하는 것은 막고 있기 때문에 핵무기 개발은 어려울 겁니다."

"그래도 남조선은 미제의 핵우산 아래 있으며 남조선에 있는 핵무기만 해도 우리 공화국을 쑥밭으로 만들 수 있는 거 아니요?"

지도자 김정일은 근심스런 표정으로 오진우 동지를 건너다보았다.

"네. 미제는 1957년 6월 제 75차 정전위원회에서 국경 밖에서 반입되는 무기는 기존 무기와 일대 일로 교환되어야 한다는 정전협정 제2조 12항의 파기를 일방적으로 선언하고 남조선군의 무력증강에 혈안이 되었을 뿐 아니라, 1958년 1월에 주한 미군을 펜토믹 사단으로 개편하고 전술핵 탄두를 발사할 수 있는 280mm 원자포를 배치하였습니다. 동년 1월 29일에는 공식적으로 핵탄두 도입사실까지 확인했습니다. 1959년 핵이 장착된 미타도어 크루즈 미사일을 장착한 비행 중대를 남조선에 상주시켰으며, 1961년에는 사정거리 1,800km의 메이스를 들여오면서 우리 공화국뿐만 아니라 중국, 소련까지 겨냥하게 되었습니다. 우리 정보에 의하면 약 2000개의 핵지뢰를 포함하여 미사일, 전폭기로 운반할 수 있는 핵무기 2,500기를 남한에 배치하고 우리의 목줄을 노리고 있습니다. 최근 군산에 F-4 비행기에 탑재할 수 있는 핵폭탄을 들여왔다는 첩보가 있어 다방면으로 확인하고 있습니다."

전금진 통일전선부 부부장이 소상하게 남조선에 배치된 핵무기 현황을 보고했다.

"군산에 배치했다는 핵무기에 대하여는 계속 알아보시오."

지도자 김정일은 단호한 목소리로 전금진 부부장에게 지시했다.

"우리 공화국과 인민이 살기 위해서는 남조선에 배치된 핵무기를 철수시켜야 하는데 우리가 소비에트공화국으로부터 원자력발전소를 들여오려고 덜컥 핵무기전파방지조약을 서명하고 우리 핵계획을 다 노출시키면 우리는 두 손 놓고 항복하는 것과 무엇이 다르지요?"

지도자 김정일은 이마에 깊은 주름을 지으며 걱정 섞인 목소리로 허담을 건너다보았다. 허담 외교부장도 고뇌 어린 표정을 지었다.

"위대한 수령님께서 모스크바를 방문하셨을 때 하셨던 말씀을 지켜 소비에트공화국으로부터 원자력발전소도 받아오고 핵개발도 계속할 수 있는 방안은 없을까요?"

지도자 김정일은 좌중을 돌아보며 의견을 구했다.

"우선 소련을 통해 우리가 핵무기전파방지조약을 서명할 테니 미제에 압력을 넣어 남조선에 있는 핵무기를 철수시키라고 요구하는 겁니다."

허담 외교부장이 말했다.

"미제가 쉽게 응할까요?"

"쉽게 응하지 않겠지요. 그 문제를 국제원자력기구 관리이사회에서도 제기하고 가을 유엔 총회에서도 논의하여 세계 여론을 우리 편으로 모으는 겁니다. 분위기가 성숙되면 핵무기전파방지조약에 서명하고 소련으로부터 원자력발전소 4기를 건설해 주겠다는 약속을 받아내고 계속 핵무기전파방지조약 발효를 늦추면서 미제에게 핵무기 철수를 강요하는 겁니다. 그렇게 시간을 버는 동안 우리는 착실히 핵계획을 추진합니다. 플루토늄도 확보하고, 고폭실험도 하고 미사일도 개발합니다. 소비에트공화국과 미제가 핵무기확산전파방지조약의 발효를 강요하겠지만, 서명 후 한 1년 쯤 시간을 끌고 시간을 번 후에 최고인민회의 의결을 거쳐 발효를 시키고 그 다음 국제원자력기구와 담보협정 체결을 미루는 겁니다."

통일전선부 부부장 전금철이 눈을 반짝이며 말을 이어갔다.

"담보협정은 전파방지조약 발효 후 18개월 내에 국제원자력기구와 체결하게 되어 있습니다. 실제 우리의 핵활동을 검열하는 것은 담보협정이 체결된 후에 가능하므로 우리는 또 시간을 벌 수 있습니다. 계속 미군이 핵무기를 철수하지 않으면 담보협정을 체결할 수 없다고 버티면서 핵계획을 착착 진행시켜 우리도 핵보유국에 들어서는 겁니다. 우리가 핵보유국에 들어서면 미제도 이제 함부로 우리를 다루지 못할 겁니다. 그 동안 남조선에도 변화가 올 겁니다. 전두환 군부독재에 지친 남조선에 '자유'의 기치를 내걸고 침투한 민주기지 건설 사업은 계획대로 착착 진행되고 있으며 노동자 농민을 중심으로 한 인민민주주의의 혁명을 통한 남조선의 통일이 다가오고 있습니다."

　지도자 김정일은 허공을 응시하며 깊은 생각에 잠겼다. 회의에 참석한 동지들은 지도자 김정일의 고뇌를 이해하고 그 고뇌를 나눠 가지지 못하는 데 대한 안타까움으로 가슴이 아렸다.

　"허 동지, 몇 년이나 그렇게 버틸 수 있지요?"

　지도자 김정일이 심각한 표정으로 물었다.

　"최소 3년은 버틸 수 있다고 생각합니다."

　"3년, 1988년까지라. 서울에서 팔팔 올림픽한다고 들떠 있을 때 한 방 먹이면 되겠구먼."

　지도자 김정일은 환한 얼굴로 참석자를 바라보며 의미 있는 미소를 보냈다.

　"자, 그럼 이렇게 합시다. 허 부장은 리 부장과 같이 원자력 기술자들의 지원을 받아 소련과 원자력발전소 도입협상을 조속히 마무리하고."

　"예, 신명을 바쳐 완수하겠습니다."

　허담과 이지천이 자세를 곧추세우며 맹세를 했다.

　"허 부장은 국제원자력기구와 유엔 및 국제사회에 미제의 폭거를 폭로하고 핵무기와 미군 철수를 강력히 요구하시오."

　"예. 총력을 다 해 교시 받들겠습니다."

　"이 박사와 김창호 위원장은 우리 핵계획을 차질 없이 수행하여 3년 내에 핵국가에 들어서도록 하시오."

　"네, 최선을 다하겠습니다."

　"오 부장은 군을 동원하여 영변에 대대적인 고폭실험장을 증설하시고, 장거리 미사일 개발에도 전력하시오. 전 비서는 각 기관간 연락을 책임지고 어려운 일이 있으면 나한테 바로 보고하시오. 전금진 부부장은 남조선의 정보를 파악하고 남조선의 민족적 자주권을 확립하는 사업계획 추진에 박차를 가하시오."

　오진우와 전금진이 부동자세로 지시를 접수했다.

　"그것만으로는 미진한 것 같아요. 특단의 조치가……."

　지도자 김정일은 형형한 눈빛으로 일동을 둘러보았다.

"오늘 이 순간 핵개발을 위한 특수 상무조를 발족하겠습니다."

허공을 응시하는 지도자 김정일의 눈에서 불꽃이 튀었다.

"오늘, 이 뜻 깊은 날, 7월 10일을 잊지 않고 핵개발을 차질 없이 추진하자는 의미에서 핵개발사업을 '710호 사업'으로 명명하겠습니다. 그 추진을 위하여 710호 사업 3인위원회를 구성하여 핵개발의 전권을 맡기겠습니다. 총책임자는 전병호 비서가 맡아주시오. 기술적인 사항은 이승기 선생이 맡아주시고, 행정지원은 최영림 중앙검찰소 소장이 담당하시오."

지도자 김정일은 순식간에 공화국의 핵개발을 이끌 일꾼들을 선정하였다.

"710호 사업은 공화국 최우선 과업이요. 710호 사업의 모든 사항은 당이나 내각을 거칠 것 없이 바로 나에게 보고하시오. 최 소장! 710호 자금은 주석궁 자금보다 우선하여 집행하시오."

지도자 김정일은 3인위원회 위원을 둘러보며 결의에 찬 목소리로 당부했다.

"오늘 회의 결과를 바로 수령님께 보고하겠소. 허담 동지는 최선을 다하여 3년의 시간을 벌어주시고, 3인위원회는 무슨 일이 있어도 3년 이내에 우리 공화국을 핵보유국으로 격상시켜야 하오. 이것은 당과 인민의 지상 명령이오. 오늘 이 시간부터 3년, 1,100일, 일일공공 전투에 돌입합니다."

지도자 김정일이 이승기 박사를 뚫어지게 쳐다보며 지상 명령을 내렸다.

지도자 김정일의 표정이 너무나 숙연하여 당 최고 간부들은 숨이 멎었다.

노회한 오진우 무력부장이 먼저 박수를 쳤다. 모두 함께 박수를 쳤다. 우렁찬 박수소리가 회의실에 울려 퍼졌다.

'바야흐로 조선민주주의인민공화국을 핵보유국으로 격상시키는 710호 사업, 1100일 전투의 막이 올랐다!'

회의 참석자들은 흥분을 감추지 못하고 지도자 김정일에게 신명을 바쳐 사업을 완수할 것을 다짐하고 깊은 존경을 담아 경의를 표하고 집무실을 나갔다.

회의를 마친 지도자 김정일은 장시간 회의에 짙은 피로가 밀려왔으나 회의 결과에 만족하며 두 팔을 뻗어 기지개를 켰다.

'한 손에는 핵무기 개발 카드를 감춰들고, 다른 한 손에는 소비에트공화국으로부터 원자력발전소를 받아낸다!'

김정일은 회전의자를 빙그레 돌려 뒤 벽면을 덮은 한반도 지도를 응시했다. 백두산에서 한라산까지, 그가 통치하는 북조선에서부터 머지않아 그의 통치하에 들어올 남조선을 쭉 훑어보며 의미심장한 미소를 흘렸다.

'3년 내에 핵무기가 손 안에 들어온다!'

무혈혁명을 통한 남조선의 통일이 다가오는 것 같아 그의 가슴이 마구 설레었다. 그는 회전의자를 완전히 뒤로 제치고 눕듯이 평안한 자세를 취하며 어버이 수령 김일성에게 오늘 회의결과를 바탕으로 핵문제와 관련하여 보고 드릴 내용을 다듬어갔다. 그리고 그의 보고를 듣고 만족해 할 어버이 수령 김일성의 얼굴을 떠올리며 미소를 흘렸다.

1953년, 김정일은 열두 살의 나이로 아버님 수령 김일성을 옆에서 보좌하며 일진일퇴하는 중부전선의 전황을 보며 용솟음치는 피를 주체하지 못하고 남조선을 통일하여 미제와 미제의 앞잡이 괴뢰정부의 압박에 시달리는 인민을 구해내겠다는 결심을 한 지 어언 30여년!

휴전협정에 서명하지 않으면 미제가 바로 원자폭탄을 투하할 거라는 소비에트연방공화국 스탈린 원수의 충고를 받고 어쩔 수 없이 휴전에 동의하며 민족통일의 기회를 날려 버리고 괴로워하며 고뇌하시던 어버이 수령 김일성의 모습이 김정일의 눈앞에 아른거렸다.

'이제 3년만 있으면 710호 사업 상무조의 불철주야 노력으로 조선도 핵무기를 가지게 된다! 핵강국의 대열에 들어서서 당당히 미제와 대등한 입장에서 담판을 할 수가 있다!'

지도자 김정일은 두 주먹을 불끈 쥐고 허공에 휘두르며 통일을 가로막는 미제를, 미제의 앞잡이 전두환 패거리의 영상을 쥐어박았다.

지도자 김정일은 조용히 자리에서 일어서서 창가로 다가가서 석양 노을로 빨갛게 물든 하늘을 조용히 바라다보았다.

'남조선을 하루라도 빨리 통일해야 하는데….'

지도자 김정일은 문득 남조선 영화배우 윤정희가 보고 싶었다.

'서울에 입성하여 그녀와 파티를……'

지도자 김정일은 문득 영화배우 윤정희와 동명인 여비서 윤정희의 탄탄한 몸매가 떠올랐다. 그녀의 시중이 받고 싶어졌다. 지도자 김정일은 책임비서에게 그의 뜻을 전하고 집무실과 연결된 별실로 들어갔다. 별실은 일류 호텔의 VVIP용 최고급 스위트룸과 같이 꾸며져 있다. 거실, 칵테일 바, 식당, 침실과 목욕탕이 갖춰져 있다.

노크 소리가 나고 한복으로 갈아입은 윤정희가 다소곳한 자세로 들어섰다. 그녀는 제복을 입었을 때와는 전혀 다른 젊음의 아름다움을 방안에 가득 품어냈다.

"칵테일 한 잔 만들어 줘요."

윤정희는 고개를 가볍게 숙여 눈으로 대답을 하고, 진열장으로 다가가서 '발렌타인 30년' 병을 꺼냈다. 그녀는 크리스털 잔에 얼음을 반쯤 담았다. 그녀는 화려한 꽃무늬로 장식된 영국제 본차이나 접시에 크랙커를 담고 프랑스제 치즈 세 종류를 한 입에 먹을 수 있도록 보기 좋게 잘라 진설했다. 그녀는 양주병, 양주잔, 안주를 쟁반에 담아 받쳐 들고 조심스럽게 그에게 다가갔다.

"여기 놓지."

그가 따뜻한 목소리로 쟁반을 놓을 자리를 정해 주었다. 그녀가 양주잔에 양주를 8부 능선까지 따랐다.

"캐비아도 준비할까요?"

그녀가 떨리는 목소리로 물었다.

"됐어. 동무도 한 잔 할 거야?"

그가 긴장하여 흔들거리는 그녀에게 다정한 목소리로 말했다.

"네?"

그녀는 놀라는 반응을 보였다.

"고향이 어디라고 했지?"

"평안남도 개천입니다."

"그럼 우리 인민공화국의 핵심 사업을 하는 곳과 이웃이구먼."

"…………"

그는 발렌타인 한 모금을 입에 넣고 허공에 시선을 둔 채 그 향기와 부드러움을 음미했다.

그는 다소곳이 두 손을 모으고 그의 앞에 서 있는 그녀에게 눈을 돌렸다. 그의 시선을 느낀 그녀는 태양과 같이 빛나는 지도자 김정일과 눈길을 마주할 수가 없어 고개를 숙였다.

"노래 한 곡 부르지."

그가 크랙커에 치즈를 바르면서 정다운 목소리로 말했다.

"노래요?"

그녀는 고개를 들어 지도자 동지를 우러러보았다. 그녀는 무슨 노래를 할 것인가 망설였다.

"심장에 남는 사람 부르라우."

자상하신 지도자 김정일은 여린 여자의 마음을 헤아리고 어려움을 풀어주었다.

그녀는 가냘픈 목소리로 노래를 불렀다.

     인생의 길에 상봉과 리별
     그 얼마나 많으랴
     헤어진대도 헤어진대도
     심장 속에 남아있는 이 있네.
     아~ 그런 사람 나는 못 잊네.
     오랜 세월을 같이 있어도
     심장 속에 남는 이 없고
     잠깐 만나도 잠깐 만나도
     심장 속에 남는 이 있네.

아~ 그런 사람 나는 귀중해.

그녀가 노래를 마치자 지도자 김정일은 "좋아 좋아" 하며, 제스처는 크게, 소리는 작게 박수를 쳤다.

그녀는 수줍어 얼굴이 발개졌다. 지도자 김정일은 그런 그녀가 너무 사랑스러워 꼭 안아주고 싶었다.

"아주 노래를 잘 하누만. 상으로 한 잔."

김정일은 양주잔을 비우고 그 잔에 양주를 가득 따라 그녀에게 권했다.

그녀는 감격하여 떨리는 두 손으로 술잔을 받았다. 그녀는 고개를 돌리며 조심스럽게 한 모금 마셨다. 목줄기를 타고 불꽃이 위장까지 흘러갔다.

"고향이 개천이라?"

"네."

"그곳은 진달래가 유명한 곳인데 지금은 우리 공화국에서 가장 중요한 곳이 됐지. 모범적으로 일한 상이니 이거 부모님께 선물로 드려요."

김정일은 친자매에게 말하듯 다정하게 말을 건네며 소파 옆 손걸이 탁자의 서랍을 열고 선물용으로 준비해 둔 손목시계를 꺼내 그녀에게 건넸다. 손목시계 문자판 위 부분에 위대한 수령 김일성의 초상화가 그려져 있다.

"고맙습네다. 고맙습네다."

그녀는 몸둘 바를 몰랐다.

"오늘 회의가 길어져 몸이 피곤한데 안마나 받을까?"

"네 바로 준비하겠습니다."

그녀가 욕탕으로 사라졌다.

그는 눈을 감고 조용히 그녀의 봉사를 기다렸다.

그녀는 지도자 김정일의 몸에 손을 대는 벅찬 영광을 감당하지 못하고 떨리는 손으로 안마를 시작했다.

그녀는 3호 청사에 배치되기 전에 안마 기술을 별도로 수업을 받았다. 눈을 감고 정성이 가득한 봉사를 받으며 그는 칵테일 잔을 끌어와 한 모금씩 음미하였다.

그녀의 손길이 어깨를 지나 팔로 내려왔다. 지도자 김정일의 팔을 주무르는 그녀의 얼굴이 그의 어깨에 닿을락말락 하였다. 그녀의 숨결이 그의 귓전을 간질이고 그녀의 체취가 그의 코를 자극했다. 그는 숨가빠하는 그녀의 어색함을 덜어주기 위하여 두 팔을 소파 등걸이 위에 걸쳤다.

어깨와 팔 안마를 마친 그녀는 지도자 김정일의 하체도 안마해야 하는지 망설였다.

그는 두 다리를 소파 위에 올리며 그녀에게 하체의 안마를 유도했다. 지도자 김정일의 하체 안마를 시작한 그녀는 차마 허벅지까지는 손을 올리지 못했다. 얼굴이 홍당무가 되어 눈을 감고 지도자의 하체를 안마하는 그녀를 김정일은 정이 넘치는 눈으로 내려다보다가 그녀가 너무 귀여워 손을 뻗어 그녀의 손을 잡았다.

그녀는 본능적으로 몸을 멈칫했다. 지도자 김정일은 수줍음을 타는 그녀가 너무나 사랑스러워 그녀를 힘껏 당겨 그의 품에 안았다.

지도자 김정일은 어쩔 줄 모르고 새큰거리는 그녀의 등을 다정스럽게 토닥이며 그의 얼굴을 그녀의 머리에 묻고 온종일 격렬한 업무에 시달린 몸의 피로를 서서히 풀어갔다.

03
도약의 서막

1986년 6월, 한전 사장실.

박정규 사장은 원자력 11, 12호기 기술부문 입찰평가 요약보고서를 눈이 뚫어져라 정독했다. 부사장 이정현과 송창수 신규사업처장이 긴장된 표정으로 사장을 주시했다.

송창수 처장은 지난 1월에 접수한 원자력 11, 12호기 입찰서를 5개월 동안 원자력 관련기관 기술자와 계약 전문가 200여 명을 지휘하며 평가했다.

송창수 처장은 공과대학 기계과를 졸업한 엘리트로 두뇌가 명석하고 조직적이며, 일처리가 논리적이며 꼼꼼하여 이 부사장의 신임을 듬뿍 받고 있다.

박정규 사장이 별지 요약보고서를 챙겨 본 후 수십 페이지에 달하는 본보고서의 첫 장을 넘기자 송 처장이 입을 열었다.

"이번 입찰 결과 원자로."

박정규 사장은 손을 들어 설명을 중지시키고, 보고서를 한 장 한 장 넘기며 훑어보았다.

"원자로계통에 입찰한 4개 회사가 다 기술적으로는 문제가 없다고?"

끝까지 보고서를 넘겨본 박 사장이 물었다.

"네. 문제없습니다."

송 처장이 대답했다.

입찰 안내서를 접수한 공급사는 입찰서를 준비하는 데 6개월 이상의 시간과 백만 불 이상의 비용이 든다. 입찰서는 제1부 계약 일반 조건, 제2부 기술 부문, 제3부 가격, 세 부문으로 나눠서 제출한다. 제3부 가격 입찰서는 별도로 봉함을 하여 제출하며, 보통 기술성 평가가 끝난 후에 개함한다. 입찰서는 부피가 커서 소형 트럭으로 싣고 온다.

발주자인 한국전력은 종합설계감리회사인 한국전력기술주식회사(KOPEC, 코펙이라 불린다), 원자로계통 및 핵연료 설계기관인 한국원자력연구소, 핵연료 제조회사인 한국핵연료주식회사(KNFC, 핵주라 불린다), 1, 2차 계통 기기 제조회사인 한국중공업(KHIC, 한중이라 불린다) 등 원자력 11, 12호기 설계 제조에 참여할 회사 기술진의 도움을 받아 입찰평가를 수행했다.

송창수 처장은 기술부문 최종평가 결과를 정리하여 최고 경영진에 보고하고 있다.

송 처장은 지난 몇 달 동안 주말을 반납하고 고생한 박경호 부장의 노고를 보상하는 차원에서 그를 최종 보고 자리에 배석시켰다. 사장의 눈도장을 받아 다음 진급 때 유리한 입지를 마련해 주기 위해서다.

"네, 원자로계통에 입찰한 미국 웨스팅하우스, 에이비비씨이사와 불란서 프라마톰, 독일 지멘스 카베이브 등 4개사가 기술적으로 다 문제가 없습니다. 그 내용을 보고 드리면."

송 처장이 구체적으로 설명을 시작하였다.

"기술적으로 다 문제가 없다고?"

이미 보고서를 훑어본 박 사장이 보고를 중지시키고 바로 본론으로 들어갔다.

"네, 그렇습니다."

"보고서의 구체적인 사항은 부사장이 잘 챙겼을 거고 요점만 이야기해요."

박 사장이 손목시계를 쳐다보며 말했다.

"네. 기술평가에서 가장 좋은 점수를 받은 웨스팅하우스는 기술 수준은 타사보다 우수하지만 기술 전수 조건에서 훨씬 뒤집니다. 다시 말씀 드려 타사는 핵심기술을 전부 내놓겠다고 하는 반면 웨스팅하우스사는 핵심기술 전수를 꺼리고 있습니다. 평가기간 중에 몇 번 웨스팅하우스사의 의향을 재확인하였습니다만 같은 태도를 견지하고 있습니다."

"웨스팅하우스가 기술 전수에 소극적이라고?"

"네. 웨스팅하우스사는 이미 우리나라에 고리 1, 2, 3, 4호기, 영광 1, 2호기를 팔아먹어 그 회사 기술에 익숙한 우리가 웨스팅하우스를 제치고 다른 회사와 계약을 하기 어렵다고 믿는 것 같습니다. 고리 1호기부터 우리나라의 원자력발전소는 거의 미국 웨스팅하우스 기술로 건설되고 운영되고 있어 기술 종속이 아주 깊은 편이며, 기술자들도 웨스팅하우스 기술에 익숙해져서 다른 기술이 들어오면 어렵다고 생각하는 사람들이 많습니다."

"그 친구들 그렇겠지. 그러나 원자력 11, 12호기는 우리나라 원자력 기술 자립의 효시가 되는 발전소야. 기술 자립에 소극적이면 당연히 평가에서 페널티를 줘야지. 가격조건은 어떤가? 평가 보고서에 제일 중요한 가격 이야기가 없는데."

"오늘 사장님께 기술평가 결과를 보고 드리고 난 후 가격을 깔 계획입니다."

"아직 가격을 열지 않았다고?"

"네 기술적으로 부적격하여 탈락한 회사는 아예 가격을 열지 않습니다."

"기술평가 결과 네 회사가 다 합격이니 다 가격을 열어야겠군."

"네 그렇습니다."

"가격을 열어야 진짜 순위가 나오잖아?"

"네, 그렇습니다. 기술적으로 다 합격이니 4개사 가격을 다 열까요?"

"가격도 안 보고 탈락시키면 반발이 클 텐데…, 다 까봐."

박 사장이 잠시 뜸을 들이다가 결론을 내려줬다.

"그럼 바로 가격 입찰서를 개봉하고 그 결과를 보고 드리겠습니다."

"가격 입찰서는 따로 보관되어 있나?"

“네. 봉함이 되어 제 방 금고 속에 보관되어 있습니다.”

“잘 보관되어 있겠지?”

“네. 실(seal)이 된 채 그대로 있습니다. 금고에 넣을 때도 감사실에서 입회했습니다만 열 때도 감사실에서 입회합니다.”

“지금 바로 볼 수 있나?”

“요약하려면 30분 쯤 걸릴 겁니다.”

“30분? 지금 이춘구 의원을 만나기로 되어 있으니 만나고 오려면 2시간 쯤 걸릴 거야. 그때 보고해 줘.”

“네. 그렇게 하겠습니다. 이 서류에 사인을 해 주시면….”

“서류 두고 가. 다녀와서 해줄게. 박경호 부장은?”

박 사장은 중요한 보고 자리에 배석한 부장의 명찰을 보고 이름을 부르며 송 처장에게 물었다.

“이번 입찰 평가기간 중에 모든 휴일을 반납하고 열심히 일을 했습니다. 평가 내용을 가장 잘 알고 있어 사장님이 깊은 문제를 하문하실 때를 대비하여….”

“송 처장이 모르는 것도 다 있나? 박경호 부장이라고? 그 동안 수고했어요. 계속 열심히 해 줘요. 그럼 다녀올 테니 그때 보고해 줘요.”

보스 기질이 강한 박 사장은 부하의 의도를 눈치 채고 아는 체해 줬다.

“네. 다녀오십시오.”

사장 집무실에서 나온 송창수 처장은 박경호 부장에게 사장의 눈도장을 찍은 사실을 상기시키며 눈을 꿈벅해 주고, 바로 감사실에 입회 요청을 하라고 지시하고 그의 방으로 갔다.

송 처장이 그의 집무실에 들어서서 숨을 돌리고 있을 때 박경호 부장이 감사실 이호기 부장을 대동하고 들어섰다.

“감사실 이 부장을 모시고 왔습니다.”

송 처장은 박 부장이 감사실의 권위에 눌려, ‘감사실 부장을 모시고 왔다'며 떠받드는 듯한 말투로 보고하자 불쾌했으나 내색을 하지 않고, "앉아요" 하고 친절하게 말했다.

"바로 사장님에게 보고해야 하니 입찰서를 꺼내겠습니다."

송 처장이 금고의 비밀번호를 돌리며 이호기 부장을 향하여 말했다. 이호기 부장은 금고 앞으로 다가갔다.

송 처장이 금고문을 열고 박 부장에게 서류를 꺼내도록 눈짓으로 지시했다.

박경호 부장이 4개사의 가격 입찰봉투를 꺼내 책상에 늘어놨다. 봉투에는 응찰사에서 밀봉한 붉은 색 실(seal)이 그대로 붙어 있고, 박경호 부장과 입찰 당일 입회한 감사실 간부의 서명이 큰 봉투의 위아래 풀로 붙여진 부분을 가로질러 훼손되지 않고 그대로 있다.

"씰과 서명에 이상이 없지요?"

송 처장이 감사실 입회인에게 확인했다.

"네, 이상 없습니다. 개봉하시지요."

입회인이 확인했다.

박경호 부장이 미리 준비한 가위로 봉투의 상단을 잘라내고 가격이 적힌 입찰서를 꺼냈다.

박경호는 미리 준비한 양식에 각사에서 입찰한 가격을 옮겨 적었다.

송 처장이 입찰서 가격과 옮겨 적은 가격을 비교 재확인하였다. 송 처장은 "예상보다 입찰가격이 너무 높네" 하며 신음소리를 뱉었다.

박경호가 가격 입찰서 서신 위에 결재 도장을 찍고 결재란의 맨 왼쪽 부장란에 서명을 하였다. 그는 결재란 위 공간에 '입회인' 이라고 볼펜으로 쓰고, 이호기 부장의 서명을 받고 서류를 처장에게 넘겼다. 송 처장이 처장란에 서명을 했다. 송 처장은 입찰가격을 옮겨 적은 요약전과 가격입찰서를 챙겨 서류철에 넣고 부사장에게 보고하러 사무실을 나섰다.

"저 감사님에게 보고하게 카피해 주시지요."

이호기 부장이 송 처장에게 강압적인 말투로 말했다.

"아직 사장님께 보고도 안 했는데…, 사장님께 보고하고 내가 감사님께 직접 보고할게요."

송 처장이 완곡하게 거절했다.

"사장께 올라가는 서류는 감사가 먼저 검토해야 하는데요."

이호기 부장이 회사의 결재 체계를 언급하며 그의 뜻을 굽히지 않았다.

국영기업체에서 사장에게 올라가는 문서는 부사장의 결재를 받은 후 감사의 검토를 거쳐 사장에게 보고된다. 감사는 회사의 서열상 부사장보다 위이다.

"이건 국제계약이에요. 사장님께 보고 드린 후 감사님께 보고하며 내가 감사님께 잘 말씀 드릴게요."

송 처장이 표정을 바꾸지 않고 감사실의 권위를 눌렀다.

"제가 입찰서 개함하러 오면서 감사님께 보고 드리고 왔는데."

이호기 부장이 물러서지 않았다.

"이 부장 말이 무슨 말인지 알겠는데 이번 계약은 국제적으로도 민감한 사안이고 오늘 보고는 정식으로 서류로 보고 드리기 전에 구두로 드리는 거예요."

송 처장이 바쁜 걸음으로 엘리베이터를 타러 갔다.

이호기 부장이 불쾌한 눈빛으로 감사실 대표의 말을 무시하는 처장을 노려봤다.

"사장님 들어오셨습니다."

이정현 부사장 집무실에서 입찰가격을 보고하며 향후 추진방향을 논의하던 송 처장이 사장의 재실등在室燈 1번이 켜지는 것을 보고 부사장에게 보고하였다.

"그래? 가지."

부사장이 앞장서서 사장실로 갔다.

"박 부장은 밖에서 기다리지."

송 처장이 박경호를 사장 집무실 앞 결재 대기실에 남게 하고 서류철을 받아 들고 부사장을 따라 사장실로 들어갔다.

"어서 와요. 가격을 깠어요?"

박 사장이 송 처장이 내미는 보고서를 뚫어지게 쳐다보며 말했다.

"네, 각사가 제시한 스코프와 가격조건, 차관조건 등을 비교하여 정밀 평가를 하여야 종합평가 결과가 나오겠습니다만, 각사가 제시한 가격은 원자로 계통부문만 4억5천만 불 수준으로 예상 가격보다 훨씬 높습니다."

"얼마나?"

"원자로계통 설계 및 기술 전수 비용으로 4억불을 예상하고 있었는데 5천만 불이나 높습니다. 이대로 입찰 평가를 하여 1, 2순위 계약협상자를 선정하면 당초 예상한 예상가격보다 5천만 불이나 초과하여 당초 산정한 공사비 범위 내에서 공사를 할 수 없어 원자력의 경제성이 위협받게 됩니다. 물론 계약 네고시 일부 가격 인하는 가능하지만, 일단 우선협상자로 선정되면 크게 가격 인하는 어려울 겁니다. 물론 몇 퍼센트 깎을 수는 있겠지만."

"그렇겠지."

박정규 사장은 고개를 끄덕이며 송 처장의 보고에 동의를 표했다.

"평가가 끝나 우선협상자로 선정되면 다 먹게 된 계약 가격을 깎아주겠어? 기껏 생색내며 몇 백만 불 깎아주겠지."

"네 그렇습니다. 이 가격으로 입찰평가를 하여 계약자 우선 협상대상자를 선정하면 비싼 값에 계약을 할 수 뿐이 없습니다. 그래서 사장님의 결심을 받고 싶습니다."

"내 결심을?"

박정규 사장의 눈이 커졌다.

"네, 재입찰을 해야 할 것 같습니다."

이정현 부사장이 단호한 목소리로 건의했다.

"재입찰이라니?"

박 사장의 눈이 더 커졌다. 통이 크고 담대한 박 사장의 눈이 커지는 것을 보고 송 처장은 재입찰이 물 건너가는 것이 아닌가 하고 가슴이 덜컥 내려앉았다.

“입찰 회사를 상대로 한 달 쯤 여유를 주고 다시 가격을 써내라고 하는 겁니다.”

이 부사장이 조용한 말투로 말했다.

“그래도 괜찮아요? 유찰은 있지만 재입찰은.”

“이번 프로젝트가 원자력 기술 자립을 위한 첫 번째 사업이라는 특성이 있기는 합니다만 이 프로젝트 자체의 경제성도 매우 중요합니다. 이 프로젝트의 가격이 다음 호기 가격의 기초가 될 거고. 지금 국제시장이 바이어한테 매우 유리합니다. 이런 유리한 시장 조건을 최대한 이용하여 가격을 깎아야 합니다. 유찰을 시키면 입찰 과정을 다시 거쳐야 하기 때문에 4, 5개월 기간이 필요하며 건설 공기에 영향을 줄 수 있습니다. 편법입니다만 재입찰 하는 것이 좋습니다.”

송 처장이 단호한 목소리로 부사장을 거들었다.

“이미 입찰가격까지 다 알게 된 마당에 유찰을 안 시키고 재입찰을 하면 일등으로 된 회사가 다른 회사 봐줬다고 트집잡을 텐데요.”

박 사장이 꼬리를 내렸다.

“그럴 수도 있지요. 그러나 우리가 그 개봉 결과를 비밀로 하면 절대 알 수가 없지요.”

이 부사장이 말했다.

“장사꾼들이 얼마나 지독한 놈들인데 그것을 비밀로 할 수가 있겠어요?”

“네. 이런 방법이 있습니다. 이 단계에서 입찰 평가를 중지하는 겁니다. 그러면 저희들도 누가 1등인지 모르거든요.”

송 처장이 아이디어를 냈다.

“우리도 모른다고? 벌써 가격을 다 봤잖아?”

“네. 보고 드린 액면 가격만 가지고는 어느 회사가 1등인지는 저희도 아직 모릅니다. 스코프(역무범위)를 조정하고, 지불조건, 차관 조건 등을 따져서 세부평가를 해봐야만 순위가 나옵니다. 건설기간이 길기 때문에 차관 이자 0.1%만 차이가 나도 건설비가 크게 차이가 납니다.”

“그럴 것 같군. 그래도……”

박 사장이 결단을 내리지 못하고 망설였다.

"재입찰하면 업자들이 정치권을 업고 시끄러울 수도 있습니다만 예가보다 15%나 더 비싸게 계약할 수는 없어요. 그렇게 계약하면 경제성 측면에서 원자력발전소가 유연탄 화력발전소보다 떨어지게 됩니다. 그렇게 되면 전원개발계획을 수립할 때 원자력 발전단가가 화력 발전단가보다 비싸게 들어가서 경제성에서 밀려 후속 발전소는 발전단가가 싼 화력에 치우치게 됩니다. 애써 원자력 기술 자립을 해도 더 지을 원자력발전소가 줄어듭니다. 사장님, 무슨 문제가 생기면 제가 책임을 지겠습니다."

기술자 출신의 이정현 부사장이 열정적으로 말했다.

"사장을 두고 부사장이 책임을 진다니?"

자존심이 강한 박 사장이 정색을 하였다.

"유찰이 아니고 재입찰이라는 것은 재무회계 규정에 근거하여 만든 계약 규정에는 없습니다만 우리 규정은 다 국내계약을 전제로 한 것이며, 이번 원자력 11, 12호기는 기술 자립을 전제로 한 대형 국제계약으로 우리의 국익을 위하여 규정에 없는 시도를 해서라도 가격을 깎아야 합니다. 건방지게 제가 책임을 지겠다고 해서 사장님께 예의가 아닌 것 같아 정말 죄송합니다만 재입찰을 하였다고 정치권에서 말썽을 일으키면 제가……."

박정규 사장은 반쯤 뜨고 눈을 그의 결심을 강요하는 부사장을 건너다보며 부사장의 의도를 읽으려 했다. 부사장의 표정에서 어느 한 특정회사를 봐주려고 재입찰을 하려는 사심을 전혀 느낄 수가 없었다.

"문제가 생기면 내가 책임져야지. 이 부사장, 입찰 가격이 새나가지 않게 할 자신 있어요?"

박 사장이 단호한 어투로 말했다.

"네. 자신 있습니다. 이 가격을 아는 사람은 사장님, 저, 송 처장, 그리고 조금 전에 배석했던 박 부장 외에는 없습니다. 비밀을 지킬 수 있습니다. 감사님에게도 아직 보고하지 않았습니다. 감사님에겐 제가 사정을 말씀 드리고 양해를 구하겠습니다."

"부사장이?"

“사장님은 많은 돈이 들어가는 원자력 기술 자립을 먼 훗날을 보시고 결정하셨습니다. 제대로 계약을 하여 기술 자립이 된 경제성이 있는 원자력발전소를 계속 지을 수 있도록 용단을 내려주십시오.”

이 부사장이 ‘경제성’을 강한 어조로 강조했다. 그의 건의는 읍소에 가까웠다.

박정규 사장은 이정현 부사장을 뚫어져라 쳐다봤다. 이 부사장도 박 사장을 마주보았다. 50대 초반의 동년배인 두 사나이는 눈과 눈으로 상대방의 마음을 읽으며 그들이 결정할 사항에 몰아칠 후폭풍을 계산했다.

“재입찰합시다.”

박 사장이 단호한 목소리로 말했다.

“사장님 감사합니다.”

부사장과 처장이 동시에 함성을 질렀다.

“그럼 4개사 다 재입찰하는 거지요?”

사장이 물었다. 부사장은 처장에게 답변을 미뤘다.

“네, 4개사 전부 다 기술평가에서 합격했으니 다 할 계획입니다.”

송 처장은 ‘계획’이라는 말을 하고, 사장이 ‘yes’ 할 거라고 미리 치부하고 일을 진척시키는 것 같은 인상을 사장에게 준 것 같아 아차 했다.

“두세 개 회사만 재입찰하면 탈락한 국가 대사관에서 항의가 올 수도 있고.”

부사장이 처장의 잘못된 언어 선택을 보완하려 거들었다.

“그렇겠군. 그럼 다하는 것으로 하고.”

박 사장이 고개를 끄덕여 동의를 표하며, 부하의 실언을 못들은 체하였다.

“15% 이상 돈을 더 깎으려면 쉽지 않을 텐데……. 한 10% 정도 깎아서 내면 또 재입찰할 수도 없고….”

박 사장이 이 부사장을 건너다보았다.

“그래서 역정보를 흘릴 생각입니다.”

“역정보를?”

"재입찰이 나가면 틀림없이 업자들이 상대방이 쓴 가격을 알려고 혈안이 될 겁니다. 그럴 때 슬쩍 역정보를 흘려야지요. 그 역할은 제가 해야겠지요."

이 부사장은 잘못 들으면 오해받을 소지가 있는 말을 거침없이 했다.

평소 이 부사장이 사심이 없는 기술자인 것을 잘 알고 있는 박 사장은 이 부사장의 말에 미소를 머금고 물었다.

"최소 5천만 불은 더 깎아야겠지요?"

박 사장은 반쯤 눈을 뜨고 허공을 응시하며 5천만 불을 깎는다는 것이 보통 일이 아닐 텐데 부사장에게만 맡길 수 없고 자기도 한 역할을 해야겠다고 생각했다. 그에게 접근해 올 각 회사 에이전트들의 얼굴이 눈앞을 스쳐 갔다.

"네, 최소 5천만 불입니다."

이 부사장이 단호한 목소리로 말했다.

"같이 노력합시다. 각국 대사관에서도 정보를 알아내려 할 테니 실무자들 보안을 철저히 하고."

"네 그렇게 하겠습니다. 다시 말씀 드리지만 지금 가격 내용을 알고 있는 실무자는 오전에 배석했던 박경호 부장 정도입니다. 감사실에서 입회했습니다만 가격은 보여주지 않았습니다. 가격은 감사님께만 보고하겠습니다."

송 처장이 다시 한 번 기밀 유지를 다짐했다.

"감사께?"

사장이 이의를 달았다.

"네."

"술에 약한데……, 보고하지 말지. 내가 따로 말씀드릴게."

"네, 그렇게 하겠습니다. 그럼 바로 재입찰을 요청하는 텔렉스 결재를 올리겠습니다."

"그래 오늘내로 내보내야지. 재입찰한다는 것을 알면 방해하는 세력이 나올 거야. 바로 기안해 와. 내가 청와대는 양해를 구할 테니 동자부에 부사장이 사전에 귀띔을 해요. 동자부 실무자들이 딴소리 하면 내가 장관에게 직접 이야기할 테니 보고해 줘요."

사장은 그의 책상 위에 놓여 있던 기술평가서에 서명을 하고 서류철을 송 처장에게 넘겼다.

"부사장은 잠시 남으시고, 송 처장은 바로 텔렉스 기안해 와요. 감사님 뵙자고 한다고 전하고."

송 처장은 사장의 여비서에게 감사께 사장님이 뵙자고 한다는 연락을 하라고 전하고 사장실을 나섰다.

1986년 6월.

전병호 군수담당 당중앙위원회 비서의 벤츠 승용차 제216호가 목표 9559, 영변 가구공장단지 정문을 통과하여 본관 건물 앞에 도착했다.

전병호는 1926년 3월 함북 무산 출신으로 만경대 혁명학원, 김일성종합대학, 모스크바종합대학에서 수학하였다. 1980년 당중앙위 비서(군수담당), 1988년 당중앙정치국원, 1990년 국방위원회 위원에 선임되었다. 그의 차량은 위대한 수령님께서 그가 수행하고 있는 공화국의 최대 역점사업인 710호 사업의 성공적인 수행을 위하여 격려차 하사하였다.

차량 번호도 김정일의 생일인 2월 16일로 지정해 주었다.

"비서 동지, 전부 모여 기다리고 있습니다."

본관 정문에서 그를 기다리던 이승기 가구공장 지배인이 고개를 숙여 존경을 표하였다. 군수비서는 도열한 간부들에게 일일이 악수를 나누며 격려하고 앞장서서 건물 안으로 들어갔다.

강당에는 책임급 이상 간부 오백여 명이 줄지어 앉아 있었다.

이 지배인의 간단한 소개에 이어 전병호가 강단에 올라섰다.

"친애하는 동지 여러분! 반갑습네다."

전병호는 숨소리를 죽이고 그의 입을 쳐다보고 있는 위대한 혁명 전사들을 내려다보며 가볍게 손을 흔들고 다정한 미소를 보냈다.

"제가 오늘 이곳에 온 것은 위대한 지도자 동지의 뜻을 여러 동지들에게 전달하기 위한 겁니다. 조국 통일 혁명전선에서 우리를 이끄시느라 눈코 뜰

사이 없이 바쁘신 지도자 동지의 마음은 항상 사회주의 강성대국 건설로 일대 비약을 이뤄 조국 통일을 앞당기는 혁명전선에서 불철주야 노력하시는 여러분과 함께 계시며, 미제를 우두머리로 하는 제국주의자들의 힘의 정책에 맞서 싸울 힘을 기르는 중대한 710호 사업의 1100일 전투에 앞장서고 계시는 여러분이 얼마나 중요한 혁명과업을 수행하고 있는지 깊이 아시고 여러분의 노고를 북돋우고자 하는 그이의 뜻을 저에게 대신 다시 한 번 전해달라고 당부하셨습니다. 한 걸음에 달려와서 여러분을 격려하고 싶으시나 혁명과업 수행을 위한 모든 분야에서 그분을 필요로 하시어 저를 대신 보낸 것입니다. 여러분들은 미제의 압제에 시달리는 남조선을 해방시키는 최첨단 핵심기술을 개발하고 있으며, 우리의 위대한 태양 어버이 수령 동지께서도 여러분이 수행하는 일일공공 전투의 중요성을 잘 아시고 눈물어린 성원을 보내시면서 여러분이 수행하는 1100일 전투에 필요한 자금은 어버이 수령님께서 사용하는 자금보다 우선적으로 조달하라고 내각에 지시하셨습니다. 남조선에는 핵폭탄, 핵지뢰 등 이천여 발의 각종 핵무기가 도처에 전개되어 있으며 일년에 몇 차례씩 미제와 합동으로 핵전쟁 연습을 벌이고 있습니다."

전병호의 연설은 30분이 넘도록 계속되었다. 그는 여러분들의 투쟁은 위대한 수령님과 장군께서 항상 지켜보시며 격려하고 계시다고 강조하며 마무리로 보너스를 던졌다.

"지도자 동지께서는 여러분들의 혁명과업 수행을 격려하시기 위해 여러분들을 평양시민과 같은 대우를 하도록 지시하셨습니다. 매일 맥주 500ml와 교환할 수 있는 영양제 식권과 매달 담배 30갑이 지급될 것입니다. 또한 오늘 제가 오는 편에 빼어난 투쟁 기록을 세운 혁명 투사 세 분에게 컬러TV를 선물로 내리셨습니다. 혁명투사를 선정하는 권한은 이승기 노력영웅에게 위임하셨습니다. 여러분들의 투철한 혁명정신에 바탕하여 일일공공 전투가 승리로 매듭지어질 것이라 믿으며 이만 제 말을 마치겠습니다."

전병호는 우레와 같은 박수를 받으며 연단에서 내려와 손을 흔들고 강당을 빠져 나왔다.

　전병호 비서가 배석한 가운데 지배인실 옆에 딸린 소회의실에서 이승기 지배인이 주관하는 각 부문별 공정 진도 점검회의가 이어졌다.

　"위대한 지도자 동지께서 노력영웅 이승기 선생의 노고를 치하하시면서 이 선생의 지도 아래 모든 것이 잘 진전되고 있는 것은 아시지만 그래도 하시는 노파심에서 저더러 지금까지 진전된 사항을 확인하고 무엇을 도와주어야 하는지 점검하라고 지시하셨습니다. 이 선생, 회의를 주관하시지요."

　좌석의 상석에 앉아 간단하게 인사말을 마친 전병호가 옆자리에 앉은 이승기를 돌아보았다.

　"그럼 전체적인 진척사항은 제가 말씀 드리고 각 분야별로 책임동무들이 보고를 드리도록 하겠습니다."

　이승기의 말에 전병호가 고개를 끄덕여 동의를 표했다.

　"위대한 어버이 수령님과 영명하신 지도자 동지의 가르침을 받들어 모든 사업이 순조롭게 잘 진행되고 있습니다. 우라늄 확보, 핵연료봉 공장 건설, 원자력발전소 운전, 플루토늄 추출 실험, 고폭 실험까지 당초 계획에 앞서 나가고 있으며, 지난 해 지도자 동지를 모신 회의에서 당부하신 일일공공 전투, 3년 내 핵무기를 가지는 준비를 마치는 데 차질이 없도록 준비를 해가고 있습니다. 그럼 앉은 순서에 따라 공순구 기사장이 보고하시지요."

　이승기는 5MWe 원자로 책임 간부인 공순구 기사장에게 발언을 지시했다.

　"존경하는 전병호 군수비서를 모시고 이런 발언을 하게 되어 영광입니다. 1979년 착공한 영변 1호기는 지난해 8월 14일 해방 40주년 기념일을 맞이하여 위대한 수령님께 바치는 선물로 최초 임계에 도달하였습니다. 그동안 여러 실험을 무사히 마치고 지난 1월부터 본격 가동에 들어갔습니다. 군수비서 동지께서 아시다시피 이번 건설한 원자로는 농축우라늄을 연료로 사용하지 않습니다. 농축우라늄을 사용할 경우 농축 기술이 없는 우리 공화국은 미제를 비롯한 외세의 농간에 놀아날 수뿐이 없어 우리 국토에서 나는 우라늄과 우리 손으로 만든 핵연료를 사용할 수 있도록 우리 기술자들이 직접 설계하였으며, 감속재도 우리 공화국에서 많이 나는 흑연을 사용하도록 설계하였습니다. 우리가 건설 운영하는 이 원자로는 영국, 프랑스 등이 원자탄을 개발할 때 플루토늄을 얻는 데 사용한 원자로와 같은 종류의 원자로로 일년간 이 원자로를 운전하고 타고 난 연료를 꺼내 재처리하면 최소 원자탄 한 발을 만들 수 있는 플루토늄 7kg을 얻을 수가 있으며, 지도자 동지께서 지시하신 3년 내에 최소 세 개 내지 네 개의 핵폭탄을 만들 수 있는 플루토늄을 생산할 수가 있습니다."

공순구는 김일성대학을 졸업하고 1959년 북한과 소련간에 체결된 조·소간 원자력분야 협력협정에 따라 소련으로 유학을 떠나 모스크바 공업물리학교에서 박사칭호를 얻고, 세계 최초의 상업용 원자력발전소인 오브닌스크 발전소 운전에도 직접 참여하였다. 귀국 후 IRT-2000 부기사장으로 근무하던 중 영변 1호기 설계책임자로 발탁되어 영변 1호기 설계와 건설을 총괄하였다. 그는 영변 1호기의 성공적 준공에 기여한 공로로 인민상을 받았으며, 소련으로부터는 조·소간 과학협력에 기여한 공로로 레닌상을 수상한 바 있다.

"매년 핵폭탄 한 개라! 이제 그 능력을 갖췄다는 말이지요. 지도자 동지께서 이 보고를 받으시면 매우 기뻐하실 겁니다. 정말 수고하셨습니다."

전병호 비서가 지도자 동지를 대신하여 따뜻한 격려의 말을 공순구 기사장에게 보냈다.

"그럼 다음 연료 생산현황을 보고 드리지요. 먼저 오늘 보고를 위하여 멀리 박천 4월기업소(주 : 박천 우라늄 정련시설)에서 오신 이종진 동지를 소개합니다."

이승기가 이종진을 지목했다.

"군수비서 동지를 모시고 보고 드리게 된 것을 영광으로 여깁니다. 1982년 가동을 개시한 저희 4월기업소에서는 순천 월비산 광산에서 매월 만 톤 이상의 2호 광석을 받아 처리해 오고 있으며, 초기에는 연간 10톤의 우라늄 정광의 생산도 어려웠으나 당에서 파견해 온 제대군인 전사들의 온몸을 바치는 노력으로 그 생산량이 기하급수적으로 늘어나 지난해에는 30톤 생산 목표를 초과 달성하였으며, 우리 사업소에서 생산한 우라늄으로 영변 1호기 원자로를 가동할 수 있는 연료를 공급할 수 있도록 투쟁에 박차를 가하고 있습니다. 지난해에 착공한 1월 기업소, 평산 우라늄 제련소가 가동될 때까지 총력 투쟁하여 생산 배가에 진력하겠습니다."

"4월기업소의 영웅적 투쟁실적은 지도자 동지께서도 눈물겹도록 감격하고 계십니다."

전병호가 소리를 죽여 박수를 쳤다.

"8월기업소(주 : 핵연료봉 생산시설) 진행사항을 말씀 드리면, 1970년대 방사화학연구소에서 기초연구를 마친 기술을 바탕으로 단지내 용추동과 신동참 사이 구룡강 곡류 부근에 8월기업소를 건설중이며, 공장 규모는 향후 건설 예정인 영변 2호기, 태천 및 신포 발전소에 핵연료를 만들어 공급할 수 있도록 연산 200톤으로 넉넉하게 건물을 건설하였습니다. 영변 1호기에 사용하는 연간 50톤 금속 우라늄 연료는 물론, 향후 러시아에서 공급할 신포 원자력발전소에 사용할 이산화우라늄 연료, 우라늄 농축에 대비한 육불화우라늄을 처리할 수 있는 시설을 갖출 예정입니다."

"전치부 기사장! 미래를 보는 눈이 대단하구먼. 신포 원자력발전소 연료와 영변 원자로 연료는 다릅니까?"

전치부는 김일성대학 핵물리학과 1회 졸업생으로 조·소련간 원자력분야 협력협정에 의거 소련으로 유학을 가서 바우만 고등기술학교를 졸업하고, 크루차토프연구소에서 소련 기술자와 공동으로 산화우라늄에서 금속우라늄을 만드는 공정을 개발하고 소련과학원 명예원사 칭호를 얻었다. 귀국하여 8월기업소, 핵연료 제조 책임을 맡고 있다.

"네. 영변 원자로는 전기 생산이 목적이 아니라 실험이 주목적이므로 운전 온도가 높지 않아 금속우라늄을 연료로 사용합니다만 용량이 440만 kw나 되는 신포 원자로에는 운전 온도가 높으므로 금속우라늄은 쓸 수 없고 고온에 견디는 산화우라늄을 사용합니다."

"그럼 남조선 원자로는 산화우라늄을 사용하겠네요?"

"그렇습니다. 용량이 다 60만 kw는 넘으니까요."

"아직 우라늄 농축은 생각하지 않고 있는데 그에 대한 대비를 한다고요?

정말 미래를 보는 눈이 대단해요. 여러분의 준비에 지도자 동지께서 매우 흡족해 하실 겁니다."

"12월기업소(주 : 북한에서 방사화학시설이라 부르는 재처리 시설) 상황을 보고 드리겠습니다."

12월기업소 이홍섭 기사장이 차분한 목소리로 보고를 시작했다.

"플루토늄 추출 기술은 1970년대 동위원소실험실에서 수행한 연구실적을 바탕으로 이미 수립된 재처리 기술의 핵심 기술인 믹서 세틀러와 펄스 컬럼 기술 등을 바탕으로 방사화학시설 건설을 위한 부지를 정지중입니다. 동 시설 규모는 높이가 6층 건물 규모이며, 길이가 180m나 됩니다. 영변 1호기에서 타고난 핵연료를 철도로 수송하기 위해 구룡강 곡류지역에 자리를 잡고 있습니다. 1989년 가동에 들어가면 매년 영변 1호기에서 나오는 타고난 연료를 재처리할 수 있으며, 영변 2호기 가동 등에 대비하여 매년 원자탄 3~4개 이상 만들 수 있는 플루토늄을 추출할 수 있는 처리능력을 가질 겁니다."

이홍섭 기사장은 김책공대를 졸업하고, 방사선화학연구소(1956년 설립)에 입소하여 가공된 핵연료의 절단, 핵연료 용해 등 사용후 핵연료 재처리에 대한 기초 연구를 수행하였으며, 1975년부터 재처리 모의실험인 콜드 테스트를 주관하는 등 공화국내에서 재처리분야의 실험과 이론분야의 최고권위자로 알려져 있다. 콜드 테스트를 성공적으로 이끈 공로로 김일성상을 수상하였다.

"건물이 그렇게 크면 인공위성에 노출될 텐데요."

전병호가 우려를 표했다.

"네, 그런 우려는 있습니다만 미제는 이미 매일 인공위성으로 영변 1호기 운전 상황을 감시하고 소비에트공화국을 통하여 핵확산의 위험을 경고하고 있는 형편입니다. 지하 건설을 검토하였으나 1100일 전투 기간 내에 도저히 과업 달성이 불가능하여 노출 위험이 있습니다만 지상에 건설하기로 하였습니다."

이승기가 차분한 목소리로 말했다.

"잘하셨어요. 1988년이 되면 우리의 핵능력이 모두 갖춰질 테니 미제를 너무 신경 쓸 것 없겠지요."

전병호가 고개를 끄덕였다.

"고폭 실험 현황을 말씀 드리겠습니다."

인민군복 차림의 조철진 대좌가 부동자세로 말을 이어받았다.

"지난 1983년부터 진행되어 온 고폭 실험은 지도자 동지와 당의 전폭적인 지원 아래 43여단 제1대대가 투입되어 대대적인 시험장 확장을 진행 중이며, 곧 건설을 마치고 본격적인 실험을 계속할 계획입니다. 어버이 수령 동지와 위대한 지도자 동지의 끊임없는 성원에 저희 대원들은 모두 눈물로서 그 은혜에 보답하고자 뼈가 가루가 되도록 노력하고 있습니다."

"보고를 받고 보니 정말 여러분들의 노력에 저절로 눈시울이 뜨거워집니다. 다시 한 번 여러분들의 710호 혁명과업 완수를 위한 노력에 감사를 드리며 지도자 동지께 있는 그대로 보고 드리겠습니다. 통일전선부의 보고에 의하면 지금 남조선에서는 원자력 기술 자립인가를 한다고 난리랍니다. 남조선의 기술 자립에 대하여 기술자이신 동지들의 의견은 어떻습니까?"

전병호가 좌중을 돌아보며 물었다.

기사장들은 이승기를 쳐다보았다. 이승기가 결연한 말투로 입을 열었다.

"좀 가소로운 면이 있습니다. 우리는 위대한 수령님의 교시와 영명하신 지도자 동지의 지도 아래 우리 기술로 원자력발전소도 건설하고, 우라늄 연료도 공화국내에 있는 광산을 개발하여 얻고 있으며, 핵연료를 만드는 시설이나 타고난 연료를 재처리하는 시설도 다 우리 기술로 건설하고 있습니다. 그런데 남조선에서 전부 외국 기술 그것도 미제의 기술에 전적으로 의존하고 있습니다. 핵연료를 만드는 공장을 대전 대덕단지에 건설하고 있습니다만 기술은 막대한 외화를 주고 서독에서 사갔으며, 발전소를 건설하는 기술도 비싼 외화를 버리며 미국에서 사오려고 하고 있습니다. 그러므로 우리의 힘, 우리의 기술로 모든 문제를 해결하는 우리 공화국과 남조선을 비교하는 것은 우리 기술자들을 모욕하는 겁니다."

이승기의 톤이 높아졌다.

"그래도 남조선에는 시설 용량이 100만 kw나 되는 발전소가 돌아간다는 데요?"

전병호가 이승기 노력영웅을 건너다보며 말했다.

"우리 공화국도 소비에트공화국의 협조를 받아 신포에 6십 3만 5천 kw짜리 원자력발전소 3기(주 : 소련은 당초 440천 kw 원자력발전소 4기 공급계획을 바꿔 635천 kw 발전소 3기 공급을 제의함)를 건설할 계획으로 입지를 다듬고 있습니다. 태천에는 2십만 kw 짜리 발전소를 우리 기술로 설계하여 건설할 계획이고요."

이승기는 대용량 상업용 원자력발전소 건설기술이 남조선에 크게 뒤지는 사실을 의도적으로 인정하려 들지 않았다.

"더구나 남조선은 원자력발전소에 사용하는 핵연료, 우라늄을 다 수입하고 있어요. 우라늄 수입이 끊기면 발전소를 다 세워야 해요."

"옳은 말씀입니다. 여러분들이 말씀하신 내용을 지도자 동지께 그대로 보고 드리겠습니다. 710호 사업, 일일공공 전투가 차질 없이 진행되고 있음을 보고 드리고 다른 분야에서도 매진하도록 격려하시도록 말씀 드리겠습니다. 당연히 여러분의 영웅적 투쟁도 함께 보고 드리겠습니다. 그럼 8월기업소와 12월기업소 현장을 돌아봅시다."

전병호가 자리에서 일어섰다. 보고자들이 부동자세로 서서 전병호를 전송했다. 전병호는 참석자들에게 일일이 악수를 나누며 애정을 표했다.

04
함정

1986년 6월.

신규사업처 사업부장 박경호는 인사동 좁은 골목길 안쪽에 걸린 ‘裕苑’(유원)이라는 간판을 올려다보며 골목 안으로 들어섰다. 길에 주차된 고급 승용차들이 좁은 골목길을 더 비좁게 했다.

평범하게 보이는 한옥 대문 안에 들어서자 공들여 꾸민 정원이 나타났다. 현관까지 이어진 자갈길이 이어졌다. 모로 세운 벽돌이 자갈길과 잔디밭을 갈랐다. 길 양편에는 석등이 서 있다.

박경호가 대문에 들어서서 멈칫하며 주위를 살피자 현관에서 한복을 입은 40대의 푸짐한 여인이 쪼르르 달려 나오며, “어서 오세요.” 간드러지게 인사를 하였다. 진한 화장품 냄새에 박경호는 고개를 돌렸다.

“김상권씨 이름으로 예약되어 있을 텐데요.”

박경호가 40대 여인을 따라 현관으로 들어서며 더듬거렸다.

“김 사장님 벌써 와 계세요. 2층 매실로 모셔.”

40대 여인이 안방에 대고 소리를 질렀다. 그녀는 여주인인 모양이다.

안방에서 한복을 차려 입은 아가씨가 쪼르르 달려 나와 박경호를 2층으로 안내했다.

김상권은 박경호의 고등학교 동기동창으로 박경호보다 1년 먼저 한전에 입사하여 외자 파트에서 근무하다가, 1980년대 초 국내 재벌들이 한창 기업을 확장할 때 월급을 두 배나 더 받고 이사로 스카우트되어 전직을 했다. 연초에 그는 사무실로 박경호를 찾아와서 독립을 했다며 사장 직함이 찍힌 명함을 건네며 잘 부탁한다고 고개를 숙였다. 박경호는 친구에게 점심을 샀고, 친구는 빚을 갚겠다며 저녁을 초대했다.

박경호는 친구가 간단히 저녁이나 하자고 하여 아무 생각도 없이 그가 알려준 식당을 찾았다가 음식점에 들어서는 순간 흠칫하며, '이 친구가 나한테 이런 비싼 대접을 할 이유가 없는데…' 하며 멈칫했다.

박경호는 벌써 친구가 와서 기다린다는데 돌아설 수도 없어 아가씨를 따라 2층으로 올라갔다.

"어, 경호야 어서 와."

보료에 앉아서 한복을 입은 아가씨와 맥주를 마시고 있던 상권이 자리에서 일어서며 반갑게 맞이했다.

경호를 안내한 아가씨는, "재미있게 노세요." 인사를 하고 물러갔다.

"너 돈 많이 벌었구나, 이런 비싼 집에 초대하는 것을 보면."

경호는 아랫목 벽을 가린 고급스런 병풍과 양 옆 서랍장 위에 놓인 청자를 둘러보며 말했다.

"야, 내 돈으로 사는 것 아냐. 회삿돈으로 사는 거다. 너 국가와 민족을 위해 무지 고생하는데 이 정도도 못 사겠냐?"

상권이 너스레를 떨었다.

"그래도……."

"음식 나오기까지 고스톱이나 한판 칠까? 미스 김 맥주 한 병 더 가지고 오라고 시키고 고스톱 둘이 칠 수 없으니 미스 김도 끼지."

김상권은 이 집 단골인 것 같았다.

미스 김이 경호의 옷을 받아 옷걸이에 걸고 미리 준비해 놓은 화투와 보료를 챙겨 왔다.

"이 돈에서 빼먹기다."

상권은 천 원짜리 열장을 꺼내 보료 위에 놓았다. 경호는 친구로부터 '업자' 대접을 받는 것같아 기분이 찜찜했다.

“제가 먹어도 돼요?”

미스 김이 그녀의 하루저녁 팁이 되는 현금을 챙겨 보료 한 옆에 놓으며 탐을 냈다.

“물론이지. 참 경호야, 너랑 단 둘이 술 마시기도 뭐해 내가 신세진 형님 한 분 모시기로 했는데 괜찮지? 아주 좋으신 분이야. 너도 알아두면 크게 도움이 될 거야.”

딱히 반대할 입장이 못 되는 경호는 침묵으로 그의 제의를 받아들였다.

“어 늦었지?”

고스톱 첫 판이 끝나기도 전에 안경 속에서 날카롭게 눈알이 반짝이는 40대 후반의 콤비를 입은 남자가 여주인의 안내를 받으며 방에 들어섰다. 그의 콤비가 고급스럽게 보였다.

“아닙니다. 이제 막 고스톱 시작했습니다. 이 친구, 말씀 드렸던 한전에 다니는 박경호 부장입니다. 제 불알친구입니다. 이분은 빌 추 형님. 재미 교포셔. 내가 미국과 거래하는데 많은 도움을 주고 계셔.”

경호는 상권과 고등학교 동기동창이나 고등학교 다닐 때는 그저 얼굴이나 아는 처지였다. 같은 직장에 다니다 보니 조금 친해졌을 뿐인데 상권이 ‘불알친구’ 라고 소개하자 경호는 기분이 묘해졌다.

“아, 만나뵈어 반갑습니다. 상권 아우한테 여러 번 말씀 들었습니다. 서울대 나오시고 한전에 들어가서서 원자력분야에서 엘리트로 활약하고 계시다고. 저 빌 춥니다.”

경호는 엉거주춤하게 일어서서, “박경홉니다” 하며 빌 추의 손을 잡았다. 빌 추는 두 손으로 경호의 손을 감싸고 다정하게 흔들었다. 경호는 명함을 건넸다. 빌 추는 경호의 명함을 자세히 보고 포켓에 집어넣으며 옷을 갈아입고 나오며 명함을 챙기지 못했다고 사과했다. 다음에 꼭 드리겠다고 했다.

“한 판 하시겠어요?”

소개를 마치고 상권이 빌 추에게 물었다.

“나 고스톱은 못해.”

빌 추가 손사래를 했다.

“그럼 음식 내오지.”

상권이 미스 김에게 말했다.

미스 김은 고스톱 판에 깔린 판돈이 아까운 듯 머뭇거렸다.

“이거 미스 김이 가져.”

상권이 판돈을 미스 김 앞으로 밀었다. 경호는 돈을 헤프게 쓰는 상권이 못마땅하여 이맛살을 찌푸렸다.

바로 종업원 두 사람이 떡 벌어지게 차린 상을 들고 들어왔다.

두 사람은 경호에게 상석을 강권했으나, 경호는 친구가 형이라고 부르는 빌 추에게 안쪽 상석을 양보했다.

경호는 병풍에 빽빽하게 쓰여 있는 반야바라밀다심경을 훑어보며 ‘술집 병풍에 웬 불경’ 했다.

여주인이 한복을 입은 아가씨 셋을 데리고 나타났다.

그녀는 자리를 죽 둘러보고, “수영이 너는 추 사장님, 소영이 넌 김 사장님, 미선이는 새로 오신 사장님” 하고 아가씨를 일방적으로 배분했다.

세 아가씨 중 제일 영계가 경호의 옆 자리에 조심스럽게 앉았다.

“저 조 마담이에요. 제가 먼저 한 잔 올리겠습니다.”

눈치 빠른 조 마담이 경호에게 먼저 정종이 담긴 주전자를 디밀었다.

“추 사장님 먼저.”

경호가 사양했다.

“손님이신데.”

빌 추가 고집을 세웠다.

“경호 너부터 받아라.”

상권이 거들었다. 경호는 별 수 없이 첫잔을 받았다.

첫잔을 비우고, 빌 추의 파트너를 시작으로 아가씨들이 차례로 이름을 댔다.

경호는 “박미선이에요” 하는 파트너의 이름을 들으며 “여자 코미디언과 이름이 같네”하며 고개를 끄덕여 인사를 받고, “박경호”하고 자신을 소개했다. 미선의 짙은 속눈썹이 눈을 끌었다. 그녀는 적당히 통통했다.

세 남자는 여자를 옆에 끼고 앉아 질펀하게 술을 마셨다. 여자들은 남자들이 술을 마시도록 아양을 떨었다.

술이 두어 순배 돌 때까지 경호는 상권이 이런 비싼 술을 사는 것이 혹시 원자력 11, 12호기 입찰 관련 정보를 빼내려는 것이 아닌가 하여 경계를 늦추지 않았으나, 두 사람은 업무 이야기는 근처도 건드리지 않았다.

두 사람은 미국에서 본 포르노 영화와 나체 춤을 화제로 올리며 아가씨를 희롱하며 즐겁게 술을 마셨다. 경호는 친구가 아무런 사심도 없이 비싼 술을 사는데 잠시나마 의심한 것이 미안해져 미국 출장갔을 때 경험을 공유하며 판에 어울렸다.

“형님 이제 정종 그만 하고 양주로 바꾸시지요. 경호야 어떠냐?”

상권의 혀가 꼬부라졌다.

“양주 좋지. 수연아 내 기사에게 연락해서 차에 있는 술 가져오라고 해.”

빌 추가 그의 옆자리에 앉은 아가씨에게 말했다.

“우리 집에도 양주 있는데.”

수연이 앙탈했다.

“형님, 내 불알친구 경호도 왔고, 저 친구 굉장히 어려운 걸음 했거든요. 지금 무척 바쁠 텐데 특별히 시간 냈어요. 오늘 기분 냅시다. 이 집 술 마셔줍시다.”

상권이 빌 추에게 양해를 구했다.

“그래, 그럼 이 집 술 가져와.”

빌 추가 양보했다.

“시버스 리걸 있지? 박통이 마시다가 쾅 당한.”

상권이 호기를 부렸다.

얼음, 음료수, 12살짜리 시버스 리걸을 바로 날라 왔다. 아가씨들이 날쌔게 술자리를 세팅했다.

화장실에 가는 척하며 밖으로 나갔던 빌 추가 조니워커 두 병을 들고 들어왔다.

"자 한 잔씩 노틀카야."

빌 추가 손님 세 사람과 아가씨 세 사람의 잔에 시버스 리걸을 가득 따르며 기염을 토했다.

"좋습니다. 노틀카 찡따오입니다."

상권이 받았다.

다투듯 양주잔을 입에 털어 부었다. 목줄기를 타고 불꽃이 흘러 내렸다.

"미선이라고 했지. 미선이 찡그렸어. 벌주 한 잔."

빌 추가 경호의 파트너에게 벌주를 내렸다.

"저 안 찡그렸어요."

미선이 경호의 품에 안길 듯 다가와서 올려다보며 응원을 청했다.

"내가 앞에서 봤어."

빌 추가 우겼다.

"두 사람 경치 좋다. 합환주 마셔라."

상권이 박수를 쳤다.

"두 사람만 하면 불공평해요. 우리 다 같이 러브 샷."

수연이 저고리 옷섶 사이로 밀어 넣는 빌 추의 손을 가볍게 밀어내며 애교를 부렸다.

"좋아 러브 샷."

상권이 히히거렸다.

팔짱을 끼고 러브 샷. 상권이 소영을 꽉 껴안고 쪽 소리가 나도록 입술에 키스를 하였다.

빌 추의 손이 수연을 지분거렸다. 경호는 눈앞의 장면이 민망하여 눈 둘 곳을 몰랐다.

"이러시지 마시고 우리 옷 벗기 해요."

수연이 빌 추의 손을 치마 밑에서 밀쳐내며 제의했다.

"좋지."

상권이 손뼉을 쳤다.

여자가 먼저 옷 벗기 내기를 하자는 제의에 경호는 눈이 커졌다.

수연이 남자 종업원에게 사과를 가져오라고 했다.

수연이 이쑤시개를 반으로 잘라 사과 위쪽에 꽂았다.

"박 사장님, 돌리세요. 제가 집행관을 하겠습니다."

수연이 경호에게 명령했다. 경호가 사과를 돌렸다. 반 바퀴도 돌지 못하고 사과가 멈춰 섰다. 이쑤시개 끝이 경호를 향했다.

"자식 되게 술 고팠던 모양이지."

상권이 박수를 쳤다.

"술을 마시던지 옷을 하나 벗든지 하세요."

수연이 경호를 쳐다보며 살살 웃었다. 술에 발갛게 물든 그녀의 얼굴이 고혹적이다.

"하나만 벗으면 되지?"

경호는 넥타이를 풀면서 말했다.

"에이 넥타이는 안 돼요."

수연이 퇴짜를 놓았다.

"첫 번은 연습이니 넥타이로 봐줘요."

미선이 사정을 하였다.

"벌써 남편 챙기네. 좋아. 그럼 다시 돌리세요."

경호가 힘껏 사과를 돌렸다. 사과가 뒤뚱거리며 몇 바퀴 돌았다. 이쑤시개 끝이 수연을 향했다.

"바로 복수시네. 저 옷 벗을래요."

수연은 스스럼없이 저고리를 벗었다. 치마끈으로 동여맨 유방의 윗자락이 터질 듯 탐스러웠다. 경호는 애써 눈을 피하려 하였으나 본능적으로 그의 눈이 그녀의 젖무덤으로 빨려 들어갔다.

사과가 빙글빙글 돌았다.

손님들과 여자들은 웃다가 비명을 지르다 하면서 술을 마시기도 하고 옷을 벗기도 했다. 경호는 옷을 벗기보다는 술 마시는 쪽을 택했다. 여자들의 치마가 벗겨지고 남자들의 바지가 벗겨졌다. 알코올에 이성을 저당 잡힌 암 놈 수놈은 반라의 몸뚱이를 부둥켜안고 서로 간질이며 시시덕거렸다.

경호는 브래지어까지 벗은 미선을 차마 볼 수가 없어 외면을 하였으나 반라의 여인을 옆에 두고 술에 취한 정신이 흔들거렸다. 그의 젊은 육체가 용틀임을 했다. 경호는 절제된 생활을 해온 국영기업체 직원의 탈에 갇혀 용을 쓰며 여자를 안고 싶은 욕망을 억제하며 푸푸 술기운을 공기 중에 품어 냈다.

여인으로부터 도발을 당한 빌 추가 먼저 아가씨를 안고 병풍 뒤로 사라졌다. 상권이 바로 뒤따랐다.

"우리는 안 가요?"

미선이 팬티만 걸친 몸을 떨며, 꾸어다 놓은 보릿자루같이 눈 둘 곳을 모르고 앉아 있는 경호를 쳐다봤다.

"어디를?"

"모르세요?"

"무슨 말?"

미선은 경호를 빤히 올려다보며 그의 진의를 탐색했다.

경호는 반라의 젊은 여인을 마주 볼 수가 없어 고개를 외면했다.

입안이 말라 왔다. 불끈 하체가 용솟음쳤다. 그는 큰 숨을 내쉬며 알코올 기운을 내뱉고, 아쉬움을 삼키며 그녀의 치마를 챙겨 줬다.

"그래도 괜찮아요?"

그녀가 망설였다.

"우리 술이나 마시지."

경호는 러닝을 챙겨 입었다.

"고마워요."

미선이 옷을 챙겨 입었다. 경호는 손목시계를 보았다. 11시가 넘었다. 벌써 네 시간이나 술을 마셨다. 버스 끊어질 시간이 얼마 남지 않았다. 지금 일어나야 버스 막차를 탈 것 같았다. 경호는 병풍 뒤로 사라진 '쌍' 들에게 인사도 않고 자리를 털고 일어설 수가 없어 초조해졌다.

옷을 챙겨 입은 미선이 시선을 허공에 두고 경호의 옆자리에 꼿꼿이 앉아 있다. 경호는 그녀가 가엾어서 가볍게 그녀의 손을 잡아줬다. 그녀의 손은 찼다.

"따뜻해요. 선생님 마음이 따뜻하신 것 같아요."

"그런가요?"

"이런 데 처음이세요?"

"술집은 자주 가지만 요정은 별로. 밤이 늦었는데 어떻게 집에 가지요?"

못 푼 욕망의 찌꺼기가 경호를 아쉽게 했다. 그는 지금이라도 그녀를 끌고 병풍 뒤로 가고 싶었다.

"저희들은 총알택시 타고 가요. 늦는 날은 그냥 이 방에서 자요. 오빠 서울대 나왔어요?"

"그런 것 같은데."

"김 사장님이 이야기하는 것 들었어요."

"그 친구 자주 와요?"

"네. 추 사장님과도 몇 번 오셨어요. 외국 손님 모시고."

"외국 손님?"

"네. 그 친구들은 나이트를 원하는 경우가 많아요."

"나이트?"

"네, 일종의 성상납이지요."

"어 벌써 나왔어?"

상권이 소영을 데리고 병풍 뒤에서 나오며 다정하게 이야기를 나누는 경호와 미선의 사이로 말을 툭 던졌다.

"벌써 나왔지. 나는 토끼띠야. 그래 만리장성은 잘 쌓았냐?"

"소영은 명기야, 명기."

상권은 소영의 머리를 당겨 볼에 키스를 하였다.

상권이 뒤풀이로 밴드를 부르자는 것을 경호가 극구 말렸다. 남은 양주로 입가심을 하고 자리에서 일어섰다.

술에 만취한 상권과 빌 추는 경호를 챙길 형편이 못 되었다. 운전기사가 자기 주인을 챙겨 자가용에 태웠다. 경호는 마담이 잡아 준 택시를 타고 집으로 갔다.

알코올로 머리가 흔들거리는 경호는 대한민국에서 제일 큰 프로젝트를 주무르는 사람은 버스를 타는데, 조그만 무역회사를 한다는 상권이 자가용을 타고 하루저녁에 몇 십만 원이나 드는 저녁을 낼 수 있는 현실이 이해되지 않아 푸푸거렸다.

다음 날 오후 다섯 시경, 경호는 "무역회관에 제 사무실이 있어요. 길만 건너면 한전이니 잠시 들러 차나 한 잔 하고 가겠다"는 빌 추의 전화를 받았다. 경호는 가벼운 마음으로 들르라고 하였다.

"정말 우리 박 박사 매너에 반했어요."

빌 추가 박경호의 공간에 들어서며 아주 친한 척 크게 제스처를 하며 입에 발린 칭찬을 하였다.

"앉으시지요. 차는?"

경호가 그의 책상 옆에 마련된 간이 소파 자리를 권하며 물었다.

"아무거나 주세요."

경호는 직원에게 자동판매기에서 커피를 빼오도록 시켰다.

"어제 명함을 못 드렸는데……."

빌 추가 명함을 건넸다.

영문으로 찍힌 명함에는 큰 글씨로 'Bill Chu, PHD', 그 밑줄에 'Consultant', 아래에 연락처 주소와 전화번호가 한 줄로 찍혀 있다. 그의 주소는 무역회관이었다. 회사 이름은 없었다.

"미국에서 박사를 마치고 에너지성에 근무하다 반년 전에 귀국하여 외국 회사의 컨설팅을 하고 있어요. 김 사장과는 오래 전부터 아는 사이로 호형호제해요. 김 사장이 박 부장님을 무척 좋아하세요. 여러 번 이야기를 들었어요. 그래서 그제 술자리에서 처음 뵈었지만 낯선 기분이 아니었지요. 또 박 박사님 매너에 반했고."

빌 추는 간단하게 자신을 소개했다.

"네에. 저 박사 아닌데요."

"꼭 학위가 있어야 박산가요? 박 부장님은 그 분야 최고시라던데."

직원이 커피 두 잔을 놓고 갔다.

"밴딩머신에서 빼온 커핍니다."

경호는 빌 추의 말을 살짝 비껴갔다.

"운동을 좋아하시는 것 같던데."

"네. 시간 나는 대로 테니스를 칩니다."

"아, 그러세요? 저도 테니스를 좋아하는데. 아직 귀국한 지가 일천하여 테니스 친구가 없었는데 잘 됐네요. 언제 한 번 겨뤄 볼까요?"

"제 실력이 그 정도는 못 됩니다."

"이번 주말 오후에 어떠세요?"

"일기예보에서 비가 온다고 했는데요."

경호는 완곡하게 그의 제의를 거절했다.

"마침 저 실내 테니스장 멤버십을 가지고 있어요. 토요일 오후 어때요?"

"토요일 오후에는 일을 해야 할 것 같은데요."

"그렇게 일만 하시면 건강을 해쳐요. 그럼 일요일 오후 4시 어때요? 두어 게임 치고 맥주나 한 잔 하면. 마침 김 사장에게 거하게 술도 얻어먹었으니 빚도 갚을 겸 김 사장도 불러낼게요. 박 박사님도 한 분 같이 모시고 나오시지요."

"그게."

"특별히 약속이 없으신 것 같으니 우리 테니스나 한 판 칩시다. 술 드시는 실력과 매너를 보니 테니스 실력도 대단하실 것 같은데."

그때 송창수 처장이 경호를 부르는 전화가 왔다.

"바쁘신데 시간 내주셔서. 예약하고 전화 드리지요."

통화 내용을 듣고 있던 빌 추는 경호의 대답도 듣지 않고 자리에서 일어서서 손을 내밀었다.

경호는 미처 그의 제의를 거절도 하지 못하고 수화기를 든 채 악수를 하고, 서류철을 들고 뛰듯이 송 처장 집무실로 갔다.

박경호가 송창수 전무에게 입찰가격을 정리한 서류를 내밀자, 그는 서류에 서명을 하며 말을 이었다.

"이 보고서 바로 부사장님께 보고 드리고, 지난번 사장님께 보고 드린 후 말했지만, 이 가격은 그냥 참고 자료야. 재입찰 결과에 따라 순위가 어떻게 될지 모르니 철저히 보안 지키고. 이 가격을 본 사람은 사장, 부사장, 그리고 박 부장과 나 네 사람 밖에 없으니 이 자료가 새어 나가면 우리 넷 중에 한 사람이 유출한 거야. 박 부장 믿지만 노파심에서 다시 한 번 당부하는 거야."

"네. 부사장님께 보고 드리고 밀봉하여 비밀을 지키겠습니다."

"박 부장도 알다시피 입찰 가격이 우리 예가보다 5천만 불이나 높아. 그래서 재입찰한 거야. 5천만 불 이상 깎아야 해. 절대 업자들에게 업자간 입찰가격 차이가 몇 백만 불도 안 된다는 정보가 새어 나가면 안 돼. 사장님 부사장님이 역정보를 흘리고 계시는데 박 부장에게 진위를 알아내려고 여러 루트로 접근을 시도할 거야. 술자리는 가급적 피하고. 각 회사 에이전트 회사가 어딘지는 알지?"

"네 웨스팅하우스는 미래건설, 프라마톰은 현진해운, 씨이는 성호상사라고 알고 있습니다. 카베이뷰는 법대 나왔다고 청와대 경제수석과 절친하다는 사람이 서울대 동문이라며 골프를 치자고 했는데 제가 골프를 못 친다고 했더니 그냥 갔어요."

"벌써 박 부장에게도 접근을 했군. 표면에 나타난 에이전트 말고 또 개인적으로 뛰는 에이전트가 있어. 실은 그들이 실세야. 우리 같은 기술자들보다 몇 단계 술수가 높으니 조심해. 나는 1직급 됐으니 진급할 만큼 진급했고 사장, 부사장은 임기 되면 물러가면 그만이지만 박 부장 같은 젊은 엘리트들은 원자력을 짊어지고 나가야 할 일꾼이야. 절대 휘둘리지 마. 재입찰 끝나면 바로 계약자 정할 거니 한두 달만 고생하면 돼. 업자들 농간에 절대 끼어들지 마. 이번 계약이 끝나면 박 부장 진급을 사장님께 품신할게. 절대 딴 생각하지 마."

경호는 월급쟁이로서 가장 바라는 진급에 대한 말을 듣고 전신으로 열기가 확 퍼졌다.

경호는 자신을 최고 엘리트라고 자부하며 남을 칭찬하는 데 무척 인색한 송 처장이 그를 엘리트라고 불러주자 얼굴이 화끈 달아올랐다.

"네. 조심하겠습니다."

경호의 목소리가 떨렸다.

"그리고 석간 봤어?"

"아직."

"현대 정주영 회장이 원자력을 반값에 건설할 수 있다고 큰소리쳤다고 났는데 가서 신문 보고 현대에 보도가 나간 경위를 알아보고."

"원자력발전소를 반값에 건설하겠다고요?"

"그래 한전이 업자와 짜고 크게 해먹는다는 투야. 한전이나 되니까 지금 가격에 건설하는 건데. 정주영 회장은 영향력이 막강한 사람이야. 무슨 말인지 파악해 봐. 아마 청와대까지 가서 설명을 해야 할 거야. 바로 경위 조사해서 보고해. 건설투자비 중 어떤 부문을 빼놨는지 철저히 따져 봐."

"네 알겠습니다. 현대에 저희 동기가 있으니 확인해 보지요."

"이 서류는 부사장 결재만 맡아 놓고 절대 노출되지 않도록 해. 다시 당부하는데 업자들이 이 정보 알려고 눈에 불을 켤 거야. 술자리 조심해."

"조심하겠습니다."

박경호는 송 처장이 사인해 준 서류를 들고 바로 부사장실로 가면서 친구 김상권과 '유원'에서의 술자리가 마음에 걸렸다.

05
12월기업소 착공

1986년 7월.

영변 가구공장(목표 9559) 지배인 이승기 박사는 12월기업소 토목공사 책임자인 43여단 제2공병대 김병일 소좌와 나란히 서서 느티나무 숲에서 울려오는 매미소리를 들으며, 12월기업소 건설현장에서 땀을 흘리며 혁명과업에 몸을 사리지 않는 전사들을 내려다보았다. 그들은 지도자 김정일이 공화국의 최우선 과제로 추진하고 있는 710호 사업의 핵심사업인 12월기업소, 방사화학시설을 공기 내에 완공하기 위하여 총 대신 삽과 괭이를 들고 혼신의 힘을 다하여 땅을 파냈다.

괭이를 든 전사가 먼저 흙을 팠다. 3인 일조로 짝을 이뤄 한 사람은 삽에 흙을 담고 두 사람은 삽에 매인 새끼줄을 앞으로 잡아 당겼다. 그렇게 퍼진 흙을 지게에 담았다. 지게에 흙이 차면 기다리던 전사가 지게를 지고 계단을 오르내리며 흙을 지상으로 날랐다.

구룡강 서편 곡류 중간 지점에 위치한 12월기업소 건설 현장에서 남쪽으로 멀리 8월기업소(주 : 핵연료봉 공장)가 보였으며, 그 북쪽으로 50MWe급 영변 2호기 건설 예정 부지도 보였다. 구룡강 밑으로 터널을 파고 철도를 부설하여 영변 1호기에서 연소 후 꺼낸 핵연료를 수송해 올 계획이다.

"동무들 정말 수고가 많소. 동무들의 노고는 내가 직접 지도자 동지들에게 자세히 보고하겠습니다."

노력영웅 이승기 박사가 건설현장 책임자인 김병일 소좌에게 충심에서 우러나오는 찬사를 보냈다.

"당과 위대한 수령님, 최고 사령관의 교시를 받들어 총력 진군 120% 목표를 달성하겠습니다."

김 소좌가 부동자세를 취했다.

"김 동지의 충성심은 잘 알고 있어요. 김 동지도 들어서 알겠지만 당초 이 시설은 미제가 두 눈을 부릅뜨고 감시할 시설이라 땅굴을 파고 지하에 건설하려 하였으나 건물 길이가 180m나 되는 6층 건물 높이의 건물을 땅속에 건설하려면 많은 인력과 장비가 동원되어야 하며, 그 건설기간이 길어져 우리 공화국이 미제의 핵폭탄을 상대로 벌이는 일일공공 작전, 통일전선에 차질이 예상되어 미제의 인공위성에 다 노출되는 위험을 감수하고 지상에 건설하기로 한 겁니다."

이승기는 평양 3호 청사에서 지도자 동지를 모시고 열었던 전략회의에서 결의한 3년 내에 핵무기 개발 준비를 달성한다는 옹골찬 다짐을 떠올리며 말을 이어갔다.

"다시 한 번 강조하여 말씀 드리지만 조속히 부지정지 작업을 마치고 본 공사를 착수하여야 합니다."

이승기는 향후 일정을 마음 속으로 계산하며, 김 소좌에게 공기 달성을 당부하며 자신에게도 다짐했다.

소련으로부터 원자력발전소를 공급받으려면 핵무기전파방지조약에 서명해야 한다. 서명 후 최고인민회의 비준을 받을 때까지 1년은 끌 수 있다. 담보협정은 조약 서명 후 18개월 이내에 국제원자력기구와 체결토록 되어 있으니, 또 18개월은 벌 수가 있다. 그러면 2년 반, 보조 세칙을 협의하는 데 또 반 년, 그리고 초기 보고까지 3개월은 버틸 수 있으니 국제원자력기구에서 최초 검열이 나올 때까지는 합법적으로 3년 이상 시간을 벌 수가 있다. 그 동안 소련에서 공급할 원자력발전소 건설이 시작될 것이고, 이곳 12월 기업소의 건설이 마무리되면 공화국은 핵능력을 갖추게 된다.

1988년, 남조선에서는 올림픽을 한다고 한참 들떠 있을 때 우리 공화국에서는 영변 1호기에서 타고 난 핵연료봉을 12월기업소로 이송하여 재처리 준비를 마치고 플루토늄을 뽑아낸다.

"김 소좌도 알다시피 여름 구룡강의 평상시 수위는 28m이나 매 5년마다 한 번씩 7, 8월 장마 때 33m까지 수위가 올라가요. 기상 통계에 의하면 매 50년마다 한 번씩 34m까지 높아지는 것으로 되어 있어요. 큰물 피해 방지를 위해 제방공사에도 최선을 다해야 해요."

"네, 그 점은 잘 알고 있습니다. 1964년 장마 때 구룡강 물이 범람하여 연구시설을 다 치우며 어려움을 겪었다는 이야기를 들었습니다. 소비에트공화국에서 들여온 IRT-2000 원자로의 지하에도 물이 들어 고생했다는 이야기도 들었습니다. 제방공사에도 만전을 기하도록 하겠습니다."

김병일 소좌는 최고사령관이 최우선으로 챙기는 710호 사업의 현장 건설 책임자가 된 감격으로 얼굴이 붉어지며 불타 오르는 충성심을 누르지 못하고 말을 더듬었다.

"잘 알고 계시니 책임자 동지만 믿겠습니다."

이승기는 김병일이 일급 비밀사항인 1964년 수해사건을 어떻게 알고 있나 의아했으나, 그 경위를 따질 수 있는 자리에 있지 않아 모른 체하였다. 김병일 소좌는 부동자세로 서서 이승기의 다음 지시를 기다렸다.

이승기는 허공에 시선을 둔 채, 3년 후, 12월기업소가 완공되어 막상 재처리를 하려 할 때 미제와 국제원자력기구가 입을 맞추고 공화국에 생떼를 쓸 것같아 한숨이 절로 나왔다.

지난해 말 핵무기전파방지조약에 서명했다. 국제원자력기구와 핵담보협정이 체결되면 기구는 검열단을 12월기업소에 상주시켜 재처리 전공정을 감시하고 회수된 플루토늄을 철저히 감독할 것이다. 미제는 인공위성으로 감시를 계속하다 결정적인 순간에 소비에트연방공화국과 중화인민공화국을 동원하여 12월기업소의 가동을 막을 수도 있다. 소련과 중국은 우리가 핵무기를 가질 때 공화국에 대한 그들의 통제력이 크게 약화될 것이므로 미제의 요구에 전적으로 동조할 것이다.

미제는 일본이 도카이무라에 재처리시설을 건설할 때는 그대로 있다가

시설이 준공되자 가동을 못하도록 막았었다. 소련은 그들이 공급할 원자력 발전소의 건설을 중단하겠다고 위협할 것이고, IRT-2000용 농축우라늄 핵연료의 공급도 중단하겠다고 할 것이다.

영변 1호기 핵연료봉의 피복관은 지르코늄과 아연 합금인 마그녹스 합금으로, 타고 난 후 물속에 1년 이상 보관할 수가 없다. 그 일년 동안도 부식이 계속 진전되어 핵연료봉이 파손되고 연료봉 속에 들어있는 방사성물체가 물속으로 녹아 나와 주위를 오염시키므로 꺼낸 후 바로 재처리를 해야 한다. 미국이나 소련은 기술적으로 사용후 연료의 재처리가 불가피함을 잘 알면서도 아예 재처리를 막을 것이다. 물속에 두면 부식이 계속되므로 헬륨 등 불활가스 상태하에서 보관하라고 강요할 것이다. 회수한 플루토늄을 발전소 핵연료로 사용한다고 우길 수도 없다. 공화국에는 플루토늄을 연료로 쓰는 원자로가 없다.

핵문제와 관련된 정치적인 문제는 이승기의 소관이 아니다. 그러나 이승기는 기술책임자로서 외교부 일꾼들이 외세와 싸울 수 있는 이론을 제공해 줘야 한다. 정말 어려운 과업이다.

이승기 박사는 전라남도 담양이 고향으로 서울 중앙고등학교 졸업. 일본 교토 대학에 유학, 1944년 학생운동 혐의로 오사카 감옥에서 복역, 해방 후 귀국, 서울공대 학장으로 복무 중 1950년 월북, 과학원 화학연구소장, 1967년 영변 가구공장 지배인 취임. 서울공대 교수를 하다 월북한 도상록 박사와 함께 북한 핵무기 개발의 선도자 역할을 하고 있다. 과학 아카데미 명예 원사, 인민상, 김일성상 등을 수상하였으며, 노력영웅 칭호를 받았다.

06

유혹

1986년 7월.

일요일 오후 4시, 박경호는 청담동 실내 테니스장에 들어섰다.

바쁘다는 핑계로 빌 추의 제의를 거절하려고 하였으나, 김상권이 자기도 치러 나올 거니 꼭 나오라고 강권하여 비싼 술을 얻어 먹은 빚을 갚는 심정으로 초청에 응했다. 운동복 차림의 상권이 그를 맞았다. 외국인과 난타를 치고 있던 빌 추가 손을 흔들었다.

경호는 상권의 안내를 받으며 라커룸으로 가서 옷을 갈아입었다.

"이쪽은 헬무트, 서독 대사관에 근무하는 내 친구. 이쪽은 한전 원자력분야에 근무하는 닥터 박."

빌 추가 두 사람을 소개했다.

"오, 반갑습니다. 그럼 원자력 11, 12호기 하겠네요?"

헬무트가 눈을 크게 뜨며 반응했다.

"그 프로젝트의 키 멤버야."

빌 추가 주석을 달았다. 경호는 친구의 청을 거절하지 못하고 이곳에 나온 것이 후회되었다.

"자 우리 한국 대 미국 서독 혼합팀 시합합시다. 맥주 한 병 사기."

상권이 경호의 표정이 바뀌는 것을 보고 분위기를 누그러뜨렸다.

"좋지. 박 박사 지금 왔는데 몸 좀 풀고 시작하지."

빌 추가 동의했다.

빌 추나 헬무트는 아마추어로서 테니스 실력이 수준급이었다. 한전 원자력 부서의 대표선수인 경호는 상권의 빈 구멍까지 메워 주며 분전하였으나 실력이 고른 두 사람을 이길 수가 없어 연속 두게임을 졌다.

"박 박사 실력이 대단한데요. 김 사장 때문에 졌으니 맥주는 김 사장이 사야겠다. 파트너를 바꿔서 해볼까?"

두 게임을 마치고 빌 추가 음료수를 마시며 말했다. 빌 추와 상권이 한 편이 되고 헬무트와 경호가 한 편이 되어 게임을 했다. 당연히 경호의 팀이 이겼다. 빌 추는 한 판 더 붙자고 했다. 이번에도 경호의 팀이 이겼다.

"맥주는 내가 살게."

4연승을 한 헬무트가 기분을 냈다.

네 사람은 샤워를 하고 실내 테니스장 길 건너편의 영양 통닭집에 들러 통닭 한 마리와 맥주 두 병을 시켰다.

운동을 하고 마시는 맥주 맛은 일품이다. 헬무트는 저녁 파티에 가야 한다며 10분쯤 자리에 앉았다가 날쌔게 돈을 계산하고 떠났다.

상권이 시합에 진 턱을 내겠다고 우겨 맥주 두 병을 더 시켰다.

맥주에 섞인 알코올이 일주일 내내 야근을 하며 쌓였던 피로를 녹여내며 경호의 온몸으로 스며들었다. 스르르 졸음이 밀려 왔다.

"운동 잘 하고 맥주 잘 마셨습니다."

경호가 자리에서 일어섰다.

"어떻게 가시겠어요?"

빌 추가 친절한 목소리로 물었다.

"버스로."

경호는 버스를 타겠다고 말하고 자신이 초라해져 어깨가 움츠러들었다.

"댁이 잠실이신데 저도 그쪽으로 갈 건데 같이 가시지요."

"불편하실 텐데."

"아니, 어쨌든 저도 혼자 가려면 심심한데 잘 됐습니다."

빌 추가 못을 박았다.

빌 추의 차는 BMW였다. 경호는 테니스 라켓이 든 가방을 안고 조수석에 앉아 안전벨트를 맸다. 공통된 삶의 영역이 없는 두 사람은 나눌 이야기가 없어 잠시 침묵했다. 빌 추가 바로 그의 인생의 여정을 펼쳐 놨다.

그는 대구에서 고등학교를 나오고, 대학에서 법학을 전공하고, 미국으로 유학을 가서 하버드대에서 박사를 했다. 개인 회사에 근무하다가 미국 시민권을 따고, 미국 에너지성에서 근무, 부인은 백인으로 미국 대학의 교수란다. 어느 대학인지는 밝히지 않았다.

"제 컨설턴트 명함 보고 뭐하는 사람일까 하셨지요? 실은 독일에서 원자력 11, 12호기를 따는 데 도와달라고 해서 왔어요. 제 친구들이 청와대랑 정부에 있는 것을 어떻게 알고."

반쯤 졸며 빌 추의 이야기를 듣고 있던 경호의 신경이 번뜩 일어섰다. 그는 허리를 꼿꼿이 세웠다.

"오늘 서독 대사관에서 나왔던데?"

"그 친구 미국 에너지성에 근무할 때부터 알게 된 친구예요."

"그러세요?"

"박 박사 만나 보니 인품이 아주 마음에 들어요."

"저 박사 아닌데."

"겸손하시기는. 박 박사 인품을 보니 정말 군자예요. 유원에 간 일은 그냥 김 사장이 좋은 친구와 술을 한다기에 간 것이니 다르게 생각 마시고. 그런데 박 사장 만나고 온 분이 이번 계약 먹으려면 5천만 불 이상 깎아야 한다고 하던데 그럼 입찰했던 값을 대폭 깎아야 하는데 좀 과한 거 아닌지…."

빌 추는 능란하게 핸들을 조작하며 혼잣말로 중얼거렸다.

"박 박사님, 민간회사에 다닐 때나 DOE(주 : 에너지성)에 있을 때 계약해 봤지만 입찰 받아놓고 재입찰하는 것은 이해가 잘 안 돼요. 이것이 한국의 관행인가요?"

빌 추의 차에 갇혀 꼼짝할 수 없게 된 경호는 빌 추의 도전에 정면으로 대응하기로 마음을 정했다.

"관행은 아니지만 입찰가가 당초 예정한 가격보다 비싸면 유찰을 시켜요."

　경호는 빌 추의 유도심문에 넘어가지 않으려 정신을 바짝 차리고 일반적인 관례를 설명했다.

　"아, 예상했던 가격보다 비싸면 다시 입찰을 한다고요? 그래도 안 깎으면 발전소 안 지을 수는 없을 텐데…. 재입찰해서 돈을 안 깎으면 어떻게 하지요? 일반적으로."

　빌 추도 경호가 사용한 '일반적'이라는 단어를 말미에 붙였다.

　"공사를 취소할 수도 있지요."

　"공사를 취소한다? 그럼 원자력발전소를 안 짓는다고?"

　"원자력발전소의 경제성이 없으면 화력으로 바꿀 수도 있지요. 한전은 꼭 원자력만 지으라는 법이 없어요. 화력이나 원자력발전소 중 아무거나 지어 싸게 전기를 공급하면 돼요."

　"원자력을 안 지을 수도 있다?"

　빌 추가 고개를 갸웃했다.

　"이번에 팔아 먹을 때 기술 전수도 해 줘야 하는데 기술 자립하고 나면 해외에서 더 이상 살 것이 없어 마지막으로 팔아 먹는 건데 싼 값으로 입찰하라고요?"

　"기술 전수해 줘도 계속 팔아 먹을 몫이 생길 거요. 스페어 파트를 계속 팔아 먹을 수 있잖아요? 이번에 선정된 회사는 입찰도 안 거치고 계속 이삭을 주울 수 있지요."

　"그럴까요? …, 기술자들은 아무래도 웨스팅하우스를 좋아하겠지요?"

　"일반적으로 그렇게 말할 수도 있지만 지금까지 기술을 가지고 너무 횡포를 부려서 싫어하는 기술자도 있어요."

　경호는 솔직히 말해 줬다.

　"제가 단도직입적으로 하나만 물어볼게요. 어려우면 말씀 안 해 주셔도 돼요. 정말 5천만 불이나 깎아야 해요?"

　"그런 말씀을 들으셨다면 그렇겠지요."

　경호는 그도 돈을 깎는 데 일조를 해야 할 것 같아 간법화법을 사용했다.

"이번에 미국에 주기로 해놓고 공연히 불란서나 우리는 들러리 세우는 것 아니요?"

"국제입찰인데 그럴 수는 없지요. 입찰평가는 공정히 합니다."

"그렇겠지요?"

빌 추는 잠시 생각에 잠기는 듯했다.

"참, 박 박사님, 진급하실 때 되셨지요?"

빌 추가 진지하게 물었다.

"때가 되면 될 겁니다. 저 박사 아닌데 계속 박사라고."

"박 부장님 오늘까지 딱 세 번 만나뵈었는데 제가 반했어요. 진실하시고, 아시는 것도 많고, 사명감도 대단하시고. 제가 박 사장님과 잘 통하는 분을 잘 알아요. 전통과 육사 동기신데 제가 부탁하면 들어주실 거예요. 박 부장님 같으신 분이 진급하셔서 더 큰일을 하셔야지요. 제가 부탁할게요. 이건 업무와는 아무 관련 없습니다. 그냥 박 부장이 좋아서 제가 하는 일이니."

경호는 순간적으로 빌 추의 진급시켜 주겠다는 미끼에 혹하며 전신에 열이 났다. 그는 바로 흔들리는 마음을 접었다. 그는 빌 추에게 인격을 모욕당한 것같아 기분이 상했다. 경호는 빌 추가 그의 아파트 동 앞까지 모신다는 친절을 사양하고 아파트 입구에서 차를 내렸다.

"업무와 관계없이 종종 찾아뵙겠습니다. 그런데 테니스를 그렇게 잘 치시면서 아직 국산 라켓을 쓰시던데 저의 집에 여유로 월슨 라켓이 하나 있어요. 다음에 김 사장을 통해 전해 드릴게요."

빌 추는 차에서 내려 박경호의 손을 잡고 흔들며 말했다.

"여기까지 태워다 주셔서 감사합니다."

박경호는 업자의 농간에 놀아난 것 같은 자괴감에 빠져 허둥대며 집을 향해 걸었다.

07

고폭 실험장 확장

1986년 8월.

이승기 총국장은 거수경례를 붙이는 조철진 중좌에게 부드러운 미소를 보내며 자리를 권했다. 조철진 중좌는 43여단 제1대대 대대장으로 구룡강변에 확장중인 특수시설, 고폭실험시설 확장공사를 책임지고 있다.

710호 사업이 본격적으로 추진되자 당은 영변단지의 명칭을 위장명인 '가구공장'에서 '제5기계공업총국'으로 격상했다.

"계곡에 건설 중인 폭발물 조립시설과 창고, 구룡강변의 실험부지 보강공사는 총국장님께서 지적하신 지침을 다 준수하여 마무리하였습니다. 짬을 내서 현장 확인을 해 주십시오."

조철진이 비서가 내온 단물도 들지 않고 긴장한 표정으로 말했다.

"수고했어요. 단물을 들며 편안히 말하세요. 내가 지적한 대로 미제 위성에 노출되지 않도록 위장은 철저히 했지요?"

"네. 지적하신 사항 백이십 퍼센트 달성했습니다."

"백사장에서 하는 실험까지 백 퍼센트 감출 수는 없지만 실험 부대시설만은 철저히 감춰져야 미제나 그 앞잡이가 시비를 붙을 때 구실을 댈 수가 있어요."

"기념식은 언제 하실 생각이십니까?"

"기념식은 안 할 겁니다. 자칫 우리의 계획이 노출될 수 있으니. 그 대신 지도자 동지께서 전투에 전념한 조 중좌를 비롯한 몇 사람을 표창을 할 생각입니다. 상품으로 TV 세 대를 하사하시겠다는 감격스런 연락을 받았습니다. 조 중좌께서 그동안 수고한 장병 중 세 사람만 추천해 주세요. 전권을 조 중좌에게 위임할 테니.”

“그런 감격스러운 영광이.”

“조 중좌의 살신의 노력으로 시설이 확장되어 1983년부터 실험해 오던 고폭실험에 박차를 가하고 우리 조선은 위대한 수령 동지께서 그렇게 간절히 바라시는 핵폭탄 실험을 앞당길 수가 있게 되어, 자주 국방에 큰 획을 긋게 되었어요. 김병일 소좌와는 잘 아는 사이지요?”

“아닙니다. 이곳에 배치되어 처음 알게 되었습니다.”

“지금 김병일 소좌가 벌리고 있는 전투는 조 중좌가 이뤄 놓은 불씨에 땔감을 대는 사업으로 2년 후 공사가 완공되면 우리 공화국은 명실상부 핵보유국으로 부상하게 됩니다.”

“아, 그렇습니까?”

조 중좌가 입을 딱 벌리고 놀라는 표정을 지었다.

이승기는 일개 고폭시험장 공사 책임자에게 너무 큰 비밀을 발설한 것 같아 주춤하며, “바로 수상자를 선발하여 보고하시오”하고 명령했다.

조 중좌가 거수경례를 하고 물러났다.

조 중좌가 물러가자 이승기는 창밖의 녹음을 내다보며, 머릿속으로 핵탄두를 만들어가는 그림을 그려갔다.

‘연초에 가동에 들어간 영변 1호기에서 매년 8,000봉 이상의 사용후 핵연료가 쏟아져 나오고, 12월기업소가 준공되는 1988년 말까지 2만 4천봉의 사용후 연료가 쌓인다.’

이승기는 손가락을 꼽으며 계산을 했다.

‘그 연료를 재처리하면, 최소 20킬로의 플루토늄을 얻을 수 있다. 원폭 세네 개는 거뜬히 만들 수가 있고……, 영변 1호기 운전이 여의치 않으면…….’

‘그럴 리가 없지. 우리 공화국의 우수한 기술자들이 설계하고 건설한 원

자로인데….'

  '올 여름에 큰물 피해가 없어야 하는데……, 12월기업소의 건설에 날씨가 절대적인데…….'

  '모두 잘 될 거야.'

  이승기는 주먹을 불끈 쥐고 걱정을 털어내려 창틀을 탁탁 쳤다.

  '2차 대전 때 미제는 원폭개발을 위하여 2,500회의 고폭실험을 했다. 우리 공화국은 경애하는 수령과 위대한 지도자의 지도 아래 그동안 산업 기술 개발에 박차를 가하여 100회 미만의 고폭실험으로도 목적을 달성할 수 있을 것이다!'

  '완벽한 고폭 실험만으로도 직접 핵실험을 하지 않고 히로시마급 폭탄을 완성할 수 있다! 위대한 지도자 동지께서 정해 주신 1,100일 내에 모든 준비를 완성하고 당과 공화국이 나에게 베풀어준 은혜에 보답할 수가 있다!'

  70대 고령의 이승기는 피로도 잊은 채 당이 그에게 맡긴 사명 완수의 때가 가까워 오는 것을 실감하며 온몸이 희열로 뜨거워졌다.

08

입찰 정보를 캐내라

1986년 8월.

원자력 11, 12호기 재입찰 마감일이 이틀 후로 다가왔다.

오전 11시, 박경호는 고향 선배 김송배의 전화를 받았다.

"일이 있어 무역센터 들렀는데 얼굴도 볼 겸 점심 할까?"

"형, 만난 지도 오래 됐는데 어디로 갈까?"

"그럼 11시 50분에 코엑스 정문에서 만나지."

"시간 맞춰 나갈게, 잘 있었지?"

박경호는 어린 시절 위아래 집에 살았던 초등학교 1년 선배인 김송배의 전화가 반가웠다. 두 사람은 어릴 때부터 형 아우로 부르며 말을 트고 지냈다.

"응 잘 있어. 그럼 이따 봐."

"형, 몇 년 만이야. 뭘 먹을까?"

박경호는 선배의 손을 잡고 흔들며 정을 표시했다.

"점심 내가 살게. 모처럼만에 만났는데 형이 사야지."

"여기까지 왔는데 내가 사야지. 내 위수구역인데. 일식집 가서 스시 먹을까?"

"그럴까?"

일식집 모모야마에 다행히 빈 방이 있었다.

방에 마주 앉은 두 사람은 맥주를 반주하며 어린 시절 이야기로 꽃을 피웠다.

후식이 나왔다.

"오늘은 내가 사는 거다."

선배가 우겼다.

"형 그런 법이 어디 있어? 남의 위수지구에 와서."

"그래? 그럼 오늘은 얻어 먹고 일간 내가 저녁을 사지. 언제 시간 잡을까?"

"내일 모레만 지나면 시간 많은데."

"원자력 11, 12호기 입찰 때문에 그렇지?"

"그걸 어떻게 알았어?"

"실은 내가 그 일 때문에 왔다. 너 나 현진해운 다니는 것 알지?"

"아, 그럼….'

"그래, 내가 너랑 어떻게 친한 줄 알고 위에서 한두 가지만 확인하라고 하여."

"나 아는 것 없는데."

"너랑 그럴 사이냐? 다 알고 왔는데, 반장은 깎아야 한다면서? 5백은 너무 작고 5천은 너무 많고. 깎을 액수가 백 단위냐 천 단위냐?"

"형, 저 정말 몰라."

"그룹사 정보력이 얼마나 무서운지 너 모르지? 나까지 찾아낸 것 봐라. 감사실 입회한 부장에게 확인했는데 가격을 아는 사람은 너, 느네 처장, 부사장, 사장 밖에 없다고 했데. 자기도 입찰서 깔 때 입회했는데 못 봤다며."

박경호는 멍청히 선배를 쳐다봤다.

"나도 무리하게 정확히 얼마 깎아야 될 거냐는 질문은 안 할게. 백단위이냐 천단위이냐?"

"백이고 천이고 어떻게 아셨어요?"

"그건 알 것 없고. 그 정도는 알려줄 수 있잖아?"

"형, 백 단위 깎으려면 재입찰했겠어?"

"그럼 천 단위인 모양인데 앞에 붙는 숫자가 하나둘 정도냐? 아님 5 정도 되는 거야?"

"그건 나도 몰라."

"우리 사이에 그러기야? 슬쩍 힌트만 주면 되는데."

"그것까지는 몰라."

"내가 그 정도도 못 알아 가면 회사에서 쫓겨난다. 너 형이 쫓겨나는 것 보고 싶냐?"

"나도 아는 게 없는데."

"무슨 소리? 다 알고 왔는데."

"형이 나 좀 봐줘. 내일 모래까지는 함구령이 내렸어. 형이 그런 일로 온 걸 알았으면 점심하러 나오지 않았어."

"힌트만 주면 되는데 그것도 못하겠다고?"

"미안해. 형이 나를 좀 봐줘."

"정말 우리끼리 그러기야? 경호 너 한전 부장한다고 뵈는 것이 없니?"

"정말 미안해. 말하면 안 돼."

"정말이지?"

김송배는 심각한 표정으로 박경호를 꼬나보다가 얼굴에 실망을 담고 자리를 차고 일어섰다.

"알았다. 그것도 못한다고? 나간다. 밥 값 내가 내고 간다. 그렇게 빡빡하게 인생을 살지 마라."

박경호는 선배를 따라 나갈 염도 내지 못하고 자리에 죽치고 앉아있었다.

'그 정도는 알려줘도 됐는데.'

박경호는 후회하며 어깨가 축 처져 사무실로 돌아왔다.

퇴근시간이 다 되어 원자력 11, 12호기 건설 준비반 이철준 토목부장이 박경호의 자리로 왔다. 그는 박경호의 입사 동기로 영월화력에서 교육을 받을 때 한 집에서 하숙을 했었다.

"어 이 부장, 왔어? 출장 온 일은 잘 끝나고?"

"응. 나가자. 퇴근 시간 됐어. 뭐 먹을까?"

이철준은 본사 출장을 왔다며 박경호에게 저녁을 하자고 연락을 했었다.

오후 내내 친형님과 같은 김송배에게 별것(?)도 아닌 정보를 주지 못하고 마음이 무거웠던 박경호는 20년 가까운 직장 동료요, 친구인 이 부장과 술이라도 한 잔 하며 위로를 받고 싶었다.

두 사람은 삼겹살을 안주하여 소주를 마셨다. 럭비공처럼 튀는 화제에 맞춰 소주병을 비워 갔다. 오후 내내 우울했던 박경호는 술이 잘 받았다. 그는 주는 대로 잔을 비웠다.

"원자력 11, 12호기 재입찰로 업자들이 힘들게 하지?"

술자리가 끝날 무렵 이철준이 정을 담아 물었다.

"그래. 정보 얻어내려고 인맥을 총동원하는 것 같다."

"돈을 무지 깎아야 한다면서?"

"어떻게 알았니? 현장까지 소문이 났니?"

"요새 비밀이 어디 있냐? 다 알려지지."

"비밀이 새어나갈 수 없는데….'

"나도 아는데 뭐가 비밀이냐? 원자로 계통만 5천만 불이나 깎아야 한다면서?"

"그런 소문이 도니?"

박경호가 긴장된 표정으로 물었다.

"5천만 불, 정말 맞는 모양이네. 나는 무지 깎아야 한다는 말을 듣고 넘겨 짚어봤는데."

"어떻게 그런 소문이 나돌지? 일급비밀인데."

"그러게 말이다. 이번에는 제발 기술 전수 잘 해 주는 회사 선정해 주라. 힘에 밀려 공연히 미국 봐주지 말고."

"국제입찰인데 어떻게 미국만 봐주니?"

"그런 소문이 있어. 미국에 주기로 해놓고 불란서랑 서독은 들러리 세운다고."

"입찰평가는 공정히 한다. 절대 어느 나라 봐주는 것 없다."

"내가 너 잘 알지. 어쨌든 기술 없는 설움이 보통이 아니었다. 넌 현장에 근무를 안 해 봐서 잘 모르겠지만. 미국 봐주지 말고 기술 전수 잘 해 주는 회사 선정해라."

프랑스 프라마톰의 에이전트인 현진해운에 다니는 4촌 형으로부터 '5천만 불'의 진위와 미리 미국으로 정해 놓고 재입찰하면서 쇼하는 것은 아닌지 확인을 부탁받은 이철준은 그 목적을 달성하자 박경호가 그의 의도를 눈치 채기 전에 화제를 바꿨다.

"그 점은 염려 안 해도 된다. 송 처장이나 이 부사장이 다 기술 전수를 강조하고 있으니."

"나는 언제 본사 근무 한 번 해 보지? 이산가족 10년에 좀 허무할 때가 많다."

"그렇겠지. 모처럼 출장 왔는데 이렇게 잡고 술 취하게 해서 제수씨한테 미안한데."

"이제 겨우 술 먹기 시작했는데 그런 걱정은 할 것 없다. 벌써 소주 각 일 병은 했으니 일어나서 2차 가자. 너 아는 데 있으면 예쁜 아가씨 있는 집 안내해라, 술값은 내가 낼게."

"여자 있는 집? 너 무슨 돈 있다고? 몇 달만에 집에 와서 와이프 두고 무슨 여자 있는 집?"

"뭐 안 될 것 있냐? 여기는 니가 계산해. 2차는 내가 긁는다."

어물쩍하며 쉽게 정보를 얻어낸 이철준은 아무 것도 모른 채 정보를 흘린 친구에게 미안했다. 정보를 얻어내라며 사촌 형이 준 돈을 다 쓰고 싶었다.

"두 집 생활하면서 힘들 텐데. 오늘은 1차만 하고 가자. 내가 현장 가면 그때 여자 있는 집 데려가서 장가 한 번 보내주라."

"입으로만."

"입으로라니? 진짜지."

"너 분명 약속했다. 다음에 현장 왔을 때 딴 소리만 해 봐라."

"알았어. 어서 화분 물 주러 가라. 니 덕분에 우울했던 기분이 가셨다."
두 친구는 다정하게 술집을 나섰다.

박경호는 지하철 2호선 잠실역에서 내려 '푸푸' 알코올 기운을 품어내며 지하도를 올라왔다. 지상에 가까워 오자 더위가 몸을 감쌌다. 알코올로 센티해진 박경호의 눈 앞에 실망으로 일그러졌던 김송배의 얼굴이 아른거렸다.
'그 정도 정보는 알려줘도 됐었는데……'
형님 같은 김송배에게 모르쇠를 한 것이 마음에 걸렸다.
'다음에 형을 어떻게 보지? 고향 친구들 앞에서 막 씹어댈 텐데……'
'내일이라도 전화를 하여 사과하고, 그 정도 질문에 답을 드려?'
'이왕 버린 몸, 초심을 지키자. 뭐 이렇게 더워.'
박경호는 빨리 집에 들어가 샤워나 해야겠다고 마음을 먹고 그의 아파트로 걸음을 재촉했다.
"너 이제 오는 거니?"
아파트 입구에서 시커먼 그림자가 튀어 나오며 박경호를 반겼다.
김상권이다.
박경호는 저승사자를 만난 것같이 주춤했다.
"상권이 너 여기는 어떤 일로?"
"너희 집 들렀다가 아직 퇴근 안 했다고 하여 여기서 너 기다렸다."
"무슨 일로?"
"무슨 일이라니? 워낙 높으신 분이라 안 만나줘서 집에 쳐들어갔었지. 한 잔 했네?"
"응 출장 온 회사 동료랑."
"또 집에 들어가기는 그렇고 길 건너 롯데 호텔 바에 가서 칵테일 한 잔?"
"다음에 하자. 지금 피곤한데 할 이야기 있으면 내일 회사로 와."
"뭐 그렇게 도도하냐? 친구가 간단히 칵테일 한 잔 하자는데."
"미안하다. 재입찰 끝나고 내가 사과주 살게."

"사과주는 필요 없고 여기 이렇게 세워 놓을 거냐? 저기 벤치 있네. 5분이면 되니 저기 앉아서 이야기하자. 사무실에서 이야기하기는 그렇고."

김상권이 앞장서서 벤치로 갔다. 박경호는 별 수 없이 고등학교 동문이며 한 때 회사 동료였던 상권을 따라 벤치로 갔다. 더위로 놀이터가 텅 비었다.

"단도직입적으로 말하겠다. 빌 추 형님이 너 청와대에 추천했다. 다음 진급 때 진급시켜 주라고."

박경호는 단전으로부터 밀려 올라오는 욕지거리를 간신히 눌렀다.

"틀림없이 진급될 거다. 한 가지만 대답해 주라. 5천만 깎으면 되지?"

온몸에서 땀이 비집고 나왔다. 박경호는 얼굴에서 밀려 나오는 땀을 손등으로 씻어내며 멀건이 친구를 쳐다봤다.

"상권아, 그것을 내가 어떻게 아니? 업자들이 판단해서 해야지."

박경호의 목소리가 차분했다.

"니가 모르면 누가 아니? 니가 키를 가지고 있는 거 다 아는데."

"그렇게 잘 봐줘서 고맙다. 나 더 할 말 없는데 땀이 나서 샤워라도 해야 겠다. 그런 이야기라면 더 할 말 없다."

"경호야. 내가 너 만나러 두 시간도 더 기다렸다. 친구 대접을 이렇게 해도 되냐?"

"미안하다. 내가 알려줄 것이 없잖아. 업자들이 어떻게 써낼지 내가 알 수가 없지. 5천만 불은 어디서 들었는지 모르지만 그 정도 깎아야 한다는 정보면 그 이상 깎으면 되겠네."

"거기에 한 2백만 불 더 얹어서 깎으면 되겠니?"

"너 답답하다. 내가 어떻게 알 수 있니?"

"친구 좋다는 것이 뭐냐? 우리 유원에서 같이 만리장성 쌓은 동지 아니냐? 니 파트너 예뻤는데 그 아가씨 만나러 갈까?"

"……."

박경호는 모욕감으로 전신이 떨렸다.

"여기서 이야기하는 거 아무도 모른다. 낙찰되면 섭섭지 않게 보상할게."

박경호는 벌떡 자리에서 일어섰다.

“더 할 이야기 없다. 나 간다.”

박경호는 뒤도 돌아보지 않고 그의 아파트로 걸어갔다.

“경호야, 세상은 돌고 도는 거야. 좋은 자리 있을 때 봐주라. 니가 언제 나한테 아쉬운 소리할 줄 아니?”

상권이 경호를 따라오며 쫑알거렸다.

경호는 못 들은 체하며 걸음을 빨리 했다.

“자식 누구 술은 얻어 먹고 나는 문적 축객? 그 쪽에서 얼마 받기로 했냐?”

박경호는 돌아서서 친구를 노려봤다. 경호의 거센 자세에 상권이 주춤했다.

“말이라고 그냥 그렇게 함부로 하는 거 아니다. 너 내 친구 아니었으면 턱이 날아갔다. 조심해서 가라.”

박경호는 퍼런 기세로 쏘아붙이고 휭 하니 바람을 가르며 걸음을 옮겼다.

“내 말이 지나쳤다. 사과 술 살게. 가자. 친하다 보니 막말이 나왔다.”

상권이 경호의 팔을 잡았다. 상권은 작전으로 경호를 격동시켰던 것이다.

“고맙다. 술은 다음에 먹을게. 그럼.”

“우리 사업 이야기는 그만 두고 내가 잘못했다. 사과주 산다니까? 이렇게 헤어지면 다음에 어떻게 보니. 다시 안 만날 사이도 아니고. 가자.”

경호는 친구를 빤히 쳐다보고 두 말도 않고 엘리베이터를 탔다.

“오늘은 그만 간다. 집에 선물 있다.”

상권이 닫히는 엘리베이터 문을 향하여 소리쳤다.

09

세 친구

1986년 9월.

서울 강남 소재 봉원사 뒷골목에 자리한 곱창 전문 음식점, '곰바우'는 오늘도 손님으로 붐볐다.

박경호 신규사업처 사업부장, 이철준 영광원자력본부 원자력 11, 12호 건설준비반 토목부장, 한국원자력연구소 원자로계통 설계사업단 원자로 설계실장 문성식 박사는 드럼통을 개조하여 만든 구공탄 화덕에 둘러 앉아 곱창을 씹으며 소주를 마셨다.

세 사람은 원자력직군 공채 1기로 한국전력에 입사했다. 세 사람은 대학 동창으로 박경호는 원자력공학을, 이철준은 토목공학을, 문성식은 기계공학을 전공했다. 문성식은 한전을 다니던 중에 국제원자력기구 장학금을 받고 미국 조지아공대에 유학을 가서 석사를 마치고 귀국한 후, 가방 끈을 늘리겠다며 일년도 안 돼 한전을 사직하고, 자비로 미국으로 유학을 떠나 RPI에서 박사학위를 받고, 유치과학자로 귀국했다. 세 사람은 대학을 다닐 때는 그저 얼굴만 알았으나, 같은 회사에 다니고, 같은 분야에서 근무를 하며 아주 친해졌다.

이철준이 서울 본사에 출장 온 것을 계기로 세 친구가 어울렸다.

"박 부장, 원전 11, 12호기 입찰평가는 거의 끝나가나?"

이철준은 박경호가 눈치도 못 챈 사이 정보를 빼내 사촌형에게 전달한 마음의 부담을 감추며 물었다.

"응, 곧 발표할 거야."

박경호가 짧게 말했다.

"곧 아시안 게임 끝나는데 끝나고 발표하는 거 아냐?"

문성식이 박경호의 말을 받았다. 그도 입찰평가팀의 일원이다.

"아시안 게임 중에 발표할 가능성도 있어. 아시안 게임 열기에 묻혀 주목을 덜 받고 넘어갈 수가 있을 거니."

박경호는 2~3일내에 평가결과를 발표할 거라는 정보를 친구들에게도 말하지 않았다.

"그렇게 정치적 배려까지 해야 해?"

이철준이 말했다.

"좀 복잡하잖아? 미국, 불란서, 서독이 눈독을 들이고, 에이전트들이 힘겨루기를 하니 언론이 아시안 게임에 매달려 주목을 덜 받는 시점에 빨리 발표하는 게 낫겠지. 박 부장이 말하기 어려운 모양이니 그 이야기는 그만 접고, 이렇게 나가다가는 우리나라가 아시안 게임에서 1등 하는 거 아냐?"

문성식이 박경호의 입장을 배려하며 화제를 돌렸다.

"일본은 확실히 제치겠지만 중국은 제치기 어렵겠지."

박경호가 받았다.

"라면만 먹은 임춘애가 3천미 뛰는 것 보고 감동 먹었다. 생각지도 않았던 임춘애가 금메달을 세 개씩이나 따줘 육상연맹 회장이신 우리 사장이 아주 기분 좋을 거야."

이철준이 소주잔을 박경호에게 넘기며 말했다.

"기분 좋으시겠지. 불모의 육상을 맡아 금메달을 몇 개씩 따주니. 곱창은 맛봤으니 이 집 심장이랑 콩팥이 별미인데 1인분씩 시킬까?"

박경호가 술잔을 받으며 말했다.

"좋지. 심장이랑 콩팥도 맛보자. 임춘애는 라면만 먹고도 금메달을 셋씩이나 땄는데 이렇게 잘 먹고 별 한 일이 없는 것같아 마구 먹기가 미안하네."

　　문성식이 엄살을 부렸다.

　　"우리나라 원자력 기술 자립의 선구자인 문 박이 왜 한 일이 없어?"

　　박경호가 술잔을 문성식에게 권하며 말했다.

　　"선구자는 아니고 어쨌든 원자력 11, 12호기가 끝날 때는 원자력 기술 자립이 95%나 된다니 신난다."

　　문성식이 술잔을 죽 비우며 말했다.

　　"우리 원자력계, 아니 우리나라의 대경사지. 양코백이들 우리보다 기술 좀 더 있다고 얼마나 콧대를 세웠어? 이제 기술 때문에 아쉬운 소리 안 해도 되겠다. 기술 자립하면 원자력발전소 마음대로 지을 수 있고. 박 부장! 이번에 돈보다 꼭 기술 전수 잘 해 주는 회사 선정해라. 기술 없어 당했던 한 좀 풀어보자."

　　현장에서 가진 기술이 없어 계약자인 외국인 '을'로부터 '갑' 대우를 제대로 받지 못하고 설움을 씹었던 이철준이 심각한 표정으로 말했다.

　　"알았어. 기술 전수 안 해 주겠다고 버티는 회사는 무조건 아웃이야."

　　알코올이 박경호의 입을 가볍게 했다.

　　"우리도 그런 방향으로 평가를 해서 한전에 알려줬어."

　　문성식이 박경호의 말을 받았다.

　　"좋았어. 이제 원자력이 좀 제대로 되어가는 것 같다."

　　이철준은 신이 났다.

　　"그런데 원자력을 막 하는 것이 그리 쉽지 않을 거다. 전두환 군사정권의 빈틈을 타서 민주화 구호를 내세우며 좌경세력들이 학생들을 선동하여 대학에 불온 문서를 유통시키고 민민투니 자민투니 날뛰잖아? 이번 건대 농성사건이 그 본보기같아. 선진국에서는 반핵이 기승을 부리기 시작했어. 우리나라에도 머지않아 그 바람이 몰려올 거고, 참, 반핵 연극이 공연됐었는데 잘 모르지?"

　　박경호가 심각한 표정으로 말했다.

　　"우리나라에서 반핵 연극을 다 했어?"

　　이철준이 놀라는 표정을 지었다.

"응, 동숭동 무슨 극장에서 히로시마 원폭 투하시 현장에 있었던 한국 소녀의 비참한 생애를 줄거리로 하는 연극을 공연했데. 언론의 통제가 심한 지금도 이런 연극이 공연되는데 지금 야당이 요구한 대로 개헌이 되고, 내각제로 될지 대통령 직선제가 될지는 모르지만, 자유의 물꼬가 터지면 반핵 물결이 그대로 우리나라에도 밀려 오겠지."

현장에서 주민들의 보상 요구에 시달리며 땅을 파고 둑을 쌓는 일에 매달리는 이철준이 입을 벌리고 박경호의 담론을 들었다.

"그래 박 부장의 말이 맞아. 지난 4월 소련에서 일어난 체르노빌 사고는 반 원전의 기폭제가 되어 외국에서는 난리야."

업무로 자주 해외출장을 나가는 문성식이 받았다.

"사실 미국서 난 티엠아이 사고(주 : 1979. 3. 28. 오전 4시, 미국 펜실바니아 인근 트리마일 섬에서 운전 중이던 TMI 원전 2호기에서 발생한 대형사고로, 운전원의 실수로 원자로에 냉각수가 제때 공급되지 않아 핵연료가 녹음. 방사성 물질은 격납용기 내부에 밀폐되었으나, 원자력발전소 안전에 경각심을 불러 일으켜 원자력 추진 동력을 약화시킴. 역설적으로 원자력 안전성 보강에는 도움을 줌)는 주민 피해가 거의 없었잖아? 방사능 물질이 다 격납용기 내에 갇혀서. 그런데 체르노빌은 소련 친구들이 사람보다는 돈을 아끼느라 격납건물을 안 지어 방사성 물질이 발전소 외부로 다 누출됐지. 멀리 우리나라까지 날아 왔고. 일시적이지만 20만 명 가까운 주민이 대피를 하고. 선진국에서는 그 후유증이 대단해. 신규 원전 추진에 큰 걸림돌이 될 거야."

"우리나라는 아직 원자력은 정부의 보호 아래 온실 속에서 자라고 있지만 언젠가 비바람 폭풍우 속에 내팽개쳐질 거야. 그 때를 대비해서라도 우리 원자력에 종사하는 사람들이 하루 빨리 기술 자립을 이루고 에너지 자립에 앞장을 서야지."

이철준은 같은 시기에 대학을 다니고 같은 날 회사에 입사한 박경호의 앞날을 보는 안목에 기가 죽어 입을 다물고 안주만 씹었다.

"이 부장은 현장으로만 도는데 애인이 몇이야?"

문성식이 안주만 씹는 이철준의 기분을 헤아렸다.

"애인? 우리 토쟁이야 풍찬 노숙 단골인데 애인이 어디 생기겠나?"
"니 영월 애인 연락 없어?"
박경호가 싱긋 웃으며 말했다.
"영월 애인? 결혼해서 서울 어디에서 사는 것 같던데."

세 친구는 우리나라 최초의 원자력발전소인 고리 1호기 건설을 막 시작한 시점인 1969년 2월 한국전력에 원자력요원 공채 1기로 입사했다. 인원은 48명이었다. 한전은 원자력요원으로 원자력, 기계, 전기, 건축, 토목 등 다양한 전공자를 뽑았으며, 원자력 전공자는 19명이었다.

박경호는 충북 괴산에서 초등학교를 졸업하고, 대전으로 유학을 나가 중학교와 고등학교를 마쳤다. 새로운 학문, 새로운 기술을 배우겠다는 포부를 품고 원자력공학과를 선택했다. 막상 대학에 들어와서는 실망이 컸다. 대학 커리큘럼은 공과대학에서는 어울리지 않게 이론 위주였고, 졸업 후 취직을 할 직장도 마땅히 없었다. 새로운 분야에 도전했던 선배들은 국내에 발붙일 곳이 없어 대부분 미국으로 유학을 떠났다.

박경호는 학보로 일년 육개월 군복무를 마치고 복학했다. 졸업반이 되었으나 한국원자력연구소 촉탁연구원 외에는 전공을 살려 취직할 자리가 없었다. 고향에서 몇 년 만에 처음으로 서울대학교에 들어간 그에게 잔뜩 기대를 걸고 농사를 지으며 그를 뒷바라지한 부모님의 눈을 의식하며 졸업 후 유학을 떠나야하나 고민하던 중, 한국전력공사에서 원자력 전공자를 공채로 뽑는다는 광고를 보고 준비도 없이 응시하여 수석으로 합격했다.

한국전력 서울 연수원에서 신입사원 교육을 마친 제1기 원자력요원은 한국원자력연구소에서 두 달간 원자력 기초교육을 받았다. 원자력을 전공한 박경호에게 기초교육은 대학에서 배운 과목을 복습하는 정도였다. 박경호는 기초교육과정에서도 수석을 차지했다.

수석 입사에, 교육 성적도 1위였던 박경호는 본사 발령을 은근히 기대했으나 회사는 입사 동기 전원을 영월화력발전소 부설 화력교육원으로 발령을 냈다. 화력발전소와 원자력발전소는 증기를 만드는 1차 계통만 차이가 나며 나머지 전기를 만드는 시설은 똑 같아 화력교육원에서 발전소 전반에 대한 개념을 배울 수가 있다.

1969년 당시 영월화력은 총발전용량은 20만 kw로 우리나라 전력의 $\frac{1}{3}$을 공급하는 최대 발전소였다. 영월 지역 탄광에서 나는 석탄을 연소하는 일제 강점기에 건설한 기당 2만 5천 kw 용량의 구화력 4기와, AID 차관사업으로 1960년대 건설한 석탄과 벙커C를 혼소하는 5만 kw급 신화력 2기가 가동됐다.

대졸 신입사원, 총각 40여명이 한꺼번에 영월화력에 교육생으로 배치되자 영월 처녀들 사이에 바람이 일었다. 신입사원의 신상명세서가 부임한 그 날로 영월 처녀들 사이에 나돌았다.

정식 직원이 아닌 교육생들까지 입주할 사택이 없어 교육생들은 전원 하숙생활을 했다. 교육생 절반 이상은 하숙집을 구하지 못하고 여관을 하숙으로 정했다. 박경호, 이철준, 문성식은 원자력을 전공한 이두철과 함께 영월공고 근처에 하숙을 정했다. 박경호와 이두철, 이철준과 문성식이 룸메이트가 되었다.

하숙집은 'ㄱ' 구도의 집으로 안채에 툇마루를 사이에 두고 방이 하나씩 있었으며, 사랑채에는 방 세 개가 나란히 붙어 있었다. 손바닥만한 마당에 상추와 고추 등을 심었다. 안채에서 제일 가까운 방은 이철준과 문성식이, 가운데 방은 박경호와 이두철이 썼다. 끝 방에는 초등학교 여선생 오선아가 아직 취학연령이 안 된 아들을 데리고 자취를 하였다.

30대 초반의 오 선생은 얼굴이 뽀얗고, 가슴이 풍만했다. 그녀는 이혼을 했다고도 하고, 남자가 아들만 만들어 놓고 도망쳤다고도 했다. 그녀는 그녀의 미모에 자부심이 대단했다. 자기가 웃어주면 남자들은 다 죽는 시늉을 하는 식으로 말을 했다. 하숙집 주인은 퇴직 공무원으로 집밖으로 나돌았으며, 50대의 부인이 생계를 꾸려가기 위하여 하숙을 쳤다. 하숙생의 수발은 고등학교를 졸업하고 가사를 돌보는 큰 딸이 주로 들었으며, 주인아주머니는 막걸리를 받아다 놓고 하숙생들을 불러내 같이 술을 마시며 밖으로만 나도는 남편에게 맺힌 한을 젊은 하숙생들로부터 풀려고 하였다.

두 달 동안, 교육생들은 아침 9시부터 오후 5시까지 화력발전소에 대한 강의를 들었다. 대학을 갓 졸업한 신입사원들은 깊은 이론적인 원리까지를 따져 물어 강사를 자주 곤경에 빠뜨렸다. 매주 토요일 오전에 시험을 쳤다. 다음 보직을 받는 데 시험 성적이 결정적인 작용을 할 거라고 겁을 주었다.

훈련을 시작한 지 3주일 째 되는 금요일에 본사에서 문성태 원자력부장이 격려차 영월에 내려왔다. 그는 귀족풍의 얼굴에 풍채가 빼어났다.

그는 교육생을 모아놓고 공채 원자력 1기생으로서 자긍심을 북돋아주며, 고리 1호기의 계약 협상 마무리 단계로 계약이 체결되면 최소 200명은 해외에 훈련 보낼 계획이며 영어 시험에만 합격하면 원자력 공채 1기생을 무조건 우선적으로 해외에 보내겠다고 약속했다. 이곳에서 성적은 다음 보직을 받을 때 기준이 될 것이므로 열심히 훈련을 받을 것도 당부했다.

문성태 부장은 오후 수업을 3시에 마치게 하고 강사를 모시고 교육생들과 같이 단종의 묘가 있는 장릉에서 거창하게 야유회를 열어줬다.

교육생들은 전공별로, 대학별로 보이지 않는 경쟁을 벌였다. 대학에서 원자력공학을 전공한 교육생들은 당연히 원자력 전공자가 수석을 차지해야 한다고 믿고 수석을 빼앗기는 것은 창피한 일이라고 여겼으며, 전기공학 전공자는 한전, 전기회사에서 당연히 전기공학 전공자가 상위를 차지해야 한다고 여겼다. 서울대 졸업자는 다른 대학 졸업자에게 상위 자리를 빼앗길까 은근히 신경을 썼으며, 다른 대학 졸업자는 이번만은 서울대를 꺾고 본 때를 보여야겠다고 벼뤘다. 숙식을 같이 하는 하숙집별로도 은연중에 경쟁이 붙어 퇴근을 하면 숙소별로 한 방에 모여 그날 교육받은 내용을 토론하고 같이 시험 준비를 하였다. 그래도 월요일과 화요일 저녁에는 여유를 부리며 막걸리를 마셨지만, 목요일, 금요일 저녁에는 시험공부에 매달렸다. 특히 문성태 부장이 다녀간 후 교육생들간의 경쟁은 더욱 치열해졌다.

토요일 시험을 마치면 부모 형제, 친구들을 만나러 기차를 타고, 버스를 타고 서울로 고향으로 떠났다.

8주 이론교육 후 도면을 들고 직접 발전소 현장을 찾아다니며 그 동안 이론으로 배웠던 내용을 현장에서 확인하였다.

석 달째부터 현장 운전원과 같이 4조 3교대 교대근무에 들어갔다. 제 1조는 아침 8시~ 오후 4시, 제2조는 오후 4시~ 밤 11시, 3조는 밤 11시~ 다음 날 아침 8시까지 근무하였다. 한 조는 휴무에 들어갔다. 3조는 12시 통행금지 시간 전에 집에 들어가기 위해 퇴근을 서둘렀다.

대졸 교육생들이 교대근무에 투입되면서부터 기존 운전원과 마찰이 자주 일어났다. 고등학교만 나온 운전원 중 일부는 대학을 나온 교육생을 못마땅하게 여겼다. 교육생 주제에 정식 직원의 지시(?)를 어겼다며 사소한 일에도 말다툼이 벌어져 간부 사원들이 어려움을 겪었다. 현장 근무처에 교육생이 앉을 의자가 없어 교육생들은 서서 서성거리거나 마룻바닥에 앉아 근무를 했다. 밤 근무조로 출근한 교육생들은 앉을 의자도 없어 운전원 옆자리 마룻바닥에 아무렇게나 앉아 영어 공부를 하던지 소설책을 읽다가 잠이 들기도 했다. 선배 직원들에게 그런 근무 태도는 너무나 낯선 광경이었다. 선배 직원은 교육생들을 호되게 나무랐으며, 교육생들은 이에 반발했으나, 그들의 교육 성적을 매기는 권한을 가진 선배 운전원에게 저항은 한계가 있었다.

박경호는 첫 주 주말은 상경하여 친구와 함께 밤을 보내고, 다음 주는 고향을 찾아 부모님과 같이 주말을 보냈다. 말이 부모와 같이 주말을 지냈다는 표현이지, 토요일 오후 영월역에서 기차를 타고 청량리역에 도착하여 전철로 갈아타고 용산 시외버스 터미널로 가서 시외버스를 타고 고향에 도착하니 밤 10시가 넘었다. 늦잠을 자고 아점을 먹고 바로 고향을 떠나 다시 영월로 왔다. 영월에는 밤 늦게 도착.

매주말 고향을 찾고 서울을 찾는 것은 돈이 들고 시간도 들었다. 교육생들이 영월에서 보내는 주말이 늘어갔다.

토요일은 주로 막걸리를 벗 삼고, 일요일은 신앙생활을 하는 교육생을 빼고 영월 근교의 산을 찾았다. 치악산, 태백산, 소백산을 1박 2일로 다녀오기도 하였다.

한참 새마을 운동을 벌리며 우리나라의 경제가 비약적인 발전은 하였으나, 아직도 보릿고개에 시달리던 당시 국영기업체에 다니는 총각은 좋은 신랑감이었다.

　영월에 부임한 지 한 달이 지난 수요일 저녁, 이철준이 하숙생들을 그의 방에 소집했다.

　"또 막걸리라도 푸자는 거냐?"

　이두철이 이철준의 방에 들어서며 투덜댔다.

　"막걸리는…. 빅뉴스다. 이번 주말 서울 가지 마라."

　이철준이 선언했다.

　"무슨 좋은 일이라도 있니?"

　이두철이 자리에 앉으며 말했다.

　"초청을 받았다."

　"초청을 받다니?"

　문성식이 물었다.

　"영월 처녀들로부터 초청을 받았다. 인원은 다섯 명. 상대도 다섯 명 나온다."

　하숙생 세 사람은 이철준의 입만 쳐다봤다.

　"일요일 12시까지 청령포로 나오란다. 그럼 자기들이 음식과 술을 다 준비하겠단다. 와서 놀아만 주면 된다."

　"여자들이 음식을 준비한다고?"

　박경호가 물었다.

　"그래. 우리 네 사람하고 한 사람은 나더러 알아서 데려오란다."

　"여자들은 누군데?"

　이두철이 물었다.

　"그건 비밀. 만나기도 전에 소문나면 안 된다. 어쨌든 영월에서 최고란다."

　"우리가 꼭 다 가야 해?"

　"그럼. 약혼자 있는 나도 서울 안 갈 거니 너희들 무조건 서울행 불허다."

　이철준이 강압적으로 나왔다.

　"독재자가 따로 없네. 그럼 우린 가서 술 얻어 먹고 노래나 불러주면 되는 것 같으니 남자기생으로 팔려가는 셈이네.”

이두철이 말했다.

“남자기생? 야 그거 타이틀 좋다. 그래 남자기생들이 어떻게 수청을 들면 되오리까?”

이두철이 히죽거렸다.

“그럼 다 서울 안 가는 것으로 하고 그렇게 알리겠다. 남자 한 명은 내가 너희들 반대 안 할 사람 고르지. 가서 공부들 해라.”

일요일 10시 40분 남자 다섯 명은, 이철준은 그와 같은 토목 전공인 이의빈을 추가했다. 가벼운 차림으로 청령포를 향해 시시덕거리며 걸었다.

청령포는 삼면은 강으로 둘러싸여 있고, 한 면은 곧추선 육륙봉의 가파른 절벽이 막고 있어 천혜의 유배지다. 노산군으로 강등된 조선 제6대 단종이 숙부 수양대군 세조에게 유배되어 한을 품은 세월을 보낸 곳으로, 지금은 역사 유적과 함께 빼어난 경치로 영월을 찾는 관광객이 꼭 찾는 관광지가 되어 있다. 영월읍에서 약 4km 떨어져 있다.

뱃사공이 청령포와 육지를 이어 놓은 밧줄을 잡고 끄는 배를 타고 다섯 총각은 청령포로 건너갔다. 처녀들의 초대에 마음이 들뜬 총각들은 단종이 살던 집이나 관음송 등에는 관심이 없었다. 관음송은 천연기념물 349호로 높이가 30m나 되고 가슴 높이의 줄기 둘레는 5m이며, 갈라진 두 가지의 밑 둘레가 각각 3.3m와 2.95m나 되는 거대한 소나무로 수령은 600세가 넘는다.

총각들은 이철준이 이끄는 대로 절벽 밑 으슥한 구석으로 갔다. 처녀들이 떠드는 소리가 들렸다.

“오셨어요?”

발전소 의무실에 근무하는 김 간호사가 건강한 몸을 흔들며 남자들을 맞았다.

이어서 상견례.

김 간호사가 여자를 소개하고 이철준이 남자를 소개했다. 여자는 은행에 다니는 미스 김, 서울에서 직장을 다니다가 귀향했다는 미스 송, 영월시장에서 직물상회를 하는 어머니를 돕고 있는 미스 안, 초등학교 여선생 미스 조.

가냘프게 생긴 미스 김은 영월 제일 미인으로 자부하며 콧대가 높았다. 미스 송은 서울에서 어떤 직장에 다녔는지 모르지만 섶에 오르는 누에 같이 희부연 살결을 가진 활달한 성격의 소유자. 미스 안은 작은 키에 통통하게 살이 쪘다. 눈이 예뻤다. 미스 조는 안경 속의 눈이 빛나는 이지적인 용모.

간호사 미스 김은 이철준의 주위를 맴돌았다. 이두철은 미스 송의 파트너가 되고, 이의빈은 여선생 미스 조와 어울렸다. 박경호는 미스 김의 파트너가 되고 싶었으나, 문성식이 먼저 선수를 쳐서 별 수 없이 파트너를 정하지 못한 미스 안의 파트너가 되었다.

처녀들이 버너에 소고기를 굽고 미리 준비해 온 전을 데웠다. 술은 당시는 귀했던 소주와 도라지 위스키였다.

총각들과 처녀들은 어울려 술을 마시고 노래를 부르며 몇 시간을 즐겁게 보냈다. 집으로 돌아갈 때는 따로 돌아갔다. 2주 후에 다시 그 패거리들이 어울렸고, 그 때도 처녀들이 준비했다. 세 번째는 총각들이 돈을 각출하여 처녀들에게 전했다.

두 번째까지는 총각과 처녀들이 따로 약속장소에 가고 따로 돌아왔으나, 세 번째 돌아올 때 이두철과 이의빈은 뒤로 처져서 파트너와 두 사람만의 데이트를 즐겼다.

간호사 미스 김은 이철준을 좋아했으나 약혼자가 서울에 있는 이철준은 모임의 창구 역할 이상을 마다했으며, 문성식은 은행원 미스 김을 좋아했으나 그녀는 영월 처녀의 콧대를 보이며 문성식을 무시하는 척했다. 이철준의 약혼자는 이철준이 상경하는 주말이 줄어들자 주말에 영월까지 내려와서 약혼자를 챙겼다.

이두철은 저녁에 자주 미스 송을 만나는 것 같았다. 그는 미스 송과 데이트가 없는 날은 옆방 오선아의 방에서 그녀와 히히거렸다. 오선아와 이두철은 팔뚝 때리기 화투를 치며, 때리겠다느니 못 맞겠다느니 서로 희롱하는 소리가 벽을 뚫고 들려와 박경호의 귀를 간질였다. 박경호는 벽 너머로 들리는 30대 초반 여자의 간드러진 교성을 들으며 하숙을 옮겨야 하는 거 아닌지 고민했다.

영월에서 교육을 받은지 반년 만에 교육생들은 서울화력, 마산화력, 삼척화력, 부산화력 등 전국에 있는 화력발전소에 정식직원으로 발령을 받았다. 본사로 발령을 받은 신입직원은 없었다.

고리 원자력건설소로 발령을 받은 이철준은 토목기사로 원자력분야에서 일을 시작하였으나, 박경호는 부산화력, 문성식은 서울화력, 이두철은 마산화력에 배치되어 발전소 운전에 투입되었다.

일년 후, 박경호와 문성식은 본사로 발탁되었다. 박경호는 원자로부로, 문성식은 기계부로 발령을 받았다.

미스 송과 깊은 관계로까지 발전했던 이두철은 결혼을 조르는 미스 송 부모의 강권을 피하려 마산화력에서 여수화력으로 근무 장소를 옮기며, 결혼을 회피하다가 훈련생으로 선발되어 미국으로 떠났다. 미국 훈련생들의 여권은 미국에서 이탈을 막기 위해 훈련 책임자가 관리했다.

어느 주말 훈련생들은 나이아가라 폭포 관광을 갔다. 캐나다 쪽 나이아가라를 보기 위해 미국과 캐나다의 국경을 넘나들어야했다. 여권을 각자에게 나눠줬다. 그 기회를 이용하여 이두철은 미국 내에서 사라졌다.

문성식은 한국원자력연구소에 유치과학자로 귀국하여 원자로계통 설계의 실무책임을 맡고 있다. 박경호는 계속 본사에서 근무하고 있으며, 이철준은 고리에서 월성, 월성에서 영광으로 신규 발전소 부지를 쫓아다니며 현장에서 잔뼈가 굵어갔다.

"그 남자 같던 간호사 미스 김? 은행 미스 김 정도였으면 내가 맘을 바꿨을지도 모르지."

이철준이 술잔을 씹으며 옛 생각에 빠졌다.

"그래 은행 미스 김 퍽 예뻤었지. 예쁘다고 너무 재고 좀 얌체 같았지만"

문성식은 아직도 은행 미스 김이 생각나는 모양이다.

“그 때 잘 되었으면 우리 친구 중에 영월댁 한 사람 얻는 건데….”

“박 부장 영월 애인은 누구야? 미스 안은 아닌 것 같고. 호박씨를 까는 재주가 뛰어나서 전혀 표면에 나타나지 않는단 말이야.”

이철준이 박경호를 빤히 쳐다보며 물었다. 영월 동기들이 모일 때마다 박경호에게 던지는 질문이다.

“너희들이 알짜배기 다 차지하고 내 몫이 없어서 혼자 쓸쓸히 하숙방 구들만 졌다. 지금 생각해도 억울하다. 그 때 연애 한 번 진하게 하는 건데. 참 며칠 전 이두철이 다녀갔다.”

박경호가 화제를 바꿨다.

“이두철이? 그 친구 지금 미국에서 무엇 한대?”

문성식이 물었다.

“뉴멕시코에 있는 원자력발전소에 근무한대. 그 때 귀국 안한 것을 좀 후회하는 것 같던데. 아직도 오퍼레이터라고.”

“그렇겠지. 동기들은 다 부장이 되어 있는데, 못 돼도 고참 과장이잖아.”

이철준이 말했다.

“우리가 잘못 안 것이 있었는데 실은 이두철이가 미스 송이랑 결혼하려 한 모양이야. 그런데 미스 송이 서울에서 다방 레지 했던 것을 두철이 엄마가 안 모양이야. 당연히 죽어도 결혼할 수 없다고 했겠지. 미스 송 집에서는 결혼하라고 볶아대고, 미스 송은 심심하면 발전소로 찾아오고, 미스 송에게 장가가기는 틀렸고, 미스 송 두고 다른 곳에 장가갈 수도 없고, 귀국하면 또 그 틈바구니에서 시달려야 하는데 더 이상 시달리기 싫어서 토꼈대.”

“그랬나? 미스 송이 다방 레지였다고? 우린 몰랐는데. 그 아가씨 살결 하나 죽여줬지, 해맑고 포동포동하고.”

이철준이 입맛을 다셨다.

“그때 다방 레지 했다면 결혼 어림없었지. 그래 결혼은 했대?”

문성식이 물었다.

“교포랑 한 모양인데 서구식이라 드센 모양이야. 다 인과응보라고 하던데. 며칠 전 이의빈이 회사 왔었다. 현대로 간.”

박경호가 입사 동기의 정보를 줬다.

"토목과 이의빈이 말이지. 이 부장이랑 친했잖아."

문성식이 술잔을 비우고 이철준에게 잔을 넘기며 말했다.

"두 계급 승진에 월급 더 받고 현대로 갔는데 공사판만 다니다가 원자력 11, 12호기 시공계약 입찰 준비팀으로 본사 발령을 받았대. 이번에 원자력 11, 12호기 건설공사를 현대가 먹으면 책임자로 올 것 같다는데. 그 친구도 현장만 다녀 마누라한테 완전히 찍힌 모양이던데 다행히 그래도 본사로 왔어. 그냥 한전에 있었으면 그래도 한 공사판에 몇 년씩은 있을 수 있는데. 풍찬노숙 안 하고 사택에서 잠도 잘 수 있고."

이철준의 말투가 비장하다.

"그녀석이 정주영의 반값 공사 아이디어를 낸 것 같아."

박경호가 받았다.

"믿는 도끼에 발등 찍혔네. 개인회사에 가서 오너에게 잘 보이려면 뭔가 기발한 아이디어를 내야겠지. 그 후 잠잠하던데, 일회성 해프닝으로 끝났나?"

문성식이 한가한 소리를 하였다.

"일회성? 그것 해명하느라 얼마나 발품을 팔았는데. 이번에 설명 다녀보니 기획원 친구들이 똑 소리 나던데. 몇 마디 듣고 바로 알아채더군. 오히려 담당 부서인 동자부보다 빨리 알아들어."

"엘리트만 모였으니까. 참 토쟁이한테 물어보자. 테레비 보니 시뮬레이션 결과 북한이 금강산댐을 터트리면 서울이 물바다 된다던데, 토쟁이 생각은 어때? 정치권에서 과다 선전하는 거니?"

문성식이 진지하게 물었다.

"그럴 리가. 어떻게 그런 거짓말을 할 수 있겠니? 나는 잘 모른다. 현장에서 땅만 파는 내가 어떻게 알겠어? 김일성 죽었다는 방송 나왔다며?"

이철준이 박경호를 쳐다봤다.

"북괴 전방 대남 방송에서 총격 맞았다고 방송했는데 다음날 공항에 나타났대. 그 친구 계속 죽었다는 소문이 도는 것 보니 오래 살겠다."

박경호가 말했다.

"오늘은 내가 산다. 이제 막 술맛이 나기 시작한다. 2차 가자."
저녁으로 국수를 훌훌 마시며 이철준이 호기를 부렸다.
"이 부장, 어떻게 출장 온 놈에게 얻어먹나. 오늘은 내가 산다고 했잖아? 모처럼만에 서울 왔는데 너 화분 물 주러 가야지, 우리가 이렇게 붙잡고 있다가 제수씨한테 볼기 맞겠다. 소주 각 일병 했으니 그만 일어나자."
이지적인 문성식이 제동을 걸었다.
"그래 문 박사 말이 맞다. 너 두 달 만에 서울 왔는데 안 쫓겨나려면 그만 가봐야지."
문 박사가 거들었다.
"야, 이제 막 술이 입에서 받는데 그만 가자고? 서울 놈들 쩨쩨하다. 내가 살 테니 2차 가자."
이철준이 떼를 썼다.

10
논공행상

1986년 9월.

조철진 대좌 송별연이 제5기계공업총국 단지내 초대소에서 조촐하게 열렸다. 조철진은 고폭 실험시설 확장을 성공적으로 마무리한 공로로 당으로부터 인민 훈장과 함께 1계급 특진의 영예를 안았다.

송별연 참석자는 이승기 총국장을 비롯하여 12월기업소 건설책임자 김병일 소좌, 12월기업소 이홍섭 기사장, 8월기업소 전치부 기사장, 영변 1호기 공순구 기사장이다. 안주로 단고기가 나왔고, 지도자 김정일이 하사한 백두산 들쭉술도 나왔다.

"오늘 공화국의 핵심사업인 710호 사업의 성공적 수행을 위해 1100일 전투를 벌이고 있는 혁명투사들이 한 자리에 모였습니다. 전병호 군수비서 동지께서도 일일공공 전투를 성공적으로 완수하고 일선으로 돌아가는 조철진 대좌의 송별연에 참석하실 계획이었으나, 긴급한 당의 부름을 받고 참석하실 수 없게 되어 지도자 동지의 위로의 말씀과 함께 들쭉술을 내리셨습니다. 항상 우리의 투쟁 마당에 어버이 수령 동지와 지도자 동지가 우리와 함께 계시다는 자부심을 가지고 혁명과업을 성공적으로 완수하고 일선으로 복귀하여 조국 수호의 임무를 수행할 조철진 대좌의 앞날에 가호가 있기를 기원하며 건배합시다."

이승기의 건배 제의에 따라 군인들은 부동자세로, 민간 과학자는 허리를 펴고 건배를 했다.

"혁명의 아버지 김일성 수령님과 위대한 지도자 김정일 동지의 하해와 같은 은총 속에 조국 통일을 앞당길 혁명 사업에 이 한 몸 바쳐서 한 몫을 하게 된 것을 당과 인민에게 감사 드리며, 그동안 부족한 저를 이끌어 주시어 이 사업을 완성하게 해 주신 노력 영웅 이승기 총국장님에게도 감사 드립니다. 저는 어디를 가나 당과 인민을 위하여 어버이 수령님과 영명하신 지도지 동지의 교시를 받들어 혁명과업 완수에 최선을 다하겠습니다. 이렇게 떠나는 저를 환송해 주시는 여러분들께도 감사를 드립니다."

보내는 사람과 떠나는 사람의 형식을 갖춘 인사가 끝나자 참석자는 편안한 분위기에서 술잔을 기울였다.

"이승기 총국장 동지, 내각에 우리 혁명 사업을 총괄할 원자력부가 곧 설립된다고 하던데 사실입니까?"

술이 약한 공순구 기사장이 들쭉술 두 잔에 허꼬부라진 소리를 냈다.

"그것은 기밀사항이나 여기 계신 분들은 공화국 최고의 핵분야 혁명투사이시므로 기밀이 유지될 것으로 알고 말씀드리는데 12월에 내각에 원자력공업부가 신설될 겁니다."

이승기 총국장이 조심스럽게 말했다.

"그럼 이승기 동지께서 내각에 승차되어 가시는 것 아닙니까? 이 동지께서 가시면 710호 사업에 차질이 있을 텐데요."

이홍섭 기사장이 우려를 표했다.

"지도자 동지께서는 인재를 보시는 혜안을 가지셨으므로 적재적소에 인재를 기용할 겁니다."

이승기는 긍정도 부정도 하지 않았다.

"우리 조선은 우리가 쓰는 무기의 모든 실탄을 자급하고 있고, 미사일까지 발사하는 기술을 가져 화약을 다루는 데는 도사인데 왜 많은 돈을 들여 고폭 실험시설을 만들고 실험을 하는 겁니까?"

얼굴이 불콰해진 조철진 대좌가 이승기를 건너다보며 물었다.

"원자력을 전공한 전 기사장이 대답해 주시지요."

이승기가 전치부 기사장에게 답변을 미뤘다.

"조 대좌께서는, 참 김 소좌도 같겠습니다만, 원자탄 원리를 잘 모르실 거예요. 원자탄 원료로 플루토늄과 고농축 우라늄을 사용하는데 두 가지 다 자연에는 없어서 인공적으로 만듭니다. 플루토늄은 원자로 내에서 우라늄이 탈 때 생성되는 특수핵물질입니다. 지금 김 소좌가 건설 중인 12월기업소, 방사화학시설에서 원자로에서 타고 난 후 꺼낸 연료 속에 들어 있는 플루토늄을 화학 처리하여 별도로 분리합니다. 고농축 우라늄은 좀 복잡한데…, 자연에서 나는 우라늄은 우라늄-235가 0.7%, 나머지는 우라늄-238이며, 우라늄-235만 핵분열을 잘 일으킵니다. 참깨로 기름을 짜면 참기름과 깻묵이 나오지요. 깻묵은 버리고 기름만 모으듯, 우라늄에서 우라늄-235만 별도로 분리하여 모은 것이 고농축 우라늄입니다."

"그럼 참기름이 고농축 우라늄입니까?"

"네, 그렇게 보시면 됩니다. 우라늄 중 우라늄-235의 함유량을 90% 이상 높이면 핵폭탄의 원료가 됩니다. 플루토늄과 고농축 우라늄으로 핵무기를 만드는 방법에 차이가 있습니다만, 아직 우리 공화국에 우라늄 농축 기술은 없으니 플루토늄 원자탄만 설명을 드리겠습니다. 플루토늄 5kg 정도만 있으면 소형 원자탄을 만들 수 있는데 플루토늄을 공처럼 둥글게 뭉쳐놔야 폭발을 해요. 평소에 플루토늄을 뭉쳐 놓으면 폭발을 할 수 있으므로 평소에는 몇 조각으로 떼어 놓습니다. 폭발하는 순간에 한 덩어리로 뭉치게 해야 하는데 그 기술이 바로 고폭 기술입니다. 서로 분리되어 있는 플루토늄을 백만 분의 일초의 오차 범위에서 순간적으로 중심으로 모이게 해야 합니다. 그 기술은 일반 포탄이나 총탄에 사용하는 화약 다루는 기술과는 차원이 다른 고도의 기술입니다. 그래서 비싼 돈을 들여 실험시설을 건설하고 실험을 하는 겁니다. 그 기술이 없으면 원자탄은 만들 수가 없어요. 그러니 조 대좌께서 건설한 시설이나 김 소좌께서 건설하고 있는 시설은 원자탄을 만드는 데 필수적인 시설이지요."

"무슨 말인지 잘 모르겠고 백만분의 일초라고 했지요?"

조 대좌가 입을 딱 벌렸다.

"우리는 그렇게 정교한 기술을 확보해야 하므로 이 단지내에 있는 모든 과학자, 기술자들이 합심해야 합니다."

이승기가 강조하였다.

"그런데 애로사항이 있습니다."

술에 이성을 저당 잡힌 공순구가 비틀거렸다.

"오늘은 조철진 대좌 송별회입니다. 애로사항은 다음에 이야기하지요."

이승기가 경계 신호를 보냈다.

"다음에? 이렇게 우리 기사장들이 다 모일 기회가 없잖아요? 이렇게 다 모여 마음 터놓고 이야기할 수 있을 때 문제를 제기하고 대책을 세워야지요."

공순구가 우겼다.

"공 박사 술이 과한 것 같아요."

전치부가 나섰다.

"나 술 안 취했어요. 일본서 온 제일동포 새끼들 퍼렇게 자본주의 색깔이 들어 위아래도 없고 당성도 없고."

"그 이야기는 다음에 합시다."

이승기가 강하게 제동을 걸었다.

"우리끼리인데 왜 말 못합니까? 그치들 우리보다 기술도 뒤지는 새끼들이 선진국에서 왔다고 우리 기술을 우습게 안다는 말입니다. 10만 킬로 와트 넘는 원자력발전소도 하나 없는 나라에서 이상한 짓을 하려 한다고. 호전광 미제로부터 우리를 살려낼 710호 사업을 이상한 짓이라니. 그 친구들을 내몰지 않으면 우리 사업이 낱낱이 미제에게 알려질 거요."

"그 말은 맞아요. 이 동지께서는 공 기사장의 말을 잘 새겨 들어야 할 거요."

이홍섭이 거들었다.

"미제들은 인공위성으로 시간 반마다 우리 상공을 지나며 속속들이 우리 현황을 사진을 찍는데 내부에서 첩보가 새 나가면 우리 공화국의 핵심 사업에 큰 지장이 있어요. 이 동지께서는 조총련 과학자를 더 받는 것을 재고하서야 해요."

전치부도 나섰다.

"조 대좌와 김 소좌는 이 이야기는 못들은 걸로 해요. 그 일은 내가 상부와 협의할 테니 오늘 조 대좌 송별연에서는 더 이상 거론하지 맙시다. 술도 어느 정도 된 것 같으니 이만 끝냅시다. 조 대좌님 일선에 가서서도 당과 인민을 위하여 조국 혁명전선에 매진하시길."

이승기가 폐장을 선언하고 자리에서 일어서며 조 대좌에게 손을 내밀었다.

11
우선협상 대상자 선정

1986년 9월 30일.

박경호 부장은 사장실 옆 결재 대기실에 우두커니 앉아서 원자력 11, 12호기 입찰 최종평가 서류를 들고 들어간 송창수 처장이 사장실에서 나오기만을 기다렸다.

박경호는 벌써 한 시간째 무료하게 앉아 창밖을 내다보다가 사장 비서가 전화하는 것을 보다가 하면서 연신 하품을 하며 밀려오는 졸음을 쫓으러 어깨를 흔들고 머리를 만지고 하였다.

박경호는 회사에서 지난밤을 꼬박 새웠다. 86 아시안 게임 막바지인 9월말에 계약 우선 협상대상자를 선정하여 발표하겠다는 사장의 지시에 따라 각 기관에서 평가해 온 입찰 평가서를 종합 정리하느라 며칠째 철야작업을 했다.

어제 밤에는 송 처장도 퇴근하지 않고 사무실을 지키며 보고서를 최종 점검하였다. 언론사에 뿌릴 보도자료 초안도 작성하였다.

보도자료는 원자력발전소 부지, 타입, 용량, 건설 공기, 예상 투자액 등 일반적인 사항을 기술하고, 1995년까지 95% 건설기술의 자립 의지를 강조했다. 입찰 평가 결과 선정될 각 분야 낙찰자, 원자로 계통 및 핵연료 설계, 종합설계 및 감리, 터빈 발전기란은 공백으로 남겨 놨다. 사장이 평가 보고서를 결재하면 빈 킨을 채워 언론사에 내보낼 것이다.

9시 반 입찰 평가 보고서를 들고 부사장과 함께 사장실에 들어가며, 송 처장은 사장이 실무적인 질문을 해올 때 바로 들어와서 대답할 수 있도록 결재 대기실에서 대기하도록 박경호에게 지시했다.

11시가 다 되어 상기된 얼굴로 송 처장이 부사장을 따라 사장실에서 나왔다. 박경호는 송 처장을 따라 부사장실로 갔다.

"사장 결재가 났어요. 오래 시간을 끌면 잡음이 날 수 있으므로 오늘내로 계약 우선 협상 대상자에게 텔렉스를 보내야 해요. 텔렉스를 보내기 전에 정부에 보고를 해야 하는데 두 팀으로 나눠서 합시다."

부사장이 두 간부를 돌아보았다.

"청와대 경제수석과 동자부장관께는 사장님이 직접 하실 거고, 나는 국회를 맡을게. 박 부장 나랑 같이 가지. 송 처장이 동자부, 청와대, 감사원에 다녀와요. 언론 보도 자료는 사장님도 보셨어. 낙찰자 선정 과정에서 각 정부기관이 소외됐다는 감을 주지 않도록 조심하고. 오늘은 그냥 낙찰자만 알려주고 자세한 평가 자료는 추후 보고하겠다고 해. 박 부장은 바로 우선 협상 대상자에게 보낼 텔렉스 기안해 와. 내가 사인 해놓고 국회 갈 거니. 사장님도 기다리고 계셔. 한 30분이면 가능하지?"

"네. 그럼 원자로 계통 CE, A/E 서전 앤드 런디, 터빈 발전기 GE사에 우선 협상 대상자로 선정된 것을 통보하겠습니다. 제 2순위는 통보를 하지 않고 유보하고, 그 이하 입찰사에는 우리 회사 입찰에 참여해 준 것에 감사하며 다음 기회에 보자는 정중한 텔렉스를 보내겠습니다."

우선 협상 대상자와 협상을 벌려 결과에 만족하지 않으면, 다음 순위 협상 대상자를 불러 협상을 벌린다. 그러나 다음 순위 협상 대상자까지 바통이 넘어간 적이 한 번도 없어 제2 협상 대상자를 남겨 놓는 것은 일종의 계약 협상 전략이다.

"박 부장은 빨리 가서 텔렉스 작성해 오고 송 처장은 잠시 남아요."

박 부장이 자리에서 일어서서 부사장에게 목례를 보내고 문으로 향했다.

“보도 자료는 석간 마감 전에 보내야 하니 두시 반쯤 언론사에 보내.”
부사장이 박경호의 뒤통수에 대고 지시했다.

그날 석간에 '原電 11, 12호기 美 회사에 낙찰'이라는 주제에, '핵심기술 이전조건 관철'이라는 부제를 단 기사가 경제면 톱으로 보도됐다. 방송은 뉴스 시간마다 낙찰자 선정을 보도했다.

12
기술도입선 선정 시비

1987년 6월.

박경호 부처장은 빠른 걸음으로 동력자원부 전력국 원자력발전과에 들어섰다. 조일호 사무관으로부터 급한 일이 있으니 당장 들어오라는 호출을 받고 달려온 것이다.

박경호는 원자력 11, 12호기 입찰평가와 계약 협상 때 공로를 인정받아 며칠 전 정기 인사 때 2직급으로 승진했다.

박경호는 신문으로 얼굴을 가린 과장에게 목례도 보낼 수가 없어 바로 조 사무관 자리로 갔다.

"이번 영광 11, 12호기 시공계약을 잘못해서 천하의 박 사장이 날아갈 거야."

조일호 사무관은 박경호가 자리에 앉기도 전에 말을 던졌다.

1987년 4월 9일, 6개월 여에 걸친 계약협상 끝에 외국 공급자와 기술 전수를 포함한 원자력 11, 12호기 원자로계통, 터빈/발전기, 종합설계, 핵연료 계약을 마친 한전은 시공계약 입찰을 실시하여 원자력 11, 12호기 시공계약사로 현대건설을 선정했다. 국내 최대 토건공사의 기회를 놓친 입찰에서 떨어진 회사들의 반발이 거셌다.

"무슨 말씀을 그렇게, 우리는 규정대로 했습니다."

박경호가 항의했다.

"박 부처장이야 규정대로 했겠지. 국영기업에서 규정을 어겼겠어. 그런데 박 부처장은 현대가 뭐가 예뻐서 또 계약을 준 거야?"

조 사무관이 이죽거렸다.

조일호 사무관은 전기공학을 전공한 박경호의 대학 2년 선배다.

그는 20년이 넘도록 공무원 생활을 했으나, 성격 탓인지 진급에서 연속 탈락했다. 그는 상사의 눈짓을 모른 체했으며, 상대방은 전혀 배려하지 않고 함부로 말을 뱉어 상대하기가 거북했다. 오랜 공무원 생활을 한 고참 사무관치고는 너무나 순진하고 시세에도 어두웠다.

"무슨 말씀을?"

"작년에 정주영이 원전을 반값에 짓는다고 하여 그렇게 고생해 놓고서."

"다 지난 일입니다."

송창호 처장으로부터 정주영 회장이 언론에 발표한 '원전 반 값 건설'의 진상을 확인하여 보고하라는 지시를 받은 박경호는 그와 한전 입사동기로 현대건설에 스카우트되어 전직한 영월화력에서 입사 첫해를 같이 보냈던 이의빈 상무에게 바로 전화를 하였다. 이의빈 상무는 현대건설에서 공사비를 계산한 근거를 알려주지 않으려고 했다.

이리 저리 유도 심문을 하여 알아낸 사실은, 현대에서 반값이라고 공표한 공사비는 착공시점 공사비로 한전에서 발표하는 준공시점 공사비와 비교할 때 약 6년의 시차가 있는 수치였다. 당연히 6년 동안 물가 상승분이 반영되지 않았고 공사 중 미리 지불한 공사비와 물자대에 대한 이자도 포함되지 않았다. 인건비 단가도 저렴하게 책정하여 계산했다.

박경호는 현대건설 정주영 회장이 발표한 반값의 실상을 설명하는 자료를 만들어 회사 윗선에 보고했다. 그 자료는 동력자원부, 경제기획원, 감사원, 청와대, 국회까지 보고됐다.

경제수석을 통해 정주영 회장의 반 값 원전 건설 전말을 보고 받은 전두환 대통령은 국무회의에서 원자력 11, 12호기 선정에 정부는 절대 개입하지 말고 박정규 사장에게 맡기라는 특별지시를 내렸다는 말을 박경호는 상사로부터 전해 들었다.

"지난 일? 박 부처장 부처님 가운데 토막이네. 그런 현대에게 다시 공사를 주고."

"그거야 입찰 평가해서 일등인데 어떻게 합니까?"

"일등? 그럼 왜 박 사장이 쫓겨난다는 말이 나와? 어쨌든 이번 박 사장 쫓겨나면 웨스팅하우스도 가만히 안 있을 걸. 지금 박정규와 전두환 고리에 눌려 죽은 듯 있지만 박정규가 한 번 삐끗하면 된통 터질 거야. 그래 원자력을 여섯 기나 팔아 먹은 웨스팅하우스를 제치고 캠버션엔지니어링사를 선정하는 법이 어디 있어?"

조 사무관을 열을 올렸다.

조 사무관은 원자력 11, 12호기 원자로계통 공급사로 웨스팅하우스를 제치고 컴버션엔지니어링(CE)사를 선정한 것에 아직도 부정적이다.

지난 해 9월 30일, 한전은 낙찰자를 발표하고 바로 주무부처인 동력자원부에 평가결과를 보고했다. 박경호는 동력자원부 원자력발전과장에게 보고하기 전에 밑에서부터 계통을 밟는 관례에 따라 조 사무관에게 먼저 보고했다. 조 사무관은 박경호가 들이민 자료를 앞뒤로 뒤적이며 입찰 평가의 잘못된 점을 찾아내려 이것저것 꼬치꼬치 따졌다.

뒷자리에 앉아있던 홍두표 원자력발전과장은 신문으로 얼굴을 가리고 초연한 척하였다. 조 사무관은 입찰 평가 결과에 아직도 계속 시비를 걸며 그 결과에 승복하지 않고 있다.

"원자력 11, 12호기는 우리나라 원자력 기술 자립의 효시예요. 웨스팅하우스가 우리나라에 여섯 기나 원자력발전소를 공급한 것은 사실이지만, 기득권을 악용하여 핵심기술은 아예 전수 않겠다니 당연히 제외시켰지요."

박경호가 항변을 했다.

"알아, 박 부처장이야 위에서 시키는 대로 했잖아. 잘못 없어."

"어떻게 입찰 평가를 위에서 시키는 대로 합니까?"

"어쨌든 내가 후배라 미리 충고하는데 좀 어려운 시절이 올 거야."

"조 선배님. 원자력 기술 자립계획은 한전 독자적으로 수립한 것이 아니
예요. 동자부가 주관이 되어 학계, 연구소, 산업계가 머리를 맞대고 수립한
거예요. 계장님이 저보다 더 그 사정을 더 잘 알잖아요? 관련기관 회의도 주
관하시고."

"그거야 그렇지. 내가 기술 국산화계획 산파지, 박 사장이야 자기가 다했
다고 선전하고 다니지만. 어쨌든 말썽은 날 거고, 그렇다고 욕만 할 수는 없
고, 이번 계약에 딱 마음에 드는 것이 하나 있더라."

"조 계장님 마음에 드는 게 다 있어요?"

박경호는 시니컬하게 말했다.

"계약서 정본을 한국어로 하고, 한국 법률을 적용하게 한 것."

"그 조항 받아내려고 얼마나 힘들었는데요. 협상 마지막 날까지 싸웠는
데요."

지금까지 외국과 계약할 때 영어로 된 계약서가 정본이었으며, 적용 법률
은 중립국인 스위스 법이나 미국 뉴욕주 법이었다. 컴버선엔지니어링사는
계약 협상 마지막 순간까지 영어 정본을 주장하였다. 심지어 한전이 한국어
정본을 고집하면 계약금액을 올릴 수뿐이 없다고까지 주장했다.

"어쨌든 미국 놈들 콧대를 꺾은 것은 잘한 일이지만, 왜 그런 엉터리 회사
를 선정했어?"

"몇 번 말씀 드려야겠어요? 기득권만 믿고 웨스팅하우스는 기술 전수에
너무 소극적이라 어쩔 수 없었다고."

"구슬러 봤어? 잘 구슬렸으면 들어줬을 텐데."

"몇 번 공문으로 확인하고, 회의에서도 확인했어요. 국내에 발전소를 추
가로 건설할 때마다 일정부문의 이권을 챙기려 핵심기술은 못 내놓겠다고
버티는데 어떻게 해요."

"그거야 박 부처장 변명이고. 내가 박 부처장 잘못했다고 하는 거 아냐.

월급쟁이가 별 수 없지. 어쨌든 곧 어려운 시절이 올 거야. 돈 몇 푼 못 먹고 우리 후배 고생하겠다."

"돈은 누가 먹어요? 책임 있는 자리에 계시는 분이 그렇게 무책임하게 말씀하면 어떻게 해요? 그러다 기자라도 듣고 문제 있는 것처럼 기사를 쓰면."

박경호는 열이 받쳐 강한 톤으로 항의했다.

"그럴 날이 머지않은 것 같은데 가봐."

"그 말 하려고 일부러 여기까지 오라고 했어요?"

"얼마나 중요한 이야긴데 그럼 다음에 봐."

조 사무관이 서류에 코를 박았다.

박경호는 화가 치밀어 얼굴을 붉히며 자리를 박차고 일어나며 힐끗 과장 자리를 건너다봤다. 홍두표 과장은 신문으로 여전히 얼굴을 가리고 있었다. 과장에게 인사라도 하고 나가려던 박경호는 신문에 대고 인사를 할 수 없어 막 돌아서려 하자, "박 부처장" 하고 홍 과장이 불렀다.

박경호가 홍두표 과장 자리로 다가갔다.

그는 신문을 반쯤 열고, "지금 조 사무관이 한 말 절대 누설하면 안 돼요. 기밀이에요. 소문이 새나가면 박 부처장이 퍼트린 것으로 알 거요."

박경호가 "네 알았습니다" 하고 대답을 마치기도 전에 신문이 다시 과장의 얼굴을 가렸다. 박경호는 신문에 조상이 죽었다는 기사라도 났나, 정부 과장이 그렇게 높은 자리야, 그렇게 해야 권위가 서는 거야, 속으로 투덜대며 사무실을 빠져 나왔다.

조 사무관은 화장실을 가는 척하고 박경호를 따라 나와, "괜찮지?" 하고 실없이 물었다.

박경호는 "네, 괜찮아요" 대답을 하고 엘리베이터를 향해 걸어가며, 제발 원자력 11, 12호기 계약과 관련하여 시비가 커지지 않기를 바랐다.

1986년 7월.

문성식 박사는 조심스럽게 노크를 하고, 소장 집무실의 문을 열고 들어섰다.

한철우 소장은 책을 보고 있었다. 문 박사는 소장의 머리통을 향하여 인사를 했다.

"어, 문 박사 어서 들어와."

소장이 책에서 눈을 떼며 말했다. 문 박사가 소장이 앉아 있는 원탁 테이블에 접근하자, "앉지" 하며 자리를 권했다.

문성식은 조용히 한 소장 옆자리에 앉았다.

"내가 왜 불렀는지는 알지?"

소장이 느긋한 목소리로 물었다.

"단장님이 소장님이 찾는다고 하여."

문성식이 말끝을 흐렸다.

"그래? 말을 안 했군. 좀 전에 정 단장하고 문 박사를 윈저 사무소장으로 보내기로 했어."

미국 펜실베이니아주 해변에 위치한 중소도시 윈저에 CE사의 본사가 있다.

"네, 윈저 사무소장이요?"

"윈저 사무소에 가면 한전과 코디네이션할 일이 많을 텐데 문 박사는 한전에서 근무하다 왔고, 또 미국에서 학교도 다녔고 하여 이번 원자력 11, 12호기 엔 트리플 에스(주 : 원자로 계통, Nuclear Steam Supply System) 설계 책임자로는 최적임이라 판단했어. 바로 비자 신청하고 비자 나오는 대로 윈저에 가서 우리 훈련생 받을 준비를 해."

"네. 감사합니다."

문성식은 생각지도 않았던 인사에 어안이 벙벙해져 목소리가 갈라졌다.

"문 박사, 아니 문 소장, 지금부터 윈저 사무소장이니 문 소장이라 불러야지. 원자력 11, 12호기는 우리나라 원자력 역사에 획을 긋는 프로젝트야. 그동안 내가 강조해 온 원자력 기술 자립을 이루는 첫 번째 프로젝트야. 문 박사, 아니 문 소장도 알다시피 내가 핵연료주식회사에서 하기로 되어 있던 핵연료 설계까지 우리 연구소로 가져왔을 때 한전의 반발이 만만치 않았지.

다행히 한전 박 사장이 내 뜻을 이해하고 밀어주지 않았으면 어려운 일이었어. 우리 언론에는 한 줄도 나오지 않지만 최근 미 8군에 있는 친구들에게 들은 소식인데, 참 이건 기밀 사항이야 절대 발설하면 안 돼. 문 소장에게 중차대한 임무를 맡기며 미국에 파견하는 마당에 비밀이지만 아는 것이 좋을 것 같아 말하는데, 북한은 이미 우리 연구소 원자로보다 훨씬 큰 열출력 25메가, 전기 출력 5천 kw의 영변 1호기를 자체 기술로 설계하고 건설하여 운전중이야. 원자로 형태가 불란서나 영국에서 핵무기용 플루토늄을 추출해낸 그런 타입의 원자로야. 거기다 그 원자자로에 쓰는 핵연료를 만드는 가공공장도 이미 완공하여 운전중이야. 우라늄도 경제성을 무시하고 북한에서 채광하여 생산하고 있대. 자급 체제를 갖춘 거지. 그래서 내가 이런 날을 대비하여 핵주(주 : 한국핵연료주식회사)를 비롯하여 우리나라 여러 기관에 분산되어 있는 원자력 기술 인력을 우리 연구소로 다 모은 거야. 핵주의 설계 업무를 우리 연구소로 가져오는데 한전 실무진의 반대가 대단했었지. 다행히 한전 박 사장이 큰 뜻을 이해해 주시고, 말할 것도 없이 고위층의 이해가 절대적이었지만."

한 소장은 기술 인력을 한 기관에 모아 필요시를 대비해야 한다는 그의 주장을 기회가 있을 때마다 다시 되풀이하며 연구원들에게 설파했다. 열 번도 넘게 같은 내용의 설교를 들은 문성식은 한 소장의 다음 말을 대신 할 수 있을 정도이다.

"우리도 여의치 않으면 바로 핵개발을 하기 위하여 임계인력(주 : 핵무기 개발을 위해 최소로 필요한 기술 인력)이 필요하며, 그래서 우리 연구소에 기술 인력을 다 모은 거야. 문 소장은 우리나라 기술 자립의 첨병으로 미국에 가는 거야. 이번 미국에 가는 인력은 단지 기술을 배우러 가는 것만이 아니라 기술 전수가 끝나면 당당히 미국 기술자들과 어깨를 겨누며 우리 발전소를 설계할 거야. 그 내용은 알고 있지?"

"네. 계약서 내용을 알고 있습니다."

한전과 미국 CE사와 기술 전수 계약에 의하면 훈련을 마친 한국 기술자들은 CE와 공동으로 원자력 11, 12호기 설계를 수행하며, CE사는 기술자의 수준에 맞는 합당한 인건비를 지불하도록 되어 있다.

"문 박사는 CE 친구들과 한전 친구들과 코디네이션을 잘해 기술 전수가 원만히 이루어지고 우리 원자력발전소 설계가 세계 최고 수준이 되도록 하는 중차대한 임무가 있는 거야."

한 소장의 눈이 이글이글 불탔다. 문성식은 한 소장의 열정에 빠져들어 가슴이 뛰었다.

"정말 생각만 해도 가슴이 뿌듯해. 원자력 기술 불모지였던 우리나라가 이제 세계와 어깨를 나란히 할 만큼 성장한 거지. 지난 30년 동안 우리 연구소의 숨은 노력의 결과야. 우리 기술자들이 미국의 CE사, 최고 회사로부터 월급을 받고 우리 원자력발전소를 설계한다! 정말 멋지다. 대학 졸업 후 죽 원자력을 해온 문 박사의 소감은 어때?"

한 소장의 얼굴이 동안처럼 말갛게 빛났다.

"솔직히 제가 대학을 졸업하고 한전에 입사할 때는 꿈도 꾸지 못한 일입니다. 다 소장님을 비롯한 원자력 선배님들의 노고 덕분입니다."

문성식이 진한 아부를 하였다.

"내 공로는 없고, 각하께서 원자력을 아끼시는 충정이 대단하신 덕분이야. 문 박사, 아니 문 소장, 이번에 윈저에 갈 사람들을 추천해 줘. 전문 지식도 중요하지만 사명감이 투철한 기술자를 2배수로 추천해 주면 내가 단장하고 상의해서 파견 인원을 선정할게. 선임 권한을 문 박사에게 전적으로 위임할게."

"예, 계약서를 참조하여 적임자를 추천하겠습니다."

"내가 문 소장은 믿지만 절대 학연이나 지연에 매이면 안 돼. 내가 와서 학연 지연을 깨려고 애쓰고 있지만 아직도 도처에 그 흔적들이 남아 있어."

"네, 알겠습니다."

"우리 원자력은 몇 천 년 앞을 보는 프로젝트야. 문 박사는 잘 알겠지만 지금 원자로로 계속 발전을 하면 한 백년 쓸 우라늄 밖에 없어. 그래서 고속 증식로를 개발해야 하는데, 그러면 우라늄 효율이 지금보다 60배는 더 높아져 최소 원자력을 3천년은 쓸 수가 있지. 우리는 몇 천 년 후를 생각하고 에너지 정책을 펴 나가야 해. 3천년! 원자력은 3천년 후 우리 후손들에게 물려줄 에너지 자산이지.”

문성식은 3천년을 되풀이하여 강조하는 한 소장의 정열적인 열변에 감동되어 온몸에 열기가 돋았다.

“에너지는 인류 문명을 위해 필수품이야. 에너지 자립, 기술 자립은 후손들을 위하여 우리 세대가 준비해 줘야지. 문 소장은 그런 사명을 띠고 미국에 가는 거야. 정말 공정하게 파견할 사람을 추천해 줘. 더 할 말 없지?”

“네.”

“그럼 가 봐.”

문성식은 소장 집무실을 나오며, ‘3천년’을 외우다가, 삼국시대부터 지금까지 우리나라 역사가 겨우 2천년 남짓했던 사실을 상기하며, 약장사의 현란한 선전에 속은 기분이 들었다. 그런 생각을 하며 그는 열정적으로 미래를 설파하던 소장에게 미안한 생각이 들었다.

1987년 6월.

이철준 토목부장은 한국전력기술(주)에서 용역을 맡아 원자력 11, 12호기 원자로가 설치될 장소의 세부 지질조사를 하는 시추작업 현장을 돌아본 후 성산리 이주단지로 포니를 몰았다. 그는 달포 전 2종 운전 면허증을 따고 바로 포니를 구입했다. 원자력 11, 12호기 시공계약을 따낸 현대건설이 성산리 마을의 가옥들을 헐어내고 부지를 정지하는 중이었다.

이철준은 끝까지 이주를 못하고 버틴(?) 이복순 할머니 집으로 차를 몰았다.

50대 중반의 이복순 씨는 할머니라고 부르는 것을 달가워하지 않았으나 달리 부를 호칭이 없어 그렇게 불러 드렸다. 이 할머니는 보상금을 한 푼이라도 더 받아내려고 이주를 하지 않고 버티던 주민과는 사정이 달랐다. 이 할머니는 갈 곳이 없어서 이주를 못했다.

이 할머니는 광주에서 구멍가게를 하며 아들을 대학까지 진학시켰다. 학생 때 군복무를 마치면 졸업 후에 취직이 잘된다는 선배의 권고를 받아들여

아들은 대학 2학년이 되면서 군대에 갔다. 제대를 한 후 복학을 위해 전역 증명서를 떼러 병무청에 가는 길에 건널목에서 외제 승용차에 치었다. 승용차는 도주하고, 아들은 6개월 동안 식물인간으로 병원 신세를 지다가 죽었다.

모든 희망을 걸었던 아들의 참사에 아버지는 아예 술로 세월을 보냈고, 병원비를 물기 위해 집을 팔고 남편의 고향 성산리로 이사를 왔다. 망하고 돌아온 귀향민을 고향이 반길 리가 없었다. 직업이 없이 마을 식당에서 허드레 일을 하는 아내에게 얹혀 살던 남편은 보상금이 나오던 날 감쪽같이 사라졌다.

이복순 할머니는 월세 보증금마저 없어 이주를 못하고 있었다.

국영기업체는 잘 짜인 규정에 따라 모든 업무를 처리한다. 규정을 어기면 감사원 감사와 본사 감사에서 견딜 수가 없다. 이복순 할머니의 사정이 아무리 딱해도 이미 보상금을 지불한 터에 추가로 보상금을 줄 수가 없다. 이철준의 한전 입사 동기였던 이의빈이 현대 현장 소장으로 부임했다.

이철준은 국영기업체보다는 훨씬 융통성이 많은 현대 소장에게 이복순 할머니의 딱한 사정을 설명하고 전세 보증금 백만 원만 보조해 줄 것을 요청했다. 현대 소장은 앞으로 계속 상대해야 할 '갑'의 청을 받아들여 백만 원을 마련해줬다. 이철준은 그 돈을 할머니에게 전하며 이주를 간청했다. 할머니는 울면서 그 돈을 받고 법성포에 월세 집을 얻어 이주를 하게 됐다.

이철준은 이복순 할머니를 돕자며 사내에서 모금한 성금으로 이사를 할 트럭을 주선해 주고 직원 두 사람을 붙여 이사를 돕도록 했다. 이철준이 이복순 할머니의 집에 도착했을 때 부엌살림과 이부자리, 허술한 장롱 등 간단한 이삿짐을 실은 트럭이 막 떠나려고 하였다. 이철준은 트럭을 빌리고 남은 성금을 이복순 할머니에게 전하며 부디 건강하게 잘 사시라고 인사를 했다. 이복순 할머니는 울먹이며 트럭을 타고 떠났다.

먼지를 일으키며 떠나는 트럭을 보며 이철준은 발전소 건설을 위해 꼭 내보내야 하는 골치 덩어리를 내보냈다는 홀가분함은 전혀 없고, 한 노인을 사지로 쫓아 보내는 것 같은 아픔에 마음이 무거웠다.

　이철준은 트럭이 보이지 않을 때까지 그 자리에 붙박이처럼 서 있다가 포니에 올라 군청으로 차를 몰았다.

　유철종 건설과장이 급한 일이라며 보자고 했다.

　서류철을 뒤적이고 있던 유 과장이 반갑게 이철준을 맞았다.

　"멀리 오시느라 고생하셨어요."

　"과장님이 부르시면 한 걸음에 달려와야지요. 무슨 일로?"

　이철준이 몇 번 술자리를 같이 했던 공무원에게 아부를 하였다.

　"어제 환경단체 이곳 대표라는 친구가 왔었는데 한 시간도 더 떠들고 갔어요. 체르노빌인가 하는 원자력발전소 사고가 났었는데 방사능이 온 세상에 퍼지고 히로시마에 떨어진 원폭보다 더 무섭다고 합디다. 이곳에 핵발전소가 또 들어오면 그렇지 않아도 위험한데 더 위험해진다고 절대 건축허가를 내주지 말라고 하던데 정말 그렇게 무서운 거요?"

　"아니요. 체르노빌은 소련에 있는 발전손데 지난 해 4월에 운전원들이 실수를 하여 발전소에 불이 났어요. 그래서 방사성 물질이 대기로 나오고, 소련에서는 돈을 아끼느라 우리 발전소에는 있는 큰 돔 건물 격납건물을 짓지 않아 방사성 물질이 대기중으로 새어 나오고."

　원자력발전소 건설현장에서 근무는 하고 있으나 토목장이로 현장 공사판에만 매달리며 체르노빌 사고에 대한 진상을 제대로 알지 못하는 이철준은 더듬더듬 대답을 하며 등에 진땀이 났다.

　"그럼 체르노빌은 멀리서도 보이는 커다란 돔, 격납용기가 없다는 거요?"

　"네, 소련에서는 돈을 아끼려 그런 건물을 짓지 않았어요. 우리 발전소는 사고가 나지 않도록 철저히 대비를 하고 있으며, 만의 하나 사고가 나도 방사성물질이 다 격납건물 안에 갇혀서 안전해요."

　이철준은 어물쩍 위기를 넘기며 토목장이로 발전소 건설에만 신경 쓸 것이 아니라 원자력 안전에 대한 기초지식은 갖춰야겠다고 생각했다.

　"그렇구먼. 그런데 그 친구 우리 발전소도 방사선이 질질 밖으로 다 샌다고, 히로시마보다 더 위험하다고 공갈을 치던데. 이 부장 말 들으니 그렇지 않은 것 같고."

“우리 원자력발전소는 안전해요. 방사선 관리도 철저히 하고 있고. 언제 시간 내서서 발전소 한 번 구경 오시지요. 백문이 불여일견, 보시면 안심하실 겁니다.”

이철준이 자신 있게 말했다.

“그 친구 우리 영감한테 간다는 것을 극구 막았어요. 영감이 알면 벌벌 떨 테니까.”

유 과장이 생색을 냈다.

“감사합니다. 그렇게 배려해 주서서. 저녁 모실게요. 시간 비워 주세요.”

이철준은 유 과장의 공치사를 들으며, 술 생각이 나서 급한 일이라며 그를 부른 것이라고 판단했다.

“뭐 그렇게까지.”

“영광은 그렇고 송정리로 모실게요.”

“이왕 말 나온 김에 이번에 우리 영감 한 번 모시지요. 본부장께 시간 내시라고 하여.”

“시간만 잡아주시면 본부장님 모시고 나오겠습니다.”

“그럼 내가 영감에게 확인하여 날짜를 정해 줄게요. 매일 우리끼리 모이는 것보다 윗사람들끼리 친하면 우리 일하기가 훨씬 편해지지요.”

유철종이 담배를 비벼 끄며 선심을 썼다.

“좋습니다. 바로 연락 주세요. 윗사람은 윗사람이고, 오늘 저랑 한 잔 하시지요.”

“오늘? 선약이 있는데…. 고맙습니다. 항상 이렇게 챙겨줘서. 다음에 하지요. 이 부장에게 정보 하나 줄게요.”

“네, 무슨?”

“반핵 친구들이 성당에도 침투하는 것 같던데요.”

“네. 박 신부를 만난다는 이야기 들었어요.”

“다 알고 있구먼. 어쨌든 그 반핵한다는 친구 꼭 정치꾼 같았어요. 정치꾼이야 믿을 수가 없지요. 참 정치 말이 나왔으니 말인데, 김영삼이랑 김대중이 싸우는 꼴을 보니 둘이 다 대통령 나올 것 같은데, 나이 어린 영삼이 이번에는 선생님에게 양보해야 하는 것 아니요?”

바쁜 사람 불러다가 술을 사도록 유도한 것같아 미안했던지 유 과장은 갑자기 정치로 화제를 돌렸다. 전라도에서 김대중은 신과 같은 존재이다.

“김영삼 씨도 이번에 대통령 못 나오면 5년 후는 70줄에 들어서는데 이번이 마지막 기회라고 생각할 텐데요.”

“그래도 둘이 가위 바위 보를 해서라도 이번엔 니가 하고 다음엔 내가 하고 그런 타협은 못 하나요? 둘 다 나오면 노태우한테 떨어질 텐데. 대통령이 되는 것은 천운을 타고 나야 된다니 천운에 맡겨야겠지요. 하나 말씀드릴 것은 이번 원자력 11, 12호기 할 때 영광 1, 2호기 할 때 같이 쉽지만은 않을 거요. 좀 전에 말한 그 환경하는 친구들, 원자력발전소가 히로시마보다 위험하다며 여기저기 다니며 시비를 붙을 것 같던데 단단히 대비를 해야 할 거요. 6.10 사태 후 정부의 입김도 많이 약해진 것 같고. 체르노빌인가 뭔가 하는 발전소 사고도 고약한 것 같고.”

“챙겨 주셔서 감사합니다.”

“나야 석유 한 방울 안 나는 나라에서 원자력하는 것 찬성하는 편이지만 그 친구들 눈꼴이 사나웠어요. 지금도 눈에 선한데, 내가 좀 원자력에 좋은 말했더니 공직자가 그러면 쓰냐고 뇌물 먹었냐고 막 따지고 들더라고요.”

“그래요? 시간 알려 주세요. 두 건입니다. 저랑 유 과장님 건하고, 영감님과 본부장 건, 바로 연락주세요.”

이철준은 유철종의 사무실을 나서며 박경호가 걱정하던 반핵이 우리나라에도 뿌리를 내리나 막연하게 걱정이 되었다. 그는 몇 푼 안 되는 성금에 감격하여 눈물을 보이던 이복순 할머니를 떠올리며 차를 운전했다.

13

수령님 시대에 핵개발을 완성하자

1987년 6월.

이승기 총국장과 12월기업소 이홍섭 기사장이 국장실 별실에 마주 앉아 심각한 표정으로 대화를 이어갔다.

"이 기사장도 알다시피 2년 전 시작한 1100일 전투는 성공리에 수행되고 있어요. 지난해 1월 가동을 시작한 영변 1호기 최초의 핵연료 교체작업이 눈앞에 다가오고 있으며, 얼마 전 조철진 대좌의 송별연을 했습니다만, 1983년부터 실시한 고폭실험도 실험시설의 보강이 끝나 본격적으로 수행되고 있어요. 8월기업소도 준공이 되어 영변 1호기에 쓸 금속 우라늄 연료는 물론 태천에 건설 예정인 200메가와트급 대용량발전소용 이산화우라늄 연료 제조기술도 착착 확보하고 있어요. 박천과 순천 우라늄 광산에서 생산도 순조롭게 진행되고, 국제원자력기구와 협력 사업으로 평원군 매봉산 우라늄 광산 개발사업도 새로 시작했고."

70대의 이승기는 계속 말을 이어가는 것이 힘이 드는지 잠시 말을 멈추고 다 식은 인삼차로 목을 축였다.

"지난해 연말 내각에 설립된 원자력부 최학건 부장을 중심으로 제8기 최고인민위원회에서 수립한 원자력발전소 건설계획에 대하여 위대한 수령 동지의 허락을 받고 본격적으로 추진하고 있어요. 2년 전 어버이 수령께서 모스크바를 방문하여 체르넨코 당서기와 합의한 원자력발전소 건설계획이 착착 진행하여, 함경남도 신포에 645천 킬로와트 용량 원자력발전소 3기를 1995년까지 건설예정이고, 2000년까지 총 4백만 킬로와트 원전건설을 소비에트 공화국에 요청중입니다. 지난해 당 서기장으로 취임한 고프바초프 서기장도 우호적으로 검토하라는 지시를 내려놓았어요.”

이홍섭은 공화국의 원자력 전반에 대한 설명을 노력영웅으로부터 직접 들으며, 국가 기밀사항을 세세히 들려주는 총국장의 그에 대한 믿음에 감격하여 눈물이 나려 하였다.

“이 기사장이 책임지고 있는 12월기업소는 우리 공화국이 추진하는 핵 프로그램의 마지막 단계, 꽃입니다. 화룡정점이에요. 화룡정점은 내가 서울에 있는 고등학교 다닐 때 국어 선생님에게 배운 말이요.”

이승기가 북한에서는 낯선 4자성어를 들먹이고 어색하게 웃었다.

“12월기업소의 기기 설치는 차질 없이 돼 가지요?”

이승기가 이 기사장을 빤히 쳐다보며 물었다. 그의 눈빛에 나한테만은 숨기지 말라는 강한 암시가 담겨져 있었다.

“네. 돌파전투를 차질 없이 수행하고 있습니다.”

“곧 영변 1호기에서 타고 난 핵연료를 꺼내면 늦어도 1년 이내에는 처리를 하여야 하니 돌파전투에 차질이 있어서는 안 돼요. 이제 본론으로 들어갑시다. 1985년 체결한 핵전파방지조약에 따라 국제원자력기구와 안전담보협정 체결을 더 이상 미루기가 어렵게 됐어요. 담보협정 체결이전에 사용 후 연료를 재처리하여 플루토늄을 뽑아내야 해요.”

이승기가 단정적으로 말했다.

“생명을 바쳐 혁명과업 완수에 매진하겠습니다.”

이홍섭이 앉아 있던 자리에서 일어서 부동자세로 이승기 노력영웅에게 맹세하였다.

“자리에 앉아요. 이 기사장의 충성심은 잘 알고 있어요. 이 기사장의 충성심을 의심해서가 아니라, 지금 세계 돌아가는 사정이 급박하여 말씀 드리는 겁니다.”

이승기는 허공에 시선을 두고 이 기사장에게 어느 선까지 기밀정보를 알려

쥐야 하는지 잠시 망설이다 솔직히 사실대로 알려 주기로 마음을 정했다.

"지금부터 하는 이야기는 극비중의 극비 사항이에요. 절대 누설하면 안 돼요."

이승기가 심각한 표정을 지었다.

"며칠 전, 소비에트 공화국 세바르나제 외상과 미 제국주의 슐츠 국무장관이 중단거리 핵미사일 폐기협정에 합의했어요. 연말에 고르바초프 서기장이 미국 방문길에 레이건 미국 대통령과 서명할 겁니다. 동 협정은 5백km에서 5천km까지 중단거리 핵미사일을 전면 폐기하는 것으로, 2차 대전 후 최초로 합의한 핵무기 감축협정이라는 의미가 있습니다만, 우리 핵 프로그램에 심대한 영향을 미칠 거로 예상돼요. 미국과 힘의 대결에서 어려움을 겪고 있는 고르바초프 서기장은…, 이 사항은 기밀 사항이라 더 말 안겠어요, 데탕트라는 우리 사회민주주의 사상 체재로는 말도 안 되는 정책을 내걸고 미제의 비위를 맞추고 있어요. 미제와 소비에트 공화국이 먼저 핵무기를 감축하는 시범을 보이면서 우리의 핵 프로그램에 심한 간섭이 들어올 거요. 미사일 개발을 막을 거고, 당연히 재처리를 못하도록 막을 겁니다."

이홍섭은 처음 듣는 세계정세에 등골이 오싹했다.

"노동당 중앙위원회 정치국원이시며 비서이신 허담 동지께서 이런 어려움을 극복하는 한 방편으로 남조선을 제치고 미국과 직접 대화를 제의하셨어요. 장소, 시간, 의제를 완전히 미제의 손에 넘기는 대폭적인 양보를 하면서. 제가 보기에 아주 타당한 조치인 것 같습니다. 국제원자력기구와 안전담보조치협정을 체결하는 시간을 벌고, 대통령 선거로 정신이 없는 남조선의 허도 찌를 수 있으니까. 다만 걱정되는 것은, 이 때문에 이 기사장에게 장황하게 세계정세를 설명했어요. 지금 미제는 쉴 새 없이 우리 상공을 돌며, 영변 1호기 운전 상황을 찍고 있어요. 12월기업소 건설 현황도 계속 파악하고 있고. 1978년 일본이 도카이무라에 재처리시설을 건설했다가 미제의 승인을 받지 못해 몇 년간 운전을 하지 못한 것은 이 기사장도 알고 있지요?"

"네, 국제회의에 나갔다가 들었습니다."

"당초 12월기업소를 지하에 지으려던 것을 건설공기를 생각해서 지상에

짓게 된 사유도 이 기사장은 알고 있을 거고."

"네, 알고 있습니다. 장마로 구룡강이 넘치면 어려움이 있을 가능성도 있는데 핵무기전파방지조약, 핵담보협정 등 시기를 고려하여 지상에 건설하기로 하셨다는 말씀을 몇 차례 하셨습니다."

"제일 바람직한 것은 12월기업소가 재처리시설이 아닌 다른 핵분야 연구시설이라고 구실을 붙일 수가 있으면 좋겠는데, 워낙 시설이 크고 하여……."

"핵을 연구하는 시설 중 길이가 180미터나 되고 지상 6층 높이의 건물을 다른 용도로 핑계댈 만한 분야가 저도 떠오르지 않습니다."

"그래요. 우리 시설을 다 지어놓아도 미국과 데탕트를 외치는 소비에트 공화국이 짜고 시설 운전을 못하게 할 수도 있어요. 위대한 수령님과 지도자 동지께서 영명하신 통찰력과 지도력으로 이런 장해를 물리치시겠지만, 우리는 어버이 수령께서 그런 고민을 하시지 않도록 준비를 할 필요가 있어요."

이승기는 말을 멈추고 입안이 타는지 다 식은 인삼차로 입을 축이고 허공에 시선을 보냈다.

이승기의 머리에 이틀 전, 3호 청사에서 열린 회의의 심각했던 분위기가 떠올랐다.

"미제는 소비에트공화국 고르바초프 서기장의 페레스트로이카, 데탕트 바람을 태풍으로 바꿔 우리 공화국을 강타하려고 합니다."

중앙위 정치국원 겸 비서인 허담이 심각한 표정으로 말문을 열었다. 그는 실제적인 북한 외교정책의 최고 입안자이다.

"인공위성으로 찍은 제5기계공업총국 사진을 제시하며 소비에트공화국에 우리 핵활동의 투명성 담보를 책임지도록 요구하고 있습니다. 미국과 데탕트라는 어리석은 정책을 맹신하며 소비에트공화국은 우리가 핵무기전파방지조약을 체결한 지 1년 반이 지나도록 핵담보협정의 협의조차 미루는 것을 못 마땅히 여기며 계속 우리 조선의 담보협정 협의를 요구하고 있어요. 만일 우리가 핵투명성을 담보하지 않을 때는 모든 군사원조를 중단하고, 연구용 원자로의 핵연료 공급도 중지함은 물론 신포에 건설 예정인 원자력발전소 부지 조사도 중지하겠다는 공갈입니다."

"허 비서 동지, 우리가 이렇게 당하고만 있어야 합니까? 중화인민공화국은 버젓이 핵무기를 가지고 있는데 핵무기전파방지조약에도 가입하지 않고 있잖습니까?"

오진우 인민무력부장이 주먹을 불끈 쥐고 책상을 내려칠 자세였다.

"중국뿐입니까? 불란서도 인도도 다 가입하지 않았어요."

허담이 허공에 대고 불만을 터트렸다.

"중국이나 불란서는 핵보유국으로 분류되니 그렇다 치고, 인도가 핵을 가진 지 벌써 15년이나 지났어요. 그런데 그런 나라는 왜 건드리지 못하고 아직 핵무기 개발의 문턱에도 못 들어간 우리 공화국을 들볶고 합니까? 우리가 만만하게 보여서이지요. 남조선 청와대를 또 한 번 까부수러 가야겠군."

오진우가 주먹을 흔들었다.

"저도 오 부장님과 동감입니다. 그러나 1968년 청와대를 까러 갈 때하고는 상황이 많이 바뀌었어요. 그때는 우리 조선의 생활이 남조선보다 훨씬 앞서 우리가 특공대를 보내면 남조선에서 벌떼같이 인민들이 일어설 것으로 판단했었는데, 박정희 도당의 허위선전에 속은 남조선 인민들은 우리의 침투를 보고도 모른 체했어요. 지금 남조선은 지난해 아시안 게임에서 중국과 금메달 한 개차로 2위를 한 기세를 몰아 88올림픽을 준비하고 있어요. 그동안 미제의 전폭적인 지원으로 국민이 먹고 사는 문제를 해결했다고 큰소리 치고 있어요. 그 바람에 완전히 미제의 앞잡이가 되었으나 그것을 전두환 도당이 완전히 감추고 있어요. 이제 남조선의 적화통일을 위하여 우리는 힘을 기르는 방법 밖에 없으며, 지도자 동지께서 앞장서서 추진하시는 710호 사업을 완수하는 방법밖에 없어요."

전병호 군수담당 비서가 지도자 동지를 우러러보며 열변을 토했다.

"저희 통일전선부에서 남조선 적화통일을 위하여 결성한 비밀조직이 남조선에서 힘을 발휘하고 있어요. 전두환 독재정권을 타도하고 싶은 열망을 승화시킬 조직원들이 학교에도, 직장에도 침투하여 사회주의 사상의 우월성을 주입하고 있습니다. 그 본보기로 얼마 전 학생들이 건국대학교를 점령하여 혁명의 기치를 높이 들고 남조선 정권의 혼을 빼앗았으며, 지금도 도처에서 남조선 동조세력을 규합하고 있습니다.”

전금진 통일전선부 부부장이 대남 활동을 자랑삼아 늘어놓았다.

“국제사회에 남조선에 배치된 미제의 핵무기 철거를 요구하기로 했는데 어떻게 돼가고 있어요? 며칠 전 어버이 수령께서도 남조선에 배치된 핵무기가 북대서양조약기구에 배치된 핵무기 밀도의 4배나 된다고 언급하시면서 우려를 표시했어요.”

김정일 지도자가 차갑게 말했다.

“네. 유엔 총회, 국제원자력기구 총회 등에서 줄기차게 남조선에 배치된 미제 핵무기의 존재를 부각시키며 그 철수를 요구하고 있습니다. 그러나 미제나 남조선 괴뢰정부는 NCND 정책을 고수하고 있습니다.”

허담이 애로를 토로했다.

“방금 엔 뭐라고 했소?”

오진우가 눈을 크게 떴다.

“네, NCND, 즉 neither confirmed nor denied, 남조선에 핵무기가 있다고 긍정도 부정도 하지 않는다는 말입네다.”

허담은 얼굴 표정도 바꾸지 않고 대답했다.

“남한에 미제가 핵우산을 준다는 말은 남조선에 핵무기가 있다는 소리 아닌기요?”

오진우가 열을 냈다.

“그러니 미치지요. 사람을 제일 미치게 만드는 것이 무엇인지 아세요? 뻔히 알고 있는데 대답을 않는 거요. 며칠 전 소비에트공화국 대사 크리센코가 불쑥 내 방에 찾아와서 미제가 전해줬다며 영변 사진을 보이면서 길이가 아주 긴 건물이 계속 올라가고 있는데 무슨 시설이냐고 따지더라고요.”

허담이 이승기를 쳐다보며 말했다.

“그래서 어떻게 대답하셨어요?”

이승기가 숨을 고르며 말했다.

"무슨 동위원소 실험을 한다는데 나는 기술적인 것은 잘 모른다고 대답했어요."

"우리 기계총국에서도 그 시설을 대외적으로 무엇 하는 시설이라고 공표해야 하는지 고민하고 있습니다."

이승기가 자신 없는 말투로 말했다.

"원자력시설로는 핵연료 농축시설이 가장 규모가 큰데 농축시설은 건물이 높지 않고 길이만 길어요. 2차 대전 때 핵무기용 고농축 우라늄을 생산한 오크리지 농축공장의 건물 길이는 무려 1.6 km나 돼요. 재처리 시설은 굴뚝 높이도 높아야 하고 건물도 커야 해요. 12월기업소를 다른 원자력 연구를 하는 시설로 위장하기가 쉽지 않습니다."

조용히 토의 내용을 듣고 있던 국가기술위원장인 김창호가 이승기를 거들었다.

"그렇다고 당장 그 시설을 재처리 시설이라고 하면 미제는 물론 소비에트공화국도 펄쩍 뛸 것입니다. 핵담보협정을 체결하라는 압력이 빗발칠 거고. 막상 담보협정을 체결하면 영변에 24시간 국제원자력기구 검열원이 상주하며 우리 핵 활동을 낱낱이 검열하여 국제원자력기구 관리이사회에 보고할 거고……."

허담이 한숨을 내쉬었다.

"지금 미제를 비롯한 세계가 우리의 핵투명성을 요구하며 보채는 것을 어버이 수령님도 잘 알고 계십니다. 우리 공화국의 영원한 번창을 위하여 힘을 길러야 하고, 힘을 기르는 가장 가까운 길은 핵무기를 개발하는 것입니다. 나는 위대한 수령님 시대에 반드시 핵개발을 완성하려고 합니다. 수령님 시대에 핵개발을 완성하는 것이 나의 단호한 결심임을 명심하시어 핵담보협정 체결을 최대한 늦출 방안을 마련하시오. 최소한 핵무기 몇 개를 손에 쥘 때까지는 절대 우리 시설을 개방하지 않을 겁니다. 영변의 시설들은 핵무기 개발과 관계없는 핵을 평화적으로 이용하기 위한 연구시설이라고 적극적으로 선전하시오. 마침 남조선 외무장관이 당돌하게 우리 외교관과 남조선 인민들이 자유롭게 접촉해도 좋다고 했어요. 우리도 남조선 외교관들과 당차게 맞서 우리 핵기술의 우월성을 선전하고, 오직 평화만을 위하여 핵을 개발하고 있다고 주장하시오.”

지도자 김정일이 결연한 말투로 핵개발 의지를 다시 한 번 천명하고 자리에서 일어섰다.

이승기는 지도자 김정일의 ‘수령님 시대에 반드시 핵개발을 완성하겠다’ 는 당찬 말씀이 떠올라 전신이 후끈 달아올랐다.

“그래서 이번 국제원자력기구 총회에 이제선 원자력국장을 수행하여 이 기사장을 보내기로 했어요. 기회 있을 때마다 12월기업소는 어디까지나 인민 생활에 필요한 핵기술을 연구하는 시설이라고 선전하시오.”

“제가 비엔나에 간다고요?”

“네. 그 말을 먼저 해줘야 했었는데. 가서 남조선 기술자들과 당당하게 맞서 우리 공화국은 평화 목적의 핵연구만 하고 있다고 설득하시오.”

“남조선 기술자들이 저와 대화를 하려고 하겠어요? 슬금슬금 피했었는데.”

“최근 무슨 자신이 붙었는지 남조선 최광수 외무부장관이 국제회의에서 우리 공화국 외교관들과 적극적으로 만나서 대화하라는 훈령을 내렸어요. 그래서 이번 비엔나에 가면 우리는 절대로 핵무기를 만들 생각이 없으며, 단지 평화적 목적으로 원자력을 연구하고 있다고 선전해 줘요.”

“네 알겠습니다. 총국장님 말씀 명심하겠습니다.”

“다시 한 번 강조하는데 지금 드린 말씀은 극비 사항이에요. 절대 다른 사람들에게 누설해서도 안 되고 비엔나 갈 준비도 남의 도움을 받지 말고 직접 챙기세요. 어쨌든 12월기업소가 재처리가 아닌 다른 핵연구 시설이라고 구실을 붙여야 해요. 머리를 짜 봐요.”

이승기 국장은 공화국 주변의 정세를 더 설명할까 하다가 이홍섭에게 이미 너무 많은 비밀을 털어 놓은 것같아 말을 접었다.

14

재회

1987년 6월.

박경호는 박정규 사장이 곧 밀려날 것이라는 동력자원부 조 사무관의 첩보에 마음이 무거웠다.

'원자력 기술 자립을 적극 미는 박 사장이 나가고, 수천억 원이 들어가는 기술 자립을 다음 사장이 중지하라고 하면?'

사장이 바뀌면 후임사장은 대부분 전임사장이 추진해 오던 중점사업을 일단 중지시키고 재검토를 시켰다.

'빈틈만 노리는 웨스팅하우스가 실세인 박 사장이 나가면 들고 일어날 텐데……'

'원자력 11, 12호의 참조 발전소인 미국 팔로버디발전소의 용량이 135만 킬로와트인데 백만 킬로와트로 줄여 기술적으로 문제가 있다고 씹을 텐데…. 더구나 CE사는 해외 수주 경험도 없었고.'

박경호는 무겁고 처진 마음으로 그의 사무실에 들어섰다.

"저 부처장님, 사촌 여동생으로부터 전화 왔었어요. 책상에 전화번호 올려놨어요. 차 한 잔 올릴까요?"

여비서가 부재중 받은 전화내용을 보고했다.

"응, 커피 한 잔 줘."

박경호는 혹시 작은 아버지의 건강이 좋지 않아 고향에 사는 사촌 여동생이 전화를 했나 걱정을 하며 책상 위에 놓인 전화번호를 보았다.

서울 전화번호였다.

'서울에 사촌 여동생이 없는데….'

박경호는 전화번호를 보며 고개를 갸웃했다.

여비서가 커피 잔을 책상 위에 얌전히 놓으며, "전화번호 거기 있어요. 전화 바꿔 드릴까요?" 하며 호기심을 담은 눈으로 상사를 쳐다보았다.

"알았어. 내가 할게."

박경호는 여비서가 그의 집무실을 나가자 전화번호를 돌렸다.

"희정입니다."

바로 여자 목소리가 울렸다.

"희정이요? 전화 잘못한 것 같네요."

"잠깐, 박 부처장님 아니세요?"

"누구신지?"

"저 박미선이에요. 지난봄 계약 뒤풀이 파티에서 만났던. 기억나세요?"

"아, 안녕하세요?"

박경호는 박미선을 두 번 만났다.

한 번은 원자력 11, 12호기 입찰평가중에 정보를 빼내려 카베이뷰 에이전트인 빌 추가 고등학교 동창 김상권을 동원해서 초대한 요정 유원에서였고, 또 한 번은 원자력 11, 12호기 계약 서명식을 마친 후 뒤풀이 파티에서였다. 박미선은 의외의 자리에서 박경호를 만나자 다른 사람의 눈치도 보지 않고 박경호를 찍었다며 그의 옆자리에 앉았다. 낯선 여인보다 하마터면 몸을 섞을 뻔했던 여인이 옆자리에 앉자 박경호도 싫지 않았다. 반년이 넘는 지루한 계약 협상이 끝나 마음이 풀어졌던 경호는 술을 퍼지게 마셨고, 미선은 그런 그를 잘 받쳐줬다.

"그래도 저를 기억하시네. 저 개업했어요. 그 때 개업하면 꼭 와주신다고 하셔서."

박경호가 술에 취해서 흰소리를 했던 모양이다.

"전화번호 보니 강남 같은데 어디에 개업하셨어요?"

"강남구청 건너편 아주 찾기 쉬워요. 상호는 희정이라고 했고요."

"요정이에요? 그럼 비싸서 저 가기 힘 드는데."

"요정 아니에요. 일종의 카페에요. 바에 앉아서 마실 수 있고 좌석에 앉아서 서빙 받을 수도 있고. 룸을 원하는 손님을 위해 방도 두 개 마련했어요."

"축하합니다. 일간 한 번 들르지요."

"그러지 말고 오늘 오세요."

"열시 넘어 끝나는데요."

"12시 넘도록 영업해요. 늦으면 문 닫아 놓고 룸에서 드실 수 있도록 다 준비했어요."

"그러다 정들면…"

박 사장 퇴임 첩보에 기분이 무거워진 경호의 입에서 허튼소리가 나왔다.

"그럼 좋지요. 박 부처장같이 대쪽 같은 분 애인으로 두고 싶어요."

"애인 만들려 오늘 가볼까?"

"오세요. 목욕하고 기다릴게요."

박경호는 여자가 목욕을 하고 기다린다는 농담에 섹스를 연상하며 하복부에 강한 신호가 왔다. 그는 얼굴이 붉어졌다.

"너무 늦지 않으면 갈게요."

그가 한 발 물러섰다.

"밤새 기다릴게요."

기회를 잡은 그녀가 물고 늘어졌다. 그는 수화기를 내려놨다.

수화기를 놓자마자 여비서가 커피 잔을 치운다는 핑계로 그의 집무실에 들어섰다.

"사촌 동생과 통화하셨어요?"

그는 여비서가 그의 통화내용을 다 들은 것같아 난처했다. 여비서가 남의 사생활을 염탐하는 것같아 기분이 나빴다.

"통화했어. 김 부장 좀 오시라고 해요."

그는 여비서를 몰아냈다. 그의 사생활에 관심을 기울이는 여비서에게 짜증이 났다.

여비서는 삼십이 넘은 노처녀로 고참 여직원이다. 타이프 솜씨가 뛰어나고 아무렇게나 갈겨 써준 영문 편지도 사전을 찾아가면서 반듯이 타이핑을 해준다. 단점은 가끔 상사의 사생활에 너무 관심을 보인다.

퇴근시간이 다 되어 원자력사업단장 오인수 전무가 박경호를 찾았다. 오 전무는 원자력 11, 12호기 시공계약자로 현대건설을 선정한 경위를 차트로 작성하여 내일 아침 8시까지 그의 사무실로 가져오라고 지시했다. 전무는 약속이 있어 먼저 퇴근하니 박 부처장이 책임지고 자료를 만들라고 했다. 지난 3월 주주총회에서 전무로 선임된 오 전무는 주로 발전소 현장에서 근무했다.

박경호는 아예 일을 마치고 저녁을 먹기로 했다.

박경호는 조 사무관이 전해 준 사장 퇴임 첩보가 마음에 걸려 자료를 작성하는 데 신경이 쓰였다.

저녁 8시가 넘어서야 보고서 초안이 완성됐다.

박경호는 보고서 초안을 세밀히 검토하여 오자 탈자를 손보고, 대기하고 있던 차트사에게 원고를 넘기며 저녁을 먹고 들어와서 확인하겠다고 했다. 박경호는 자료 작성을 도운 김병태 부장과 한상렬 과장과 같이 늦은 저녁을 하러 갔다.

"부처장님, 현대와 계약을 한 지 벌써 이 주일도 더 지나 현장 사무소까지 개설했고, 계약 전에 정부에 다 보고했는데 왜 또 새로 자료를 만드는 거지요?"

김병태 부장이 막걸리 잔을 상사에게 권하며 물었다. 김병태는 박경호의 대학 후배로 박경호가 고리 현장에서 근무하던 그를 본사로 불러올렸다. 그는 기술자답지 않게 쾌활하고 통도 컸다.

"나도 모르겠어. 고위층까지 다 조율된 것 같은데."

박경호가 술잔을 반쯤 비우고 자리에 내려놓았다.

"무슨 일 없이 잘 넘어가겠지요. 문제 생기면 야근하느라 아들 얼굴 보기 또 힘들어질 텐데."

원자력 11, 12호기 계약 협상 마무리 단계에 본사로 발령을 받은 김병태는 계약 협상 뒷바라지를 하느라 주말을 반납했고, 계약이 체결되자 계약 사후관리를 하느라 또 주말을 반납했다.

그는 "현장에 있을 때는 그래도 한 달에 한 번 집에 와도 아들과 놀 시간이 있었는데, 서울 오니 잠든 아들 얼굴만 본다"고 투덜거렸다.

"별일 있겠어? 다 원칙대로 했는데."

박 부처장이 부하를 안심시켰다.

"부처장님, 원저 사무소 요원 공모하는데 저도 응모했으면 하는데요."

한상렬 과장이 조심스럽게 박경호의 의중을 떠봤다.

"그래, 주재원? 좋지, 젊은 나이에 다녀오면. 응모해 봐."

박경호가 선선히 대답했다.

"감사합니다."

직속상사가 반대를 하면 어쩌나 하고 기회를 엿보고 있던 한상렬이 마음이 풀어지는 회식자리를 빌어 어렵게 말을 꺼냈는데 상사가 쉽게 동의를 해 주자 마음이 환해졌다.

"영어는 그 정도면 될 거고, 내가 처장님하고 전무님에게 응원 청할게. 그동안 입찰 평가하느라 고생했는데, 외국 나간다고 업무가 편해지는 것은 아니지만 그래도 새 분위기니 새로운 동기가 될 거야."

"정말 감사합니다. 부처장님의 은혜는."

한상렬이 두 손으로 잔을 올리며 감사해 했다.

"아직 된 것 아니야. 열심히 해 봐."

박경호가 빈 잔을 넘겼다.

박경호는 반주로 걸친 막걸리에 알딸딸해진 기분으로 사무실에 돌아왔다. 차트사가 정성스럽게 글자를 마분지 위에 그리고 있었다.

"한 시간은 더 있어야 다 쓸 것 같습니다."

차트사가 쓰던 것을 멈추고 경호에게 말했다.

"그래요? 내 방에 있을 테니 다 되면 알려줘요."

경호가 그의 방으로 들어갔다.

경호는 두 다리를 소파 탁자 위에 얹고 머리를 젖히고 누운 자세로 휴식을 취했다.

'박 사장이 잘못 되면…, 그래도 박 사장은 나를 알아줬는데……, 원전 11, 12호기 계약하며 고생했다고 입사 동기중 선두주자로 2직급 진급도 시켜 주셨고….'

피로가 몰려오며 스르르 졸음이 몰려 왔다.

'똑똑똑' 노크 소리가 나고 김병태가 들어섰다. 경호는 선잠에서 깨어나며 소파에 올려놓았던 발을 내렸다.

"부처장님 먼저 들어가시지요. 제가 차트 확인하고 내일 아침 7시 50분까지 부처장님 방에 가져다 놓겠습니다."

"그냥 기다리지. 한 시간만 기다리면 된다는데."

"그러지 말고 들어가세요. 저도 차트 글씨 틀린 것은 볼 수 있어요."

김병태가 경호의 등을 떼밀었다.

"그럴까?"

경호는 뒤를 부탁하고 회사를 나섰다.

저녁 9시 반, 평소 퇴근하던 시간보다 한참 이르다.

'희정이라는데 한 번 찾아갈까?'

박경호는 문득 박미선이 보고 싶어졌다. 그는 강남구청 앞까지 택시를 탔다. 택시에서 내린 그는 길을 건너서 좌우를 유심히 살폈다. 3층 건물의 1층에 희정이라는 간판이 보였다.

그는 문을 밀고 안으로 들어섰다. 문에 걸린 종이 딸랑 소리를 냈다.

"어서 오세요. 아, 박 박사님."

어두컴컴한 안쪽에서 반갑게 그를 맞는 소리가 들려 왔다.

어둠에 눈이 익숙해지자 카운터 한쪽을 밀치고 그를 마중 나오는 박미선이 보였다.

"제대로 찾았네요. 개업한 집에 성냥도 안 사왔는데…."

경호는 20평 남짓한 홀을 둘러보며 말했다. 벽쪽 한 테이블에만 손님이 있었다.

"이렇게 와주신 것만도…. 앉으시지요."

박미선이 경호의 손을 잡을 듯 반겼다. 그녀의 따뜻한 환영에 경호는 간이 간지러웠다.

"정말 이렇게 찾아주시고, 너무 감사해요. 오늘 술은 서비습니다. 무슨 술 드실래요?"

"성냥도 안 사왔는데 그럴 수는 없지요."

"성냥은 다음에 사오세요."

박미선은 마른안주, 얼음과 같이 작은 양주병을 내왔다. 그때 홀에 있던 한 손님이 계산을 하러 왔다. 계산을 마친 박미선이 박경호를 마주 보고 앉아 양주잔에 술을 가득 따랐다.

"오늘은 손님도 더 올 거 같지 않으니 저랑 한 잔 하실래요?"

"좋습니다. 그 대신 술값은 제가 내는 겁니다."

박경호가 우겼다.

"좋아요. 저 한 잔 사줘요."

박미선이 지는 체했다.

"이렇게 독립한 것을 축하하며 건배."

경호가 건배를 제의했다.

"건배. 첫잔은 노틀카입니다."

두 사람은 시원하게 첫잔을 비웠다.

"왜 이름을 희정으로 했어요? 한문으로는 어떻게 써요?"

경호가 첫 잔을 입에 다 털어 넣고 잔을 넘기며 물었다.

"참 박 박사님, 제 이름 모르시지요?"

"저 박사는 아니고, 박미선씨."

코미디언 이름이라 잊지 않고 있다는 말은 할 필요가 없었다.

"그래도 기억하시네. 미선은 요정에서 부르는 이름이고 제 본명은 희정이에요. 조희정."

"성도 바꿔서 불러요? 그럼 지금부터 희정씨라 불러야겠네요?"

"네. 박 선생님은 손님으로 맞는 것 아니니 그렇게 불러줘요."

희정이 마음을 열자, 막걸리와 양주가 뒤섞여 뇌의 중추가 흔들리기 시작한 경호의 가슴에 헤픈 바람이 일었다.

"박 선생님, 저 몇 살로 보여요?"

"한 삼십."

"젊게 봐줘서 감사해요. 저 내일 모레 사십이에요. 딸이 중학교 다니고."

"네? 그렇게 큰 딸이 있어요? 그럼 몇 살에?"

"저 스무 살에 낳았어요. 고등학교 때부터 대학생하고 연애했는데 그 친구 애만 만들어놓고 딴 데로 장가가 버렸어요."

박경호는, "그럼?" 하고 물으며 그녀의 나이를 손꼽아 봤다. 30대 중반.

"집에서 쫓겨나고, 아니 내가 나왔어요. 애 키우고 먹고 살려면 돈이 있어야 하는데 제가 가진 것은 젊은 몸뚱이 하나 밖에 없잖아요? 다행히 얼굴이 반반하고. 제 얼굴이 반반하지요?"

"네. 솔직히 예뻐요. 젊어 보이고."

"정말이지요? 그런데 왜 저를 싫어하셨어요?"

"저 싫어한 적 없는데요. 이제 세 번째 만나는데 싫어할 틈도 없었잖아요?"

"첫 번째 만났을 때, 김 사장님이랑 오셨을 때 술에 취하셨는데도 저 안는 것 거부하셨잖아요."

"그거야……."

"솔직히 자존심이 상했었지요. 그 방 들어갈 때 선생님이 원하는 대로 다 해 드리라고 돈도 미리 받았었는데……. 그날 몸을 섞었으면 그것으로 끝났을 거예요. 도사도 아닌 사람이 젊은 여자를 옆에 놓고, 그것도 술까지 취하신 분이 버티시는 것이 기특했지요. 별종이다 생각했어요. 그러다 두 달 전 계약 서명 파티에서 다시 뵈니 넘 반갑더라고요. 그래서 눈치 볼 것 없이 파트너 자청했고, 그날 노시는 것 보니 유머도 있고 노래도 잘 하시고, 꽁생원이라 절 밀어낸 것이 아니더라고요. 그래서 제가 맘에 찍었지요. 제가 찍어서 기분 나쁘세요?"

"미인한테 찍혀 영광입니다."

경호는 그녀의 얼굴을 찬찬히 건너다보며 말했다. 달걀형의 얼굴에 이목구비가 뚜렷하다. 특히 긴 속눈썹에 잠긴 눈이 매력적이다. 흠이라면 콧날이 약간 꺼진 기분이다. 속눈썹이 길고, 콧날이 처져 팔자가 외로운가?

"이렇게 찾아주시니 제가 영광이지요. 이제 나이도 되고 더 남 밑에 있기도 뭐해서 무리를 해서 이 가게를 열었어요. 선생님은 언제나 환영이에요. 그냥 오세요. 항상 서비습니다."

"무슨 말씀을. 도와드리지는 못하지만 서비스라니요?"

남녀가 단둘이 술을 마시며 보내는 시간은 보통 때보다 훨씬 빠르게 흐른다. 상대성원리.

"11시 반이 다 돼 가요. 그만 일어나야겠어요."

경호가 만원짜리 지폐 다섯 장을 술값으로 탁자에 놓으며 자리에서 일어섰다.

"정말 이러시기예요? 오늘은 제가 서비스라고 했는데."

그녀가 술값을 거절했다.

"이거 술값 아니고, 오늘 개업한 집에 맨손으로 와서 성냥 값입니다."

"성냥 값으로는 너무 많고, 제가 이 병에 선생님 이름 붙여 놓을게요."

희정이 따지 않은 시바스 리갈 병을 가져 나오며 말했다.

"네 고맙습니다. 오늘 잘 마셨어요. 그럼."

경호가 손목시계를 보며 다툼을 멈추고 급히 가게를 나가려 하였다.

"댁이 어느 방향이세요?"

희정이 그를 따라 나오며 물었다.

"잠실 주공 5단지."

"그럼 제가 모셔다 드릴게요. 저 장미아파트에 살아요."

"아니 그렇게 술을 드시고."

"몇 십 년 술을 마셨더니, 간이 알아서 다 처리해 주는 모양이에요. 저 항상 제가 운전해서 가니 걱정 마세요. 가시지요."

그녀가 홀 안의 전등을 끄고 가게 문을 열쇠로 잠갔다.

그녀는 능숙하게 주차장에서 차를 뺐다. 경호는 그녀의 옆자리에 앉았다.

"이렇게 선생님 납치했는데 그냥 고속도로로 들어서서 달릴까?"

그녀가 혼자말로 중얼거렸다.

"자정이 20분도 안 남았어요. 농담 그만하고 가시지요."

"납치할까 겁나세요? 그러지 말고 우리 집에 가서 한 잔 더하실래요?"

"따님도 있다면서."

경호가 수세가 되었다.

"따님? 맞아요. 외간남자 데려가면 우리 효선이 놀라겠지? 선생님은 무슨 차 가지고 계세요?"

"없습니다. 아직 운전면허도 없는데."

"운전면허가 없으시다고?"

"네. 필기시험 붙어서 다음 주 실기 볼 거요."

경호는 아직 운전면허도 없는 것이 창피했다.

"그럼 제 차로 연수시켜 드려야겠다. 내일 오전에 시간 있으세요?"

"회사 근무해야지요."

"몇 시간 빠진다고 어쩌겠어요. 내일 오전에 시간 내세요."

그녀는 끈질겼다.

"감사합니다. 이렇게 태워다 줘서."

경호는 아파트 안까지 태워다 준다는 그녀의 친절을 거절하고, 5단지 길 건너편 롯데백화점 앞에서 차를 내렸다.

"이름 붙여 놓은 양주 드시러 꼭 오세요."

그녀가 손을 흔들며 차를 직진했다. 술에 취한 경호는 젊은 여자와 헤어지는 것이 아쉬웠다. 그는 혼자 푸푸, 허허거리며 젊고 예쁜 암놈에게 기웃하는 외도의 유혹을 뭉갰다.

15

파견자 선발

한철우 소장으로부터 윈저 사무소에 파견할 인원 선발 권한을 위임받은 문성식 박사는 갑자기 맡겨진 대임에 정신이 벙벙했다.

그는 자리에 돌아와 잠시 정신을 가다듬은 다음 CE사와 기술 전수 계약서를 꺼내 관련 조항을 다시 한 번 정독했다.

기술 전수 계약서에는 CE윈저 본사에서 각 부문별로 한 달 동안 강의와 OJT를 받은 후 CE사 직원의 지도 아래 원자로계통 설계를 공동으로 수행하게 되어 있다. 공동으로 설계를 수행할 때 인건비를 CE사로부터 받게 되어 있다.

설계 결과물에 대한 책임은 전적으로 CE사가 진다. 원자력연구소는 교육을 받는 데 지장이 없고 공동 설계를 수행할 수 있는 영어에 능통하고 업무 지식이 있는 직원을 선발하여야 한다.

문성식은 대학 3년 후배인 김종석 박사를 그의 연구실로 불렀다.

김종석은 서울공대 원자력공학과를 졸업하고, 미국 RPI에서 문성식보다 먼저 박사학위를 취득했다. 그는 유치 과학자로 귀국하여 핵연료 설계분야에서 중추적인 역할을 맡고 있다. 핵연료 설계요원으로 서독 KWU사에 파견되어 2년 동안 기술을 전수 받고 왔다.

"무슨 좋은 일 있습니까?"

김 박사가 문 박사의 방에 들어서며 환하게 웃었다.

"앉지."

문 박사는 손수 커피를 타서 김 박사에게 권했다.

"오늘 김 박에게 자문을 구하려고."

"제 자문료는 비쌉니다."

"알아. 김 박, 핵연료 국산화 관계로 서독 갔었지?"

"네, 2년간."

"그 때 교육은 어떻게 받았고, 공동 설계는 어떻게 했어?"

"네. 클래스 룸 트레이닝 4주 받고 바로 공동 설계에 들어갔어요. 핵연료 설계팀으로 독일에 파견된 연구원들의 수준이 서독 설계팀보다 훨씬 우수했지요. 우리 팀 35명중 박사학위를 가진 연구원이 15명이었고, 전부 석사 이상 학위를 가졌으니. MIT박사만도 다섯 명이었어요. 설계 코드야 이미 미국 코드를 많이 다뤄봐서 설명서만 보고도 바로 돌릴 수 있었고. 두 달도 지나기 전에 우리 팀이 완전히 설계를 주도했어요. 더구나 우리나라 사람들 얼마나 열심이에요. 일과 시간 후, 주말에도 일을 하려고 하여 서독팀과 티격태격하기도 했지요."

"이번 CE와 계약도 핵연료 국산화 때 KWU 계약과 계약 조건이 같은 거 알지?"

"네, 그렇지요. 기술 자립을 달성하는 데 유리한 조건이지요."

"솔직히 말하지. 소장님이 나더러 윈저 갈 사람 선정해서 보고하라는데, 말이 기술 전수지 기술 사냥하러 가는 거잖아. 나는 한전에 있다 와서 연구소 사정에 좀 어둡거든. 그래서 김 박의 조언을 듣고 싶은데."

"소장님이……, 그럼 우선 훈련, 아니 공동 설계 분야를 정하시고, 그 분야에 맞는 인원을 뽑아야지요."

"분야는 계약서에 나와 있어. 원자로 계통 설계, 계측 제어, 안전성 분석 등."

"그렇겠네요. 그런데 인원을 뽑을 때 애로 사항이 있을 겁니다. 우리 연구소에 들어온 사람들은 연구를 하러 들어온 사람들입니다. 사업을 하러 연구소에 들어온 것이 아니고. 원자력 11, 12호기 설계에 참여하는 것은 사업을 하는 거잖아요? 적당한 사람을 찍어도 잘 응하지 않을 겁니다. 사업은 싫다고. 우리 핵연료 설계요원 확보 때도 어려움이 많았어요."

"그런 점이 있나? 해외에 가족 동반 2년 이상 보내줄 텐데."

"많은 연구원들이 해외 물을 먹어서 해외 나가는 것을 그렇게 특전으로 생각하지 않아요."

"그 점은 미처 생각 못했군."

"그래서 핵연료 때도 키 퍼슨(주 : key person)은 고참 경험자를 뽑았지만, 실제 일할 사람은 갓 들어온 팔팔한 직원을 뽑았어요. 윈저 갈 인원도 그렇게 충원해야 할 거요."

"그래야겠네."

"그리고 실제 파견할 인원보다 더 많이 뽑아서 국내 훈련을 시켜야 할 거요."

"그것은 왜?"

"본인은 문제 없지만 연좌제 덕에 해외여행을 못할 사람도 나올 거도, 마지막 순간에 사업에는 참여하지 않고 순수 연구만 하겠다고 버티는 사람도 있을 거고."

"그래?"

문 박사는 기업체에서는 예상치 못했던 문제점 지적에 표정이 심각해졌다.

"국내 훈련은 필요하겠지. 우리 연구소 직원들은 이론은 알지만 원자력발전소 현장을 잘 모르니. 우리가 미국 가서 설계하려는 것은 이론이 아니라 원자력발전소 설계고."

"네, 그렇습니다. 발전소 현장에 파견하여 실제 발전소를 익히는 것이 필요합니다. 한전 고리 원자력연수원에 가면 좋은 교육 프로그램이 있어요. 발전소 가기 전에 연수원에서 기초교육을 받고 가는 것이 좋을 거예요. 선배님께서는 한전 계시다 오셨으니 한전 연수원과 접촉이 용이하실 거고. 발전소에도 아시는 분이 많고. 그래서 소장님이 선배님을 윈저 소장으로 정하신 것 같습니다."

"그런 셈이지. 김 박. 핵연료 쪽은 인재가 넘치고 이미 기술 자립 단계이니 김 박이 빠져도 문제 없을 거 같은데, 나랑 같이 윈저에 가지. 어때?"

"제가?"

"그래. 서독에서 경험도 있고 핵연료나 원자로나 키(주 : key) 설계 분야는 핵관련 사항이잖아. 부책임자로 나랑 가지. 내가 소장님께 추천할게. 핵연료 설계사업 단장님에게도 양해를 구해야겠지."

"윈저에 가자고요?"

"당장 대답이 어려우면 집에 가서 부인과 상의하고 내일 아침에 알려 줘. 내일 아침부터 나랑 윈저 보낼 사람 선정도 하고, 가기 전 국내 훈련계획도 세우자고."

"애들 교육 때문에 오케이 할지?"

"큰 애가 이제 중 3 됐나?"

"네. 그 밑이 중 1이고."

"해외에 2년 이상 나갔다 오면 대학 특별전형으로 갈 수 있잖아?"

"저도 NSSS(주 : 원자로계통을 보통 줄여서 엔 트리플 에스라 말함)분야 한 번 해 보고 싶고, 선배님 일도 돕고 싶은데……, 마누라를 한 번 설득해 보겠습니다."

"고마워. 그럼 나도 오늘 관련 자료를 검토하고 아이디어를 정리할 테니 김 박도 그 좋은 머리 좀 써 줘."

"시간이 많지 않은 것 같으니 내일 아침에 바로 협의하는 것으로 하시지요."

"김 박 화끈해서 좋다. 내가 바로 소장님하고 단장에게 말씀 드릴게."

"단장님께는 제가 먼저 말씀 드릴게요. 오후에 말씀 드리세요."

김종석 박사는 다 식은 커피를 입에 대었다 내려놓았다.

밤 10시, 이홍섭은 두 손으로 창틀을 누르며 하늘을 올려다보았다. 별들이 총총했다.

'저것이 북두칠성, 저 별이 북극성…'

　이홍섭은 눈으로 W자 모양의 카시오피아를 찾으며, 어떻게 방사화학시설을 재처리시설이 아닌 다른 원자력 연구시설이라고 둘러댈 것인지 아이디어를 짰다. 아무런 아이디어도 떠오르지 않았다.

　'이렇게 아둔한 머리로 어떻게 위대한 수령님의 바다와 같은 은혜를 갚을 수가 있나?'

　이홍섭은 목이 탔다. 그는 냉수를 마시려고 연구실을 나섰다.

　"어, 퇴근 않고 뭐 해요?"

　이홍섭은 비서 소선희를 보고 눈이 커졌다.

　"기사장 동무께서 혁명과업 수행을 앞당기시러 고심하는데 어찌 저만 먼저 갈 수 있습니까?"

　소선희는 당당한 목소리로 말했다.

　"그래도 그렇지요, 차도 없는데 걸어서 숙소까지 가려면 30분도 더 걸리는데."

　"괜찮습니다. 저한테 뭐 시킬 것이라도 있습니까?"

　"아니 목이 말라서."

　"바로 단물을 올리겠습니다."

　흰 저고리에 검정 치마를 받쳐 입은 그녀는 몰래 흠모하는 기사장이 물을 청하자 마음이 흔들했다.

　이홍섭은 생기발랄한 20대의 여비서를 건너다보며 문득 5년 전 세상을 떠난 아내 김순희가 생각났다.

　김일성대학 물리학부를 나온 김순희는 당의 주선으로 이홍섭과 결혼을 했다. 당의 주선으로 이홍섭은 소비에트공화국으로, 김순희는 중화인민공화국으로 유학길에 올랐다.

　당과 인민의 분에 넘치는 은혜를 입은 두 사람은 위대한 수령 김일성의 뜻에 보답하는 마음으로 몸과 마음을 다하여 선진 핵기술을 배우는 데 진력을 다했다.

　연수를 마치고 귀국한 후, 이홍섭은 청진 방사성동위원소연구소에 근무하다가 영변 '가구공장'으로 자리를 옮겨 사용후 핵연료 재처리 공정의 핵심 기술인 펄스칼럼 기술 확보를 위한 콜드테스트 책임자로 승진하여 재처리 전단계前段階 기술 확보에 진력하였으며, 김순희는 평양 김일성대학교 교수로 후학 양성에 매진했다.

방학 기간 동안 잠시 김순희가 가구공장에 내려와 부부 생활을 하였으나 아이는 생기지 않았다. 김순희는 5년 전 역병에 시달리다가 세상을 떴다. 상처를 한 이홍섭은 모든 정열을 핵개발에 바쳤다.

12월기업소의 건설을 시작하자, 당에서 소선희를 이홍섭의 비서로 파견했다.

나이 차이가 크고 상하가 뚜렷한 두 사람은 서로 사랑을 하기에는 격이 맞지 않았으나 조물주는 이성간에 사랑의 싹을 먼저 여자의 마음에 심어줬다. 여자는 당이 그녀에게 맡긴 사명, 조선에서 가장 중요한 혁명과업을 수행하고 있는 이홍섭을 감시하는 역할을 망각하고, 그와 한 이불을 덮고 자는 사이가 되기를 갈망했다.

이미 결혼한 경험이 있는 이홍섭은 여자의 마음이 변해 가는 것을 느끼며, 여자 때문에 조국에 누가 되는 일이 일어나지 않도록 자제하고 조심했다.

16

패자들의 반란

1987년 7월.

박경호는 업자들의 싸움에 휘말려 해명할 필요도 없는 해명을 하려 한강 남북을 오갔다. 오전 8시 반, 강남 삼성동 회사를 떠나, 한강을 건너 9시 반, 청와대에 들러 비서관을 만나고, 10시 반 감사원을 들러 제5과장을 만났다. 한강 중심에 떠있는 섬 여의도 한 중국식당에서 자장면으로 점심을 때우고, 의원회관을 찾아 국회보좌관들을 만났다.

그때까지 박경호는 오인수 전무를 모시고 다니며 오 전무의 보조 역할을 했다. 동력자원위원회 소속 국회의원 보좌관 네 사람을 만난 후 전무는 회사로 돌아갔다. 박경호는 시내버스를 타고 과천 정부종합청사에 들러 동력자원부와 과학기술처를 돌며 같은 말을 되풀이 설명하며 약장사가 된 기분이 들었다.

대통령과 직접 통하던 실세인 박정규 사장이 원자력 11, 12호기 시공사 현대건설 선정문제로 자진 사퇴하자 기회를 엿보던 웨스팅하우스에서 청와대를 비롯한 정부기관과 국회에 원자력 11, 12호기 원자로 계통설계 공급자 선정이 잘못됐다는 탄원서를 뿌렸다.

웨스팅하우스는 12가지 문제점을 나열하며, 과거시험 답안지였으면 장원이라도 할 만큼 탄탄한 문장으로 탄원서를 꾸몄다.

제일 큰 문제점으로 '짜깁기' 를 내세웠다.

원자력 11, 12호기 원자로계통 공급사인 CE사는 백만 kw급 원자력발전소를 공급한 실적이 없다. 원자력 11, 12호기 참조발전소인 미국 팔로버디발전소는 용량이 135만 kw로 원자력 11, 12 용량보다 35%나 크다. CE사가 공급하는 원자력 11, 12호기용 원자로 등 일부 기기는 135만 kw짜리를 백만 kw짜리로 축소하여 입찰했으며, 증기발생기는 용량을 줄일 수가 없어 135만 kw짜리를 그대로 입찰했다. 원자력 11, 12호기는 용량 100만 kw 기기와 용량 135만 kw 기기가 뒤섞인 기형적인 발전소로 안전성에 문제가 있다. 100만 kw에 맞는 용량의 기기만 써도 될 것을 135만 kw짜리 대용량 기기를 그대로 써서 건설비만 비싸졌다.

결론적으로 기술적으로 문제가 있는 회사 제품을 리베이트를 챙기고 선정했다는 것이다.

웨스팅하우스의 주장이 부풀려져 일제히 도하 신문에 대문짝만하게 보도됐다. TV는 톱뉴스로 방영했다.

박경호는 밤을 새우며 해명자료를 작성하고, 동분서주 해명을 하러 뛰어다녔으나 한 번 타오르기 시작한 의혹의 불길은 커져만 갔다.

전두환 정권으로부터 정권을 인수 받은 노태우 진영이나, 억울하게 정권 잡을 기회를 놓친 양 김씨 진영에게 몇 십억 불짜리 프로젝트인 원자력발전소의 공급사 선정 게이트는 씹으면 씹을수록 맛이 우러나는 아이템이었다.

민주화 바람에 편승하여 막 기지개를 켜기 시작한 반핵 세력들은 원자력 11, 12호기는 짜깁기 발전소로 기술적으로 문제가 있고 안전성에 문제가 있다고 물고 늘어지며, 소련 체르노빌 원전의 참사를 인용하며 대형사고 가능성까지 부각시키며, 반핵의 더없는 좋은 호재로 활용하였다.

박경호 부처장은 낮에는 해명을 위해 뛰어다니고, 저녁에는 새로 나온 이슈의 해명자료를 작성하느라 완전히 심신이 지쳤다.

그는 18층 그의 사무실 창문에 붙어 서서 빗속에도 대낮같이 불을 켜놓고 마무리 공사가 한창인 잠실 종합운동장 건설현장을 건너다보다가, 눈을 돌려 어두운 한강을 내려다보다가 하며, 싸움에서 진 패장 웨스팅하우스의 이전투구식 투서질에 놀아나는 현실을 개탄했다. CE사의 원자로가 안전하다고 해명하러 다니며 꼭 자신이 CE사의 선전원이 된 것같기도 하여 한심하기도 했다.

'웨스팅하우스 친구들, 입찰평가 기간에는 한국 시장은 당연히 자기 것으로 치부하고 핵심기술 전수에 그렇게 소극적이더니 떨어지니까 모든 기술을 다 주려고 했다고 거짓말? 뭐 평가를 불공평하게 했다고?'

'정부 놈들이나 언론은 왜 입찰에 떨어진 놈 말만 듣고 우리 설명은 뒤로 하는 거야? 그 치들도 웨스팅하우스에서 로비를 받았나?'

'언론이야 대한민국에서 제일 큰 프로젝트에 흑막이라도 있는 듯 소설을 쓰는 것이 장삿속으로 유리하겠지만, 당하는 우리는 뭐야? 일년이 넘도록 수백 명이 눈 아프게 자료 보며 평가하고 내린 결론인데 뭐 리베이트 받아먹고 CE를 선정했다고?'

'한참 기술 자립에 매진해도 그 방대한 기술을 다 전수받으려면 어려운 판에 이런 업자들의 싸움에 말려들어……'

분쟁의 끝이 보이지 않았다. 전무와 처장이 부임한 지 얼마 되지 않아 선정 경위나 업무 파악이 아직 덜 됐다. 이 지루한 싸움을 거의 혼자 감당해야 하는 박경호는 어깨가 무거웠다.

'차라리 발전소 현장이나 가 있으면…, 그냥 기계와 싸우면 되는데…'

경호는 의자에 털썩 앉았다.

감사원 제5과장이 오인수 전무에게 캐묻던 말이 떠올랐다.

"오 전무는 오신 지 얼마 안 되셨다고요? 업자가 선정된 후에."

"네. 계약이 끝나고 왔습니다."

"그럼 잘 모르실 거고, 박 부처장은?"

"네 입찰안내서 발급 때부터 죽 관여했습니다."

"CE 선정해 주라는 지시를 위에서 받았지요?"

"그런 일은 있을 수 없지요."

"없다니? 우리 솔직히 이야기합시다. 박 부처장은 CE 선정해 주고, 아니 박 부처장이 결정한 것은 아니니 선정 뒷바라지해 주고 얼마 받았어요?"

설명 자리에 배석했던 사무관이 끼어들었다.

"네? 무슨 말씀을?"

박경호는 심한 모욕감으로 얼굴이 굳어지고 목소리가 커졌다.

"우리끼리니 탁 털어놓고 말하자는 겁니다. 아파트 한 채는 챙겼겠지요?"

"그런 일 없습니다."

박경호가 단호한 목소리로 말했다.

"그런 일 없다? 그건 감사해 보면 알 거고."

"그건 입찰평가에 참여한 2백여 기술자를 모독하는 말씀입니다."

박경호의 눈에서 불이 튀었다.

"고 사무관, 박 부처장의 태도가 당당하신데 우선 믿기로 합시다. 자료는 놓고 가세요. 위에 보고해야 하니. 오 전무님 곧 감사 나갈 거니 준비하세요. 흑백은 그때 가려지겠지요."

감사 5과장이 담담한 목소리로 말했다.

박경호는 뇌물 운운하는 고 사무관의 언사에 모욕감을 삭이지 못하고 인사도 제대로 하지 않고 감사원을 나섰다.

'감사원 친구들 끗발 좋다고 아무 말이나 막 해?'

박경호는 울분이 치솟았다. 분노가 가슴을 휩쓸었다. 누군가 막 욕지거리를 해주고 싶었다.

'검찰에서는 왜 오라는 거야?'

원자력 11, 12호기 입찰 때 신규사업처장을 하다가 전무로 승진하여 기술개발본부장을 맡고 있는 송창수 전무에게 검찰의 출두 지시 사실을 보고하고 어떻게 할 것인가 지침을 묻자, 송 전무는 "나도 어제 다녀왔어. 하루 종일 심문 받았지. 좀 힘들 거야. 박 부처장, 프로젝트하며 돈 먹은 거 있어?"

"없는데요. 계약 서명한 날 여자 있는 술집에서 술 한 잔 거하게 얻어먹었고, 계약 서명 때 사용한 볼펜 한 자루 받은 것 밖에."

"그렇지? 그럼 입찰 평가 중에 내가 어느 회사 봐주라고 한 적 있어?"

"없습니다."

"부사장은?"

"없습니다."

"그럼 박 부처장이 어느 회사 봐주려고 평가서 조작한 것 있어?"

"없습니다."

"그럼 그대로 이야기해. 공연히 딴 소리 할 것 없이. 입찰 평가에 참여했던 간부 여러 명이 불려가는 것 같은데 가서 사실대로만 이야기해. 고생하겠구먼. 검찰청에 가는 거 처음이지?"

"네."

"좋은 경험이 될 거야."

송 전무는 허공에 시선을 모으고 담담하게 말했다.

박경호는 빗속에 꺼멓게 누워 있는 한강을 내다보며 와락 두려움이 밀려왔다.

'뇌물 먹었다고 몰아칠 것인가?'

요정 '유원'에서 술 얻어 먹은 것이 마음에 걸렸다.

'설마 그런 것까지 알겠어?'

재입찰 마감일 전에 그를 찾아와서 입찰정보를 캐려고 했던 선배, 친구의 얼굴들이 스쳐갔다.

'정보를 안 알려주기 잘했지.'

검찰에 출두해야 한다고 생각하니 알지 못할 두려움이 전신을 감쌌다.

밤은 깊어가고 그는 두렵고 고독했다. 더 있어 봐야 일이 손에 잡힐 것 같지 않았다.

'그만 집에 가자. 비가 온다. 빗속에 운전은 한 번도 안 해 봤는데…, 이 밤중에 운전은 안 되겠지? 전철을 타지….'

경호는 한 달 전에 2종 운전면허를 따고, 배기량 1499 CC 은색 르망을 뺐다.

"부처장님 퇴근하시지요."

김병태 부장이 경호의 방문을 비끔이 열고 들어섰다. 그의 어깨가 축 처져 있었다. 측은하게 보였다.

"부처장님 퍽 피곤해 보여요. 퇴근하시며 입가심하실까요?"

"입가심? 참 내가 양주 맡겨 놓은 집 있는데 딱 한 잔만 하고 갈까?"

경호는 무심결에 말을 뱉고 아차 했다. 검찰 출두를 앞두고 요정 '유원'에서 만난 조희정을 만나는 것이 꺼림칙했다.

"부처장님이 양주 맡겨 놓고 마시는 술집이 다 있어요?"

"그게….''

"가시지요. 부처장님 단골집."

"그냥 집에 가지."

"비도 오는데 가시지요. 검찰에서 오라고 하여 찝찝하실 텐데, 제가 차로 모실게요. 나가시지요."

김병태는 박경호의 대답도 듣지 않고 앞장서서 나갔다.

'희정'에 도착했다. 병태는 주차를 하고, 경호는 망설이며 문을 밀고 들어섰다.

"안녕하세요? 너무 늦었지요?"

"아 누구세요? 박 박사님, 이 늦은 시간에."

마지막 손님을 보내고 가게를 정리하던 희정의 눈이 커졌다.

"희정씨 보고 싶어서 왔지요."

경호가 어색한 표정으로 농담을 던졌다.

"와, 오래 살다 보니 그런 말도 하시네요. 그럼 밤새 마셔도 되겠네."

"밤새? 퇴근하는 거 잡은 거 아니요?"

경호가 한 발 물러섰다.

"누가 오셨는데. 우선 앉으세요."

희정이 쪼르르 달려와 경호를 끌었다. 그 때 병태가 문을 열고 들어서며 그 광경을 보고 주춤했다.

"김 박사 어서 들어와."

경호는 차마 '부장'이라고 직위를 부르기가 어색하여 박사라는 호칭을 붙어줬다.

"같이 오신 분 있어요?"

희정이 거리를 두고 예의를 차렸다.

희정이 얼음을 챙기고, 시버스리갈 병을 내왔다. 병목에 박경호라는 이름이 붙어 있었다.

"덥지요? 집에 가려고 에어컨을 껐어요."

희정이 리모컨으로 에어컨을 켰다.

"어, 전주도 없으셨네?"

양주잔에 술을 따르며 의외라는 표정을 지었다.

"저 김병태입니다. 형님 애인이 있다고 하여 이렇게 늦은 시간에 쳐들어왔습니다."

병태가 꾸벅 고개를 숙이고 자기 소개를 하였다.

"저를 애인이라 했어요?"

희정이 재미있다는 듯이 웃었다.

"정말 형님 애인 미인이시다."

병태가 립서비스를 하였다.

"이거 벌주야."

경호는 자포자기하는 심정으로 양주를 입에 탁 털어 넣고 빈 잔을 병태에게 넘겼다. 희정이 날쌔게 술잔을 채웠다.

알코올이 식도에 타고 타는 듯이 쫘르르 내려갔다. 경호는 살아있다는 쾌감을 느끼며, 말 못할 불안이 알코올과 함께 식도를 타고 아래로 죽 내려가는 것 같았다.

"아직까지 일하다 오셨어요?"

희정이 경호를 빤히 쳐다봤다.

"네. 요새 신문 TV가 난리잖아요?"

"아침에 신문 보며 박 박사님 힘드시겠다 했어요. 이렇게 저를 찾아주셔서 감사해요. 편한 마음으로 드세요. 음악은 뭘 들려 드릴까요?"

"아, 형수님. 아직 형님이 무슨 노래 좋아하시는지 모르세요?"

병태가 앞서 나갔다. 경호는 병태의 과속을 잡으려고 고개를 흔들며 눈짓을 보냈다. 희정은 생글생글 웃으며 경호와 병태를 번갈아 보았다. 환하게 웃는 희정이 너무나 아름다웠다.

"모짜르트 좋아하시나?"

"아닌데요. 심수봉을 좋아하는데요. 언제나 생각나는 그 사람."

병태가 꾸며서 말했다.

"언제나 생각나는 그 사람? 누굴까요?"

희정이 빤히 경호를 쳐다봤다.

"그거야 형수님이지요."

"그래요? 이거 영광인데."

희정이 생글거렸다.

"잘들 논다. 술이나 마시자. 희정씨 한 잔 드려도 되지요?"

"당연하지요. 그럼 저는 안 주려고 했어요?"

"술 많이 드시면 건강에 안 좋으실 것 같아서."

경호가 희정의 잔에 술을 반만 따랐다.

"와, 너무 형수님 챙기신다. 저 집에 갈래요. 눈치도 없이 따라와서."

병태가 자리에서 일어서는 시늉을 하였다.

"무슨 소리."

경호가 순진하게 병태를 잡아 앉혔다.

희정은 그런 경호를 애정 어린 눈으로 쳐다봤다.

17
사전 훈련

오후 5시 반, 저녁 식사를 마친 문성식 원저 소장은 한국전력 원자력 연수원 울타리를 따라 개설된 산책로를 따라 천천히 걸음을 옮겼다. 더위를 품은 바닷바람이 밀려 왔다.

해변을 따라 군부대의 초소가 설치되어 있다. 하늘에는 조각구름이 펼쳐져 있고, 바다 가운데로 어선 몇 척이 한가로이 떠갔다.

한국전력 원자력연수원은 원자력발전소의 계획, 건설, 운영 요원을 교육시키기 위해 설립된 교육기관으로 고리원자력 본부 인근 울산직할시 울주군 서생면에 위치하고 있다. 76,000평의 부지 위에 20실의 강의실, 고리 2호기와 영광 1호기 시뮬레이터, 정비훈련동, 용접실습동, 기계실습동, 강당 등 시설을 갖추고 있으며, 동시에 300명을 수용할 수 있는 숙박시설, 200명을 수용할 수 있는 식당 등을 갖추고 있다. 본사 직속 독립기관이다.

원자력발전소를 건설 운영하기 위하여 전기, 전자, 기계, 원자력, 토목, 건축, 화학 등 다양한 전공의 기술자가 필요하다. 원자력연수원에서는 다양한 전공의 신입사원을 상대로 대학교 원자력공학과에서 4년 동안 수학할 전공과목을 매일 8시간, 20주간 집중 교육한다. 원자력이론 교육을 마친 신입사원은 원자력발전소 개요로부터 시작하여 발전소 전반에 대한 교육을 마친 후 발전소 현장에 가서 한 달간 발전소 현장을 익힌 후 다시 연수원에 돌아와 구체적 세부적으로 발전소를 배운다. 발전소 운전요원으로 선발된 직원들은 시뮬레이터를 이용하여 운전교육을 받는다.

문성식 박사는 나란히 어깨를 하고 따라오는 김종석 박사에게 말을 건넸다.
"김 박은 대학, 대학원에서 다 배운 과목 교육받느라 지루하지?"
"그래도 참고 앉아있어야지요. 소장님도 앉아 계시는데."
"나는 그래도 원자력 전공이 아니잖아. 김 박은 여기 강사들을 가르치고도 남는데. 좀 피곤하지?"
문성식은 후배를 다정한 눈길로 돌아보았다.

한국원자력연구소는 윈저에 파견할 원자로계통 설계요원으로 50명을 선발하고 미국에 파견하기 전 6개월 동안 현장교육을 시키기로 했다.
한국전력 원자력연수원에서 3개월간 원자력 이론과 발전소 개요를 교육받은 후, 울진원자력발전소 1, 2호기 건설현장에서 직접 건설 경험을 쌓고, 고리원자력발전소와 영광원자력발전소에 분산 배치하여 발전소 운전원과 함께 교대근무를 하며 발전소 운영에 관한 경험을 쌓는다.
원자력발전소 현장을 체험한 후, 원자력 발전소의 기기를 생산하는 창원 소재 한국중공업, 발전소용 변압기를 생산하는 효성중공업, 대형 산업시설인 포항제철, 현대중공업, 현대자동차 등 산업시설에서 2~3일씩 근무하며 생산시설에 대한 개념을 익힌 후 다시 원자력연수원에 집합하여 그 동안 익힌 것을 종합하는 교육프로그램이다.
원자력 이론교육은 아침 8시부터 오후 5시까지 하루 8시간씩 주 5일간 실시한다. 토요일에는 일주일 동안 교육받은 범위에서 3시간 동안 시험을 치른다. 파견 요원들간에 일체감과 협동심을 높이기 위하여 마지막 한 시간 체육활동을 한 후 한 주간 교육을 마친다. 마지막 1주 동안 원자력연수원에 설치된 시뮬레이터를 이용하여 발전소 운전실습도 한다.

"네, 좀 피곤해요. 이렇게 하루 여덟 시간씩 매일 강의를 듣는 것은 고등학교 졸업하고 처음인 것 같은데요."

"그래. 대학에서 일주일에 며칠 강의 들었지, 이렇게 강훈련 받은 적은 없었지."

"소장님은 강의에 빠져도 되실 텐데. 이곳 강사분들이 옛날 상사였던 소장님이 앉아 계시니 좀 불편해 하는 것 같던데요."

"그건 그렇지만 내가 앞장서야 다 따라올 것 아냐."

"내일 시험도 치실 거예요?"

"쳐야지. 나도 교육생인데 빠지면 되겠어? 소장이라는 사람이 꼴찌 할까 겁나지만."

"설마 꼴찌 하시겠어요?"

"젊은 연구원들 열기가 대단해. 매일 10시 취침시간 이후에도 도서실에 가서 공부하던데."

"솔직히 저도 시험이 부담이 돼요. 저는 원자력 전공에 원자력으로 박사까지 했는데 상위 그룹에 못 들면 망신이지요. 소장님이 시험 안 보면 슬쩍 같이 묻어 빠질까 했는데."

"김 박, 여기 교육 오기 전 우리를 모아놓고 당부 말씀을 하실 때 한 소장님 눈에 눈물이 글썽이던 것 봤어?"

"가슴이 뭉클했지요. 지금도 그 광경이 눈에 선한데요."

두 사람은 저녁 햇살을 받으며 바다 한가운데로 흘러가는 어선을 물끄러미 쳐다보며 2주 전 토요일 한철우 소장이 피를 토하듯 절실하게 기술 자립을 외치던 광경이 눈앞에 스쳐 갔다.

토요일 오전 10시, 원저에 파견될 요원들이 대회의실에 모여 간단한 출정식을 가졌다. 한철우 소장은 비장한 목소리로 당부하였다.

한 소장은 1956년 문교부에 원자력과가 설립된 이후 우리나라의 원자력 역사를 장황하게 설명하고, 우리나라의 원자력계에서 원자력연구소의 역할을 강조했다.

"우리 연구소는 실험용 원자로의 가동 기술을 바탕으로 고리 1호기 도입을 주도하였으며, 1980년대 핵연료 국산화를 선도하고 있습니다. 우리나라는 고리 1호부터 여러 발전소를 건설하면서 해외 기술에 의존하여 오다가 그 동안 축적된 기술을 바탕으로 원자력 11, 12호기를 시작으로 본격적인 기술 자립 계획을 수립하여 막대한 돈을 들여 기술 자립을 추진하고 있습니다. 우리나라 고급 원자력 두뇌의 총집결지인 우리 원자력연구소가 이번에도 원자력계의 중심에 서서 원자력발전소 핵심인 원자로계통 설계의 기술 자립을 이루는 중차대한 임무를 맡게 되었으며, 여러분은 국산화의 첨병, 기술 헌터로 뽑혀 이 자리에 섰습니다. 어느 나라도 첨단기술의 자립 없이는 선진국의 대열에 들어설 수가 없습니다. 우리나라는 지금까지 원자력발전소를 아홉 기나 건설했습니다만 건설의 핵심기술인 원자로계통 설계기술을 계속 미국에 의존하고 있습니다. 그 동안 기술이 없어서 얼마나 설움을 받아왔습니까?"

한철우 소장은 잠시 숨을 멈추고 연구원들을 응시하였다. 그의 눈에 눈물이 글썽했다. 연구원들이 숙연한 자세로 소장을 올려다봤다.

"우리나라는 에너지 자원이 빈약하여 우리나라 수요의 90% 이상을 외국에 의존하고 있으며, 해외의존도는 더욱 심화되고 있습니다. 제가 여러 차례 강조했습니다만, 에너지 빈국인 우리나라는 준 국산 에너지인 원자력 없이는 선진국 진입이 불가능하며 그 기술 자립은 우리에게 부여된 절체절명의 과제입니다. 여러분은 그 기술 자립을 이루는 역군으로 선택되어 일정 기간 국내에서 현장 경험을 쌓은 후 기술 자립의 첨병으로 미국에 파견되는 겁니다. 여러분은 우리 연구소에서 뽑은 가장 우수한 인재들입니다. 여러분이 수행할 사명을 깊이 숙지하시고 최선의 노력을 경주하여 원자력 기술을 몸과 마음에 담고 귀국하시기 바랍니다."

"그만 가서 시험 공부할까?"

문성식이 앞장섰다.

"꼭 학생 공부 독촉하는 선생님 같으시다. 몇 년만에 이렇게 시험을 준비하는 거지?"

김종석 박사가 혼잣말로 중얼거렸다.

"김 박은 월요일에 시험 치자고 했었잖아? 마누라 대전에 두고 혼자와 있는 몸이 월요일에 시험 친다고 하면 주말에 집에 가서 애들과 놀아주지도 못하고 주말 내내 책을 붙들고 있을 것같아 토요일에 시험을 치르고 주말은 가족과 마음 편히 쉬라고 한 거지."

"네. 잘하셨습니다. 주말이라고 해 봐야 내일 점심 먹고 대전 가면 저녁 되고, 다음날 점심 먹고는 다시 연수원으로 와야 하니 한 24시간 가족과 같이 있는 건데요."

"집에 가는 조는 다 짜졌나?"

"네, 네 사람, 다섯 사람 카풀해서 간답니다. 소장님은?"

"내일은 차 여기다 두고 기차 타고 갈까 하는데. 몇 사람이 기차 타고 가겠다고 하여 해운대 사는 연수원 교수가 우리를 해운대역까지 태워다 준다고 했어."

"그럼 일요일에는요?"

"해운대에서 연수원까지 오는 버스가 있어. 그걸 타 봐야지. 내가 먼저 시승을 해 봐야 연구원들에게 가르쳐 주지."

"철저하시다."

"이렇게 대규모로 기술 사냥 가는 것은 우리나라 역사상 처음이야. 어떻게 방심할 수 있겠어. 한 30분 산책했으니 그만 시험 공부하러 가지."

문성식은 앞장서서 숙소로 걸어갔다.

1987년 10월.

12월기업소 기사장 이홍섭은 칠흑 같은 어둠을 뚫고 억수로 내리는 가을비를 착잡한 마음으로 내다봤다.

'이 가을에 웬 비가?'

'설마 가을비에 제방이 터지지는 않겠지. 이제 기기 설치를 시작했는데 홍수라도 나서 침수하면…….'

그는 푹 한숨을 쉬고 자리에 앉았다. 순간 지난 9월 IAEA총회에 갔다가 남조선 과학관에게 당했던(?) 기억이 떠올라 온몸이 오그라들었다.

커피 브레이크 시간에 남조선 비엔나 대사관 주재 임재천 과학관이 접근해 왔다.

"안녕하세요. 비엔나 주재 과학관 임재천입니다."

훤칠한 키에 경상도 말투의 임 과학관이 명함을 건넸다.

이홍섭은 공화국의 원자력의 우월성을 남조선 관리에게 선전하라는 당의 명령을 떠올리며 명함을 건넸다.

"제 5기계공업총국이 뭐하는 기관입니까?"

임재천이 단도직입적으로 물었다.

"네, 제5기계공업총국은 영변 900만 제곱미터 부지에 있는 여러 원자력 연구시설을 총괄하는 기굽니다."

"우리나라에서는 아직 영변에 대하여 잘 몰라요. 연구소부지가 900만 제곱미터나 돼요?"

"네. 위대한 수령 김일성 동지께서 그 넓은 부지를 주셨습니다."

"우리 원자력연구소는 40만평 남짓한데 그 일곱 배나 넓네요. 그럼 연구원은?"

임재천이 놀라는 표정을 지었다.

"한 만 명쯤 되지요."

"네? 만 명이나."

"지도자 동지께서는 만 명도 적다고 하시는데요."

이홍섭은 남조선 관리가 크게 놀라는 것을 보며 조국에 대한 자부심과 당과 위대한 수령님을 향한 자긍심이 치솟았다.

"그곳에 원자로도 있고, 핵연료시설도 있어요?"

이홍섭은 상대방이 영변에 대하여 전혀 아는 것이 없는 것같아 어느 정도까지 말해 줘야 하는지 판단이 서지 않았다.

당에서 지령을 받은 대로 영변 1호기 핵연료의 특성과 방사화학시설의 필요성에 대한 말을 꺼내기가 망설여졌다.

“네, 영변에 소비에트공화국에서 들여온 실험용 원자로도 있고, 우리 기술자들이 설계하여 건설한 발전용 원자로도 있습니다.”

이홍섭이 자랑스럽게 이야기했다.

“아, 발전용도 있어요?”

“네. 용량이 5천 kw나 됩니다.”

“5천 kw요? 50십만 아니고요?”

“5천 kw요, 남조선은 외국에서 다 기술을 사왔다던데 순수 우리 기술로 설계하고 건설 운영하고 있습니다. 그에 쓰는 연료도 다 국내에서 조달하고 있고.”

이홍섭이 자랑스럽게 말했다.

“5천 kw면 장난감 같네요. 우리 남한에는 백만 kw 급만 여섯 기가 돌아가고 있는데. 물론 백 프로 우리 기술로 운영하고 있지요.”

임재천은 외교관답게 말을 에둘러 하지 않고 기술자답게 직선적으로 말했다.

“그거야 다 미국 불란서에서 사왔다면서요?”

“네, 원자력연구소에서 건설중인 하나로 원자로는 용량이 30메가와트로 우리 손으로 설계했지만, 상업용 대형발전소는 일차적으로 해외 기술로 지어서 운영하고 있지요. 초창기 우리 기술이 대형발전소를 건설할 정도가 못 되었지요. 그러니 우선 배워야 했지요. 지금 돌아가는 원자력발전소가 아홉 기나 되고 그 용량이 거의 8백만 kw나 돼요. 그 동안 기술이 축적되어 얼마 전에 건설을 시작한 원자력 11, 12호기부터 기술 자립을 시작하고 있어요.”

이홍섭은 남조선의 원자력 발전 용량이 북한 전체의 전력 설비 용량보다 크다는 것에 기가 죽었으나, 그것을 내색할 수는 없었다. 그는 혹시 그가 남조선 관리와 토론하는 것을 감시하지 않나 주위를 둘러보며, 토론에서 밀리지 않기 위해 큰 소리를 치기 시작했다.

“우리 공화국의 위대한 수령 동지께서는 원자력의 중요성을 인식하시고, 영변에 대규모 연구단지를 조성하여 원자력의 평화적 이용을 위한 연구를 하는 한편, 우리 손으로 2십만 kw 용량의 태천 1호기를 설계하여 건설하고 있어요. 또 소비에트공화국에서 용량이 6십 4만 kw나 되는 발전소 세 기를 들여오기로 했어요. 지난 제8차 대회에서는 원자력을 1995년까지 4백만 kw까지 늘이기로 했지요."

"소련이 발전소를 공급한다는 것은 외신을 통해 알고 있어요. 북한이 NPT는 가입했는데 언제 IAEA와 핵안전조치협정을 서명할 계획이요?"

"우리 그런 정치적인 이야기는 치우고 기술적인 이야기만 합시다."

"그래요? 우리 남한은 북한이 원자력에 대한 기술적인 지원이 필요하면 언제든지 지원할 준비가 되어 있어요."

이홍섭은 일개 대사관 과학관이 남북한 원자력의 기술지원 문제를 아무렇지도 않게 이야기하는 데 기가 막혔다. 그는 남조선에 기술 전수를 해줄 수 있다고 큰소리를 치라는 지령을 받지 못했다.

남조선 관리에게 북한의 핵 기술의 우월성을 설득하려던 이홍섭은 오히려 당당한 자세로 솔직하게 남조선 원자력 현황을 설명하는 임 과학관에게 압도당하는 것같아 초조해졌다.

"남조선이야 미제 기술이 빠져 나가면 원자력이 멈추겠지만 우리 조선인 민공화국은 완전 기술 자립을 하여 외세의 도움이 없이도 원자력을 이끌어 갈 수 있어요."

"미국의 기술은 이미 우리가 다 돈 주고 사와서 우리 기술이 됐어요. 미국이 도로 가져갈 기술이 없어요. 또 원자력 11, 12호기에서 시작한 원자력 기술 자립을 달성하면 원자력발전소를 해외에 수출할 계획입니다. 북한에도 팔 수가 있어요."

"남조선 원자로는 필요 없습니다. 우리가 남조선에 팔아야지요."

"그건 그렇고, 나는 대학에서 기계공학 전공하고, 미국 펜스테이트에서 석사를 한 기술자요. 박 기사장은?"

"김책공대에서 핵물리학을 전공하고 소련에 유학을 했습니다."

이용섭은 잠시 망설이다 자신의 학력을 털어놓았다.

"소련 유학파시네. 우리 기술자들끼리 툭 터놓고 이야기해 봅시다. 북한이 핵비확산조약에 가입한 지 벌써 2년이 다 되어 가는데 아직도 핵안전보장조치 협의도 안 하는 이유가 뭐요?"

"우리 기술자들끼리 그런 정치적인 이야기는 하지 맙시다."

"그게 정치적이라고요? 그런가?"

임 과학관이 고개를 갸웃했다.

"우리 공화국에서는 절대 평화적 목적의 원자력만 하고 있지 다른 뜻은 없습니다. 공연히 미국이 우리 공화국을 의심하고 내정을 간섭하고 있어요."

"그럼 IAEA와 안전조치협정을 체결하면 될 것 아니요?"

"그것은 내정간섭이에요. 우리 문제는 우리가 알아서 결정합니다."

이홍섭이 열을 냈다.

"평화적 목적으로만 원자력한다면서 망설일 것 없는데…. 좋은 이야기 감사합니다. 저 미국 친구와 이야기할 일이 있어서. 내년 9월에 88올림픽이 열리니 그 때 남한 구경이나 오시지요. 제가 잘 모실게요."

임 과학관은 악수를 청하고 수염을 잘 다듬은 서양 사람쪽으로 손을 흔들며 걸어갔다. 이홍섭은 너무나 쉽게 올림픽에 초청하는 임 과학관에게 완전히 밀린 것같아 당황했다.

이홍섭은 그때 당황했던 순간들이 떠올랐다.

그는 어버이 수령께서 최우선적으로 원자력을 지원해 주시는데 공화국의 원자력 기술이 남조선에 크게 뒤지는 것같아 초조해졌다.

'남조선은 원자력을 인민에게 전기를 만들어 보내기 위하여 한다. 우리 공화국은? 핵폭탄 개발에 열을 올리고 있다. 핵폭탄을 개발하여 어디다 쓰지? 남조선 동포를 향해 꽝?'

이홍섭은 순간 그의 사고의 비약에 깜짝 놀라며 흠칫했다.

'내 사상이 이렇게 나약하니 당에서 감시조를 붙이지. 비서 소선희는 아직도 퇴근하지 않고 나의 일거수일투족을 감시하고 있겠지.'

이홍섭의 등골에 땀이 배었다.

"소 동무 퇴근하시라우."

　이홍섭은 연구실 문을 열고 내다보며 책을 읽고 있는 소선희에게 아부했다.

　"기사장 동무. 동무가 아직 혁명전선에서 투쟁하고 계신데 제가 어떻게 먼저."

　소선희는 자리에서 벌떡 일어서서 부동자세를 취했다. 소선희는 인민군 장교 출신이다. 아니 현역 장교이다.

　"괜찮아요. 벌써 열시가 넘었는데. 나야 집에 가면 아무도 없고 이곳이 더 편하지만 소 동무야 숙소에서 친구들도 만날 수 있고."

　"기사장 동무 무슨 그런 섭섭한 말씀을. 저는 기사장 동무의 그늘에만 있어도 행복합니다."

　이홍섭은 그녀의 말뜻을 새기며 그녀를 빤히 쳐다봤다.

　그의 시선을 받고 그녀의 얼굴이 불그레해졌다.

　이홍섭은 젊은 여자의 붉어진 얼굴을 보며 마음이 흔들렸다.

　"나 곧 퇴근할 거요. 비도 오는데 내 차로 숙소까지 모실게요."

　"그렇게까지."

　"서류 정리해야 하니 10분 있다 갑시다."

　이홍섭은 젊은 여자의 피어나는 얼굴을 다시 한 번 더 쳐다보며 아릿한 마음을 감추며 연구실로 들어갔다.

18

현장을 배워라

1987년 10월.

문성식 소장은 회의를 마친 팀장들이 현장으로 떠나자 텅 빈 사무실 창을 통하여 동해바다를 내다보았다. 바다 한가운데에 어선 두 척이 한가롭게 흔들거렸다.

"소장님, 오늘은 어느 파트 참관하실 겁니까?"

아침 회의를 마치고 팀장들을 따라 사무실을 나갔던 김종석 박사가 다시 사무실로 들어서며 말했다.

"원자로 건물에 들어가 볼까 하는데."

"한 30분 있다 저랑 같이 가시지요."

"그럴까? 무슨 할 말이라도?"

"네. 울진에 온 지 2주째 됐는데 이번 금요일 오후에 단합대회라도 하시면."

"그렇지 않아도 이번 주말에 할까 다음 주말에 할까 생각중이었는데."

"이번 주가 울진 4주 현장교육 중 한가운데 줍니다. 이번 주에 하시면."

"그렇게 할까? 파견요원들이 훈련을 열심히 받는 것 같은데 원자력연수원에서 있었던 불만은 없어?"

"술자리에서 좀 나올 것 같습니다."

원자력연수원, 토요일, 2주차 시험을 마치고 운동을 나가려고 문성식 소장이 체육복으로 갈아입고 있을 때 교육생 세 사람이 문성식의 방으로 찾아왔다.

"어떻게 체육복도 안 입고?"

문성식이 그의 생활실로 들어서는 교육생에게 물었다.

"소장님께 드릴 말씀이 있습니다."

"그래요? 앉읍시다."

그 때 김종석 박사가 문 박사의 방에 들어서며, "어, 이친구들 나랑 이야기하지 소장님께?" 하며 화를 냈다.

"김 부소장, 가서 운동해요. 나한테 할 말 있는 것 같은데 들어볼게요."

김종석 박사는 소장 생활실로 쳐들어 온 동료들을 못마땅한 듯 노려보고 방을 나갔다.

"무슨 일인지 자유롭게 말해 봐요."

문 소장이 말할 공간을 열었다.

"제가 대표로 말씀 드리겠습니다."

학위를 마치고 1년 전 귀국하여 입소한 오달식 박사가 말문을 열었다.

문 소장은 고개를 끄덕였다.

"저희들이 이곳에서 꼭 이런 훈련을 받아야 합니까?"

"무슨 말이지?"

"단도직입적으로 말씀 드리겠습니다. 저희들은 이 곳 강사들보다 학력도 높고, 이론도 잘 알고, 앞으로 설계를 담당할 연구원들입니다. 이곳에서 이렇게 기초나 배우며 시험까지 치는 것은 자존심이 상합니다."

한 수 아래의 한전 직원들로부터 교육을 받는 것이 못마땅하다는 요지이다.

"그래요? 그래도 원자력발전소에 대하여는 우리보다 많이 알고, 경험도 많은데요."

"그 정도야 책만 보면 다 알 걸 비싼 돈과 귀중한 시간 들여 교육 받을 것 없잖아요? 자동차 운전 잘 한다고 자동차 설계 잘 하는 것은 아니잖아요?"

"그럼 자동차를 설계할 사람이 자동차를 어떻게 만드는지 어떻게 운전하는지도 모르고 설계를 하면 어떤 자동차를 만들겠어요?"

"그거야……, 연구소에서 윈저 가려면 교육을 받으라고 하니 교육은 받고 있지만 불만들이 많아요. 소장님이 좀 해결해 주셔야."

"어떻게 해 드리면 됩니까? 교육을 중지하자고요? 우리가 기술 자립을 하려면 CE 직원보다 이론도 잘 알아야 하지만 발전소에 대하여도 더 잘 알아야 해요. 그래서 고심 끝에 이번 훈련 코스를 개발했고, 한전이 우리 취지를 이해하고 별도의 교육 코스를 신설하고 힘들여 교재도 다시 만들고 교육을 시켜주고 있어요. 이곳 강사들보다 여러분들의 학력이 더 높고 머리가 더 좋을 수도 있어요. 그러나 이곳 강사들은 발전소 건설과 운영을 직접 체험한 엘리트들이에요. 우리가 한전에 더 좋은 발전소를 설계해 주려면 발전소를 잘 알아야 해요. 그 점을 이해하고 교육을 받도록 해요."

"소장님 말씀은 알겠습니다. 그러나 몇 사람은 그 말에 승복할 것 같지 않습니다. 체육하러 나가겠습니다."

오달식 박사가 고개를 숙여 인사를 하고 방을 나갔다.

기업체에서 근무하며 철저한 상명하복의 분위기에서 복무를 하다가 연구소로 이적한 문성식은 연구소 직원들의 강한 자아의식과 자존심에 대한 이해가 부족했다. 그는 연구원들의 항의를 이해할 수 있을 것도 같고, 조직 사회에서 말도 안 되는 소리같기도 하였다.

교육 시작 3주 후, 연구원 세 사람이 윈저행을 포기했고, 연구소 윗선은 군말 없이 그들의 요구를 받아줬다.

"연구소 직원들을 규정과 틀로 묶으면 창의력이 없어지고 연구를 못해요. 한전에 계시다 오셔서 잘 이해 못하실 거예요. 한전이야 인사명령이 나면 사표를 내지 않으면 무조건 따라야 하지요. 연구소는 그런 점에서는 융통성이 있어요."

김종석이 문 소장을 이해시키려 했다.

원자력연수원 교육을 마치고 울진 현장 교육을 오기 전 또 세 사람이 또 윈저행을 포기했다.

"오늘 저녁 모임에서 불만이 나올 것 같다고?"

"네. 연구소에 있으면 컴퓨터 앞에서 편히 근무할 텐데 안전모 쓰고 안전화 신고 뙤약볕 아래에서 근무하려니 힘들겠지요."

원자력연수원 교육을 마친 윈저 파견요원들은 건설 막바지인 울진원자력발전소 1, 2호기 건설현장에 직접 투입되어 한전 직원과 같이 근무했다. 각종 공정회의에 참석은 물론 도면을 들고 현장을 확인하며, 건설현장에서 직접 한전 직원의 공사 감독을 도왔다.

"그래야 현장 사정을 알고 다음 설계할 때 반영하지. 더 이상 그만 두겠다는 친구는 안 나오겠지?"

"몇 명 더 나올 거요. 그래서 50명이나 선발했잖아요. 너무 신경 쓰지 마십시오."

김종석 부소장은 태연했다.

"내가 신청한 사람보다 더 뽑아준 것은 미리 중도 탈락을 예상해서 더 뽑아 준 거요?"

부소장에게 바보 같은 질문을 던지며 소장은 입 안이 썼다.

"그래도 현장 교육을 소장님이 앞장서서 받으시니 분위기가 괜찮습니다. 이곳 한전 직원 중 소장님 한전 계실 때 밑에서 근무한 직원도 있어 소장님이 직접 현장을 뛰니 더욱 열심히 지도해 주는 것 같아요. 참 소장님은 울진 1, 2호기 계약 협상 때 협상 직접 하셨다고 들었는데 대단하셨다고들 하시던데."

김종석 부소장이 안전모를 챙겨 들고 교육현장을 챙기는 문성식 소장을 수행하며 부하 직원에게 쑥스런 질문을 던지고 멋쩍어 하는 소장에게 아부의 말을 던졌다.

"참여했었지."

"불란서와 계약이 정치적으로 결정되었다면서요?"

"그랬었지. 1970년대만 해도 남북한이 매년 유엔에서 표 대결을 벌렸었어. 불란서는 아프리카 신흥국가들 사이에 막강한 영향력이 있어 그 표가 아쉬운 우리 정부는 불란서에 원자력발전소를 사주겠다고 약속을 하고 그

표를 구걸했지. JP가 총리 때 약속을 했다고 되어 있는데 높은 사람들이 하는 일이라 정확히는 모르겠고. 불란서는 영광 1, 2호기는 자기 것이라 생각하고 있었는데 미국 웨스팅하우스가 먹자 삐졌지. 그래서 별 수 없이 울진 1, 2호기는 불란서에 주기로 한 거야. 계약 협의를 하려는데 계약 조건을 미국 웨스팅하우스와 한 계약과 동일한 조건으로 하라는 지침이 내려왔어. 그런 지침을 받고 보니 좀 허탈했지. 이미 계약 조건을 서로 다 아는데 계약 네고고 뭐 할 것이 없잖아. 영광과 울진 부지가 다르고 미국과 불란서 기준이 다른 것만 반영하여 가격을 조정하고 계약서를 꾸미면 되니.”

“그럼 계약 네고가 쉬웠겠네요?”

“아니 더 어려웠어. 불란서 친구들이 계약서 드래프트를 만들어 가지고 왔는데 정말 가관이었지. 이건 말도 안 돼. 아무 것도 모르는 아프리카 식민지 친구들과 계약하던 대로 일방적으로 작성해 온 거야. 드래프트를 보고 어떻게 화가 났던지.”

“미국과 계약 조건을 따른다고 했는데 그렇게 불평등 계약서를 가지고 왔어요?”

“우리를 우습게 본 거지. 첫날 네고하러 불란서 친구들이 우리 회사, 참 한전에 온 거라. 서로 마주 보고 상견례를 마치고, 계약 협상 한전측 대표인 외자부 김 처장이 젊잖게 이런 계약서 드래프트로는 계약 협상을 할 수 없다고 운을 떼더라고. 그러자 불란서 친구들이 알아듣기도 힘든 영어로 자기들 표준계약서라고 우기는 거야. 내가 화가 나서 계약서 초안을 집어 던지며 그 따위 소리하는 너희들과는 협상할 수 없으니 돌아가라고 소리쳤지. 외자처장은 눈이 커졌고 불란서 친구들이 당황한 거라. 나는 외자처장 소매를 끌며 저 친구들 버릇을 고쳐야 한다며 퇴장하자고 했지. 다행히 처장이 내 말을 들어줘서 우리는 협상장에서 퇴장해 버렸지. 바로 부사장실에서 우리를 호출했어. 부사장이 화를 내며 어떻게 된 거냐고 묻더군. 사실대로 말했더니 부사장이 그래도 국제적인 계약 협상인데 그렇게 하면 안 된다고 젊잖게 타이르며, 울진 1, 2호기는 유엔 등 여러 국제여건을 고려해서 하는 계약이니 그 점을 고려하여 외교적 문제가 생기지 않도록 조심하라고 젊잖게 당부하셨어.”

“다음 날 협상장에 다시 대면하여 너희의 일방적인 드래프트로는 계약 협상을 할 수 없어, 우리가 계약서 드래프트를 다시 만들겠다고 제의했지. 그 친구들 눈이 커진 거야. 후진국 친구들이 겁도 없이 까분다는 표정도 같았고, 질렸다는 표정도 같았고.”

문성식은 옛날을 회상하다 발을 헛디딜 뻔했다.

“일주일 후에 우리측 드래프트를 주겠다고 했지.”

“그렇게 빨리 만들 수가 있어요?”

“이미 서명한 영광 1, 2호기 계약서에다 우리가 얻고 싶은 몇 조항을 더 넣으면 되니 오래 걸릴 것 없었지.”

“그렇기는 하겠네요.”

“그 친구들 기선을 제압당하고 기가 죽었는지, 자기들이 엉터리 계약서 초안을 제시하다 쫓겨났다는 것을 불란서 대사관에는 이야기하지 않은 모양이었어. 일주일 내에 계약서 초안을 주면 자기들도 리뷰할 시간이 필요하니, 2주 후부터 협상을 시작하자고 하고 순순히 물러갔어. 귀국했다가 다시 오겠다고. 그래서 일라운드는 우리가 이긴 거지. 외자처장이 책상 밑에서 엄지손가락을 들어 나를 격려해 줬지.”

“그런 일이 있었네요. 그 후 계약협상은 잘 되었어요?”

“쉽지 않았어. 불란서 친구들이 우리를 후진국으로 보는 시각이 바뀌는 데 한참 걸렸어. 그 때 당황했던 거 이야기해 줄까?”

“무슨 일?”

“불란서 협상팀에 여자가 둘 있었어. 그 당시만 해도 감히 여자가 그런 중요한 협상에 나서는 것이 낯선 우리들에게는 충격이었지. 협상 테이블에서 협상을 할 때는 괜찮았었는데 잠시 쉬면서 소파에 앉아 커피를 마시고 담배도 피우면서 그중 한 여자가, 40대 초반쯤 되었는데 다리를 꼬고 앉는 거라. 그럼 짧은 치마 속으로 팬티까지 다 보이니 눈 둘 데가 있어야지. 한 번 두 번도 아니고 매번 그러니…….”

“그래요? 그 광경 짐작이 갑니다.”

“더 어려운 것은 실컷 합의하여 윗사람까지 보고해 놓으면 다음날 다른 조건을 제시하며 합의사항을 뒤집는 거라. 윗사람에게 또 보고할 수도 없고 아주 애를 먹었지. 우리를 우습게 알고 그랬던 건지, 그 친구들 본래 모습인지 모르겠어.”

“정말 난처했겠네요.”

“나야 계약 후 바로 국제원자력기구에서 주는 장학금 받고 미국으로 유학 떠나 불란서 친구들과 더 상대할 기회가 없었지.”

“지난 며칠간 발전소 건설 현장을 돌아보니 웨스팅하우스로부터 기술을 전수 받은 불란서 친구들이 울진 1, 2호기를 건설하고 있는데 고리보다 개선된 점이 많던데요.”

“그게 기술 자립의 이점이야. 불란서는 미국 웨스팅하우스로부터 기술을 전수 받은 후 완전히 자기 기술로 만들어 미국 웨스팅하우스 발전소보다 운전과 보수가 용이하도록 콤팩트한 불란서 고유의 발전소를 가지게 됐어. 그 발전소를 수출까지 하고. 우리도 이번 기회에 꼭 기술 자립을 하여 우리 실정에 맞는 발전소를 가져야지. 수출도 하고.”

“그래야지요. 그래서 우리가 이렇게 뙤약볕 아래 고생하는 거 아닙니까?”

“원자력 11, 12호기는 미국 CE에서 들어오지만 이번에 기술을 완전히 배워 우리 것으로 만들어 다음 발전소부터는 우리 현실을 반영하여 CE발전소보다 더 나은 발전소를 건설해야지. 우리가 갈 방향은 불란서와 같이 기술 자립하고 수출도 하는 거야. 그 핵심기술을 우리 원저 팀이 빼와야 하고.”

“잘 알고 있습니다. 우리 원저 요원들도 그 점을 잘 이해하고 열심히 하고 있습니다.”

문성식은 연구소 직원들이 너무 온상에서만 근무하여 그런 거친 일을 제대로 할 수 있을지 걱정이 되었으나 차마 그런 말을 연구소에서 잔뼈가 굵은 부소장에게 할 수가 없었다.

두 사람은 원자로 건물로 접근해 갔다.

여기 저기 안전표어가 눈을 끌었다.

‘아빠 아빠의 안전은 우리 가족 전부의 것인 줄 알죠?’

표어의 윗부분에 그려진 작업모를 쓴 로고, 아톰의 애교스런 표정이 재미있어 문성식은 미소를 지으며 아톰에게 손가락을 흔들어주었다.

문 소장은 퍼스널 해치를 통해 격납용기 안으로 들어섰다. 격납용기는 두께 1m가 넘는 콘크리트 벽과 그 벽에 약 6mm 두께의 철판을 둘러친 실린더 모양의 건물이다. 멀리에서도 우뚝 솟은 모습이 보이는 원자력발전소의 상징적인 건물이다. 발전소에 사고가 났을 때 방사성물질을 환경으로부터 격리하는 최후의 보루다. 퍼스널 해치는 격납건물을 관통하는 접근로이다.

격납용기 안에 들어서자 파이프와 밸브들이 줄줄이 늘어섰다.

"소장님 나오셨어요?"

도면을 들고 현장과 확인을 하고 있던 연구소 직원이 거수경례를 붙였다.

"응, 박 박사 할 만해? 책만 보고 컴퓨터 앞에서 상상했던 것보다는 차이가 있지?"

"네. 현장에 오기 잘했어요. 연수원에서 이론으로만 배울 때하고는 느낌이 달라요. 다음 설계할 때 크게 도움이 될 것 같아요. 제가 안내할까요?"

"됐어. 나 이곳 출신이야."

"참 그러시지."

"박 박사 수고해. 저녁 파티 때 보지."

문성식은 가설 철제계단을 따라 아래로 내려가 2차 차폐벽 안으로 들어갔다. 중기 발생기와 주냉각수 펌프가 높이 서 있다.

문성식은 핵연료 장전을 위한 마지막 마무리 작업중인 원자로 내부와 곧 프랑스에서 수송해 올 핵연료를 받을 준비를 하고 있는 신연료 저장고를 둘러보고 원자로 건물 밖으로 나왔다.

이철준 부장은 몇 달 전 구입한 포니 승용차를 몰고 원자력 11, 12호기 부지를 한 바퀴 돌며 부지정지 작업을 확인하였다. 원자로가 들어설 장소의 정밀 시추는 끝났다. 과학기술처로부터 건설허가가 나오면 바로 기공식을 하고 본격적인 공사를 시작한다.

부지정지 현장을 둘러본 이철준은 어제 저녁 주민 대표들과 질펀하게 마신 술독을 씻어내려 바닷가로 나갔다. 그는 해변 입구에 차를 세우고 뜨거운 햇빛을 그대로 받으며 바다 바람을 허파에 가득 불어넣어 몸속에 남은 술기운을 품어냈다.

그는 바다 위에 한가하게 떠가는 어선을 보다가, 발전소가 들어설 부지를 돌아보다 하며 띵띵한 머리를 식혔다.

영광 부지에는 총 여섯 기의 원자력발전소가 들어선다.

'총용량이 6백만 kw!'

이철준의 입사년도인 1969년 우리나라의 전체 발전용량보다 크다. 건설비만도 10조원이 넘는다.

'와!'

이철준은 이런 거창한 공사의 한 축을 맡아 참여하게 된 것에 고무되어 붕 뜬 기분으로 사택 부지로 차를 몰았다. 회사에서 차를 배차 받아서 다닐 때보다 자가용을 몰고 다니니 기동성이 훨씬 좋다. 사택은 건설 현장에서 약 2km 거리에 있다.

야산을 깎아 정지한 부지에 3층 아파트 50동을 우선 지을 예정이다. 아파트 단지 입구에 들어서자 경비원이 거수경례를 붙였다. 이철준은 가볍게 답례를 보내고 바로 건설 현장으로 갔다.

경비실에서 연락을 받은 현장소장이 컨테이너 사무실에서 뛰어나오며 이철준을 맞았다.

"제대로 잘 진행되지요?"

"네. 특별한 문제 없습니다. 사무실에 가서 차라도 한 잔?"

"됐어요. 애로 사항이 있나 들렀어요. 여기서 둘러보고 갈게요. 바로 군청 가봐야 해요. 건설과장이 새로 부임해 왔는데 가서 인사해야 해요."

"과장이 바뀌었다는 말은 들었습니다."

"지금 직원 가족들이 여기 저기 셋집에서 고생들을 해요. 빨리 서둘러서 지어 줘야 하는데……, 그래도 처음 고리 시작했을 때보다는 훨씬 낫지만."

"고리 1호기 때도 현장 계셨어요?"

"네. 신입사원 교육받고 바로 현장 배치되어 그곳에서 과장으로 승진했어요."

"아 그러셨구나?"

"그 때 양놈들 눈꼴시었지요. 사택이 어디 있어요? 우리들은 겨우 여관방 얻어 전전하는데 최소 40평짜리 단독주택을 내놓으라고 큰 소리 치고, 180리터짜리 냉장고를 주겠다고 하니까 그게 냉장고냐고 최소 450리터짜리를 내놓으라는 거요."

"저 결혼하고 5년 만에 처음으로 180리터짜리 냉장고 샀었는데. 거기 음식 채우기도 힘들었어요."

아파트 건설회사 현장소장이 '갑'의 박자를 맞춰줬다.

"그뿐인 줄 아세요? 수영장 지어내라, 외국인 학교 따로 지어라. 이건 '을'이 완전히 상전 노릇하는 거요. 거기다 우리나라 물은 위생상 먹을 수 없다고 홍콩에서 비싼 에비앙 들여다 먹지. 저 그때 처음으로 에비앙이란 물이 있는지 알았어요. 음식물도 다 홍콩에서 공수해서 먹었어요. 정말 아니꼬웠지요. 우리나라를 마치 미개국 취급했지요. 하기야 그때 우리 국민소득이 겨우 100불 정도였으니. 수영장 지어줬더니 우리 직원들은 얼씬도 못하게 하고. 바닷가라 여름에 창만 열면 시원한데 방을 꼭꼭 닫고 에어컨 틀고."

"그걸 그냥 뒀어요?"

"계약에 그렇게 되어 있는데 어떻게 해요? 그런 대우를 안 하면 기술자들이 누가 우리나라 같은 후진국에 와서 근무하느냐고. 그 친구들 계약 따지는 것은 정말 도사요. 우리들은 먼저 정서적으로 대하고 문서는 뒷전인데 그 친구들은 모든 것을 문서를 가지고 따져요. 화가 나서 대들다가 우리가 판판이 졌지요. 그 친구들 하루 일당이 내 한 달 월급이었는데 수틀리면 지원이 제대로 안 돼서 일 못하겠다는 거요. 그것도 불평이 있으면 실무자에게 해도 되는데 꼭 높은 사람, 심지어는 소장에게 막 항의를 하는 거요. 그 놈들 항의를 받아주는 소장님이 무척 섭섭했지요. 딱 잘라 소장 방에 못 오게 해야 하는 건데. 소장님이 나서서 다 해결하려고 하니 실무자들 권위가 말이 아니었지요. 소장님이야 그 비싼 인건비 줘 가면서 일 시키는데 이런 저런 핑계대고 일 안 하면 얼마나 손해예요?"

이철준이 옛날을 생각하며 푸하고 한숨을 내쉬었다.

"당시 우리나라에서 제일 큰 프로젝트라 매일 공사 진도를 본사에 보고하면 바로 청와대까지 보고됐어요. 양놈들이 대사관에 불평이라도 하면 바로 청와대에 전달되고. 청와대는 내용도 모르고 본사를 조지고."

"아니, 발전소 건설사항이 청와대까지 일일 보고됐다고요?"

"네. 그땐 그랬어요. 대통령도 원자력에 관심이 많으셨으니. 후생문제로 당한 것은 새 발의 피지요. 기술이 없어서 당한 것을 생각하면 치가 떨려요. 그 친구들 우리를 마치 자기들 종놈 부리듯 하며 허드레 일만 시키려 했어요. 중요한 회의는 우리들 다 몰아내고 저희들끼리 수군거리고, 그렇다고 기술이 없으니 막 대들 수도 없고, 그놈들 버릇을 고쳐야 하는데 방법이 없었지요. 무용담 하나 이야기할까요?"

"무용담이요?"

"네. 한 번은 겨울인데 품질관리실 사무실에 볼 일이 있어 갔어요. 자기들끼리 회의를 하고 있더라고요. 문에 들어서니 한 녀석이 말도 없이 돌아가라고 손짓을 하는 거요. 기분이 상해 딱 버티었더니, 그 녀석이, 품질 담당 엔지니어 크라크란 친구인데, 지금 회의하는 것 안 보이느냐고 나를 막 밀어내는 거예요. 그 친구 덩치가 제 두 배는 됐어요. 별 수 없이 밀려 나왔지요. 그 친구가 내 뒤에 대고 문을 쾅 닫는 거요. 깜작 놀라 움찔하다 보니 너무 화가 나요. 나도 우리나라 최고 대학을 나왔는데 너무 무시를 당한 것 같아 참을 수가 없었어요. 사무실에 돌아와서 몽둥이를 찾아들고 사무실로 쳐들어갔지요. 미국 놈들이 눈이 커지는 거요. 당장 크라크 나오라고 호통을 쳤지요. 크라크 녀석이 뒷문으로 도망가는 것이 보여요. 너 오늘 내 손에 죽어봐라 하고 뒷문으로 따라갔어요. 품질책임자가 저를 말리며 무슨 일이냐고 고정하라고 말렸지요. '너 좀 전에 그 광경 안 봤어' 하고 책임자를 칠 듯이 몽둥이를 들었더니, 아 오해가 있는 모양인데 자기가 대신 사과하겠다고 빌어요. 그래서 크라크 그 친구 내 방에 와서 사과하지 않으면 그만 두지 않겠다고 으름장을 놓고 몽둥이로 책상을 한 번 꽝 치고 책임자를 흘겨주고 나왔지요."

"그래서 어떻게 되었어요?"

"책임자가 소장실에 가서 항의를 하고, 나는 소장실에 불려가서 진상을 설명하고, 소장님이 씩 웃으며, 나한테 되게 혼났다고 하라고 말씀하시더라고요. 그 후 크라크가 내 방에 와서 사과하고, 그 이후 그 친구들이 함부로 못했지요. 다 기술이 없어 당한 수모예요. 다행이 본사에서 기술 자립의 중요성을 이해하고 원자력 11, 12호기부터는 기술 자립을 한다니 얼마나 다행이요. 웨스팅하우스 놈들 기술 좀 있다고 콧대 높았는데 이번 프로젝트에서 떨어져서 얼마나 시원한지. 그런데 뭐 기술 도입선 선정이 잘못 됐다고 투서질이야?"

이철준은 제 멋에 겨워 푸푸거렸다.

"여기 아파트는 기술 자립의 선구자들이 살 집이요. 튼튼히 잘 지어줘요. 나 시간이 되어 군청에 갑니다."

혼자 흥분하여 떠들던 이철준은 아파트 건설 현장을 형식적으로 돌아보고 차를 군청으로 몰았다.

19
기술 사냥꾼들의 행진

1988년 1월.

문성식 원자력연구소 윈저소장은 존 에프 케네디 국제공항 입국장에 먼저 도착하여 일행을 기다렸다. 말이 일행이지 100명이 넘는 대가족, 원자력발전소 핵심시설인 원자로계통 설계 기술을 전수 받으러 원자력연구소에서 파견한 기술자 38명과 그 가족들이다. 윈저에 파견할 원자로계통 설계요원으로 선발된 50명은 6개월간 국내 훈련을 마쳤다.

교육을 받던 중 일부 연구원은 상업적인 사업에 손을 떼고 연구직에 남겠다며 미국행을 포기했다. 여권을 발급 받는 과정에서 연좌제에 걸려 탈락한 연구원도 있었고, 미국 비자가 나오지 않아 탈락하기도 했다.

원자력연구소장은 파견자들이 미국 생활에 정착한 후 가족을 데려가도록 지시했으나, 문성식 소장은 이왕 가족을 데려가려면 미국 체류 기간 2년을 채워 귀국 후 대학 특례입학 혜택을 볼 수 있도록 남편들과 함께 떠날 수 있도록 강력히 요구하였다. 실랑이 끝에 연구소장은 윈저소장의 권고를 받아들여 가족과 같이 떠나도록 방침을 바꿨다.

문성식 소장은 그가 가족과 함께 떠날 경우 자신의 가족을 챙기느라 직원 가족들의 정착을 소홀히 할 수 있을지도 모른다는 생각에서 그의 가족은 그가 부임한 후 한 달 있다가 미국에 들어오도록 조치했다.

미국이 초행인 가족들의 부인과 자녀들을 배려하여 김포공항을 떠나 윈저에 도착할 때까지 각 팀 팀장들이 자기 팀원 가족들을 챙기도록 하였다.

문성식 소장은 일행의 맨 뒤에 처져서 마지막 가족과 함께 나오는 김종석 부소장의 손짓 신호를 보고 입국 심사를 하러 앞장서서 갔다.

입국 심사를 마친 문 소장은 수하물을 찾는 칸에서 일행을 기다렸다. 입국 수속을 마친 가족들이 속속 수하물 수취소로 몰려왔다. 컨베이어 벨트를 타고 나오는 가방을 찾느라 소란을 피웠다. 2년 이상 미국 생활을 하려고 준비해 온 가방의 부피가 컸다.

당초 약속대로 각 팀 팀장들은 짐을 찾은 팀원들을 한 군데로 모았다. 팀원들이 짐을 찾는 것을 기다려 팀장이 앞장서서 팀원을 인솔하며 세관을 통과했다. 문성식 소장은 일행보다 먼저 세관을 통과하고 하트포트행 비행기를 갈아탈 '터미널 9'로 가는 셔틀버스 정류장을 확인했다. 하트포트는 윈저에서 자동차로 30분 거리에 있는 시골공항이다. 그는 대합실로 돌아와 일행이 다 모이기를 기다렸다. 문 소장은 각 팀 팀장에게 셔틀버스 타는 곳을 알려주고, 팀별로 셔틀버스를 타고 9번 터미널로 가도록 지시했다.

마지막으로 세관을 빠져 나온 김종석이 문 소장을 향하여 손을 흔들었다.

문 소장은 팀장들에게 손짓을 하며 이동을 지시했다. 미국인들이 가방을 끌고, 아이들 손을 잡고 가는 동양인의 긴 행렬을 흥미롭게 쳐다봤다.

셔틀버스를 타러 가는 기술 헌터들의 긴 행렬을 바라보며 문성식은 코끝이 찡해졌다.

'앞으로 2년 동안 내가 저들을 돌봐야 하고, 저들을 이끌고 원자로계통 설계기술을 배워 가야 한다!'

"소장님 대단하지요?"

김종석 박사가 그의 곁에 다가서며 말했다.

"책임이 무거운데. 기술 전수뿐만 아니라 저들 생활까지 책임져야 하니."

"외국 생활을 오래 한 친구들이 많으니 그렇게 걱정 안 하셔도 될 겁니다."

"모두 연구소 생활만 해서 개성이 강하고 자기 주장이 강하여 조직생활에 적응이 덜 된 친구들인데…. 우리가 가야 할 방향을 잘 따라 줘야 할 텐데…."

"소장님은 조직적인 생활과 상명하복이 철저한 한전에 계시다 오셔서 연구소 직원들의 헐렁한 태도가 걱정이 되시는 모양이신데 모두 지성이 있는 친구들이라 그렇게 걱정 안 하셔도 됩니다. 평소 미군이 상하도 없고 군기가 헐렁한 것 같지만 유사시에 세계 어느 군대보다 더 잘 싸우잖아요?"

"연구소 생활에 익숙한 김 박사가 잘 도와줘야 해."

"네. 힘껏 돕겠습니다. 같이 힘을 합쳐 2년 후에는 우리 손으로 원자로계통 설계를 할 수 있는 기술력을 가져야죠."

"그래야지. 내가 먼저 9번 터미널 가서 기다릴게, 마지막 친구들 잘 챙겨서 와."

윈저시는 미국 뉴욕 북쪽 커네티케트주 바닷가에 위치한 인구 2만여 명의 전통적인 금융도시로 주로 백인들의 살고 있다.

백여 명이 넘는 동양인들의 행렬에 하트포트 공항에 있던 백인들의 눈이 커졌다. 일행은 CE사에서 마련한 버스 3대에 나눠 탔다. 공항에 마중을 나온 CE사 직원은 호텔로 가기 전에 한식당 '아리랑'에 차를 댔다. 식당에는 원자력 11, 12호기 사업 책임자(PD, Project Director)인 토머스 비어스가 기다리고 있었다.

일요일이라 식당의 휴무일이었으나 원자력연구소 직원을 위해 특별히 문을 열었다.

식당이 비좁아 버스 한 대는 김종석이 인솔하고 바로 CE사에서 예약한 홀리데이 인으로 갔다. 체크인을 한 후 교대로 식사를 하기로 했다. 문 소장은 식당을 가득 메운 직원과 가족들을 향하여 짧게 인사를 하였다.

"이제 우리는 미국 땅에 도착하였습니다. 공항에서 우리를 영접해 주고, 이곳 식당을 주선해 준 CE측에 감사를 드리며, 앞으로 우리와 같이 원자력 11, 12호기 사업을 수행할 CE측 책임자인 Mr. 비어스를 소개합니다."

집을 떠나 거의 하루를 비행장과 기내에서 보낸 직원들과 가족들이 지친 기색도 없이 힘차게 박수를 쳤다. PD 비어스는 가볍게 목례로 인사를 대신

했다.

"지금부터 2년간 여러분들은 저와 함께 이곳에서 생활을 할 한 가족입니다. 생활 풍습도 다르고, 습관도 완전히 다른 이곳에서 생활을 원활히 하기 위하여, 좀 진부한 말입니다만 서로 상대방 입장에서 생각하고 양보하는 겸양의 덕이 필요합니다. 여러분들의 남편, 아버지는 이곳에서 원자력발전소 건설을 위한 핵심기술을 배우고 익히러 왔습니다. 일을 하다 보면 때로는 어려움이 있을 것으로 예상됩니다. 집안에서 많은 협조를 부탁 드립니다. 앞으로 2, 3일은 호텔에 계셔야 할 겁니다. 그 안에 CE사에서 조사해 놓은 집을 보고 형편에 맞는 집을 렌트할 겁니다. 며칠 불편하더라도 참아주시기 바라며, 교통편은 당장 모두 자동차는 살 수 없지만 우선 국제면허를 받아온 사람이 먼저 차를 사서 카풀을 할 예정입니다. 불편하시더라도 참아주시기 바랍니다. 저녁 식사부터 미국식 식사를 하여야 합니다. 며칠간 한식 먹을 기회가 없을 테니 오늘 식사 맛있게 많이 드십시오. 오늘 점심은 CE측에서 내는 겁니다. CE측에 감사 박수를 보내주시면."

일행은 피로를 몰아내며 박수를 쳤다.

문성식는 PD 비어스에게 인사를 권했으나 그는 사양하였다.

월요일 아침, CE측에서 제공한 버스로 CE 본사로 갔다.

본관 입구 국기 게양대에 성조기와 태극기가 나란히 나부꼈다. 버스에서 내리며 파란 겨울 하늘을 배경으로 펄럭이는 태극기를 올려다보며 문성식은 가슴이 뭉클했다.

현관에서 기다리고 있던 PD 비어스가 버스로 다가왔다.

"CE사에 온 것을 환영해."

PD 비어스가 문 소장의 손을 꽉 잡았다.

"여러 가지로 신경을 써줘서 고마워."

문 소장은 PD 비어스와의 아귀 싸움에서 지지 않으려고 힘껏 PD 비어스의 손을 잡았다. PD 비어스는 CE 직원의 안내를 받으며 현관으로 들어서는 훈련생 38명과 일일이 악수를 나눴다. 현관 경비실에서는 미리 통보된 명단과 여권을 대조하며 임시 출입증을 발급해 줬다.

CE 직원은 임시 출입증을 패용한 일행을 강의실로 안내했다.

PD 비어스는 앞장서서 문 소장을 안내했다.

"이 강의실이 앞으로 한 달 동안 CRT(Class Room Training)를 받을 교실이야."

"아주 분위기가 아늑하고 좋은데."

문 소장은 강의실을 죽 둘러보며 입치레를 하였다.

앞면에 흰색 칠판과 스크린이 있고, 벽면에 액자에 넣은 원자력 11, 12호기의 참조 발전소인 팔로버디 발전소의 전경과 원자로 건물의 설계도가 걸려 있다. 훈련생이 자리에 앉자 PD 비어스가 환영 인사를 하였다.

"먼저 우리의 귀중한 고객인 원자력연구소 직원들의 우리 회사 방문을 CE를 대표하여 환영한다. 내가 방문이라는 용어를 썼지만 여러분이 우리 회사에 온 것은 단순한 방문이 아니라 우리의 파트너로서 온 거다. 여러분들은 일차로 훈련생 신분이지만, 일정기간 훈련을 마치면 우리 동료로서 함께 원자력 11, 12호기 설계를 책임지고 함께 수행할 동료이다. 이번에 온 서른여덟 명중 여러 사람이 미국에서 공부를 했고 박사와 석사를 하여 미국 생활에 낯설지 않겠지만, 일부는 미국 생활이 처음이라 적응이 쉽지 않을 수도 있다. 우리 지원 부서에서 여러분의 정착을 오늘부터 도와줄 거다. 하루 속히 정착하고, 건강한 몸으로 이곳 생활을 즐기면서 기술도 익히고 우리 회사와 좋은 파트너십을 유지할 수 있었으면 한다. 다시 한 번 여러분의 우리 회사 방문을 진심으로 환영한다."

짧게 환영 인사를 마친 PD 비어스는 단하로 내려왔다. 문 소장은 악수로 그의 환영사에 화답했다.

"사장이 기다리고 있어."

문 소장이 직원을 상대로 간단한 인사를 마치자 PD 비어스가 앞장서며 말했다.

"부책임자인 김종석 박사도 같이 가면 안 되겠어?"

문 소장이 PD 비어스를 따라가며 말했다.

"좋아."

문성식은 김종석 박사에게 손짓을 보냈다. 김종석 박사는 원자력연구소장이 CE 사장에게 보내는 선물을 챙겨 들고 문 소장을 따랐다.

미국 정부의 고위관리를 하다가 퇴직하고 CE의 경영을 맡은 셸비 브류 사장의 응접실은 검소했다. 여비서의 신호를 받은 브류 사장이 그의 집무실에서 응접실로 나오며 환하게 웃었다.

"환영해."

사장은 크게 제스처를 하며 문 소장에게 손을 내밀었다. 문 소장도 원자력연구소 소장을 대신하는 자격으로 의연하게 CE사 사장을 대했다.

"김종석 박사, 부책임자야."

문성식이 김종석을 사장에게 소개했다.

의례적인 인사가 끝나자 일행은 좌석에 앉았다. 여비서가 차를 주문 받았다. 문성식은 홍차를 주문했다.

"한 박사는 잘 있어?"

사장이 원자력연구소장의 안부를 물었다.

"여전히 바빠. 소장이 사장께 여러 가지로 잘 부탁 드리라고 특별히 말했어."

"박 사장과 한 소장은 좋은 콤비였지. 우리 CE로 봐서 처음으로 해외에 수출하는 원자력 프로젝트이니 꼭 성공하여 대내외에 우리의 입지를 알려야 해. 문 박사의 협조를 부탁해."

문성식은 전직 정부 고위관리 출신이라 거만할 거라고 예상했던 사장의 솔직한 말에 호감이 갔다.

"우리나라는 원자력을 열 기 가까이 건설했으나 해외 기술에 의존하고 있어. 다행히 이번에 CE사에서 전폭적으로 기술 전수를 약속해 큰 기대를 가지고 왔어. 내 기대가 잘 이루어질 수 있도록 많은 협조 부탁해."

"이제 두 회사는 바이어와 셀러의 관계를 넘어 파트너의 관계야. 한국은 단 시간 내에 민주주의를 이룩한 세계 유례가 없는 모범국가지. 기술 자립에도 새로운 기록을 세워주기 바래. 한국의 그러한 성취는 우리 CE의 마케팅에도 크게 도움이 될 거야."

"우리도 최단시간 내에 기술 자립을 성취하려 노력할게. CE사의 적극적인 협조를 부탁해."

"사업 책임자인 PD 비어스가 적극 도울 거야. PD 비어스 선에서 잘 해결되지 않는 애로사항이 있으면 바로 나를 찾아와. 최선을 다해 도울게."

차를 마시며, 문성식의 가족, 숙소, 차량 등 가벼운 대화를 이어갔다.

대화의 소재가 바닥이 나자 문성식은 자리에서 일어섰다.

"이렇게 시간 내줘서 감사해. 한 박사가 사장께 전하라는 선물이 있어."

문성식은 포장한 선물 꾸러미를 김종석으로부터 받아 사장에게 전했다. 사장은 감사하다며 포장을 풀었다.

"보석을 담는 자개함이야. 보석을 간수하며 우리들 마음도 간직해 주길."

"내가 감사 서신을 보내겠지만 감사하다는 뜻을 한 박사에게 전해 줘. 일간 저녁에 초대할게."

"고마워. 이렇게 시간 내줘서."

악수를 나누고 문성식은 응접실을 나왔다.

"우리 사장이 문 박사를 잘 본 모양이야."

응접실을 나와 강의실로 가며 PD 비어스가 말했다. 문성식은 눈을 치켜뜨며 무슨 말인지 눈으로 물었다.

"우리 사장이 덜 외교적인데 문 박사에게는 아주 잘 해 줘서."

PD 비어스는 관료적이라는 말 대신 덜 외교적이란 단어를 썼다.

강의실 입구에서 기다리던 CE 직원이 출입증을 만들러 가자며 문성식을 경비실로 안내했다. 즉석에서 찍은 컬러 사진이 인쇄된 신분증을 문성식에게 건네며 임시 출입증을 받아갔다. 문성식은 신속한 업무처리에 살짝 놀랐다. 오전은 미국 생활을 하는 데 필요한 준비를 하였다. 오전 10시 은행이 문을 열자 CE사 직원은 훈련생을 인솔하고 뱅크 오브 아메리카 지점으로 가서 은행통장을 개설해 주고, CE사 보증하에 신용카드를 신청해 줬다.

미국에서 현금은 10불이나 20불만 가지고 다니면 될 테니 한국에서 가져온 현금은 예금을 하라고 권유했다. 일행은 한국에서 가져온 현금을 예금했고, 은행에서는 바로 자기 앞 수표 뭉치를 내줬다.

한국에서 한 번도 은행에서 줄을 서본 적이 없던 일행은 긴 줄을 서서 자기 차례를 기다리며, 미국 생활을 체험하기 시작했다.

"소장님, CE사에서 알아놓은 주택은 세 종류입니다. 월세 천백불인 쓰리 베드룸, 천불인 투 베드룸, 850불인 투 베드룸입니다. 직원들에게 그 리스트를 나눠주고 자기 분수에 따라 고르라고 했습니다. 애가 둘인 팀장급이 주로 천백 불짜리를 선택했으며, 젊은 부부는 850불짜리를 선택했습니다. 은행 계좌 개설을 마치는 대로 CE사가 제공하는 차에 나눠 타고 각자 자기가 살 집을 보러 갈 겁니다. 소장님은 어떤 집을?"

훈련생들의 행정지원을 위해 특별히 파견된 사무계 직원, 배성기 과장이 문 소장에게 보고하였다.

"큰애들을 한 방에 있게 할 수는 없으니 천백 불짜리를 해야겠지. 천백불짜리는 몇 명이 신청했어?"

"여덟 명 신청했습니다."

"그래? 그럼 좀 깎아야겠군."

"네? 무엇을?"

"집세를 좀 깎아야지."

"집세를 깎으신다고?"

"아니 에누리 없는 장사가 어디 있어? 더구나 여덟 가구가 한꺼번에 들어가는데. 차 준비됐으면 우선 오크우드 아파트 먼저 가지. 다른 직원들은 내가 거기 다녀온 후에 가라고 해."

문성식 소장이 앞장섰다. 문 소장은 배성기와 함께 CE사의 배성기 상대역인 리차드 체리의 차를 타고 갔다.

리차드는 아파트 지배인에게 문 소장과 배성기를 소개했다.

50대로 배가 나오고 뚱뚱한 지배인은 "로버트 핏셔"라고 이름을 댔다. 그는 착한 웃음을 흘리며 손을 내밀었다. 지배인은 앞장서서 아파트 외곽, 테니스장과 풀장을 안내하고, 집 내부를 보여줬다.

2층 구조의 오크우드 아파트는 네 가구가 한 동이다. 집의 크기는, 150 ft²로 우리나라 43평형 아파트 크기와 비슷했다. 침대, 냉장고, TV, 세탁기, 소파 등이 구비되어 있다. 그 정도의 크기면 네 식구가 살기에는 충분하다.

"괜찮아?"

관리사무실로 돌아오며 리차드 체리가 물었다.

"괜찮아."

문 소장이 간단히 대답했다.

"임대 조건은?"

문 소장이 이미 들어서 알고 있던 사항을 재확인했다.

"월 천백 불, 유틸리티는 별도 부담이고. 보증금은 6개월분. 임대기간은 최소 6개월. 미리 말하지만 보증금은 나갈 때 집 유지상태와 청소상태를 확인하여 하자가 있으면 까고 내줄 거야."

"우리 여덟 가구 2년간 계약할 건데 백 불씩 깎아주지."

"홧?"

지배인은 문 소장의 말을 이해하지 못하는 것 같았다.

"여덟 가구가 한꺼번에 들어오니 가구당 월 백 불씩 월세를 깎아달라는 말이야."

"집세를 깎아달라고?"

두 사람의 흥정하는 것을 보며 리차드 체리의 눈이 커졌다. 배성기는 미국까지 와서 문 소장이 한국식으로 무리를 하는 것같아 가슴을 졸였다.

"디스카운트 없어."

지배인이 정색을 했다.

"세상에 일방이 정해 놓은 값을 그대로 주고 계약하는 것이 어디 있어? 더구나 여덟 가구나 한꺼번에 계약하는데."

문 소장은 당당했다.

"우리 아파트 렌탈퍼는 네고 대상이 아니야."

“그래? 그럼 가지.”

문 소장이 배성기에게 눈짓을 하며 관리 사무실을 나섰다. 리차드 체리가 뒤에 남아 지배인과 잠시 말을 나누고 밖으로 나왔다.

“지배인이 자기 혼자 결정 못하겠다고 아파트 주인에게 전화해 보겠다고 잠시 기다리라고 하는데.”

리차드 체리가 차로 걸어가는 문 소장을 잡았다. 문 소장은 아파트 앞길에 흘러가는 자동차 행렬을 바라보며 고개를 주억거렸다.

“우리 주인이 당신이랑 통화하고 싶다는데.”

지배인이 문 소장에게 손짓을 했다.

“성식 문. 패밀리 네임이 문. 나는 한국원자력연구소 윈저 소장이야.”

문성식은 수화기에서 나오는 “헬로우” 소리를 듣고 정중히 자기를 소개했다.

“아, 나는 짐 쿠리. 로버트로부터 재미 있는 이야기를 들었는데 집세를 깎아달라고?”

“그래. 우리는 한국원자력연구소에 다니는데 이곳에 2년간 머물며 원자력 기술을 배워 갈 거야. 쿠리어씨도 알다시피 우리나라는 아직 개발도상국가야. 이곳에 올 때 충분한 체재비를 받지 못했어. 그래서 이곳에 온 책임자로서 직원들이 조금이라도 경제적으로 도움이 될까 하여 부자인 당신에게 도움을 청하는 거야. 또 우리 일행은 아파트 두 채를 통째로 2년간 빌리는 거야. 월세는 CE사가 보증 안 해도 꼬박 꼬박 낼 거고. 이런 좋은 고객에게 당신이 부른 값의 10% 쯤 디스카운트 하는 것이 정당하다고 생각하며 당신도 손해가 없을 거야.”

“미스터 문. 내 평생 집을 임대하며 임대료를 깎아달라는 사람은 첨 봤어. 퍽 흥미 있는 사람 같아. 한 번 보고 싶군.”

“그래. 시간 되면 내가 맥주를 사지. 더 비싼 술은 내 분수를 넘어 살 수 없고.”

“그래? 그럼 맥주 한 잔 사. 50불씩 깎아 주지. 그 이상은 안 돼.”

“고마워. 이 곳 오면 맥주를 사지. 깎아준 50불은 우리 직원들에게 큰 도움이 될 거야."

잠시 뜸을 들인 후 문 소장이 아파트 주인의 제의를 수락했다.

"꼭 맥주 한 잔 사. 지배인 바꿔 줄래?"

"약속은 꼭 지킬게."

집주인의 전화를 받은 지배인은 당황하는 표정으로 다른 고객에게 절대 집세를 네고했다는 말을 하지 말라고 다짐했다.

문성식 소장이 아파트 임대료를 깎았다는 일화는 비밀리에 CE사 전 직원에게 알려져 전설이 되었으며, 그 후 일을 하는 데 도움을 주었다.

"소장님 자동차 보험료가 월 110불이래요. 한국에서 통보받기로는 50불이라고 했는데."

배성기가 볼멘소리를 하였다.

"별도로 자동차 유지비도 안 주는데 자동차 없이는 살 수 없고 직원 일인당 월 60불이나 더 내라고? 애들 한 사람 식비잖아?"

"네, 그렇습니다."

"리차드 체리는 뭐래?"

"보험료는 자기들이 컨트롤할 수 있는 것이 아니라 별 수 없답니다."

"그래. 그럼 내가 PD 비어스를 만나야겠군. 지금 방에 있나 봐."

"문 박사 어서 와."

PD 비어스가 자리에서 일어서며 문 소장을 맞았다.

"CE사에서 여러 가지로 지원해 줘서 직원들이 다 정착해 가. 감사의 뜻으로 내가 저녁을 초대하고 싶은데. 일전에 점심 초대받은 거 갚는 셈도 되고."

"좋아. 언제?"

"이번 주 언제 시간 있어? 금요일 저녁 어때? 부인도 나오라고 하고."

"부인도? 좋지."

"그럼 금요일 6시, 중국집 메이찬 어때?"

"좋지."

"프로젝트 책임자 두세 사람 더 나와도 좋고."

"누구를?"

"PD 비어스가 정해. 그럼 그것은 그렇게 정하고. CE 실무진이 정보를 잘못 줘서 애로사항이 생겼어."

문 소장의 저녁 초대로 풀어졌던 PD 비어스가 긴장했다.

"무슨?"

"CE사로부터 자동차 보험료가 월 50불이라고 통보 받았는데, 실제 보험 들려고 하니 110불을 달래. 본소에서는 50불로 알고 예산을 책정해서 체재비를 줬는데 60$ 인상해 달라면 한 소장까지 보고를 해야 하고, 그럼 제대로 못 챙겼다고 내가 한 방 먹을 거고. 물론 CE사도 그런 쉬운 일도 제대로 확인 못했다고 신용을 잃을 거고."

"50불이라고 문서로 알려줬어?"

"PD 사인도 있던데."

문 소장은 PD 비어스가 서명한 서류 사본을 내밀었다.

"혹시 우리 한 소장하고 셀비 브류 사장이 이야기하다가 그런 이야기가 나오면 너나 나나 별 좋을 것 없을 건데."

PD 비어스는 가늘게 눈을 뜨고 문 소장을 쳐다봤다.

"어떻게 해결책을 찾아봐야 하는데……, 그럼 금요일 저녁에 보지. 미세스 비어스랑 같이."

문 소장은 손을 흔들며 PD 비어스 방을 나왔다.

다음날 리차드 체리는 보험료 월 110불과 CE사에서 통보한 월 50불과의 차액 60불의 절반 30불을 CE사에서 부담하겠다고 제의를 했다. 다만 원자력연구소측이 서울 본소에 차액을 신청하지 않는 조건으로. 배성기는 문 소장에게 보고해야 한다며 배를 내밀며 뒤로 자빠졌고, 그 보고를 받은 문 소장은 미소만 흘렸다.

20

12월기업소 건설이?

1988년 2월.

제5기계공업총국장 이승기는 비선 전화로 전병호 군수비서의 전화를 받았다.

"1100일 전투는 제대로 되어가고 있지요?"

전병호가 단도직입적으로 물었다.

"12월기업소 기기 설치를 시작했습니다."

"그래요? 우리 조선이 핵담보협정을 체결하지 않는다고 소비에트공화국이 군사원조를 중단하겠다고 통보해 왔어요. 미제의 압력에 굴복한 비겁한 처사지요."

"군사원조를 중단하겠다고?"

"네. 지도자 동지께서는 소비에트연방공화국의 압력에 굴하지 않으시고 위대한 수령님시대에 핵개발을 완성하겠다는 강한 의지를 또 다시 표명하셨습니다."

"지도자 동지의 뜻을 받들겠습니다."

"지도자 동지께서는 6.25 통일 성전 이래 미제는 네 차례나 우리를 향해 핵무기 사용을 시도했다고 지적하시면서 수령님시대에 핵개발 완성 그것이 지도자 동지의 단호한 결심임을 밝히시고 내각에 모든 힘을 동원하여 미제와 미제 앞잡이들의 횡포에 저항하라고 교시하셨습니다. 강한 저항의 표시로 당장 영변 2호기 착공도 지시하셨습니다."

"영변 2호기를?"

"내각에서는 지도자 동지의 교시에 따라 총력전을 펼쳐 핵담보협정 체결을 1100일 전투가 끝날 때까지 미뤄갈 겁니다. 이 선생께서 솔직히 1100일 전투에 차질이 없는지 말씀해 주시지요?"

이승기가 잠시 대답을 망설였다.

"우리는 한 배를 타고 있어요. 1100일 전투에 실패하면 우리 둘 다 전적으로 책임을 져야 해요."

"알고 있습니다. 솔직히 말씀 드려 12월기업소가 걱정입니다."

"공사가 제대로 진전 안 됩니까? 전투조를 더 파견할까요?"

"그것이 문제가 아니라 12월기업소는 타고난 핵연료를 다루기 때문에 방사선이 억수로 나옵니다. 그래서 전부 원격 조작해야 하는데 그 장비들이 제대로 동작될지……."

이승기는 용성기계국에서 제작하여 보낸 로봇을 신뢰할 수가 없었다.

용성기계국은 일제 때 흥남비료공장의 부속 건물로 6.25 사변 후 소련의 원조로 복구한 공화국 최대의 공작기계 공장이다.

"기계로 안 되면 사람을 투입해서라도 성공해야 해요. 710호 사업을 위해 제대군인들이 혁명전선에 뛰어들 준비가 되어 있어요. 당과 인민이 지도자 동지의 교시에 따라 일치단결하여 1100일 전투를 돕고 있는데 우리가 그런 약한 소리를 하면 안 되지요."

전병호의 목소리가 힐난조다.

이승기는 전병호로부터 질책을 받고 기분이 상했다.

이승기는 너무 솔직히 문제점을 털어놓은 것 같아 후회가 됐다. 사실 대안중기계 연합기업소에서 공급한 전기 기기도 신뢰감이 떨어졌으나 더 이상 문제를 들추지 않았다.

종업원이 2만 명이 넘는 대안중기계에서는 터빈, 발전기, 모터 등 전기 기기를 제조하고 있다.

이승기는 전병호에게 말해 봐야 해결책이 없는 사항을 더 이상 말하기가 싫었다. 그는 1100일 전투를 기일내에 마칠 자신이 없었다. 12월기업소의 기기 설치가 끝나 시운전에 들어가면 문제가 막 터질 것 같았다. 그는 문제가 터질 때까지 입을 다물기로 했다.

"최선을 다해 목표 120% 초과달성해야지요."

"그러서야죠. 지도자 동지는 오직 선생님만 믿고 있습니다. 저도 마찬가지고요."

70대의 이승기는 50대의 전병호로부터 추궁을 받으며 비참한 생각이 들었다. 너무 오랫동안 핵심사업의 중책을 맡고 있다는 자책감이 들었다.

그는 1100일 전투가 끝나기 전에 명예롭게 710호 사업에서 손을 뗄 수 없을까 잠시 생각했다.

21
자리를 걸고

1988년 2월 23일.

문성식 소장은 TV 화면에 뜬 대한항공의 1시간 연착 속보를 보며, '어디서 시간을 보낸다?' 중얼거렸다.

문성식은 새벽 4시에 윈저를 떠나 네 시간 넘게 승용차를 몰고 가족, 부인 지은희, 고1인 아들 지수와 중3인 딸 지혜를 마중하러 존 에프 케네디공항에 왔다.

문성식은 처음으로 외국에 나오는 부인이 김포공항보다 몇 십 배나 규모가 큰 케네디 공항에서 하트포트행 비행기를 제대로 갈아타지 못하고 헤맬 것같아 직접 마중을 나왔다.

문성식은 한 시간을 죽이기 위해 커피숍으로 느릿느릿 걸어가서, 긴 줄의 끝에 서서 차례를 기다렸다. 커피를 사 들고 공항 활주로가 내려다보이는 자리에 앉았다.

문성식은 가족을 만나는 시간이 한 시간 늦어지는 아쉬움보다, 당장 코앞에 떨어진 난제를 어떻게 처리해야 할지에 온통 정신을 빼앗겼다.

이번 주말이면 CRT가 끝나고, 계약에 따라 CE 기술자의 지도 아래 원자력 11, 12호기 설계에 직접 참여한다. 교육을 받는 동안은 원자력연구소에서 훈련비를 받았으나, 실제 설계에 참여하면 CE사가 평가한 참여자의 능력과 일의 질에 따라 임금을 산정하고 원자력연구소에 지급한다. 처음 1년간은 연수를 겸하고 있기 때문에 연구소에 지불하는 대가는 직원들의 체재비 정도지만, 2년 차부터는 CE 직원과 동등한 대우를 받는다.

어제 월요일 아침, PD 비어스가 친절하게 문 소장의 사무실을 찾아와 향후 1년간 원자력연구소 직원들이 CE사 지도 아래 수행할 일의 범위를 규정할 제의서를 주고 갔다.

"그 동안 연구소 직원들이 열심히 교육을 받았으며, 연구소 직원들의 자질을 고려하고 계약 정신에 따라 한국이 원자로계통 설계 기술 자립을 할 수 있도록 최대한 배려하여 역무범위를 정했어."

PD 비어스는 제의서를 문 소장에게 넘기며 한껏 생색을 냈다.

"내용을 검토해 보고 의견이 있으면 제의서에 상호 서명하기 전에 알려줘."

PD 비어스는 문 소장이 손수 타주는 커피를 맛있게 마시고 방을 나갔다.

문 소장은 PD 비어스가 가져다 준 제의서를 일별하고 분통이 터졌다.

CE측의 제의는 원자력 11, 12호기 원자로계통 설계업무 중 약 15%만 원자력연구소와 공동으로 설계하는 내용이었다. 설계업무 중 핵심 업무는 하나도 포함되지 않았다. 자료를 복사한다든지 하는 뒷심부름을 하는 수준의 업무만 나열되어 있었다. 제의를 그대로 받아들이면 기술 자립은커녕 파견 기간 내내 연구소 직원보다 자질이 떨어지는 CE 기술자의 뒤치다꺼리나 하다가 귀국하게 된다. 기술 자립은 요원하고 다음 호기 원자력발전소를 건설할 때 또 다시 CE사의 기술을 사야 한다.

문 소장은 김 부소장에게 여섯 팀장들과 면밀히 제의서를 검토하고 대안을 마련하라고 지시하고 바로 PD 비어스 사무실을 찾아 1차 의견을 통보했다.

"CE사측이 제시한 제의서를 보고 실망했다. 계약에 의하면 이번 공동설계를 마치면 우리 힘으로 다음 원자력발전소를 설계할 수 있어야 하는데 CE 제의대로 하면 CE가 시키는 대로 자료 복사나 하고, CE가 준 자료를 활용하여 컴퓨터 입력 자료나 계산하는 수준 밖에 되지 않는다. CE 제의는 일고의 가치도 없다. 3일 안에 우리의 대안을 제시하겠다. 지금 대안을 작성중이지만 먼저 우리의 뜻을 알린다.”

문 소장은 그의 뜻이 잘못 전달되는 일이 없도록 또박또박 단어 하나하나에 신경을 써서 말했다.

“나는 이곳에 온 연구소 직원들의 자질이 높은 것을 감안하여 최대한 참여폭을 넓혔다. 문 소장의 반응이 너무 놀랍다.”

“비어스는 계약서를 다시 한 번 읽어 보기 바란다. 분명히 원자력 11, 12호기 공동 설계가 끝나면 우리 힘으로 다음 호기 원자로계통 설계를 할 수 있도록 CE가 책임지도록 되어 있다.”

“그것은 어디까지나 연구소 직원의 능력이 일을 맡길 만큼 성장했을 때 이야기이고, 원자력 11, 12호기 원자로계통 성능은 우리 CE사에서 책임지도록 되어 있다. 그러므로 기기와 계통 성능과 직결되는 설계는 우리가 직접 수행하여야 한다. 그 점은 양보할 수 없다. 문 소장이 그에 이의를 달면 한전과 직접 그 문제를 논의하겠다.”

“오늘은 다투러 온 것이 아니고 내 뜻을 전하러 왔다. 내가 이곳 책임자로 오면서 공동설계 관련사항은 현지에서 내가 판단하여 결정하도록 100% 권한을 위임받았다. 내가 그 문제를 결정하는 당사자이니 한전과 이야기하는 우를 범하지 말라. 다시 한 번 강조하는데 계약정신을 잊지 말라. 목요일 오전 9시에 우리 안을 주겠다.”

말을 마친 문 소장은 PD 비어스의 비서가 내오는 커피도 마시지 않고 그의 사무실을 나왔다.

“CE사는 한국측을 최대한 배려한 안을 냈다. 더 이상 네고는 있을 수 없다. 우리가 성능을 보장한다는 것을 잊지 말라.”

PD 비어스는 그의 방을 나서는 문 소장의 등을 향해 말을 쏘았다.

문성식은 활주로를 오가는 비행기를 쳐다보며, 머그잔을 가득 채운 아메리카노 커피의 부드럽고 쌉쌀한 쓴 맛을 찔끔찔끔 씹으며, CE와 공동설계에 대한 범위를 어떻게 매듭지을까 대안을 그렸다.

생각을 하면 할수록 벽에 대고 공을 치는 기분이었다.

'우리의 역무 범위를 15%에서 30% 정도까지 올리자는 요구는 어렵지 않게 CE가 받아들일 것이다. 그렇게 되면 CE사도 나도 편하다. 본국에는 당초 15% 제의한 것을 두 배나 올려 30%로 높였다며 그것을 내 공으로 생색을 낼 수가 있을 거고, CE사도 그 정도 양보를 해도 크게 밑질 것이 없다. 다음 호기에도 한국에 팔아 먹을 기술이 넘친다. 그러나 원자로 설계업무 중 30% 범위면 핵심 부분의 설계에는 접근도 못해 본다. 기술을 배웠다고 허울 좋게 강변할 수 있으나, 다음 호기 설계 때는 다시 대부분 CE사에 의존해야 한다.'

'원자력 11, 12호기를 기점으로 기술 자립을 하려면 실제 우리가 주도권을 잡고 설계를 하는 부문을 최소 70%는 해야 한다. 내일 모레 70%를 제의하면 CE사의 저항이 대단할 것이다. 당장 나에게 'No'라고 할 것이고, 한전을 들쑤셔 사업을 해본 적이 없는 연구소가 사업을 한다고 겁도 없이 대들며 사업을 망치려 한다고 씹을 것이다. 당연히 설계의 질質을 책임질 수 없다고 할 것이고, 한전이 제일 꺼려 하는 공기 문제를 들고 나올 거다. 연구소 의견을 따르면 공기를 맞출 수 없다고. 최악의 경우 원자력 11, 12호기를 제대로 건설하려면 나부터 교체하라고 할 것이다. 막강한 로비력을 동원하여 한전을 들쑤실 거고⋯⋯. 이 문제는 CE사의 다음 장사와 직결된다.'

'소장을 교체하는 것으로 결정이 나면 지금 비행기를 타고 오고 있는 내 가족은 미국 생활을 며칠도 못해 보고 귀국해야 한다. 지수는 이곳에서 2년 이상 학교를 다녀야 대학 들어갈 때 특례를 받을 수 있는데⋯⋯, 그냥 며칠 구경하다 귀국하면 몇 달간 학교생활 공백만 생긴다.'

'좋은 게 좋은 것, 30% 정도만 제의하고 쉽게 인생을 살아갈까?'

'그래도 내가 기술 자립의 책임자로 선임되어 왔는데 뻔히 문제점이 있는 것을 알면서 눈 가리고 아웅할 수야 없지. 옥쇄작전을 펼쳐?'

'경제성 사업성만을 따지는 한전 친구들이 내 편이 되어줄까? 그 친구들 그렇지 않아도 우리 설계팀을 현실 감각이 떨어지는 연구소 친구들이라고 떨떠름해 하는데 내가 버티면? 바꾸라고 할 가능성이 크지. 나도 한전 다닐 때 연구소 연구원들을 별로로 생각하지 않았었으니. 사업에 제일 중요한 돈

과 시간에 대한 개념이 없다고……'

'마누라한테는 뭐라고 양해를 구하지? 난생 처음 외국 나들이라 꿈에 부풀었는데 오자마자 돌아가자면……'

'그래도 한철우 소장은 내 편을 들어주겠지. 원자력 기술 자립을 위해 수천억 원을 쓰기로 했는데, 기술이 없어 서양 친구들에게 수없이 수모를 당했던 한전 친구들도 내 뜻을 알아주지 않을까?'

'기술 자립을 위해 누군가 총대를 매야 한다. 내가 물러서면 또 누군가 앞장서야 한다. 기술 자립은 나에게 맡겨진 숙명 같은 것. 그냥 눈 딱 감고 밀어붙이자.'

문 소장은 절반쯤 마시고 남은 커피 잔을 쓰레기통에 버리고 도착 창구로 갔다.

2월 24일(수) 밤 10시.

문 소장은 각 팀장들이 협의하여 올린 최종안을 비교 점검하고 비장한 마음으로 결론을 내렸다.

팀장들은 3개 안을 올렸다. 1차년도 공동참여율 30%, 50%, 70%.

"70% 수행하는 안으로 하지."

문 소장이 결론을 내렸다.

"CE사가 받아줄 것 같아요?"

김종석 부소장의 목소리가 떨렸다.

"받아들이도록 해야지."

"우리가 70% 참여하겠다면 CE가 사업이 제대로 될 수 없다고 강력히 항의할 거고, 한전이 CE편을 들 텐데요."

"한전 기술자들도 대한민국 국민이야. 기술 자립의 시동을 걸고 기술 자립을 위해 돈을 다 대는."

"그래도……."

"김 박사는 다치지 않게 할게. 내가 전적으로 책임지고 밀어붙일 테니."

"그런 뜻이 아닙니다. 저도 소장님 결정에 찬성해요. 그렇지 않으면 어떻게 우리가 기술 자립을 하겠어요? 허울뿐인 기술을 배우고 귀국하기는 싫습니다. 당연히 소장님과 운명을 함께 해야지요. 다만 그 저항이 CE선에서 그치는 것이 아니라 한국까지 진동을 할 것 같아서……."

"고마워. 그럼 70% 안으로 해서 서류를 작성해 줘. 내일 아침 9시에 비어스에게 전달할 수 있게. 그리고 내일 아침 8시 팀장들을 다 내 방으로 모이도록 해. 그럼 나는 먼저 집에 가서 미국이라고 와서 아직 남편 얼굴도 제대로 보지 못한 마누라에게 봉사를 해야지."

"그러세요. 아직 가족과 같이 저녁 한 끼도 못 드셨잖아요?"

"그럼 나 먼저 퇴근할게. 수고해 줘."

며칠 동안 그를 짓누르던 문제에 대한 결론을 내린 문성식은 두렵고 홀가분한 마음으로 사무실을 나섰다.

문성식이 아파트 주차장에 차를 세우자 은희가 현관문을 열고 나오며 남편을 맞았다.

"오늘도 늦네요. 저녁은 했어요?"

"햄버거로 때웠어. 당신은?"

"그렇게 먹고 어떻게 해요? 오늘 김 부소장 부인이 운전하여 슈퍼마켓에 갔어요. 정말 가게가 무척 크고 없는 것이 없었어요. 바나나도 사고, 오렌지도 샀어요. 너무 쌌어요. 거저였어요."

해외 나들이가 처음인 은희는 대형 슈퍼마켓이 너무나 신기했던 모양이다.

"미국 사람들은 보통 일주일에 한 번 들러 몽땅 사다 놓고 먹어."

"정말 많이 사던데요. 물건을 사고 백 불짜리 지폐를 냈더니 안 받으려고 해요. 이리 보고 저리 보고. 제 신분증까지 보재요. 무슨 말인지 알아들을 수 없어 눈만 굴렸더니 계속 드라이브 라이선스 하는 거예요. 저야 운전 면허증이 없어 김 부소장 부인이 국제 운전면허증을 보여줬지요. 그 때야 겨우 제 돈을 받더라고요. 거스름돈으로 5불짜리 10불짜리로만 주는 거요."

은희는 하루 종일 미뤘던 말을 폭포처럼 쏟아냈다.

"그래?"

하루 종일 일에 시달린 문성식은 맥주나 한 잔 마시며 쉬고 싶었다.

"맥주 사왔어?"

"맥주 안 사왔는데. 먹을 것은 채소하고 과일, 우유, 달걀만 사고, 그릇이랑 전기밥솥이랑 부엌 도구를 샀어. 살 것이 너무 많고 사고 싶은 것이 너무 많았는데 내일 또 가서 사기로 하고 참았지. 마실 것 오렌지 주스 샀다. 한 잔 줄까?"

"그래 샤워하고 나와서 마실게."

문성식은 아내의 말 폭탄을 피하려 목욕탕으로 도망쳤다.

뜨거운 물줄기로 온몸을 감추며 문성식은 오늘 그가 내린 결정 때문에 막 미국 생활을 시작한 아내가 바로 귀국해야 할지도 모른다는 걱정에 물줄기에서 벗어날 수가 없었다.

2월 25일(목) 오전 8시.

여섯 팀장이 김종석 부소장을 따라 문 소장의 방으로 들어섰다.

팔짱을 끼고 창밖에 시선을 주고 있던 문 소장이 돌아섰다.

"여기 CE에 보낼 편지입니다."

김 부소장이 결재 파일을 문 소장 앞에 놓았다.

문 소장은 편지를 꼼꼼히 읽었다.

"잘 썼네. 이대로 서명해서 가져가면 되겠고. 아침부터 팀장님들을 오시라 한 것은 지금부터 CE와 싸움이 시작됩니다. 김 부소장으로부터 내가 어떤 결정을 했는지는 들었으리라 믿습니다. 내가 예측하기로 이번 제안을 하면 CE의 반발이 아주 거셀 겁니다. 우리는 미국에 기술 자립의 첨병으로 왔어요. 우리가 할 수 있는 한 모든 능력을 동원하여 기술을 습득하고 귀국해야 해요. 나는 한국을 떠날 때 보수적인 정부나 한전이 모처럼만에 원자력 기술 자립을 결심한 이번에 그 기회를 놓치지 말고 CE가 가진 기술을 다 빼앗아 가겠다는 각오로 왔어요. CE가 제안한 1차년도 15% 참여안은 우리더러 그냥 이곳에 와서 미국 음식 먹고, 미제 물건이나 사며, 적당이 좋은 곳

구경하다가 돌아가라는 말 외에 아무것도 아니예요. 원자력 기술 자립을 위해 우리나라 경제 규모로는 아주 큰 돈을 쓰고 있어요. 그래서 나는 핵심기술을 확보할 수 있는 대안을 CE사에 제시하고 그것을 쟁취할 각오입니다. 우리 다 같이 원자력을 하는 동료로서 에너지 자원이 없는 우리나라에 원자력 기술 자립이 얼마나 중요한 것인지 인식하고 나와 싸움에 동참해 주기 바랍니다. 할 말이 있으시면?"

"저희들도 소장님 결정이 옳다고는 생각합니다. 그러나 CE사는 알맹이까지 다 빼 줘야 하니 반발이 심할 거고 한전이나 본소에 압력을 넣어 공동설계 참여비율을 낮추려 할 겁니다. CE사에 우리 의견을 제출하기 전에 미리 한전이나 본소와 협의를 하시는 것은?"

노심설계팀장 이인걸 박사가 조심스럽게 말을 꺼냈다.

"이 박사 말도 일리가 있지만, 이 문제를 한국에 토스하면 답을 주는 데 한 달도 더 걸릴 거요. 그 안에 CE의 로비가 들어가 본질이 왜곡될 수도 있어요. 그냥 밀어붙입시다."

열수력팀장 박정석 박사가 목청을 높였다.

"나도 그런 걱정이 되지 않는 것이 아니지만 우리가 벌리는 싸움은 거대한 미국과의 기술 쟁탈전이에요. 우리 힘으로는 어려울 테니 본국의 도움을 받는 것이…."

이 박사도 지지 않았다.

"이 박사와 박 박사의 의견은 알겠고 다른 팀장의 의견은?"

문 소장이 이 박사와 박 박사의 논쟁을 중지시켰다.

"저는 70%안을 제출하는 것에 찬성합니다만 최종 목표는 얼마입니까?"

안전해석팀장 오달수 박사가 문 소장의 의중을 물었다.

"최종 목표는 70%입니다."

문 소장이 단호한 목소리로 말했다.

"네고의 여지가 없는?"

오 박사가 눈을 크게 떴다.

"그 1차년도 70%, 2차년도 100% 참여하지 않으면 기술 자립이 멀다는 것을 오 박사가 더 잘 알잖아요?”

“그렇기는 하지만요.”

“다른 의견이 있어요?”

문 소장이 팀장들을 둘러보았다.

“다른 의견이 없는 것 같군. 실은 어제 저녁 내가 최종 결정을 하기 전에 여러분들의 의견을 들을까 했었어요. 이 박사, 박 박사, 오 박사가 제기한 문제들이 나올 것이라고 예측했어요. 그 동안 여러분들의 분위기는 김 부소장으로부터 들었고. 그래서 내가 독단적으로 결정했어요. 이 일이 진전되다 보면 여러 문제가 나올 거고, 혹시 이 일이 문제가 되어 인사문제가 나올 수도 있어요. 모든 것을 소장 혼자 결정했다고 하면 될 거요. 박 박사 말 대로 이 일을 본국에 보고하고 결정을 기다리면 한전의 속성상 그 결정에 한 달도 더 걸릴 거고, 기술 자립보다는 사업수행에 더 중점을 두는 피엠이나 처장, 전무들이 1%라도 사업수행에 차질이 예상되는 리스크를 안 지려고 할 거요. 그래서 아예 내 책임하에 밀어붙이는 겁니다. 좀 전에도 말했지만 이 일로 무슨 문제가 생기면 내가 전적으로 책임을 다 지겠습니다. 내 뜻을 이해하시고 우리 한 마음으로 기술 자립을 쟁취합시다.”

문 소장의 결연한 말에 실내가 숙연해졌다.

“그럼 본국에는?”

김 부소장이 확인했다.

“평소 하던 대로 그냥 이 서신 CC(주 : 공동수취인)로 한전 피엠(주 : PM, Project Manager)하고 우리 단장을 넣어요.”

문 소장은 결전장에 나서는 장수와 같이 깊은 숨을 들이마셨다.

2월 25일 오전 9시.

문 소장은 PD 비어스 사무실을 찾았다. 여비서가 그를 사업 책임자 방으로 안내했다.

“미스터 문. 좋은 아침.”

PD 비어스가 손을 내밀었다.

“좋은 아침. 너는?”

문 소장이 아귀에 힘을 주어 PD 비어스 손을 꽉 잡고 흔들며 말했다.

“미세스 문은 잘 정착했어?”

“응. 이제 막 미국 생활을 시작했어.”

“그럼 이번 주말에 내가 우리 집에 초대하고 싶은데.”

“감사한데, 미국 생활에 좀 더 익숙해지고 초대하면 어때?”

“그럴까?”

“PD 비어스도 알다시피 나는 미국에 기술 자립 책임자로 왔어. 그래서 그 목표를 달성하고 가야 해. 계약 정신을 떠나 PD 비어스가 적극 도와줘야 해.”

“당연하지. 벌써 몇 년째 알고 지내는 사인데.”

“그래서 내 입장을 지지해 줄 것으로 믿고 우리 측 안을 제시하는 거야.”

서로 치열한 탐색전을 벌이던 두 사람은 결전의 장으로 들어섰다.

문 소장은 그의 서명이 든 서신을 PD 비어스에게 건넸다.

PD 비어스는 긴장하며 문 소장으로부터 서신을 받아 읽어 내려갔다. PD 비어스의 얼굴이 일그러졌다. 일종의 배신감을 느끼는 것 같았다.

“문 소장 서신 잘 받았어. 이것은 본국의 승인을 받은 거야?”

PD 비어스는 감정을 추스르며 말했다.

“당연하지. 그리고 기술 자립과 관련한 공동 설계문제는 내가 전권을 가지고 있어.”

“빠른 답신 고마워. 검토 끝나는 대로 답을 줄게.”

“이번 주에 CRT 끝나고 다음 월요일부터 공동설계 들어가야 하니 우리 안대로 공동설계 들어갈 수 있도록 협조 부탁해.”

문 소장은 자리에서 일어서며 말했다.

“곧 우리 집에 초청할게.”

“고마워.”

문 소장은 웃는 얼굴을 꾸미며 PD 비어스의 사무실을 나섰다. 문 소장은 PD 비어스가 내뱉는 ‘bull shit’ 소리를 등 뒤로 들으며 문을 닫았다.

2월 25일 오후 2시.

PD 비어스가 문 소장에게 회의를 요청했다.

문성식 소장은 김종석 부소장과 같이 회의실로 갔다.

PD 비어스가 PM 찰스 브라운과 마주서서 커피를 마시며 심각한 표정으로 이야기를 나누고 있었다.

"좋은 오후."

문 소장이 회의실로 들어서며 인사를 하였다.

형식적인 악수를 나누고 양측이 마주 보고 앉았다. 문 소장은 머그잔에 따라온 커피를 음미하며 PD 비어스의 말을 기다렸다.

"원자력연구소측 제의는 충분히 검토했다. 먼저 결론을 말하면 그 제의는 받아줄 수 없다."

"그 이유는?"

"원자력 11, 12호기는 CE 책임하에 건설되는 프로젝트다. 원자력 11, 12호기의 핵심은 원자로계통인데 전혀 설계 경험이 없는 원자력연구소에게 중요한 파트를 다 맡길 수가 없다."

"우리가 요구한 것은 우리 단독으로 하는 것이 아니라 CE의 감독을 받으며 공동으로 설계를 수행하는 거다."

"그래도 마찬가지다. 발전소 건설에 공기가 가장 중요한데 원자력연구소에 맡겼다가 시행착오가 반복되면 설계가 늦어지고 공기에 지장이 있다. 더구나 우리 118명 베테랑 기술자가 설계할 물량을 원자력연구소 신참 38명이 하겠다니 그 용기와 의욕은 높이 사지만 지금 우리가 하는 것은 사업이지 연구가 아니다. 연구야 하다가 실패할 수도 있고, 아니 실패가 더 많지만, 그런 것이 문제 되지 않지. 그러나 우리가 하는 일은 한 치의 차질만 있어도 공기와 코스트에 직접 영향이 간다. 그래서 긴 토의 끝에 문 소장의 제의를 받아들이지 않기로 결론 내렸다."

"비어스도 계약서 내용을 잘 알지?"

문 소장은 들고 갔던 계약서를 꺼내 펼쳐 들었다.

"계약 제 15조 2항을 보자. 아님 내가 읽어줄까? 분명히 원자력 11, 12호기를 통하여 우리가 스스로 설계를 할 수 있도록 기술 전수를 한다고 되어 있지? 영어로 되어 있으니 영어를 외국어로 배운 나보다 그 뜻을 더 잘 알 것 아냐?"

"나도 계약 정신을 존중해. 그래서 전체 설계물 중 15%는 원자력연구소가 하도록 배려한 거야. 우리가 회의 끝에 10%를 양보하여 전체 물량의 4분의 1인 25%를 원자력연구소와 공동으로 하기로 양보했어. 이것이 수정된 제의서야."

"CE가 우리더러 하라는 업무는 자료 정리나 하는 뒤치다꺼리야. 10%를 더 올려봐야 결국 그렇게 기술 전수 받고 가면 다음 호기 건설 때 다시 CE의 전반적인 도움을 받아야 해. 그럼 원자력 11, 12호기를 기점으로 기술 자립을 하겠다는 우리의 의지나 기술을 전수해 주겠다는 CE의 의도도 다 물거품이 돼. 우리가 제시한 안은 기술 자립을 위한 최소한의 마지노선이야. 협상용이 아니야. 우리 의견을 받아들이지 않으면 중대한 결심을 할 수뿐이 없어."

문 소장은 자리에서 일어서며 최후의 통첩을 보냈다.

"잠깐."

PM 브라운이 문 소장을 잡았다.

"기술 수준 차는 논외로 하고, 어떻게 그 많은 일을 38명이 하겠다고 하는 거야? 우리는 118명이 달라붙어도 벅찬데."

"교육받을 때 우리 직원들의 열의 안 봤어? 그런 열의에다가 이미 한국에서 수없이 컴퓨터를 돌려본 경험이 있어. 더구나 상당수는 미국에서 공부를 했을 뿐만 아니라 서독에 가서 핵연료 설계를 직접 해 본 전문가이고. 또 본국에 200명이 넘는 원군이 버티고 있어."

"우리 CE 직원 118명이 하는 일이 너희 38명이 하겠다는 거야?"

"우리가 본국의 도움을 받아 해낼 거야. 석 달만 해 보지. 석 달내에 마쳐야 하는 설계 작업을 우리가 문제없이 해내면 그 때는 CE가 우리 안을 받아들이고 우리가 못 해내면 내가 CE 안을 수락하고."

"PD 비어스도 말했지만 우리가 하는 것은 연구가 아니야. 석 달 동안 할 수 있나 테스트해 보고 할 그럴 사안이 아니야. 석 달 죽을 쑤면 공기가 석 달 늦어질 수가 있어.”

PD 비어스는 눈을 감고 문 소장과 브라운의 논쟁을 듣고 있었다.

“CE 감독하에 설계를 수행하니 매일 단위로 우리가 한 일을 체크할 수 있잖아. 그래서 문제가 있으면 일주일 후라도 문제를 제기할 수가 있지.”

김종석 부소장이 문 소장을 거들었다.

“양쪽 의견은 충분히 교환했다고 생각해. 내 결론은 같아. 제때 예정된 예산으로 원자력 11, 12호기를 건설하기 위하여 원자력연구소측 안은 받아들일 수가 없어. 그 대신 당초보다 10% 더 스코프(주 : 역무)를 늘여 25% 공동 설계하는 것으로 하지.”

PD 비어스가 결론을 내렸다.

“동의 못해. 우리 안을 받지 않으면 중대한 결심을 할 수뿐이 없지. 나는 한 소장으로부터 원자력 11, 12호기 설계에 공동 참여하여 기술 자립을 할 수 있는 기반을 닦고 오라는 명을 받았어. 그래서 그에 대한 모든 결정권을 받아가지고 왔어. 다음 주부터 공동설계에 들어가야 하니 내일 오전까지 최종 입장을 알려줘.”

“중대 결심이라는 것이 무어야?”

PM 브라운이 얼굴을 붉히면 물었다.

“그것이 무엇인지는 나보다 더 잘 알 텐데. 그럼 내일 아침까지 긍정적인 답을 기다릴게.”

문 소장은 악수도 않고 회의실을 나섰다.

“소장님 그렇게 막나가도 괜찮겠어요?”

복도에 나서며 김종석이 걱정을 하였다.

“나에게 맡겨.”

문 소장은 단호한 목소리로 약해지려는 그의 의지와 김 부소장의 약해지려는 심장에 못을 박았다.

"문 소장이 말하는 중대한 결심은 무엇이야?"

문 소장이 회의실을 나서는 것을 망연자실 쳐다보던 PD 비어스가 PM 브라운에게 물었다.

"공갈치는 것 아니야?"

"그럴 수도 있지만 문 소장 돈키호테 같은 기질이 있어."

"집세 깎는 거 보고 놀랐지만 뭐 다른 카드가 있는 것도 아니잖아?"

"설마 철수하겠다고 떼쓰는 것은 아니겠지. 서울 사무소에 전화해서 상황을 알리고 이런 상황을 한전에 알려 한전이 브레이크를 걸도록 설득하라고 해."

"더 양보할 수는 없어. 사장께 38명이 그 일을 한다고 했다고 보고하면 우리들 인력이 터무니없이 많다는 오해를 받을 수도 있고."

"그것도 문제지. 우리가 물러서면 바로 인력 감축 이야기가 나올 거야. 양보할 수 없지."

"바로 한국에 전화할게."

"나도 사장에게 원자력연구소가 떼를 쓴다고 보고할게."

PD 비어스가 차갑게 말했다.

2월 26일(금) 오전 9시.

PD 비어스가 문 소장의 방을 찾았다. 문 소장과 PD 비어스는 형식적으로 고개만 끄덕였다.

"커피?"

문 소장이 물었다.

"됐어. 우리 의견만 전달하고 갈게. 문 소장 제의를 받아들일 수 없어. CE가 프로젝트 책임자야. 우리 책임을 다하기 위하여 원자력연구소와 공동설계는 25% 이상 늘려줄 수가 없어. 그런 베이시스(주 : basis)로 월요일부터 공동 설계하는 스케줄을 짤게. 그럼."

PD 비어스는 자리에 앉지도 않고 CE사의 의사만 전달하고 문 소장의 사무실을 나갔다.

“미스 조, 브류 사장 오전 스케줄 알아봐서 알려줘요.”

문 소장은 PD 비어스가 그의 방을 나가자 이를 악물고 잠시 허공을 응시하다가 그의 비서 겸 사무 보조원인 조선숙에게 지시했다. 조선숙은 재미교포로 컬럼비아대학 경영학과를 졸업하고 한국계 회사에 근무했다. CE 사에서 CE와 원자력연구소간 코디네이터로 채용했다.

“오전 11시에 외부 손님을 접견하고 같이 오찬을 하는 스케줄 외에 다른 일정은 없답니다.”

조선숙이 바로 보고했다.

문 소장은 컴퓨터에 붙어 앉아 CE와 현안 문제점을 한 장으로 정리하여 자료를 만들었다. 계약 관련 조항, 양사간 이견 조건표, 원자력연구소의 입장을 간략히 기술했다.

문 소장은 그가 작성한 문서를 인쇄하여 비닐 파일에 끼워 들고 브류 사장 집무실로 갔다.

“지금 들어가겠다고 말해 줘.”

문 소장은 여비서에게 말했다.

“미리 약속했어?”

40대 중반의 여비서가 확인했다.

“아니, 급히 상의할 일이 있어.”

잠시 난색을 표하던 여비서가 사장 집무실로 들어갔다.

“들어가. 차는 무엇으로?”

여비서가 손짓을 했다.

“커피 블랙으로 줘.”

문 소장은 길게 숨을 들이쉬고 사장 집무실로 들어섰다. 입구에 서서 기다리던 사장이 문 소장을 맞았다.

그들은 원탁에 나란히 앉았다.

“미리 만날 약속도 없이 찾아왔어. 문제가 있으면 언제든지 찾아오라고 했었지?”

"무슨 문제? 개인적인 거야, 아니면 회사 일?"

"회사 일. 이거 먼저 보지."

문 소장은 한 장짜리 자료를 브류에게 건넸다. 브류는 자료를 일별했다.

"이 내용은 PD 비어스로부터 보고 받았어."

브류가 자료를 내려놓으며 말했다.

"나도 보고를 받았을 것으로 생각해. 당초 우리나라가 그 동안 계속 원자력발전소를 건설하던 웨스팅하우스를 제치고 기술력이 훨씬 떨어지고 해외에 원자력발전소를 공급한 실적도 없는 CE사를 원자력 11, 12호기 원자로계통 공급자로 선정한 것은 CE사의 기술 전수 의지가 웨스팅하우스보다 훨씬 강했기 때문이야. 그런 정신을 담아 계약서가 작성되었고. 계약서에 의하면 원자력 11, 12호기 건설이 끝나면 우리나라 독자적으로 설계를 할 수 있는 능력을 갖추도록 CE가 적극 지원하게 되어 있어."

문 소장은 고의적으로 웨스팅하우스 기술이 CE 기술보다 우수하다고 강조했다.

브류 사장은 심각한 표정으로 문 소장의 말을 들었다.

"우리가 기술 자립을 하기 위한 방법으로 CE사는 원자력 11, 12호기 설계를 우리와 공동으로 하도록 합의했어. PD 비어스가 제의한 공동 설계안은 우리는 뒤치다꺼리만 하고 핵심기술에는 접근도 하지 말라는 내용이야. 그렇게 하면 기술 자립은 불가능해. 결국 CE사는 계약을 지키지 않는 거가 되지. 기술 전수를 위한 조건들은 계약을 따내기 위한 수단이었다는 비난을 피할 수가 없어. 막상 계약을 따내고 나니 마음이 바뀌어 계약에 반영된 조건도 지키지 않는 신의가 없는 회사가 되지. 나는 연구소에서 기술 자립을 책임지고 달성하고 오라는 과제를 받고 왔어. 우리 38명 직원들은 다 같은 마음으로 이곳에 왔어. 그런데 CE가 제의한 대로 하면 몸도 편하고 머리도 편해. 머리 쓸 일은 우리가 하나도 할 필요가 없으니. 조금 전에 PD 비어스가 내 사무실에 와서 CE측 제의를 바꿀 수 없다는 통고를 하고 갔어. 나도 CE측 제의대로 받아들일 수가 없어. 그래서 브류 사장께 마지막으로 CE 의견을 확인하기 위해 미리 만날 약속도 없이 온 거야. 브류 사장이 입찰 때

제의 정신, 계약 정신, 계약서의 뜻을 살려 우리 의견을 받아 주길 바래. 만일 CE측이 같은 안을 고집하면 우리의 기술 자립 계획은 물거품이 되고 말아. 내가 더 이상 미국에 남아 있을 필요가 없어. 내가 그 뜻을 전하러 온 거야. 다시 한 번 내 뜻을 이해해 주기 바라며 양사간 최악의 선까지 가지 않기를 바래."

브류 사장은 눈을 감고 문 소장의 말을 듣고 있었다. 어느 부분은 영어의 표현이 확실치 않아 완전히 알아들을 수는 없었지만 브류 사장은 문 소장의 말뜻을 충분히 이해할 수가 있었다.

"문 소장의 의견은 충분히 들었어. 한 가지만 확인하지. 우리 베테랑 인력 118명이 하는 일을 훈련도 덜된 너희 회사 직원 38명이 하겠다는 거지?"

"우린 그 정도 인력이면 충분히 할 수 있다고 판단해. 본국에 200 명의 원군이 있고."

"며칠 전 와이프가 왔다고 들었는데 미국 생활은 잘 적응하고 있어?"

"이제 막 시작했어. 좀 시간이 가야겠지."

"오늘 나하고 한 말을 와이프랑 상의했어?"

"아직 한국은 유교사상의 흔적이 남아 부인은 남편의 결정을 따르는 미풍이 있어. 요즘 젊은 세대는 서구 문명에 젖어 부인들이 자기 주장만 펴지만 우리 세대는 밖에서 하는 일은 부인과 잘 상의하지 않아."

"좋은 제도군. 그럼 내가 주말에 생각해 보고 월요일 아침에 우리 입장을 알려 줄게. 주말 잘 보내."

"양사간 관계에 치명적인 금이 가는 결정을 하지 않도록 결정해 주기 바래. 좋은 주말 보내길."

문 소장은 브류 사장과 악수를 하고 그의 집무실을 나왔다.

문 소장은 브류 사장 집무실을 나서 바로 교육장으로 갔다. 오늘이 CRT 마지막 날이다. 그는 강의실에 들어가서 아무 일도 없는 듯 강의를 들었다. 그의 몸은 강의실에 앉아 있었으나, 머릿속은 온통 CE와 붙은 싸움으로 가득했다.

휴식시간이 되자 문성식은 김종석 부소장에게 오늘 CRT도 끝나니 내일 토요일에 야외에서 가족 단합대회를 준비하도록 지시했다. 회비는 성인은 1인당 5불, 아이들 비용은 회사 업무 추진비에서 부담하겠다고 했다.

문 소장은 김 부소장에게 지시를 하며 이것이 미국에서 마지막 야유회가 되지 않았으면 했다.

"문 소장이 내 방에 왔다 갔어."

브류 사장은 문 소장이 그의 방을 나가자 문 소장이 가져다 준 자료를 다시 한 번 꼼꼼히 읽고, 여비서에게 계약서와 문 소장의 이력서를 가져오게 하여 관련 계약 조항을 정독하고, 문 소장의 이력을 살폈다. 그는 잠시 머리를 정리한 다음 PD 비어스와 PM 브라운을 그의 방에 불렀다.

"들어오며 미세스 테일러에게 들었습니다."

PD 비어스가 긴장하며 말했다.

"이거 문 박사가 가져온 건데 읽어 봐."

브류 사장이 자료를 PD 비어스에게 건넸다. PD 비어스와 PM 브라운이 자료를 같이 읽었다.

"지금 문 소장은 뭐하고 있나?"

부하들이 자료를 읽고 내려놓자 브류가 물었다.

"교육장에서 강의 듣고 있습니다."

PM 브라운이 대답했다.

"강의를 듣고 있다고?"

"네."

"재미있는 친구군. 그 친구 어떤 친구야?"

사장은 문 소장에 대하여 다시 물었다.

"한국에서 제일 좋다는 서울대를 졸업하고 한전에 원자력직군 1기로 입사를 하여 영월화력에서 교육을 받았고 미국 웨스팅하우스에서 노심관리 교육 9개월을 받았어요. 귀국 후 바로 미국 한림원 장학금을 받고 조지아 테크에서 석사학위를 하고 귀국한 후 회사를 그만두고 박사 학위를 하러 다시 미국에 왔어요. RPI에서 박사학위를 마친 후 유치과학자로 원자력연구소에 스카우트 되어 갔어요. 이번에 원자력 11, 12호기를 하면서 한 박사가 한전 경력과 전공지식을 겸비한 그를 이곳 책임자로 보냈어요.”

“그렇게 이력서에 나와 있는 거 말고, 개인적인 특성이나 그런 사항 파악한 거 없어?”

“네. 좀 돈키호테 같은 점이 있는 친구예요. 울진 계약 협상할 때 실무자로 참여했는데 프라마톰 친구들의 태도가 불손하다고 계약 협상을 할 수 없다고 쫓아 보낸 일이 있었어요.”

“구체적으로 말하면?”

“프랑스 친구들이 한국을 후진국이라 좀 깔본 모양이에요. 그러다 협상 첫날 협상테이블에서 말실수를 하여 쫓겨난 거지요. 그 따위 태도는 아프리카나 가서 하라고 호통을 쳤답니다.”

“그래?”

“석사를 하고 와서 박사 하러 다시 갈 때도 쉽지 않았는데 불도저같이 밀어붙인 모양이에요.”

“?”

“당시 한국이 못 살던 때라 해외 한 번 나가는 것이 쉽지 않았어요. 한전에서는 해외 나갈 때 아예 몇 년간 의무 복무기간을 못 박았어요. 웨스팅하우스 교육 9개월, 미국 석사과정 1년 6개월, 2년 3개월이나 해외에 나갔다 왔는데 사표를 내겠다고 하니 위 사람들이 말리고 했지요. 그동안 든 경비, 받은 월급 다 물어주고 나서야 사표가 수리되고 유학을 갈 수 있었지요.”

PD 비어스가 숨 가쁘게 말했다.

“이곳에 와서는 집세를 깎았어요.”

PM 브라운이 거들었다.

“집세를 깎다니?”

“한 아파트에 여러 가구가 들어가는데 당연히 디스카운트가 있어야 한다며 관리인과 담판을 하여.”

“아파트 임대료를 깎았다? 난생 처음 듣는데.”

브류가 흥미를 표시했다.

"그랬어요? 우리 회사 118명이 하는 일을 38명이 하겠다고 나에게 당돌하게 말하던데."

브류 사장은 눈을 가늘게 뜨고 두 사업 책임자를 건너다보았다.

"그것은 말도 안 되는 소리예요. 그래서 제가 그 친구를 돈키호테 같다고 했어요."

PD 비어스가 목소리를 높였다.

"정말 남의 사업 망칠 친구예요."

PM 브라운도 거들었다.

"이 사업은 우리가 책임지고 하는 사업입니다. 차질이 발생하면 우리 회사 이름에 멍이 들고, 벌금까지 물어야 해요."

"그거야 당연하고. 나는 왜 공동설계 개념을 받아들였는지 배경은 잘 모르겠고, 계약에 보면 이번 사업이 끝나면 독자 설계능력을 갖추도록 기술 전수를 해주겠다고 되어 있던데."

"공동설계 개념은 한국측이 강하게 요구하여 받아들였습니다. 그렇지 않았으면 아마 계약을 따지 못했을 거예요."

"문 박사 말이 맞군. 우리 회사 제의서와 원자력연구소측 제의서를 가져다 줘. 계약서는 여기 있으니 됐고. 내가 서울 사무소에 확인해 볼게. 월요일 9시에 문 박사랑 같이 내 방으로 와. 최종 결론을 통보해 줄게."

사장은 나가보라는 신호를 보냈다.

2월 26일 (금) 저녁 7시.

문 소장은 퇴근 준비중에 대전 본소 사업관리부장으로부터 전화를 받았다.

"문 소장, 서울 CE 친구들이 난리가 났는데 무슨 일이야? 오늘 10시에 소장님을 찾아뵙겠대."

원저의 금요일 저녁시간은 대전의 토요일 아침시간이다.

"아무 일도 아닌데 소란을 떠네. 공동 설계범위로 CE와 이견 있는 거 본소에서도 알 거 아냐. CE 제시안과 내가 CE에 제시한 안 팩스로 보냈는데."

"받아 보았지. 15대 70."

"소장님께 보고는 됐겠지."

"물론 보고했지."

"소장님이 뭐라고 하서?"

"15대 70이라. 극과 극이군. 문 소장 나도 이긴 친구니 CE도 이길 거야. 그러시던데."

문성식은 CE 파견 직원 선발과정에서 고집을 부려 최정예 인원을 선발했다. 가족을 파견할 때 한 소장은 직원들이 먼저 가서 자리를 잡고 가족들을 데리고 가라고 지시하였으나, 문 소장은 시간 여유가 있는 CRT 기간에 직원 가족이 정착하는 것이, 공동설계 때 가족이 몰려와 그 뒤치다꺼리로 최소 1~2주는 허비하는 것보다 낫다고 동반 출국을 우겨 한 소장이 그의 지시를 철회했었다.

"그래 소장님께 내가 죽을 각오로 CE와 한판 붙었다고 보고 드려줘. CE 친구들이 소장님 방문한다면 별도로 전화를 드려야겠네."

"그러는 것이 좋을 것 같은데. 곧 출근하실 것 같으니 내가 문 소장 말 전하고 비서에게 전화 연결하라고 할 테니 퇴근하지 말고 기다려."

"고마워. 본소에서 잘 도와주니."

2월 27일(토) 오전 7시 45분.

한국전력 원자력건설처 원자력 11, 12호기 PM 설용구는 7시 45분에 출근하여 바로 공정관리부장 이정택을 찾았다. 아직 출근 전이었다.

불 같은 성격의 설용구는 PM이 출근했는데 부장 놈이 아직도 출근하지 않았다고 화를 냈다.

"지금 몇 신데 이제 출근하는 거야?"

설 PM은 허겁지겁 그의 집무실에 들어서는 이 부장을 향하여 호통을 쳤다.

"차가 막혀서."

이 부장이 얼버무렸다.

"공동설계건 무엇이 문제야?"

"네, 보고 드린 바와 같이 CE사는 공동설계에 15% 참여시키겠다고 하고, 문 소장은 70%는 참여하겠다는 겁니다."

"그것은 나도 알아. 그런데 문 소장이 70% 안 받으면 전원 철수하겠다고 한 모양인데 그게 무슨 소리야?"

"아직 그 건 보고 받지 못했습니다."

"어제 CE 사장 방에 가서 공갈을 친 모양인데 우리한테는 일언반구 상의도 없었어?"

"네. 처음 듣는 이야깁니다."

"CE 서울 사무소장 클리포드가 나한테 전화해서 원자력연구소가 택도 안 되는 주장을 하는데 공기 늦어져도 CE 책임이 아니니 알아서 하라며 협박이야. 무슨 내용인지 연구소에도 알아보고, 미국에도 전화해 봐. 어떻게 대처해야 할지 바로 결정해야 해. 클리포드가 처장과 전무님에게도 전화를 했을 테니 출근하는 대로 바로 찾을 거야. 서둘러. 문성식 그 친구, 우리 회사에도 다녀 사업을 좀 아나 했더니, 연구소 가더니 연구소 물이 들어 공기고 코스트고 생각 않고 연구소식으로 고집을 부리는 모양인데. 서둘러."

기관총을 쏘듯 말을 토해내는 설 PM의 입에서 침이 튀었다.

설 PM은 하청계약자인 원자력연구소의 원저 소장에게 대한전大韓電의 PM이 직접 전화를 하는 것은 체통이 떨어진다고 믿고 있다.

"어떻게 된 거야? 연구소 설계요원이 철수한다고?"

정현태 전무가 눈을 흘겨 뜨고 설 PM을 꼬나봤다.

설 PM이 이 부장으로부터 문 소장과 통화 내용을 보고 받고 있을 때 정 전무가 그를 호출했다. 전무 방에는 허석호 건설처장도 불려와 있었다.

"보고 드린 대로 공동설계 범위로 처음 CE사가 전체 물량의 15%를 제의하였으며, 연구소는 최소 70%를 제의하였습니다. CE사는 연구소의 포션 (portion)을 25%로 늘리는 안을 제시하였습니다만 연구소는 70% 이하는 안 된다고 버티고 있습니다. 원자력 11, 12호기 건설이 끝날 때 95% 기술 자립을 달성하려면 핵심적인 업무에 직접 참여하여 일을 해야 한다며. CE 제의대로 하면 원자력 11, 12호기 건설이 끝나도 기술 자립 50%도 달성할 수 없다고.”

설 PM은 50% 이야기를 마치 문 소장이 말한 것처럼 끼워 넣었다.

“그래서 문성식이 CE 사장에게 연구소 안을 안 받아주면 철수하겠다고 통보를 한 거야? 문성식 그 친구 나랑 같이 근무했었는데 머리도 잘 돌아가고 센스는 있는데 한 번 고집을 부리면 상사인 나도 이기려 했어. CE 안대로 겨우 15%, 아니 25% 참여하면 원자력 11, 12호기 건설이 끝나도 기술 자립도가 50% 정도 밖에 안 된다는 말은 맞는 말 같구먼. 한 사람 한 사람 개개인의 자질은 우수하지만 그렇다고 아직 설계 경험이 없는 연구소에게 원자력 11, 12호기 설계를 맡기는 것은 우리 사업자로서 부담이 가고. 그대로 두면 문성식의 성질에 정말로 철수하겠다고 할 건데. 우리가 절충점을 찾아 중재를 서 줘야 할 거 같아. 설 PM, 양쪽 다 이기는 안을 토의해 봐. 우리 회사는 사업도 제때에 추진해야 하고 기술 자립도 해야 해. 기술 자립을 위해 수천억을 쏟아 붓고 있잖아? 바로 회의를 소집해서 얼마쯤 시험기간을 가질 수 있나 검토해 봐.”

“시험기간이라면?”

“연구소 안대로 짧게는 1개월 길게는 2개월 시행해 보고 연구소 능력으로 안 되면 그때는 CE 안대로 한다든지.”

“네. 바로 검토하여 보고하겠습니다.”

“미국 시간으로 월요일 9시에 CE 사장이 문 소장에게 답을 주기로 한 모양이니 주말 안에 결론이 나야 해. 그래야 월요일 아침 사장님께 보고 드리고 결심을 받고 CE에 우리 의견을 알려주지.”

“네, 바로 조치하겠습니다.”

설 PM은 25%와 70% 중간인 50% 쯤 절충안을 제시할 생각이었으나, 전무는 연구소의 안을 실험해 보는 기간을 가지는 것을 검토하란다. 1개월 또는 2개월 실험기간 중에 연구소의 능력에 문제가 있어 CE 안으로 되돌아갔을 때 공기에 미치는 영향, 공기 만회 방법, 추가 비용 등만 검토하면 된다.

2월 27일(토) 오전 10시 20분.
클리포드 CE 서울 사무소장은 입맛을 다시며 한철우 소장 방을 나섰다.
"공동설계 범위에 대한 모든 결정권을 현지 사정을 가장 잘 아는 문 소장에게 백 퍼센트 위임했어. 문 소장 의견이 곧 내 의견이야. 한전 박 사장은 퇴임했지만 박 사장과 함께 한 기술 자립에 대한 의지는 변함이 없어. 그 점을 잘 이해하고 내 뜻을 브류 사장에게 전해 줘."
건설 공기를 맞출 수가 없어 연구소 안을 받아주기 어렵다는 클리포드의 설명에 한 소장은 단호한 목소리로 말했다.
〈bull shit〉를 연발하며 서울로 올라오는 차 속에서 클리포드는 이제 믿을 곳은 한전뿐이라고 생각했다.
'한전은 기술 자립도 중요하지만 원전을 적기에 준공하는 것은 더 중요하다. 더구나 반핵을 등에 업고 원자력을 아예 전원개발계획에서 빼려는 세력도 있다. 해외 석탄 회사들은 한국내 유력기업을 에이전트로 두고 정부에 로비를 벌려 원자력발전소 건설을 줄이고 석탄발전소를 더 지으라는 압력을 넣고 있다. 100만 kw급 원자력발전소 1기 건설을 취소하면 50만 kw급 석탄 화력 2기를 대신 지어야 하고, 매년 석탄 2백만 톤씩을 추가로 팔아 먹을 수가 있다.'
한국에 4년 째 근무하는 클리포드는 머릿속이 복잡했다.
'거창하게 기술 자립이라는 기치를 걸고 시작한 원자력 11, 12호기의 공기가 늦어지고 건설비가 추가되는 상황은 한전 원자력부서 간부들이 반대할 거다. 절대 공기에 영향을 주는 결정은 안 할 것이다. 사업을 책임지고 있는 설 PM은 틀림없이 우리 CE의 원군이 될 것이고…, 오늘 설 PM을 설득하지 못하면 내일 일요일에 골프를 같이 치기로 한 동자부 국장을 구워 삶아야 한다. 법대 출신인 전력국장은 아직 부임한 지 3개월도 안 돼 원자력에 대하여 잘 알지 못한다. 공기, 코스트 등 인문계 출신이 알아 듣기 쉬운 내용을 강조하면 기술 자립에 대해 막연한 아이디어만 가지고 있는 국장이

펄쩍 뛰며 한전에 영향력을 행사하겠지.'

클리포드는 토요일 일과 시간, 오후 1시 전에 한전에 도착하도록 운전수에게 과속을 지시했다.

2월 26일 (금) 밤 10시, 문 소장은 본소 한철우 소장과 통화를 했다. 한 소장은 문 소장을 밀어주는 말을 했다. 문 소장은 돈줄을 쥐고 있는 한전이 어떻게 나올까 걱정이 되었다. 조금 전에 통화한 한전 이정택 공정관리부장은 한전의 의견은 한 마디도 말하지 않고 이곳 사정만 물었었다.

문 소장은 거실 소파에 앉아 맥주로 답답한 마음을 달랬다. 부인은 내일 야유회 준비를 하러 직원 부인들과 같이 슈퍼마켓에 갔다. 문 소장은 마음이 답답하여 친구요 입사동기인 박경호 원자력기획처 부처장에게 전화를 하여 한전의 상황을 물었다.

"원자력건설처 소관이라 정확히는 모르겠는데 바로 알아보고 분위기를 알려줄게."

문 소장의 설명을 듣고 박경호 원자력기획처 부처장이 선선히 대답했다.

부인은 남편의 속이 타는 줄도 모르고 내일 야유회 준비상황을 신나게 종알거렸다. 문 소장은 입으로만 '그래, 응'하며 박자를 맞춰줬다.

문성식은 너무 즐겁고 행복해서 말을 놓지 못하는 부인을 건너다보며, 다음 주초에 귀국해야 한다는 말을 꺼내야 할지도 몰라 가슴이 타들어갔다.

'이번 일로 파면은 당하지는 않겠지만 무보직이 되나?'

문성식은 신이 나서 떠드는 부인의 말에 '그래그래' 하며 장단을 맞추며, 머릿속으로 '무보직, 무보직'을 외웠다.

2월 27일(토) 오전 10시.

"우리가 미국에 온 지 벌써 한 달이 됐어요. 여러분들이 순조롭게 미국에 정착하게 되어 다행으로 생각합니다."

문 소장은 야유회에 나온 직원과 가족을 가장 편안한 상태에서 모이도록 하고 짧게 인사말을 했다.

인사말을 하는 그의 머릿속에 '월요일 CE 사장이 그의 제의를 거절하면 마지막 카드를 뺄 수밖에 없는데, 어떻게 미국 생활을 갓 시작한 가족들에게 그런 가혹한 처형을 선포해야 하지' 하는 생각으로 가득 차 다음 말이 잘 나오지 않았다.

"이제 여러분들의 남편, 아버지들은 1단계 교육을 마치고 다음 주부터는 우리나라 기술자로는 처음으로 우리나라에 건설하는 원자력발전소 설계에 들어갑니다. 우리나라 원자력의 한 획을 긋는 중대한 모멘트, 순간입니다."

문 소장의 눈앞에 한 30% 정도만 받아내고 양보해 버릴까 하는 유혹이 어른거렸다.

"앞으로 밤늦게까지 주말에도 남편 얼굴 보기 어려운 날들이 있을 겁니다. 오늘 조촐한 야유회가 여러분들에게 양해를 구하는 자리가 됐으면 합니다. 모두 하루를 즐겁게 놉시다."

문 소장은 더 이상 말을 이을 수가 없었다.

문성식은 외롭고 어두운 긴 주말을 보냈다. 타인의 결정에 따라 천국과 지옥을 오가는 순간을 기다리며, 신의 심판을 기다리는 심정이 되었다. 그는 그의 결정이 잘한 결정이라는 신념이 무너지지 않도록 기도했다.

다행히 본국에서 그의 결정을 뒤엎으라는 지시는 없었다.

2월 29일(월) 9시 5분전.

PD 비어스가 문 소장의 방에 들러 같이 브류 사장 방으로 가자고 했다. 형식적인 아침 인사를 나눈 두 사람은 사장 방까지 가는 동안 침묵을 지켰다.

브류 사장이 두 사람을 기다리고 있었다.

"문 박사, 앉지."

브류 사장은 문 소장을 정중하게 대했다. 세 사람이 원탁에 둘러앉았다.

"오늘부터 공동설계에 들어가야 하는 시급성을 감안하여 내 결정을 말하겠다. 계약정신을 충실히 지키기 위하여 조건부로 문 소장의 제의를 받아들이겠다."

브류는 담담한 어조로 말했다. 브류의 결정을 듣는 순간 문 소장은 전신의 피가 회오리쳤다. 얼굴에서 열이 났다.

"조건은?"

문 소장은 떨리는 목소리를 누르며 물었다.

"조건은 간단하다. 두 달 동안 문 소장이 제의한 대로 설계업무를 진행한다. 매주 단위로 진도를 체크하여 현저하게 공기에 영향을 준다든지 업무 수행내용에 문제가 있으면 바로 우리 회사 안대로 일을 수행한다."

브류는 심각한 눈빛으로 문 소장의 눈을 꼬나봤다.

문 소장은 이 정도 선에서 CE의 제의를 받아들이는 것이 양사를 위하여 좋을 것 같았다.

"좋다. 2개월 시험기간을 받아들이겠다. 그 대신 나도 요구사항이 있다."

문 소장은 아랫배에 힘을 주며 말했다.

"요구사항?"

"요구사항은 간단하다. 우리는 아직 경험은 일천하지만 일에 대한, 기술 자립에 대한 열정이 있다. 일과 시간 이후에도 일을 할 수 있도록, 사무실에서 일을 할 수 있도록 조치해 주고, 컴퓨터에 접근할 수 있도록 해주라. 물론 주말을 포함해서다."

"그것은 가능하지?"

사장이 PD에게 물었다.

"약간 무리는 있지만 가능합니다."

PD가 풀이 죽어 대답했다.

"그럼 그렇게 해 주겠다. 그 대신 1차 평가는 1개월 후에 하겠다. 그 때 공정의 70%를 소화하지 못하면 다시 협의하겠다. 2개월 후에는 공정의 최소 90% 이상은 따라 와야 같은 시스템을 유지한다."

"이의 없다. 통 큰 결정을 해준 브류 사장에게 감사한다. 네 결정은 우리나라 기술 자립에 크게 보탬이 되고 양사 관계에 시금석이 될 것이다."

"내 뜻을 받아 주니 고맙다. 오늘 점심 약속 없으면 초대하겠다."

"초대 감사하다."

"PD 비어스, PM과 키 퍼슨(key person) 두세 사람 더 데리고 나와. 문 박사도 우리 쪽에서 다섯 사람 나갈 거니 숫자를 맞춰서 나왔으면."

"그렇게 하겠다. 초대 감사하다. 구체적인 것은 비어스와 협의하겠다."

"그럼 점심시간에 보자. 장소는 구내식당 VIP실이다. PD 비어스는 잠깐 남고."

브류가 손을 내밀었다. 문 소장은 악수를 하고 고개를 가볍게 숙여 목례를 하고 사장 방을 나왔다.

문 소장은 팽팽했던 긴장이 풀어지며 전신에서 힘이 쭉 빠져 나갔다.

'두 달 내에 우리 팀이 제대로 일을 하지 못하면……'

'이거 너무 쉽게 양보한 거 아냐? 당초 내가 비어스에게 말한 대로 3개월 시험기간을 달라고 고집했어야 하는데……'

문 소장은 너무 쉽게 두 달 시험 기간을 가지자는 CE 사장의 제의를 받아들인 것 같아 자책감으로 정신 멍해져서 그의 방에 들어섰다.

김종석 부소장과 여섯 팀장이 긴장한 얼굴로 소장을 기다리고 있었다.

"어떻게 됐어요?"

김 부소장은 소장의 축 처진 모습을 보며 일이 잘못된 것이라 짐작하고 성급히 물었다. 팀장들도 긴장하여 문 소장의 입만 쳐다봤다.

"전원 교육장으로 모이라고 하지. 나 차 한 잔 마시고 갈게."

문 소장은 머그잔에 커피를 따르며 지시했다.

"지금요?"

"그래 당장. 전원 다."

문 소장은 두 달이라는 시한을 받아들인 자신의 성급한 결정에 마음을 쓰며 강한 어조로 지시했다.

2월 29일(월) 오전 9시 30분.

"지난 토요일 야유회는 괜찮았어요?"

문 소장은 긴장한 눈매로 그를 주시하는 전문가 37명의 경직된 분위기를 누그러뜨리려 일부러 가벼운 인사말을 던졌다.

몇 사람이, "좋았어요" 하고 응답했다.

"조금 전 CE 사장으로부터 공동설계에 대한 CE의 최종 결론을 받았습니다. 우리가 제시한 70% 참여 안을 CE사가 수락했습니다."

문 소장은 말을 마치며 동료들을 둘러보았다.

"와" 하는 함성이 터졌다.

"그런데 조건이 있어요."

문 소장은 천천히 연구원들을 둘러보았다.

"두 달 동안 우리 연구소가 설계 역무범위 중 70%를 공동 설계하여 공기 및 설계의 질에 문제가 없을 때는 계속 그렇게 하기로 했어요. 한 달 후 양사가 공정 등을 같이 확인하여 70% 공정에 미치지 못하면 다시 협의하기로 했으며, 두 달 후 90% 공정에 미치지 못하면 CE 안 25%를 받아들이기로 했어요."

문 소장은 연구원들의 표정 변화를 세심히 관찰하였다. 오기에 차서 자신을 내비치는 친구도 있었고, 실망하는 표정을 감추려는 친구도 있었다.

"문득 生卽死 死卽生—살려면 죽고, 죽으려면 산다고 한 옛말이 생각납니다. 우리가 이곳에 올 때 소장님은 기술 자립의 첨병이라는 명칭을 붙여 줬어요. 첨병은 목숨을 걸고 맨 앞에서 부대의 안위를 책임지는 병사들이에요. 이제 우리는 본격적으로 총칼 없는 싸움터에 들어섰어요. 우리에게 신명을 바쳐 도전할 명제가 던져졌어요. 여러분! 우리 멋지게 이 도전에 응해 봅시다."

문 소장이 주먹을 흔들며 외쳤다.

"좋습니다."

연구원 반쯤이 소장의 포효에 답했다.

"우리들은 우리 연구소에서 뽑힌 엘리트 집단입니다. 우리들은 종합과학기술의 집합체인 원자력발전소의 핵심인 원자로계통 설계를 책임질 역군입니다. 이 도전에 응전하여 다 같이 승리를 쟁취합시다. 할 수 있지요?"

문 소장의 눈에서 광채가 났다.

"할 수 있습니다."

모두가 하나 되어 주먹을 흔들었다.

"이것으로 우리 하나 되어 결의를 다짐하며, 이 초심을 우리가 기술 자립을 달성할 때까지 이어갑시다. 지금까지 일과후 작업을 못하게 하던 CE 사가 일과후, 주말까지 우리 사무실을 열어주고, 컴퓨터에 접근할 수 있도록 조치를 하겠다고 브류 사장이 약속했어요. 수당도 못 주면서 오티를 강요하여 미안합니다. 김 부소장은 CE사 PM 브라운과 세부 계획을 협의해주기 바랍니다. 질문이나 하실 말씀이 있으면."

"소장님께서 CE측이 우리 의견을 안 들어 주면 철수하겠다고 하셨다는데, 만일 2개월 후에 목표를 달성하지 못하여 우리 역무범위가 25%로 줄어들면 다시 철수 이야기가 나오는 겁니까?"

미국 출발 전에 결혼식을 올리고 신부와 같이 온 신승호 박사가 심각한 표정으로 말했다.

"그건 그때 봅시다. 우리가 틀림없이 목표를 달성할 텐데 그런 걱정은 안 해도 됩니다."

김종석 부소장이 문 소장을 대신하여 답을 했다.

"부인들 사이에 그런 소문이 돌아 제 와이프가 불안해 하고 있어요."

"신 박사 말 잘 알겠어요. 우리 열심히 하여 제가 그런 검토를 하는 시련에 들지 않도록 해 주시기 바랍니다. 그럼 바로 일에 착수해야 하니 김 부소장 수고 좀 해 줘요."

문 소장이 먼저 교육장을 빠져 나갔다.

문 소장은 그를 따라 오는 김 부소장에게 코치하였다.

"CE 측이 가장 꺼리는 일은 우리 38명이 CE 엔지니어 118명이 할 일을 하겠다고 하는 점이야. CE측 자존심 상하지 않도록 조심하며 협의해. 본국에서 200명이 도울 거라고."

일주일 후 토요일 오후 5시. 문성식 소장 집무실에서 진도회의가 열렸다. 각 분야별로 지난 일주일 동안 수행한 공동설계 진도를 점검하고 문제점을 확인하여 내주 작업계획을 세운다. 김종석 부소장, 6개 분야 팀장, 행정적인 지원을 담당하는 배성기 과장이 참석했다.

"CE와 담판으로 원자력 11, 12호기 공동설계의 70%를 우리가 수행하는 첫 번째 주가 지났습니다. 지난 일주일간 우리 연구원들이 밤낮을 가리지 않고 열심히 일해 준 것 감사합니다."

문 소장은 지난 일주일 동안 연구원들의 헌신적인 노력에 감동했다. 한마디 불평도 없이 마치 특수작전을 수행하는 특공대와 같이 자기가 맡은 분야에 돌진했다. 퇴근시간이 따로 없었고 촌음을 아끼며 일에 매달렸다. CE의 각 분야 책임자를 세차게 다그치며 노하우를 배우고 전산프로그램을 돌려 설계 자료를 만들어갔다. 문 소장은 연구원들의 열성에 감동되어 몇 번이고 칭찬을 하고 싶었으나 칭찬은 오히려 연구원들의 자만심을 부추길 것 같아 채찍만 들고 독려하였다.

"오늘 주말인데 연구원들이 거의 다 출근했지요?"

문 소장이 김 부소장을 쳐다봤다.

"네. 뉴저지 사촌 결혼식에 간 강경식 박사와, 친구가 윈저까지 찾아와 친구와 만나고 있는 이범식 박사를 제외하고 전원 출근했습니다."

"그래요? 주말인데……."

"네, 모두 사명감에 불타고 있습니다."

"고맙습니다. 어쨌든 이제 우리는 겨우 첫 걸음을 내디뎠습니다. 우리가 갈 길은 아직 멀어요. 더욱 박차를 가해야 합니다. 다음 월요일 10시에 CE와 첫 주 작업 진도를 검토하고 다음 주 작업 일정을 잡기로 했어요. 그럼 핵증기계통부터 진도를 보고해 주시오."

문 소장이 이인걸 팀장을 쳐다봤다.

"네 우리 핵증기팀원 대부분이 이미 우리나라 원전의 핵설계를 해본 경험이 있어 어렵지 않게 금주 배정된 일을 마칠 수 있었습니다. 다음 주 수행할 일을 준비하고 있습니다."

"핵증기설계팀에는 서독 다녀온 친구도 있지요?"

"우리 팀원 아홉 명중 세 명이 서독에서 교육을 받았습니다."

"원자로 노심설계의 기초 자료인 단면적을 생산하는 등의 일은 웨스팅하우스나 CE 원자로나 다를 것이 없겠지. 당장 일정에 따라 차질 없이 수행할 수 있는 분야가 핵증기 설계 분야입니다. 이 박사, 직원들을 독려하여 공기보다 앞서 갈 수 있도록 해주시오. 다음 열수력 분야는?"

"네. 우리 팀도 크게 어려움 없이 일을 진행시키고 있으나 우리들이 익숙한 코드는 웨스팅하우스 코드로 CE 코드는 아직 익숙하지 않아 이번 주는 목표량의 70% 쯤 밖에 달성하지 못했습니다. 다음 주는 만회할 수 있을 것으로 예상됩니다."

박종석 열수력팀장이 담담한 목소리로 보고했다.

"그럼 열수력팀도 문제 없을 것 같고."

"구조해석팀은?"

"내진 설계 해석분야가 생소하여 버벅거리고 있습니다. 이제 막 코드를 이해하고 입력자료 생산을 시작했습니다. 이번 주는 준비 작업단계이고 다음 주부터는 본격적인 작업에 들어갈 것 같습니다. 오늘까지 준비를 마칠 것 같아 내일 출근하여 일에 착수할 예정입니다."

김태선 팀장이 얼굴을 붉히며 보고했다.

"내일 일요일인데 출근하겠다고?"

"우리 팀이 부진하여 다른 팀의 작업에 지장을 주면 안 되지요."

"그래도……, 안전분석팀은?"

"우리 팀도 구조해석팀과 같이 이제 코드를 이해하고 작업에 들어갈 준비가 됐습니다. 내일까지는 작업 준비를 마칠 것 같습니다. 죄송합니다."

오달식 팀장이 머리를 긁었다.

"우리나라에서 돌렸던 RETRAN과 CE 코드가 달라요?"

"모형이 같기 때문에 익숙해지면 바로 적응할 것 같습니다."

각 팀과 일문일답식 보고를 받은 문 소장이 결론을 내렸다.

"여섯 팀의 보고를 들어 보니 한국에서 비슷한 계산을 해봤던 팀은 바로 적응하는 것 같고, 경험이 적은 분야는 아무래도 힘 드는 것 같군. 종합 진도율이 40%는 되는 것 같은데 첫 주치고는 나쁘다고 할 수가 없네요. 이렇게 되면 다음 주는 60% 정도 될 것 같아요.”

“그렇게 될 것 같아요. 이달 목표가 70%인데 2, 3주 만에 달성할 것 같아요.”

김 부소장이 대표로 말을 받았다.

“2, 3주에 70%.”

문 소장은 창밖에 눈을 돌리며 고개를 끄덕였다.

“하루라도 빨리 100% 진도를 맞추기 위하여 속도는 내야겠지만 너무 과속하다가는 탈이 날 우려가 있어요. 우리가 할 공동설계는 최소 2년 기간의 장기 마라톤이에요. 직원들이 매일 밤 늦게 퇴근하여 애들이 아빠 얼굴도 못 보는 것 같은데 주말에도 이렇게 나와 일에 매달리니 내가 미안하구먼. 내 직권으로 지시할까?”

문 소장이 팀장들을 둘러봤다. 팀장들이 눈을 크게 뜨고 상사를 쳐다봤다.

“내일은 모두들 푹 쉬어요. 가족들과 하루를 보내도록 지시하는 겁니다. 휴식이 없는 강행군은 며칠은 실적이 오르지만 오래 계속하면 피로가 누적되어 엉망이 될 수도 있으니. 더구나 우리가 펼치는 이 행진은 장기 마라톤입니다. 내일 일요일에는 교회도 가고 미국 생활에 익숙하지 않은 식구들과 주변 구경도 하고 휴식을 갖도록 하세요.”

“우리가 알아서 하면 안 돼요?”

진도가 늦은 오달식 팀장이 토를 달았다.

“진도가 늦다고 내일도 쉬지 않을 모양인데 내 지시를 따르세요. 마라톤을 하면서 초반에 너무 무리하면 중도에 포기해야 해요. 꼭 내 말을 따르세요.”

문 소장이 강경한 어조로 말했다.

“네, 따르겠습니다.”

오 팀장의 대답을 들으며 문 소장은 오 팀장이 그의 지시를 따르지 않을 것 같은 느낌이 들었다.

“모두 퇴근 준비해요. 토요일 저녁은 가족과 같이 해야지요. CE측에서 진도보고서를 작성해서 월요일 회의에 보고할 거요. 그 회의에 팀장들은 다 참석하세요. 그럼 김 부소장만 남고 다들 퇴근해요.”

팀장들이 주말 잘 보내시라는 인사를 뒤로 하고 회의실을 떠났다.

“윤성수 박사가 연구소 노조를 창립하고 초대 노조위원장에 당선 됐다면서?”

팀장이 떠나고 단둘이 되자 소장이 부소장에게 물었다.

“네. 그 친구, 박사까지 한 친구가 왜 노조를 하겠다는 건지.”

“그보다 연구소에 무슨 노조가 필요해? 우리 같은 정부출연 기관에.”

“그러게 말예요. 정부가 준 예산 범위내에서 쓰는데. 소장이 봉급을 더 올려줄 수 있나, 자리를 늘일 수 있나? 노조는 직원들 복지수준 향상을 위해 싸워야 하는데 싸울 대상이 소장이 아니라 정부인데 내부에서 소장을 볶으면 소장이 소내 일보다 노조와 협상하는 데 더 많은 시간을 쏟아야 할 텐데.”

“윤 박사 한 성깔 하는데 이것저것 물고 늘어지면……, 그 친구 우리 설계팀 오티(주 : 시간외 근무수당) 주라고 나오는 것 아냐? 미국까지 데려가서 혹사시킨다며 오티 주라고.”

“그보다 CE를 위해서 일해 준다고 CE에서 오티 받아내라고 하면…….”

“그러고도 남을 친군데.”

“기술 자립을 조기에 달성하기 위해 오티 하는데 CE더러 오티 내놓으라고 할 수는 없잖아요?”

“우리 파견자들이 본소에 불평 안 하면 그런 이야기는 안 나오겠지. 그 일은 노조에서 제기하면 그때 생각하기로 하고. 김 부소장 어때? 구조해석팀이나 안전해석팀이 다음 주는 어느 정도 만회할 수 있을 것 같아? 팀장들에게 대놓고 물어볼 수가 없었는데.”

“할 수 있을 겁니다. 아니 하도록 해야지요. 두 팀에서 자료 입력이 안 되면 실제 설계를 할 수가 없어요.”

“그래서 말인데 나는 모른 척할 테니 김 박사가 좀 뒤에서 챙겨 줘.”

“네, 그렇게 하겠습니다.”

"배도 고픈데 퇴근할까?"

"그러시지요. 그리고 소장님 저녁에는 회사 나오지 마십시오."

"왜?"

"여러 사람이 저녁 먹고 다시 회사 나와서 일할 것 같습니다. 모른 척하시지요."

"알았어. 이러다 내가 부인들한테 몰매 맞는 것 아냐. 남편들 혹사시킨다고."

"개인을 위해서 하는 일이 아닌데요."

"오늘 가족들과 바닷가 가서 바다 가재 먹으려 했는데 목에 걸리겠는데. 몇 마리 삶아 와서 야근하는 직원들 줘야겠네."

"그렇게까지."

"우리 집사람은 처음 해외 나와 뉴욕도 구경하고 싶고 보스턴도 가보고 싶고 한 모양인데."

"직원 부인 중 몇 사람이 미국 생활 경험이 있으니 차 몇 대 내서 단체로 구경하고 오라고 하면."

"그럴까? 30여 명이 가려면 너무 대식군데."

"회사에서 버스 한 대 대절해 주면. 남편들 밤늦도록 부려먹으니 그 정도 서비스는."

"좋은 생각이야. 배 과장에게 관광버스 알아보라고 해. 뉴욕 가서 엠파이어스테이트 빌딩도 보고, 자유의 여신상도 보도록 해야지."

"알아보도록 하겠습니다."

"그럼 내일 봐."

"내일은 소장님 지시에 따라 회사 안 나올 건데요."

"그런가? 그럼 월요일에 보지."

22

1100일 전투 결산

1989년 3월.

3호 청사 김정일 집무실에 전병호, 이승기, 최영림, 오진우, 허담, 전금철이 모였다. 지난 해 말 1100일 전투성과를 최종 점검하는 자리에서 지도자 김정일은 12월기업소 건설 지연을 만회할 특단의 대책을 세우도록 710호 사업 3인위원회에 지시하였으며 오늘은 그 결과를 보고하는 자리이다.

"지난 해 지적한 710호 사업 중 미진한 사항에 대한 그 동안의 진전 상황을 토의에 붙이기 전에 허 위원장 이야기를 먼저 들읍시다. 허 위원장, 2주 전 남조선 민주당 김영삼 총재와 회담내용을 간략히 보고해 주세요."

김정일은 이승기의 발언을 막고 조국평화통일위원회 위원장 허담을 쳐다보며 지시했다.

"네. 저는 조국통일을 위하여 불철주야 노심초사하시는 어버이 수령 동지의 지시를 받고 모스크바 돔 퓨류에모프 영빈관에서 남조선 민주당 김영삼 총재를 만나 2시간 동안 면담을 하였습니다. 전금철 부위원장도 배석했었습니다. 김 총재는 소비에트연방공화국과 남조선의 국교를 트기 위한 준비 작업을 위해 소비에트공화국을 방문 중이었으며, 과학원 산하 세계경제 및 국제관계연구소를 방문하고, 남조선 대학생의 모스크바 연수, 서울에서 열리는 한민족대회에 재소 조선족의 참여 등을 논의한 걸로 알고 있습니다. 저는 김 총재에게 통일을 위한 분위기 조성을 위하여 팀 스프리트 훈련 중지와 주한 미군 철수를 요구하고, 군사력 감축을 위한 고위 정치 군사회담을 열자고 하였습니다. 또 우리 북조선을 방문한 문선명 목사를 보안법 위반으로 구속한 사건을 강하게 항의하고 보안법을 철폐하고 중단된 국회회담도 열자고 하였습니다. 김 총재는 통일문제 논의를 위하여 주석님과 남조선 노태우 대통령이 직접 만나는 최고위급 회담을 제의하였습니다. 그러나 모든 일에는 순서가 있는 법, 우선 김 총재가 먼저 평양을 방문하여 구체적인 논의를 하자고 제의하자, 김 총재는 담보협정 체결이 우선이라는 궤변을 늘어놓으며, 괴뢰정부 수반인 노태우와 협의하여 결정하겠다는 뜻을 비쳤습니다. 우리 공화국의 독자적 자립 노력, 핵개발 의지를 어떻게 하면 약화시킬 것인가를 미제와도 사전에 협의하려는 것 같았습니다."

허담이 회담에 배석했던 전금철을 돌아다보았다.

"남조선은 88올림픽을 성공적으로 마쳤다고 자화자찬하며 그 여세를 몰아 허 위원장께서 보고 드린 바와 같이 소비에트연방공화국뿐만 아니라 중화인민공화국과도 국교수립을 위한 물밑접촉을 활발히 진행하며 우리 공화국의 맹방을 우리와 떼어놓으려는 획책을 하고 있습니다."

전금철이 보충설명을 계속하였다.

"그러나 남조선의 혁명 전사들은 전국 방방곡곡에서 힘찬 전진을 거듭하고 있습니다. 전대협을 주축으로 한 젊은 혁명투사들은 대학신문을 장악하고 여론을 주도하며 속속 대학을 접수하여 교육대학을 비롯한 서울 주요 대학들의 휴업사태를 유도하였으며, 지난 달 부산 동의대에서 혁명투사들은 시위를 해산시키려는 경찰에 과감히 맞서 경찰 여섯 명을 불태워 죽게 하였습니다. 주요 산업기관에도 침투하여 현대중공업의 파업을 유도하고, 대우조선을 쑥밭으로 만들어 가고 있습니다. 학교에서는 교원노조 결성을 강력히 추진하여 교원노동조합 설치를 불법으로 몰아가는 남조선 괴뢰정부에 맞서 교원노조 서울지부를 긴급 설립하였습니다. 전두환의 후광을 업고 집권한 노태우 정권의 최대 약점인 광주 참사의 진상을 낱낱이 까발려 노태우 정권의 아킬레스건을 끊을 계획입니다."

보고하는 전금철의 눈에 불꽃이 일었다.

"그러나 솔직히 말씀 드려 국제정세가 꼭 우리에게 유리하게만 전개되는 것은 아닙니다. 동구권의 이탈이 예상보다 빨리 진전되고 있습니다. 폴란드에는 바웬사 정부가 들어섰으며, 체코도 스탈린 주위와 프롤레타리아 혁명 노선에서 벗어나서 서구식 자유주위를 도입하겠다고 공공연히 선언하고 있습니다. 더욱 어려운 것은 페레스트로이카를 부르짖는 고르바초프 서기장의 언동입니다. 소비에트연방공화국 고르바초프 서기장은 미 제국주의의 압력에 굴복하여 우리가 핵개발을 포기하지 않는 한 군사원조를 할 수 없다면서 지난해부터 군사원조를 중단했습니다. 더구나 우리 조선과 혈맹의 관계에 있는 중화인민공화국은 자본주의에 물들어 민주와 자유 인권을 요구하는 시위가 지난 몇 달간 그치지 않아 비상계엄을 선포했습니다만 시위는 더욱 격화되어 백만 명 이상 천안문에 모여 시위를 벌렸으며, 군인들의 발포로 천여 명이 사살되는 마치 내전과 같은 사태가 벌어졌습니다. 다행히 등소평 중앙군사위 주석 체제로 사태가 진정이 되어 가고 있습니다만 아직 우리를 도와줄 만큼 체제가 군건히 확립되지 않았습니다. 이럴 때일수록 위대한 어버이 수령 동지를 중심으로 받들고 조국 통일전선에 더욱 매진하여야 할 겁니다."

전금철이 발언을 마쳤다.

"사회주의 모든 국가들이 미제의 무차별 공격에 흔들리고 있어요. 이럴 때일수록 우리는 위대한 수령 동지를 정점으로 힘을 기르고 조국통일 성업에 한 발 다가가야 합니다. 710호 사업은 우리의 강한 의지를 대내외에 알리는 폭탄입니다. 이 선생께서 710호 사업을 보고하시오."

김정일은 얼굴에 수심을 감추지 못하고 노력영웅을 건너다보았다.

"영변 1호기는 매년 8,000봉의 핵연료봉을 교체하고 있으며 지난 3년간 운전으로 핵연료봉 약 만 6천봉을 꺼냈습니다. 핵폭탄 3개 이상을 만들 플루토늄이 이미 생산되었습니다."

지난 3년 동안 영변 1호기는 600일 가동되었다. 이승기는 존경을 가득 담은 눈으로 지도자 김정일을 우러러보며 영변 1호기 가동률이 60%에도 미치지 못했던 사실은 숨긴 채 플루토늄을 확보했다는 사실만 보고했다.

"가공시설도 원활히 운전되어 영변 1호기에 공급할 연료를 착착 만들고 있습니다. 지난 해 1100일 작전 최종 점검 때 공사가 지연되어 수령님과 지도자 동지의 뜻을 받들지 못하여 쥐구멍이라도 들어가고 싶은 심정으로 사죄를 드린 바 있습니다만, 바다와 같은 넓은 마음으로 지도자 동지께서 다시 기회를 주시어 대안, 용성 등 부품공급업체서 하루 24시간 쉬지 않고 전투를 벌려 성능이 우수한 기기를 공급하여 설치를 마치고 냉온 실험을 하고 있으며, 돌아올 4월 15일, 위대한 수령 동지의 생일에 맞춰 역사적인 고온 실험을 실시할 예정입니다. 고온실험 시운전 단추를 지도자 동지께서 눌러주시면 제5기계공업총국 연구원들은 그 영광에 감격하고 용기백배하여 혁명과업 수행에 더욱 매진할 겁니다."

이승기가 지도자 김정일을 올려다보며 청을 넣었다.

"고온 실험?"

노력영웅 이승기는 지도자 김정일이 냉온, 고온 실험 등 전문용어를 이해하지 못하는 것을 눈치챘으나 모른 척하며 차분히 설명을 이어갔다.

"네. 12월기업소는 방사선이 많이 나오는 사용후 핵연료를 다루게 되므로, 사용후 핵연료로 직접 실험을 하기 전에 먼저 원자로에서 타지 않은 연료로 각 기기의 성능을 확인하는 냉온실험을 합니다. 지난 6개월간 실험결과 우리 과학자들이 개발한 시설의 핵심 설비인 믹스드세틀러, 펄스 칼럼 등의 성능이 자본주의 미제나 불란서에서 개발한 기기보다 훨씬 더 성능이 우수하였습니다, 냉온실험의 결과를 기초로 하여 이제 영변 1호기에서 꺼낸 사용후 핵연료를 사용하여 실제로 실험을 할 계획입니다. 한 마디로 말씀 드리면, 그 때부터 사용후 핵연료를 재처리하여 플루토늄을 분리해내는 역사적인 과업이 시작됩니다."

"그 실험을 4월 15일에 하겠다고요? 어버이 수령님 생신에는 평양에서 할 일이 많은데……, 내가 가던지 전병호 비서를 대신 보내 격려하겠습니다."

"인력확보를 말씀 드리면 우크라이나 핵과학자 유치와 조총련을 통한 재일교포 핵과학자의 유치가 제대로 이루어지고 있습니다. 1986년 확장된 고폭 시설에서 이미 80여 회의 고폭 실험을 성공적으로 마무리하였으며, 12

월기업소가 제대로 운영되면 향후 2년 이내에 핵실험을 할 만반의 준비가
완료됩니다."

마지막 말을 지도자 김정일에게 바치는 이승기의 표정은 숙연했다.

지도자 김정일은 고개를 주억거리며 전병호를 쳐다봤다. 미사일 개발도
책임지고 있는 군수비서에게 눈빛으로 발언을 지시했다.

"탄도 미사일과 FROG 포병 로켓부대의 재편성을 완료하여 미제와 그 주
구의 도발에 만반의 준비를 마쳤으며, SCUD B, C 미사일 개발이 순조롭게
진행되어 내년, 1990년대 초반 실전배치가 가능합니다. 사정거리 1,300km
인 노동 미사일의 개발도 착착 진행되어 2~3년 후 핵무기 개발이 완료되는
때에 맞추어 남조선은 물론 일본까지 사정거리에 넣을 수가 있습니다."

김정일은 어버이 수령 김일성을 받들어 불타는 충성심으로 당과 인민을
위해 일해 온 오진우 인민무력부장을 그윽한 눈으로 바라보며 말하였다.

"오 부장님께서 수령님의 확고한 뜻을 전해 주시지요."

"수령님께서는 남한에 배치된 핵무기의 밀도가 NATO에 배치된 핵무기
의 4배나 되는 것에 크게 우려를 표하시면서 핵개발만이 자주국방을 이룰
수 있는 유일한 길임을 누구보다 잘 아시고 핵개발을 최우선 과제로 정하시
고, 우리 공화국에서 집행하는 자금 중 710 자금을 주석궁 자금보다 더 앞
순위에 두도록 다시 한 번 교시하셨습니다. 당연히 인민무력부의 군수 자금
보다 우선이지요. 이는 수령님의 핵개발에 대한 강한 의지를 다시 읽을 수
있는 대목입니다."

김정일은 오 부장이 수령님의 굳은 의지를 전할 때 옷깃을 여미며 자세를
바로 하였다. 보고가 끝나자 김정일은 자리에서 일어서서 팔짱을 끼고 창밖
을 내다보며 잠시 사색에 잠겼다가 이승기를 돌아보며 말했다.

"이 선생, 남조선 핵개발은 어느 정도요?"

"네, 입으로는 원자력의 평화적 이용을 부르짖으며 원자력발전소 건설을
계속하고 있으며, 몇 년 전부터 원자력발전소 건설기술을 자립하겠다며 큰
돈을 쏟아 붓고 있습니다. 미국 컴버션 엔지니어링사, 서전 앤드 런디사 등
에 200명이 넘는 기술자를 파견하여 핵분야의 기술을 연수하고 있습니다.

원자력연구소에서는, 남조선 정부는 가증스럽게 원자력연구소의 이름을 에너지연구소로 바꾸어 부르고 있습니다, 평화적 목적이라고 핑계를 대며 우라늄 농축에 활용할 수 있는 레이저 기술 개발을 강력히 추진하고 있습니다. 미국이 심하게 통제를 하여 재처리기술은 개발하지 않고 있습니다만 이미 발전소에 쌓인 플루토늄만 해도 원자탄 수천 발을 만들고 남을 양입니다."

"남조선에 재처리기술이 생기면 바로 원자탄을 만들 수 있다는 말입니까?"

오진우가 눈을 크게 떴다.

"우리 영변 1호기는 1년에 약 50톤의 새 핵연료를 장전하고 일년 태우고 빼내면 약 7~8kg의 플루토늄을 추출할 수 있지만, 남조선 원자로는 용량이 적은 월성의 경우도 매년 약 100톤의 새 연료가 장전되며 생성되는 플루토늄 양은 약 200kg이 넘습니다. 월성 원자로는 우리와 같이 매년 연료를 교체합니다. 돌아가는 발전소가 총 10기나 되어 매년 발생되는 플루토늄 양은 상상을 초월합니다."

오진우와 전병호는 매년 남조선에서 만들어지는 플루토늄 양이 상상할 수 없이 많다는 이승기의 말을 들으며 남조선 괴뢰정부와 미제가 매년 펼치는 팀 스프리트 훈련이 더욱 예사롭지 않게 생각되었다.

금년만 해도 남조선 도당은 무려 14만 명이나 되는 많은 병력을 동원하여 팀 스프리트 훈련을 하면서 단지 방어목적의 훈련이지 전혀 공격을 위한 것이 아님을 강조하며 우리 조선의 참관까지 요청했다.

가증스럽게도 우리 조선뿐만 아니라 우리의 혈맹인 중화민국과 중립국 휴전 감사단도 참관을 요청하였다. 첩보에 의하면 미 본토에서 수송해 온 병력과 장비에는 핵 가방도 포함되었다고 한다. 오진우와 전병호는 해마다 팀 스프리트 훈련을 하며 핵전쟁을 대비하는 남조선을 상대하여 핵개발만이 공화국을 수호할 수 있다는 신념을 더욱 군히며 어떤 일이 있어도 지도자 동지의 뜻을 받들어 핵무기를 만들어야겠다고 다짐했다.

지도자 김정일이 자리에 돌아와 앉으며 결연한 목소리로 결론을 내렸다.

"허 위원장이 말씀했듯이 지난해부터 소비에트연방공화국 고르바초프 서기장은 미제국주의의 압력에 굴복하여 우리가 핵개발을 포기하지 않는 한 군사원조를 할 수 없다면서 군사원조를 중단했습니다. 남조선 괴뢰정부는 88올림픽을 기점으로 미제와 손을 잡고 남조선의 경제적 성공은 자본주의가 우리 사회주의보다 우월하다는 것을 보여준 본보기라며 전 세계에 선전하고 있어요. 일부 사회주의 국가가 미제의 선전에 동요하고 있다는 정보가 있습니다. 나는 위대한 어버이 수령님을 모시고 우리의 혁명과업을 완수하기 위하여 무슨 일이 있어도 위대한 수령님 시대에 반드시 핵개발을 완성하려고 합니다. 수령님 시대에 핵개발을 완성하는 것 이것이 나의 단호한 결심입니다."

지도자 김정일은 이승기를 그윽한 눈으로 바라보며 물었다.

"2년만 있으면 핵무기 실험이 가능하다고요?"

"네. 모든 준비가 다 됩니다."

"이 선생, 핵개발만이 우리가 살 길이라는 것을 명심하시고, 710호 사업을 조속히 마무리하시오. 710호 사업이 많이 지연되고 있어요. 710호 사업의 마지막 꽃인 12월기업소에서 무슨 일이 있어도 플루토늄을 뽑아 내세요. 처음으로 뽑아 낸 플루토늄은 표본을 만들어 수령님께 바치시오."

김정일은 결연한 눈빛을 이승기에게 보냈다.

"신명을 바쳐 최선을 다하겠습니다."

이승기는 플루토늄이 위험한 물건이라 표본으로 만들기가 어렵다는 말을 진언할 수가 없었다.

"허 위원장은 김영남 외교부장과 협력하여 남한에 배치된 핵무기 철수를 위해 국제적인 압력이 더해지도록 외교적 노력을 계속해 주시고, 무슨 수를 쓰더라도 710호 사업이 완성될 때까지 담보협정 체결을 2년 간 더 늦추시오. 전 부위원장은 남조선의 적화 통일 역량을 극대화하여 조국 통일의 날을 앞당기는 노력을 계속 하시오."

항상 간결하고 조리 있게 회의를 마무리하는 지도자 김정일이 회의를 매듭지었다.

23

무뇌아

1989년 3월.

박경호 부처장은 출근 시간만이라도 마음의 여유를 가지려고 승용차를 집에 두고 전철을 탔다. 전철 손잡이를 잡고 흔들거리는 그의 머릿속은 온통 21세기 우리나라 원자력을 어떤 방향으로 끌고 갈 것인가 하는 생각으로 가득 찼다.

용량 백만 kw인 한국형원자력발전소는 21세기 발전소로는 규모가 너무 작다. 원자력 선진국은 이미 시설용량 140만 kw급 원자력발전소를 개발하여 건설하고 있다.

원자력발전소의 안전성의 개선도 시급한 과제이다. 선진국은 지금 운전하는 발전소보다 안전성이 열배, 백배 향상된 발전소를 개발하고 있다. 우리나라는 이제 막 기술 자립을 하고 걸음마를 내디딘 상태이지만 21세기 원자력을 수출산업으로 끌어올리기 위하여 차세대 원전의 개발은 필수적이다. 운전중인 발전소가 열 기도 넘는 나라에서 핵연료 농축을 계속 해외에 의존하고 있다. 농축 국산화 추진도 검토하여야 한다.

이제 21세기가 10년 남았다. 원자로형, 핵연료주기 전략, 방사성폐기물 처리 처분, 인재 양성, 연구개발 등 각 분야에 걸친 중장기 계획안을 입안하고 사내외 토의를 걸쳐 우리나라의 정책으로 확정해야 한다. 21세기를 대비한 중장기계획 수립을 더 이상 늦출 수가 없다. 박경호는 오늘은 차분히 그가 맡은 고유 업무에 전념하자며 회사에 들어섰다.

7시 45분, 아직 아무도 출근하지 않았다. 그가 자리에 앉기도 전에 전화벨이 울렸다.

박경호는 전무님이 찾는다는 전무 여비서의 전화를 받고, '아침부터 또 무슨 일' 하며 부랴부랴 전무실로 내려갔다.

"어 왔어. 일찍 출근했구먼. 앉지."

정현태 전무가 보던 신문을 내려놓으며 박경호를 반겼다.

"여기 이 기사 봤지?"

정 전무가 신문 사회면을 내밀었다.

'영광원전 종사자 무뇌아 출산' 기사가 사회면의 톱을 장식했다.

"아니요."

"간부가 아침 신문도 안 보고 출근하나?"

"죄송합니다."

"무뇌아가 뭐야?"

"뇌가 없는 사람인가요?"

박경호는 멍청하게 대답했다.

"그 정도는 누가 모르나?"

전무가 신경질을 냈다. 박경호는 재빨리 전무 집무실에 장식용으로 진열한 백과사전을 꺼내 무뇌아를 찾았다.

"사전에 머리 위쪽과 뇌가 없는 선천성 기형이라고 나와 있습니다."

"뇌가 없는 사람도 다 있어?"

"네. 사전에 보니 무뇌아는 없고 무뇌증이라고 나와 있어요. 뇌가 있어야 할 곳에 뇌가 없고 종괴가 대신 있다는데 정상아보다 부신 무게가 1/5수준 이랍니다."

"그런 사람이 살 수가 있어?"

"대개 태어나서 몇 시간, 길어야 며칠 내에 숨진다는데요."

"그런 사람이 있다? 영광원전에 근무하는 직원이라는데 방사선을 많이 맞아 그런 기형아를 출산했다는데 그거 과학적으로 근거 있는 거야?"

"조사해서 보고하겠습니다."

"조사해서, 언제? 하기야, 박 부처장이 의학전문은 아니니 알 리가 없지."

그 때 여비서가 영광본부장을 전화로 연결해 줬다.

"발전소는 이상 없지요? 신문에 난 김순태라는 친구 영광발전소 근무하는 직원이 맞아요?"

정 전무가 상대방이 대답도 하기 전에 질문을 퍼부었다.

"뭐 직원이 아니라고? 그래요? 네, 알았어요. 방사선 피폭 기록 확인되는 대로 바로 알려줘요."

정 전무가 수화기를 내려놓고 박경호를 건너다보며 급히 말을 이어갔다.

"박 부처장, 사장님 출근 전에 자료를 만들어야 해. 우선 신문 내용 요약하고, 김순태라는 친구는 우리 회사 직원이 아닌 일용직 세탁부래. 방사선이 나오는 구역에서 일한 적이 없대. 그래도 피폭 사실이 있나 확인하라고 했으니 곧 영광에서 보고가 올 거야. 대책으로 전남대에 의뢰하여 무뇌아 출산이 방사선의 영향인지를 확인하겠다고 하고. 8시 30분까지 보고서 만들어 와."

"전무님, 최근 영광 농가에서 나온 기형 송아지도 원자력발전소 때문이라고 하는데 영광만 말고 고리, 월성, 울진도 같이 조사하는 방안을 추진하면 어떻겠습니까?"

"그래 그것도 고려해야지. 그 내용은 내가 구두로 보고할 테니 우선 신문에 난 것 자료부터 만들어 와."

정 전무가 이맛살을 찌푸리며 신경질적으로 말했다.

박경호는 뛰듯이 그의 자리로 돌아가서 사장에게 보고할 보고서 초안을 연필로 작성해 갔다. 보고서를 작성하며 박경호는 막 출근한 여비서에게 이수호 과장이 출근했으면 불러오라고 했다. 이수호는 달필로 군대에 복무할 때 브리핑 자료를 도맡아 썼다고 했다.

여비서는 이 과장이 아직 출근 전이라고 했다. 유치원 학생 수준의 악필인 경호는 사장에게 올릴 보고서를 직접 쓸 수가 없다. 초안을 마무리한 경호는 초조하게 이 과장의 출근을 기다렸다

8시 20분! 아직 이 과장은 출근하지 않았다. 박경호는 정성을 들여 보고서를 손수 쓰기 시작했다. 글씨가 삐틀삐틀 춤을 추었다.

여비서가 살며시 문을 열고 글씨를 그리고 있는 경호의 눈치를 보며 동력자원부 조 계장으로부터 전화가 왔다고 전했다.

"아직 출근 안 했다고 해."

박경호는 '신문 자료 하나 지들이 못 만들어?' 속으로 투덜대며 신경질적으로 대답했다.

"그래도……."

여비서가 망설이며 박경호의 눈치를 보다가 문을 닫았다.

박경호는 손수 정서한 보고서를 결재철에 넣어 들고 전무 방으로 갔다. 그 때 막 사장의 재실을 알리는 재등在燈 신호등 1번 불이 켜졌다.

"어, 다 됐어?"

정 전무가 서류철을 받아 들며 구세주를 만난 듯 반겼다.

"아니, 글씨가 왜 이래?"

보고서 내용을 훑어보기도 전에 전무가 짜증부터 냈다.

"제가 너무 글씨 솜씨가 없어서."

박경호가 미안해 했다.

"다른 직원들 아직 안 나왔어? 별 수 없지. 사장실 다녀올 테니 여기서 기다려."

정 전무가 부리나케 집무실을 나갔다. 박경호는 휴 한숨을 쉬며 전무의 집무실을 나와 결재 대기실 의자에 앉았다.

"차 한 잔 드릴까요?"

전무 여비서 공순희가 말했다.

"그럴까요?"

"네, 잠깐 전화 받고."

공순희가 수화기를 들자 호통소리가 박경호에게 들렸다.

"부처장님, 전화 받으세요. 동자부예요."

공순희의 얼굴에 불쾌한 기색이 가득했다.

"어떻게 이리로 내 전화가 오지?"

박경호는 중얼거리며 수화기를 들고, "박경홉니다" 하고 대답했다.

"박 부처장 출근하고도 나 따돌릴 거요?"

"네?"

"내 전화는 전화 아니야? 전무 방에 가 있으면 다야? 무뇌안가 골 없는 놈인가 신문 봤지요? 어떻게 된 거요?"

"네? 어떻게 되다니요?"

"지금 장관실에서 난리가 났어. 당장 정 전무 들어와서 국장님께 보고하라고 해."

"지금 사장실에 가셨는데요."

"사장실? 그럼 비서실에 전화해야겠구먼. 부처장은 전무실 갔다고 전화 안 받고, 전무는 사장실 갔다고 전화 안 받고. 그러기야? 사장실로 도피했어?"

"조 계장님, 전무님 정말 사장실에 보고하러 갔어요. 비서실에 전화하실 거 없어요. 전무님 나오시면 제가 말씀 드릴게요."

"9시까지 오라고 해."

"어떻게 아홉시까지 갑니까? 여기서 동자부까지 가려면 한 시간은 걸리는데. 10시까지 가겠습니다."

"딴소리 말고 아홉시까지 와."

조 계장이 전화를 탁 끊었다.

'이 친구들은 자기들이 좀 찾아서 하지 꼭 뭐든 손에 쥐어줘야 해!'

박경호의 입이 주먹만큼 나왔다.

'정부 관리라는 친구들 스스로 하는 일이 뭐야? 자료란 자료는 다 산하기관더러 만들어내라고 하고 입만 가지고 일을 한다. 손에 쥐어준 자료를 기가 막히게 윤색하여 사용하며 자기들이 그 자료를 작성한 것같이 생색은 다 낸다.'

"커피 드세요."

공순희가 푸푸거리는 경호의 눈치를 보며 커피 잔을 들이밀었다.

"고마워요. 김병태 부장 좀 바꿔 줄래요."

경호는 커피 잔을 들며 말했다.

바로 공 비서가 전화를 바꿔줬다.

"김 부장, 전무님 사장 방에서 나오시면 전무님 모시고 바로 동자부 가야 하는 것 같은데, 오늘 신문 난 것, 무뇌아 건, 사전을 찾든 의사 친구에게 물어보던 무뇌아가 왜 생겨나는지 알아 봐. 영광에 전화해서 김순태 근무 기록도 챙겨 놓고, 방사선 피폭기록을 포함해서. 영광에서는 어떻게 대처하고 있는지도 알아 놓고. 보도자료 초안도 만들어 봐. 점심시간 전에는 돌아올 수 있을 거야."

"네 알겠습니다."

김 부장이 군말 없이 대답했다.

"응, 박 부처장이 여기 있었네. 들어가지. 이거 좀 깨끗이 정서해 오라고 해."

정 전무가 대기실에 들어서며 서류철을 비서에게 넘기며 쫓기는 목소리로 지시했다.

"참, 김 부장, 지금 전무실로 와서 이 서류 가져가서 이 과장 시켜 깨끗이 정서해서 몇 부 카피해 가지고 바로 전무실로 가져와."

박경호는 지시를 마치고 수화기를 내려놓고 전무를 따라 들어갔다.

"지금 시간 없어. 오늘 신문에 청와대까지 난리야. 우리 회사가 어떻게 언론에 대처를 해서 이런 기사가 났냐고. 내 보고중에 사장님께 전화가 왔었어. 기형 송아지 기사가 났을 때 언론에 집중 홍보하여 이런 기사가 안 나오도록 막았어야 할 것 아니냐고. 자료 오는 대로 바로 나랑 같이 청와대 가지."

"동자부에서도 9시까지 들어오라고 하는데요."

"9시까지? 지금 몇 신데. 내가 날아다니는 재주라도 있는지 아는 모양이지. 무뇌아에 대하여 의사도 아닌 나더러 뭘 설명하라고 오라 가라 하는 거야?"

정 전무가 막 화를 냈다. 박경호는 멍청하게 화를 내는 상사를 쳐다봤다.

"이거 차분히 회사 일을 하게 놔두어야지. 이렇게 매일 불러대면 언제 일을 하나? 미스 공 차 대기시켜. 아직 정서해서 안 가지고 왔나?"

정 전무가 인터폰에 대고 콩을 볶았다.

"어떻게 박 부처장은 글씨가 그 모양이야. 대학까지 나온 사람이. 사장님 보여드리는데 얼굴이 뜨거워서. 이거 본사 근무해 먹겠나? 현장에서 그냥 기계와 싸우는 것이 편하지."

정 전무는 좌충우돌이다. 박경호는 주눅이 들어 웅크리고 서 있었다.

"영광 본부장 전화 없었나?"

정 전무가 인터폰에 대고 공순희에게 고함을 질렀다.

"네."

"전화 바꿔."

여비서가 바로 전화를 바꿨다.

"손 본부장. 어떻게 아직 보고를 못 해요?"

정 전무가 전화에 대고 질책을 했다. 박경호는 전무가 그의 대학 선배인 손 본부장에게 막말을 하는 광경을 멀거니 쳐다봤다.

"네, 이제 담당자가 출근했다고요? 그게 말이 돼요, 이제 출근하면."

본부장은 담당자가 이제 출근하여 서류를 아직 찾지 못했다고 하는 모양이다.

"아직 출근 시간이 안 된 것은 맞지만 하여튼 지금 청와대 갈 거니 그 안에 본사에 보고해 놔요."

정 전무는 일방적으로 지시를 하고 전화를 끊었다.

박경호는 '오늘도 또 공쳤군' 중얼대며 잘 알지도 못하는 사안을 설명하러 달려가는 전무를 수행했다.

영광 11, 12호기 건설사무소 이철준 부소장은 조간신문 기사, '영광원전 종업원이 무뇌아 출산'을 몇 번씩 읽으며 입맛을 다셨다. 며칠 전 신문에서 영광원자력 발전소 주변에서 기형 송아지가 태어났다고 대서특필하여 주변 주민들의 동요를 잠재우는데 시간을 많이 빼앗겼었다. 전남의대가 기형 송아지는 원자력발전소에서 나온 방사선의 영향이 아니라고 조사 결과를 발표했다. 주민들에게 조사 결과를 설명했으나, 주민들은 한전과 대학이 '짜고 치는 고스톱' 이라며 믿으려 하지 않았다.

이철준은 마을 대표들을 점심에 초대하여 조사 결과를 설명하였으나 들으려고 하지 않았다. 지역 대학인 전남대 의대를 돈 많고 힘센 한전이 돈으로 구워 삶아 그런 결론을 내게 했다고 오히려 역공했다.

또 영광원전에 근무하는 청소부가 무뇌아를 낳았다는 기사가……. 건설소장 집무실에서 긴급 대책회의가 열렸다.

"박성하 부장, 오늘 신문에 난 사항에 대해 조사한 것을 설명하지."

김보성 건설소장이 박성하 행정부장에게 지시했다.

"네. 신문에 난 내용은 다 보셨을 테니 설명은 약하고, 신문에 난 김순태는 영광원전에 일용직 청소부로 근무하고 있습니다. 일반 건물을 청소하는 일을 맡고 있어 발전소 통제구역에는 접근할 수 없는 자입니다."

"그럼 방사선과는 전혀 관계가 없잖아요?"

토목부장 이원배가 중간에 말을 끊었다.

"네. 그렇지요. 그러나 일반 주민들이 그것을 믿겠어요? 덕산리 주민들이 비상대책위원회를 만들어 우리 회사에서 적절한 해명이 없을 경우 대대적으로 원자력발전소 건설 반대 데모를 하겠답니다."

행정부장이 심각한 표정으로 말했다.

"발전소에서 김순태의 방사선 피폭 기록을 확인하여 피폭 사실이 없다고 발표하고 있습니다만, 김순태가 환경운동연합에서 영광원전의 발표가 엉터리라고 양심선언을 했어요. 원전측 지시로 통제구역에서 일한 적이 있었다고. 그것도 안전장구를 하나도 착용하지 않은 채."

"통제구역에 들어갔으면 출입기록이 다 있을 텐데 말도 안 되는 소리잖아."

다혈질인 기계부장이 화를 내뱉었다.

"그것은 우리끼리 통하는 이야기지요. 일반 주민들은 발전소 안에 들어

다니는 것이 마치 관공서 출입정도라고 생각해요. 출입절차 없이도 자유롭게 드나들 수 있다고 생각해요.”

행정부장이 기계부장을 진정시켰다.

“말도 안 돼요. 우리 본부는 그렇다 치고 본사는 뭐 해요? 그런 엉터리 기사 하나 못 막고. 우리 현장에 대고 큰소리나 치지.”

기계부장이 북북거렸다.

“본사에서는 영광만 문제가 아니고 4개 발전소 부지 다 관계가 있다고 여기고 서울대 의대를 중심으로 대대적인 역학조사를 하기로 했어요.”

“서울대 의대? 우리나라에서 제일 권위 있는 의대이니 좀 믿겠구먼. 역학조사 한두 달이면 끝나요?”

토목부장이 물었다.

“1차로 3년간 하기로 했습니다. 서울의대가 주축이 되고, 울진이 있는 경북의 경북의대, 고리가 있는 부산의대. 영광이 있는 전남의대랑 같이 한답니다.”

“3년씩이나? 당장 코앞에 불이 떨어졌는데.”

토목부장이 투덜댔다.

“역학조사는 하루 이틀에 마칠 수가 없어요. 대조군으로는 양평과 서울을 잡았대요.”

“대조군은 또 뭐요?”

“발전소 주변지역과 발전소에서 멀리 떨어진 지역의 질병, 특히 암 발생 확률을 비교하여 정말 원자력발전소 운전이 주변 주민들에게 영향이 있는지 조사하는 거요.”

“서울은 그렇다 치고 왜 하필 양평이요?”

“왜 양평을 선정했는지 그 이유는 잘 모르겠어요.”

“지금 역학조사 가지고 왈가왈부할 때가 아니야. 반핵하는 친구들이 들쑤셔 당장 우리 발전소 주변 주민들이 동요하고 있어. 주민 설득은 이 부소장이 책임지고 해. 박성하 행정부장이 적극 돕고.”

김 소장이 결론을 내렸다.

“네, 그렇게 하겠습니다. 박 부장 바로 마을 지도자분들 점심에 초대하세요. 한 30분 설명을 드리고 점심을 대접하며 이야기를 합시다.”

이철준이 행정부장에게 지시했다.

“네.”

원자력에 대해 상식 이상의 아는 것이 없는 사무계 출신인 행정부장은 주민 홍보업무를 그에게 떠맡긴 데 대한 불만으로 얼굴을 찌푸리며 대답했다.

“소장님 오셔서 인사 말씀을 해 주시겠습니까?”

이철준이 소장에게 건의했다.

“아니, 처음부터 내가 앞장서면 진짜 필요할 때 나보다 높은 사람하고만 대화를 하러 할 거야. 부소장도 이번 한 번만 인사를 하고 대민 접촉창구는 행정부장이 맡아서 해. 나머지 부장들은 기술적인 지원을 해 주고.”

“알겠습니다.”

부하 간부들이 일제히 복명하였다.

“이제 시작이요. 전두환 정권 때까지 막혀 있던 불만이 막 터져 나올 거야……, 또 보상과도 관계가 있으니 초기 대응을 잘 해야 해. 나 건설허가 관련 대전 킨스(주 : 한국원자력안전기술원, 과학기술처로부터 원자력 안전 기술자문을 위임받은 별도의 독립기관임. 대전 대덕연구단지에 위치하고, 300여명의 전문가를 확보하고 있음)에 다녀올 테니 대처를 잘해.”

김 소장이 허공에 시선을 두고 한숨을 내쉬며 말했다.

24

또 기술을 사오자고?

1989년 5월.

"본국 원자력계는 어떻게 돌아가?"

업무 협의차 한국에 다녀온 김종석 부소장이 출장중 수행한 업무보고를 마치자 문 소장이 본국의 상황을 물었다.

"기형 송아지, 무뇌아 등 문제로 시끄럽고, 반핵이 그린피스와 손을 잡고 기지개 펴고 터를 다지려 합니다. 연구소가 하는 사업을 빼앗아 가려고 과기처와 동자부가 힘겨루기를 계속하고 있는 것 같고. 신임 한전 사장이 적극 가담하고 있고."

"이제 막 자리잡고 일을 시작했는데 벌써 밥그릇 싸움이야."

"과기처는 사업을 우리 연구소에서 수행하는 데 따른 문제점이 있다는 동자부 의견에는 동조하지만 거저 안 넘겨주려고 하는 것 같습니다."

"기술 자립이나 되면 사업이관을 논의하지…. 어쨌든 원자력을 규제하는 정부기관이 하나라야지, 두 기관이 매일 서로 헤게모니 쟁탈전이나 하니."

"사업이관을 하면 여기 연구원들도 연구소에서 산업체로 넘어가야 하는 데 우리가 주장할 조건을 제시해야 할 것 같습니다."

"그것은 본소에서 알아서 해 줄 것 아냐? 원저보다 본소에서 일하는 인원이 훨씬 더 많으니 그 쪽에서 의견을 내겠지."

"그렇기는 하지만, 연구소 있다가 산업체로 가면 당장 정년이 줄어요. 우리 연구소는 65세인데 한전은 58세, 핵주는 60세, 코펙도 60세. 그러니 우리 정년을 한전에 맞춰 58세로 하라면 문제지요."

"그럼 우리 의견도 본소에 보내야겠군. 배 과장이랑 같이 정리해서 내게 줘."

"그렇게 하겠습니다. 그리고 원자력 13, 14호기, 울진 3, 4호기 추진이 본격화 되고 있는데 좀 한심한 일이 벌어지는 것 같아요."

"무슨?"

"소장님이 자리를 걸고 CE와 싸워 얻은 결과를 인정하지 않으려는 움직임이에요."

"어떻게?"

"울진 3, 4호기 원자로계통 설계를 또 CE에 맡기려는 거 같아요. 우리는 지금같이 공동설계나 참여하고."

"또 CE와 주계약을 한다고?"

"연구소에 원자로계통 설계 책임을 맡기는 것은 불안하여 안 되겠다는 겁니다."

"한전 친구들이 그러지?"

"네, 한전과 동자부가 그렇게 움직이는 모양입니다. 어떻게 독자적으로 설계를 해 본 경험이 없는 연구소에 원자로계통 설계를 온통 맡기냐는 거지요."

"설 PM이 그러나?"

"설 PM은 말할 것 없고, 최근 울진 3, 4호기 PM으로 발령 난 이순덕 PM도 같은 생각인 거 같습니다. 이순덕은 설 PM 밑에서 기계부장을 했었어요."

"우리 소장님 생각은?"

"소장님도 연구소가 사업에 대한 모든 책임을 지고 주계약자로 되는 것에 자신이 없으신 것 같습니다."

"우리 소장이? 누구보다 기술 자립을 앞장서서 부르짖던 분이."

"벌써 두어 번 재임하시어 더 이상 자리보전에 자신이 없으신 것 같습니다. 가급적이면 타기관과 마찰이 일어나는 일을 꺼리는 것 같습니다."

"한 소장은 대덕분소장까지 치면 10년도 더 했지. 노태우가 군 출신이지만 이제 군사정권은 물러갔다고 봐야겠고. 그러니 예전 군사정권 시절 같은 배경이 없어졌지."

"그래도 기술 자립에 앞장서던 한 소장님이 나가시면 기술 자립 추진이 한 풀 꺾일 텐데요. 우리 연구소가 하던 사업이 산업체로 이전도 빨라지고."

"아직 우리 기술 수준을 잘 몰라서 못 믿고 울진 3, 4 호기 주계약자를 또 CE로 하려는 모양인데 우선 한전부터 설득을 해야겠군."

문성식은 심각한 표정으로 허공에 시선을 두고 생각을 정리해 갔다.

"그러려면 우리 소장부터 먼저 우리 편으로 만들어야겠지. 내가 자료가 되는 대로 한국에 다녀올게. 가서 소장님을 설득하고 한전을 설득하고, 과기처 동자부를 설득해야지. 맨 땅에서 CE를 설득하여 우리의 뜻을 관철한 우리야. 영어로 하는 것도 아니고 한국말로 할 건데 우리 힘을 합해 설득을 해 보자고. 내가 앞장설게. 울진 3, 4호기 주계약자는 당연히 우리 연구소가 돼야지. CE에 또 주자고? 비싼 돈 들여 막 기술 자립해 가는데 또 CE에게 계약을 주면 기술 자립은 언제 해? 한참 후퇴하겠지. 잘못하다가는 비싼 돈만 날리고 기술 자립 날아갈 수도 있어."

"그럴 수도 있지요. 어물어물 CE는 기술 전수를 늦추려 할 거고."

"김 부소장은 팀장들과 협의하여 자료를 좀 만들어 줘. 우리의 기술수준을 잘 분석하고, 우리가 울진 3, 4호기 설계를 할 수 있다는 능력을 보여줄 수 있도록. 한 달 기간을 주면 만들 수 있겠나?"

"네. 충분합니다. 2주내에 드래프트를 보고하겠습니다."

"그럼 그 드래프트를 보고 한국에 가서 설명할 자료를 같이 만들지. 전문가용과 경영자용을 따로 만들어야겠지. 또 한 번 자리를 걸고 싸워야겠네. 기술 자립은 나를 위해서 하는 것도 아닌데 뭐 이렇게 딴죽 거는 친구들이 많아?"

문 소장이 마지막 말을 질근질근 씹으며 중얼거려 김 부소장은 똑똑히 알아듣지 못했다.

25
북한 원자력 현황 브리핑

1989년 6월.

광화문 정부청사 2층 외무부 회의실, 외무부 김선우 조약국장, 동자부 민철식 전력국장, 과학기술처 임재천 원자력국장, 국방부 신상열 대령이 마주보고 앉아 있고, 한 자리 건너서 안전기획부 이상춘 과장이 앉았다.

"벌써 6월 말, 올해도 반이 지나가네요. 참 세월이 빠르지요? 2시가 지났는데…. 곧 미 대사관측에서 올 겁니다."

외무부 김선우 국장이 시계를 보며 회의소집을 요구한 미 대사관측 인사의 참석이 늦는 것에 대하여 다른 부처 국장들에게 양해를 구했다. 김선우는 외무고시 출신으로 문리대 외교정치학과를 졸업했다.

"회의소집 목적도 안 가르쳐 주며 무조건 참석하라고 하니?"

동자부 민철식 국장이 인상을 썼다. 법대를 졸업한 그는 주사로 공무원을 시작하여 이사관까지 진급한 노력파이다.

"차관이 중요한 회의이니 절대 시간 늦지 말라고 하여 부랴부랴 왔는데."

과기처 임재천 국장이 순진한 표정을 지었다. 그는 기술고시 출신으로 기계과를 졸업했다.

"임 국장, 놀랄 만한 이야기를 들을 거야."

안기부 이상춘 과장이 턱을 고이고 앉아 창문 밖을 보며 중얼거렸다. 그는 임 국장과 대학교 동기동창이다.

백인 세 사람이 바쁜 걸음으로 회의실에 들어섰다. 앞서 들어온 미국인이, "늦어서 미안. 나는 미국 대사관 참사관 이안 스미스"하고 참석자를 향하여 시간에 늦은 것을 사과하고 자신을 소개했다. 국장들은 자리에서 일어서 차례로 그와 악수를 나누며 인사를 하였다.

"이 분은 국무성 안전조치국 닐 화이트, 이분은 ACDA(armament control and disarmament agency)의 하워드 존슨."

스미스가 동료를 소개했다. 닐 화이트는 턱수염을 기르고 있었다.

"오늘 이렇게 모인 것은 북한 원자력에 대하여 중요한 정보를 알려주기 위한 거다. 미리 말하지만 오늘 공개하는 사항은 일급비밀로 절대 필요한 사람, 각 부처의 장차관 이외에 보고하면 안 된다. 설명은 화이트가 할 거다."

화이트와 존슨이 그의 이름표가 붙어 있는 자리에 앉자 이안 스미스가 회의를 개회했다. 화이트가 준비해 온 슬라이드를 미리 설치해 놓은 슬라이드 머신에 끼었다.

'Nuclear Activity in North Korea' 라는 화면이 떴다.

"지금부터 북한 영변 핵기지에 있는 원자력 시설중 운전중인 5MW급 원자로와 건설중인 방사화학시설에 대하여 설명하겠다."

첫 화면에 영변의 지도가 나왔다.

"영변은 평양 북동쪽 80km 떨어진 위치에 있는 북한의 핵연구단지로 그 면적은 72백만 ft²로 현재 약 150동의 건물이 확인되고 있으며, 지도에서 보는 바와 같이 단지 중간에 구룡강이 흐르며, 구룡강 북안과 남안에 연구시설이 분포되어 있으며 주위는 대공포로 방호되고 있다."

화이트는 화면을 바꿨다. 북한 핵시설의 정보에 처음 접하는 정부 고위관리들은 눈을 반짝이며 열심히 설명을 들었다.

"이 원자로는 영변 1호기로 열출력 25MW, 전기출력 5MW 원자로로 북한은 전기 생산용이라고 선전하고 있으나 전형적인 플루토늄 생산 원자로다. 프랑스 등에서 동일한 유형의 원자로에서 플루토늄을 생산하여 핵실험을 했다. 이 원자로는 소련과 중국 등지에서 교육을 받은 북한 과학기술자들이 설계하여 건설한 원자로로 이 그림에서 보는 바와 같이 냉각탑에서 증기가 나오는 것은 운전을 하고 있다는 증거다. 1986년부터 운전하고 있으며 전출력으로 운전하면 일년에 플루토늄 7~8kg을 생산할 수 있으며, 핵무기 한 개 이상을 만들 수 있는 양이다.”

화이트는 다음 슬라이드 몇 장을 설명 없이 보여주었다. 슬라이드는 굴착에서부터 건물이 완성될 때까지 건설 과정을 보여주고 있었다.

“이 시설은 1987년부터 건설을 시작하여 건물 건설이 완료되었으며 내부의 기기설치도 마무리됐을 것으로 예측된다. 시운전이 한창일 거다. 이 시설이 무슨 시설인지 짐작이 가지?”

“재처리시설이지?”

주 오지리 한국 대사관 과학관을 지낸 임재천 국장이 아는 체하였다. 원자력, 특히 핵연료주기에 대하여 아는 것이 전혀 없는 다른 국장들은 임 국장의 입만 쳐다보았다. 원자력발전소를 건설 운영하고 있는 한국전력공사를 산하에 둔 동력자원부 민 국장도 핵연료주기에 대한 지식이 거의 없어 멍청히 앉아 있었다.

“맞다. 좀 전에 보여준 5MW 원자로에서 나오는 사용후 핵연료를 재처리하는 시설로 이 시설이 가동되면 북한은 핵무기를 만들 수 있는 원료를 확보할 수 있어 핵무기 개발에 한 걸음 더 다가가게 된다. 북한은 그 점을 이용하여 더욱 발언권을 강화하려 할 거다.”

화이트가 좌중을 둘러보았다.

“오늘 이렇게 관련부처의 중요한 분들을 모이게 한 것은 북한의 원자력 현황을 공식적으로 남한 정부에 알려 양국 정부간 향후 협력방향을 설정하고자 하는 거다.”

스미스가 보충설명을 하였다.

“북한은 1985년 12월 NPT에 가입하고도 이 핑계 저 핑계를 대면서 아직 IAEA와 핵안전조치협정 체결을 미루고 있다. 단지 1960년대 소련에서 도입한 IRT-2000만 안전조치를 받고 있다. IAEA 사찰관이 영변에 가도, IRT-2000만 딱 사찰하고 오고, 야산에 가려 몇 백 미터 떨어져 있는 영변 1호기는 보이지도 않는다. 미국 정부는 소련 정부와 협력하여 북한의 핵 투명성 확보를 강조하고 있지만 북한 정부가 전혀 움직이지 않고 있다. 이제 88올림픽도 끝났고, 직선에 의해 노태우 대통령이 선출되어 남한의 민주주의에 대한 세계의 여론이 아주 좋아지고 있다. 이런 게제에 남한도 이제 공산권과 보다 적극적으로 외교관계를 넓혀 가야 하는데 북한의 핵문제가 걸림돌이 되고 있다. 미국은 한국의 맹방으로 북한의 핵실태를 알려주고, 향후 외교라인에서 협조를 얻고자 이렇게 설명을 하는 거다.”

화이트가 좌중을 돌아다보았다.

“내가 비엔나 대사관에 있을 때 북한 대사관 친구들과 몇 번 만날 기회가 있었지만, 핵안전조치 문제는 아예 함구를 해서 그 쪽 의중을 전혀 알 수가 없었다.”

임재천이 끼어들었다.

“북한 최고지도자의 지시가 없으면 그 문제에 대하여 침묵을 지킬 거다.”

스미스가 말했다.

“우리나라는 핵안전조치를 우리 과기처에서 책임지고 잘 수행하고 있지만 북한이 NPT 비준 후 18개월 내에 체결하기로 되어 있는 안전조치 협정 체결을 미루는 것은 핵무기를 만들겠다는 흑심이 있어서겠지?”

임 국장이 나섰다. 동력자원부 민 국장은 원자력발전소를 관장하는 정부의 담당 국장으로서 원자력의 안전을 ‘부部’인 동력자원부보다 한 급 아래인 ‘처處’ 단위인 과학기술처가 책임지고 수행하고 있다는 말에 기분이 상했다. 그는 원자력발전소 건설과 운전은 당연히 동력자원부 책임이며, 원자력 안전에 대한 최종 책임은 동력자원부에 있다고 믿고 있다.

“원자력 안전은 원자력발전소 건설 운영을 담당하는 한국전력에 그 책임이 있으며, 당연히 동력자원부의 책임이다.”

민 국장이 더듬거리는 영어로 말했다. 스미스와 화이트는 민 국장의 영어를 이해하려 눈을 가늘게 떴다.

“민 국장님, 지금 말하는 것은 원자력 세이프티safety가 아니라 세이프가드safeguard입니다.”

임 국장이 우리말로 민 국장에게 알려줬다. 민 국장은 그게 그거지 하고 반박하려다가 분위기가 그렇지 않은 것 같아 입을 다물었다.

미국측은 몇 마디 더 발제를 하려다가 한국측 관리들이 핵비확산과 관련 거의 국제적인 감각이 없는 것을 확인하고 서둘러 회의를 종결했다.

"오늘 미국 정부는 공식적으로 한국 정부에 북한의 핵활동을 설명했다. 청와대에는 외무부에서 보고해 주겠지?"

이안이 김선우 국장을 쳐다보며 말했다.

"그 문제는 우리가 알아서 하겠다. 이렇게 공식적으로 북한 핵활동을 알려주어 한국 정부를 대표하여 미국 정부에 감사한다."

2개월 전 조약국장으로 부임한 김 국장은 아직 원자력 관련 조약이나 협정에 대하여 상식이 없었으며, 일년 남짓 그 자리를 지키다 외교관의 출세 코스인 주미 대사관으로나 나갈까 구상중이었다. 그는 솔직히 이 내용을 청와대에 보고할 만한 지식이 없어, 과학기술처에 그 일을 떠넘기려고 생각했다.

"여기 오늘 설명한 내용을 담은 문서가 있다. 비밀문서이므로 보안에 철저를 기해 주고 특히 언론에 노출되지 않도록 조심해 주길. 오늘 시간 내주어 감사하다."

스미스가 서류를 김선우 국장에게 넘기며 인수란에 그의 서명을 받았다.

회의가 끝난 후 김선우 국장은 청와대 보고 때 임 국장의 동행을 요구하였으며, 임 국장은 쾌히 승낙하였다.

ACDA에서 나온 하워드 존슨은 끝까지 입을 다물고 있었다.

미국 대사관으로 돌아가는 차 속에서 닐 화이트가 스미스 참사관에게 불평을 털어놓았다.

"오늘 모인 관리들이 한국에서 핵문제를 다루는 중요부서 고위직 관리들 같은데 아직 핵문제의 심각성을 전혀 모르는 것 같아."

"그래. 전두환 정권까지 핵문제는 극비 사항으로 겨우 몇 사람만 정보에 접근할 수 있었으며, 그러다 보니 자연히 일반 관리들도 별로 관심을 가지지 않게 되었지."

한국 사정에 밝은 스미스 참사관이 한국의 실정을 설명해 줬다.

"앞으로 오늘 모인 친구들하고 북한 핵문제 해법을 논의해야 하는데 교육을 많이 시켜야겠네. 미국에 초청하여 핵시설도 보여주고 감을 갖도록 하는 것이."

회의 내내 침묵을 지키던 하워드 존슨이 닐 화이트를 건너다보며 말했다.

"그게 한국 정부에서 국장급 간부는 한 자리에 1년 남짓 있다가 바뀌니 교육을 시켜야 효과가 의문이야."

스미스 참사관이 토를 달았다.

"모두 전문적인 자리인데 한 자리에 겨우 1년만 있어?"

하워드 존슨의 눈이 커졌다.

"더구나 오늘 온 국장들 중 기술자는 과기처 임 국장 정도이고 나머지는 다 법대 출신이야."

"동자부 전력국장도 왔었잖아?"

"그분도 법대 출신이야."

"전력을 다루는 실무책임자가 법대 출신이라?"

하워드 존슨이 이해할 수 없다는 표정을 지었다.

"그래도 우리 카운터 파트가 될 테니 교육을 시켜야겠지."

화이트가 말했다.

"본국에 돌아가서 프로그램을 만들어 보자."

하워드 존슨이 길가에 늘어선 녹음을 내다보며 말했다.

집무실로 돌아온 민철식 국장은 홍두표 원자력발전과장을 호출했다. 홍 과장이 수첩을 들고 달려 왔다.

"회의 잘 다녀오셨어요? 무슨 회의였어요?"

홍 과장이 수첩을 펴고 필기 준비를 하며 말했다.

"그건 알 것 없고, 오늘 외무부 회의 가서 과기처 임 국장한테 창피를 당했는데 그 친구 뭐 그렇게 건방져?"

"네, 임 국장 기술자 출신이라 좀 솔직한 데가 있지요."

홍 과장은 국장의 말뜻을 정확히 알 수 없어 얼버무려 대답했다.

"그런 말이 아니고, 홍 과장, safety하고 safeguard가 뭐가 달라. 내가 회의 다녀 와서 사전 찾아보니, safety나 safeguard 다 안전이라고 나와 있던데."

"safeguard면 safe를 guard 하는 것, 그것도 안전 아닙니까?"

"담담 과장이 그 차이도 몰라? 당장 알아서 보고해."

민철식이 불같이 화를 냈다.

머쓱하여 국장실을 물러난 홍 과장이 조 사무관을 그의 자리로 불렀다.

"조 사무관, safety와 safeguard가 어떻게 달라?"

홍 과장이 퉁명스럽게 물었다.

"네?"

"safety와 safeguard가 어떻게 다르냐고?"

"아 그것, 몇 년 전까지는 같은 뜻이었습니다만 최근 핵확산이 문제되면서 그 의미가 달라졌습니다. safety는 순전히 원자력 안전을 의미하며, safeguard는 핵안전조치, 핵확산을 막는 조치에 사용하고 있으며, 국제원자력기구가 주로 그 업무를 수행하고 있습니다."

홍 과장은 조 사무관의 말을 잘 이해하지 못했다. 그렇다고 다시 확인하면 사무관 앞에서 서기관의 권위에 금이 간다.

"월성 갔을 때, 사용후 연료 저장고에 들어갔더니 벽에 달린 카메라를 가리키면서 IAEA 감시 장비라고 하던데 그런 거야?"

"네, 국제원자력기구에서 사찰관을 보내 조사도 하고, 현장에 감시 장비도 달아놓고 우리나라가 이상한 짓을 하나 감시도 합니다."

"알았어, 간단히 보고서 만들어 국장에게 보고해."

홍 과장은 지시를 던지고 신문을 들었다. 조 사무관은 그의 과장이 그의 말을 이해하지 못한 것을 눈치챘으나 모른 척하고 그의 자리로 돌아와 한국전력 박경호 부처장에게 전화를 하여 '안전조치 관련' 자료를 두 장 분량으로 깨끗이 정리하여 두 시간 내로 가지고 오라고 지시했다.

26

우리 손으로 후속기를

1989년 6월.

"어, 문 소장 어서 와."

한철우 소장은 원탁의자에 앉은 채 그의 집무실에 들어서는 문성식 원저 소장을 반기는 제스처를 했다.

"안녕하셨습니까? 원저 일은 잘 진행되고 있습니다."

문 소장은 꾸벅 인사를 하였다.

"앉지. 미스 김, 녹차 한 잔 내와."

문 소장이 자리에 앉자 인터폰으로 비서에게 차를 주문했다.

"소장님이 중점적으로 추진했던 공동설계 작업은 당초 일정보다 일 개월 가량 앞서가고 있습니다."

문 소장은 간략히 요약된 공동설계 진도 보고서를 소장 앞에 펼쳐 보이며 보고했다.

"그래? CE 친구들 이제 딴말 없지?"

한 소장은 보고서를 일별하며 말했다.

"네. 딴말 없습니다. 본소에서 잘 도와주셔서 일이 착착 잘 진행되고 있습니다."

"그 동안 문 소장 수고했어. 일전에 브류 사장과 만찬을 했는데 만찬 분위기가 퍽 좋았지. 약간 술이 오른 브류가 문 소장에게 완전히 졌다고 하던데.”

“지기는요? 정당한 결정을 한 거지요.”

“그 때 한전의 반대가 좀 거셌지. 나도 우리 능력이 미심쩍어 고민을 많이 했고. 어쨌든 한 고비 넘기고 이제 기술 자립의 터전을 잡은 셈이지. 프로젝트 끝날 때 훈장 상신할게.”

“감사합니다.”

“오늘 온 것은 현황 보고하려고 귀국한 것은 아닐 거고. 특별히 보고할 것이 있다고 일부러 귀국을 신청했다면서.”

“네. 기술 자립 추진중인 11, 12호기의 후속기인 원자력 13, 14호기, 즉 울진 3, 4호기 계약 관련하여 보고 드릴 것이 있어 왔습니다.”

문 소장은 봉투에서 백 페이지가 넘는 보고서를 꺼내 한 소장 앞에 놓았다.

“이거 우리 연구소가 주계약자가 되자는 말이잖아?”

한 소장은 서류철에 붙은 요약전을 죽 훑어보며 말했다.

“네 그렇습니다. 윈저에서 들으니 우리나라 최초의 한국형 원자력발전소인 울진 3, 4호기 계약을 원자력 11, 12호기와 같은 방식으로 한다고 하여. 한전이 그렇게 나올 것으로 예상했습니다만, 소장님이 앞에 나서서 말려 주십사 하고.”

문성식 박사는 단호한 목소리로 말했다. 한 소장에게 명령을 하는 분위기였다.

“울진 3, 4호기 공사비가 얼마인지 아나?”

한 소장의 눈이 치켜 올라갔다.

“네. 40억불쯤 들 겁니다.”

“그런 큰 프로젝트를 원자력 11, 12호기 하며 CE와 딱 한 번 공동으로 설계해 보고 우리가 하겠다고?”

“네. 이제 우리 기술 수준이 CE에 비하여 결코 떨어지지 않습니다.”

“기술이야 떨어지지 않는다 치고 경험이 없잖아?”

“자신 있습니다. 울진 3, 4호기 원자로계통 설계는 이제 CE에 줄 필요가 없습니다. 우리 연구소가 주계약자가 되어 수행해야 합니다."

"나도 그러고 싶지만, 원자로계통 설계는 원자력발전소의 키, 핵심이야. 자신만 가지고 되는 것이 아니고 차질이 있어서는 안 돼."

"저도 잘 알고 있습니다. 프로젝트를 추진하는 한전은 당연히 안전 제일 주의를 부르짖겠지요. 동자부도 당연히 한전 편일 거고. 그러나 그것은 우리 능력을 잘 몰라서일 겁니다. 충분히 우리 힘으로 할 수 있습니다."

문 소장의 표정은 결연했다. 한 소장은 당돌한 부하의 강요에 난처한 표정을 지었다.

"소장님께 확신을 드리기 위하여 지난 한 달 동안 울진 3, 4호기 원자로 설계를 위하여 수행할 역무를 분석하고 각 분야별로 우리의 기술 능력을 면밀히 분석하여 가지고 왔습니다. 이 보고서가 분석한 자료입니다. 앞에 요약된 내용을 먼저 보고 드리겠습니다. 보고를 받으시고 우리 능력이 부족하다고 판단하시면 그 때 우리 연구소가 계속 CE의 하청업자로 남겠다고 결정하셔도 늦지 않습니다."

문 소장은 의도적으로 한 소장의 자존심을 긁었다.

"이것은 중요한 결정이야. 우리 연구소뿐만 아니라 우리나라 원자력 산업 전체에 중대한 영향을 미칠 결정이야. 문 소장도 알다시피 울진 3, 4호기 총공사비가 40억불이나 되는 대형 프로젝트야. 만일 우리가 원자로계통 설계를 맡았다 차질이 생겨 공기가 늘어진다든지, 설계를 제대로 못해 원전 안전상 문제가 건설 후에라도 발견되면 어떻게 할 거야? 공기가 늦어지면 하루에 10억 원 이상 손해를 보는 것은 문 소장이 원자력을 계속 해 왔으니 나보다 더 잘 알 거고, 설계를 잘못하면 발전소 건설에 결정적인 영향을 미칠 수가 있어. 돈과 신뢰도도 문제지만 지금 막 고개를 들기 시작한 반핵 단체의 좋은 타깃이 되어 향후 원자력을 추진하는 데 걸림돌이 될 거야."

"저도 그 점을 잘 알고 있습니다. 그래서 우리 기술진을 동원하여 면밀히 검토를 했습니다. 당연히 CE측 조언도 비공식적으로 좀 받았습니다."

문 소장이 당당하게 버텼다.

"문 소장이 귀국까지 한 것을 보면 단단히 확신이 선 모양인데 나는 원자력 사업 전체를 보고 결정해야 해. 문 소장같이 단순히 이 문제만 보고 결정할 수는 없어. 기술 자립을 주창한 것도 나고, 보수적인 한전을 설득하여 R&D 자금을 대도록 한 것도 나야. 점심 약속이 있어. 이 문제는 반시간 정도 보고를 받고 결정할 사항이 아냐. 보고서를 놓고 가. 내가 한 번 세밀히 보고 이야기를 하지. 몇 시간이고 토의를 해야 하니 아예 저녁 먹고 7시에 내 방에 와. 밤이 새도록 토론해 보자고.”

한 소장이 한 발 물러섰다.

“네. 그럼 7시에 오겠습니다.”

한 소장의 업무 스타일을 잘 아는 문 소장은 선선히 그의 집무실을 물러났다. 문 소장이 집무실을 나가자 한 소장은 입맛을 다시며 잠시 허공에 시선을 뒀다가 부소장, 원자로계통 설계사업단장, 핵연료 설계사업단장을 불러들였다.

“좀 전에 문 소장이 이 보고서 놓고 갔는데 보고받았나?”

문 소장으로부터 이미 보고를 받은 부소장 조창구 박사와 원자로계통 설계사업단장 최문호 박사는 검토중이라고 보고했다.

“김 박사도 이 보고서 카피해서 검토해 봐.”

한 소장은 문 소장의 보고라인에 있지 않은 핵연료설계 사업단장, 김정식 박사에게 보고서를 넘겨주며 지시했다.

핵연료 설계 분야는 100% 기술 자립하여 더 이상 CE에 의존할 필요가 없으며, 울진 3, 4호기 계약부터 CE사를 빼고 원자력연구소가 단독으로 주계약자가 되어도 된다고 한 소장을 설득하여 어느 정도 내락을 받은 상태이다.

“그럼 모두 철저히 검토해 보고 저녁 7시에 내 방으로 와.”

세 과학자는 공손히 예의를 갖추고 소장의 방을 물러 나왔다.

“오늘도 밤 12시 전에 집에 가기는 틀렸네.”

조 부소장이 원자로계통 설계사업단장을 돌아보며 푸념을 하였다.

“한전 친구들과 저녁 약속 있는데…….”

김정식 박사가 난처해 하는 표정을 지었다.

"좀 전에 한전 핵연료부장이 인사 왔던데 저녁 약속한 거야?"

부소장이 물었다.

한전 핵연료부장은 원자력연구소와 핵연료 설계 계약 협상의 상대역이다.

"네."

"그럼 내가 소장님께 말씀 드릴 테니 저녁 먹고 회의 참석하지. 한두 시간에 끝날 회의가 아니잖아?"

부소장이 결론을 내려줬다.

"그렇게 해. 한전 핵연료부장은 핵연료 파트 실세잖아? 소장님도 이해하실 거야."

"그럼 부소장님이 소장님께 말씀 드려 주시겠어요?"

"그렇게 해. 그 대신 술은 조금만 먹고 와."

저녁 7시, 원탁 회의실.

부소장 조창구 박사와 원자로계통 설계사업단장 최문호 박사, 문성식 원저 사무소장이 한철우 소장을 기다렸다.

"어, 벌써들 왔어? 김 박사는?"

7시 10분, 한 소장이 회의실에 들어서며 인원 점검을 했다.

"한전 핵연료부장이 와서 저녁 같이 하고 들어오라고 했습니다."

"그 친구 나한테도 인사 왔었어. 잘했어. 고객은 왕이지."

한 소장이 시원스럽게 말했다.

"죄송합니다. 제 마음대로 식사를 하고 오라고 하여."

부소장이 예의를 갖췄다.

"곧 교체연료 계약도 있고, 울진 3, 4호기 계약도 해야 하는데 실세한테 잘 보여야지. 그건 그렇고 오늘 주제는 다 알 테니 더 말할 필요 없을 거고, 모두들 보고서 봤겠지만, 나도 오후 내내 봤어. 보고서 내용 다 알고 있으니 문 소장은 간단히 요약 보고해. 참 차부터 한 잔 하고 시작할까?"

한 소장이 퇴근을 않고 대기하고 있는 여비서에게 차를 시켰다.

"결론부터 말씀 드리면 원자력 11, 12호기에서 자립한 기술을 바탕으로 울진 3, 4호기부터는 우리 연구소가 책임을 지고 핵연료도 원자로도 다 설계하자는 겁니다. 더 이상 미국 CE의 종속이 아닌 우리 손으로 하는 겁니다."

문 소장은 한 소장을 똑바로 쳐다보며 열정적인 목소리로 결론을 보고했다.

"여기 계신 소장님, 부소장님, 단장님이 저보다 더 잘 알고 계시겠지만, 우리의 능력은 미국 현장에서 직접 뛰는 제가 더 잘 알 것 같아 간략히 기술 현황을 말씀 드리겠습니다."

문성식 박사는 미리 준비한 원자로계통 설계 절차도를 펼쳐 참석자가 잘 볼 수 있도록 세워 놓고 볼펜으로 도면을 짚으며 각 단계별로 차곡차곡 설명했다.

"원자로계통 설계를 위하여 제일 먼저 해야 할 분야는……."

마지막으로 여러 분야 설계 결과를 종합하여 경제성을 확인하는 과정까지 설명을 마친 문 박사는 다 식은 차를 마셨다.

"문 박사 설명은 알겠고, 결과적으로 우리 단독으로 원자로 전체 계통 설계를 다 할 수 있다는 이야긴데, 최 단장은 본소에서 직접 사업을 컨트롤하니 총괄적인 관점에서 문 소장 보고에 대하여 어떻게 생각해요?"

부소장 조창구가 성급하게 나서며 물었다. 한 소장은 회의를 주재하는 그의 역할을 새치기한 조 부소장에게 곱지 않은 눈길을 보냈다.

"내가 미국 웨스팅하우스에서 경험한 바로는 원자로계통 설계가 그렇게 쉽게 이루어지지 않아서 묻는 말입니다."

조 박사는 소장의 기분은 전혀 개의치 않고 자기 말을 이어갔다.

조 박사는 서울 공대 원자력과를 졸업하고, 미국 UC 버클리 캠퍼스에서 박사학위를 받고, 미국 웨스팅하우스에서 핵연료 설계 업무에 종사하다가 유치 과학자로 귀국했다. 성격이 끈질기고 학구적이며 자기 본위로 살아간다.

"원자력 11, 12호기 설계 진도로 보아 우리가 기술을 어느 정도 확보했다고는 할 수 있지만 다음 호기를 우리 단독으로 하는 것은 아직 무리일 것 같습니다."

최 박사가 꼬리를 내렸다.

최 박사는 서울 문리대 물리학과를 졸업하고 바로 원자력연구소에 입소하여 연구소에서 잔뼈가 굵은 학구파로 서울대에서 박사학위를 받았다. 그는 인정이 많고 자상하여 아래 사람들로부터 신임을 받았으나, 연구소에서 사업을 하는 것 자체를 못 마땅하게 여긴다. 사업단장이라는 타이틀도 탐탐케 여기지 않고 있다. 그는 40대 중반인 조 부소장의 10년 선배이다.

"단장님 그렇지 않습니다. 제가 오전에도 보고 드렸고 좀 전에도 요약보고 드린 바와 같이 우리의 능력은 CE를 배제하고 후속기를 설계할 만큼 충분한 기술 능력을 가지고 있습니다."

문 박사가 소장 앞에서 직속상관에게 직언을 하였다.

문 소장은 솔직히 '물리 전공인 단장님은 원자로계통 설계를 잘 모르시잖아요?' 라고 말하고 싶었다.

"문 소장 말이 맞아요. 우리는 원자력 11, 12호기를 시작하면서 기술 자립의 기치를 들고 수천억의 돈을 쏟아 부었어요. 후속기부터는 당연히 우리가 설계를 해야지요. 여기서 우리 연구소가 다시 CE의 하청계약자가 되는 것은 굴욕입니다. 연구소의 장래를 위하여 당연히 우리 연구소 책임하에 설계를 해야지요."

조 부소장이 처음 발언과는 180도 다른 취지의 말을 했다.

"조 박사, 지금 당위론을 이야기하자고 모인 것이 아니요. 우리나라 원자력 사업의 앞날을 논의하자는 거요. 오늘의 결정이 원자력의 새로운 이정표가 될 것이요. 연구소 입장만 생각할 것이 아니라 우리나라 원자력 전체를 보고 이야기를 해야지."

소장이 부소장을 반박했다.

"제가 말씀 드린 것은 그렇게 많은 돈을 들이고 기술 배워 다음 발전소도 다시 미국의 하청계약자로 들어가서는 안 된다는 말입니다."

조 박사는 상관의 지적에 전혀 주눅이 들지 않았다.

"돈 많이 든 것을 누가 몰라요? 만약 우리 연구소가 사업을 맡았다가 사업에 차질이 생기면 우리 연구소 문제만 아니라 우리나라 원자력 전체의 문제이니 우리 기술능력을 철저히 따져보고 결정하자는 거지."

소장이 부소장을 윽박질렀다.

"소장님, 저도 그 말입니다. 우리 연구소에 얼마나 많은 인재들이 있습니까? 다음 호기 설계는 우리가 할 수 있어요."

"누가 인재가 많은 것을 몰라? 현재 기술 능력이 얼마나 되는지 따져 보자는 거라니까."

한 박사가 큰 소리를 냈다.

문성식은 소장과 부소장의 입씨름을 중재할 수도 없어 멍청히 쳐다만 보았다.

애매하게 신중론을 펴는 최 단장과 막무가내로 사업을 맡아야 한다는 조 부소장간에 설전이 이어졌다.

8시 반, 김정식 박사가 회의실에 들어섰다.

"소장님 늦어서 죄송합니다."

"이야기 들었어. 어느 식당에 갔었나?"

"청풍 갈비집에 갔습니다."

"좀 좋은 것을 사 주지. 다음은 내가 오복집에 한 번 데리고 가야겠군."

오복집은 여자가 서브해 주는 한식 요정이다.

"김 박사는 보고서 읽어봤지? 의견이 뭐야?"

한 소장이 김 박사가 숨도 돌리기 전에 물었다.

"네, 저는 소장님께 여러 번 말씀 드렸지만 후속기 설계는 우리들이 해야 한다는 입장입니다. 1980년대 중반부터 서독에 가서 교육을 받고 공동설계에 참여한 우리 기술진은 1988년부터 국내 전발전소에 공급하는 핵연료 설계를 외국의 도움 전혀 없이 우리 손으로 하고 있어요. 당연히 후속기 핵연료 설계도 우리 손으로 해야지요. 소장님이 오케이하셨는데."

"핵연료 말고 원자로계통 말이야."

소장이 짜증을 냈다.

"네, 당연히 우리가 해야지요. CE에 파견된 직원 중에는 핵연료 설계하던 친구들이 여러 명 갔어요. 그 친구들은 실전 경험이 풍부해요. 그 친구들은 독일 기술뿐만 아니라 미국 웨스팅하우스 기술도 다 알고 있어요. 더구나 벌써 70%를 우리가 책임을 지고 공동설계를 하고 있으니 다음 호기 설계를 우리가 하는데 전혀 지장이 없습니다. 한전이 우리를 못 믿겠다고 하면 CE를 컨설팅으로 쓰면 되지요."

가볍게 알코올에 젖은 김 박사가 명쾌하게 말했다.

서울 공대 원자력과를 졸업하고 한전에서 잠시 근무한 후 한전을 그만두고 미국으로 유학을 떠나 카네기멜론대학에서 박사학위를 받고 연구소로 돌아온 김 박사는 현장 감각이 있다.

"김 박사, 그렇게 쉽게 말하면 안 돼요. 그 책임은 내가 져야 한다는 말이에요. 자기 일 아니라고 그렇게 말하면 안 되지요."

최 박사가 완곡하게 김 박사의 말을 막았다.

"최 단장님, 그런 뜻이 아니고 현재 우리 실력으로 충분히 그 일을 해낼 수 있다는 말씀입니다."

김 박사는 원자로계통 설계에 깊은 지식이 없는 그의 십수 년 선배를 딱하게 쳐다보았다.

결론이 없는 논전이 끝없이 계속됐다.

한 소장은 그의 부하 네 전문가, 원자력 전공 2명, 기계공학 전공 1명, 물리 전공 1명 등이 논제에서 벗어났다, 다시 논제로 돌아오며 치고 받는 논쟁을 들으며 그들의 논쟁 속에 허점을 찾고 누구의 말이 가장 진실에 가까운지 알아내려 정신을 집중했다. 외골수인 박사들은 논쟁이 가열되자 선후배, 직장 상하의 벽을 허물고 자기 주장을 폈다. 몇 시간째 논쟁을 벌이던 그들은 결론에 접근해 갔다.

다음 호기, 울진 3, 4호기 핵연료 설계 분야를 원자력연구소가 단독으로 설계한다는 데는 네 사람이 쉽게 합의했다. 원자로계통 설계는 신중론과 돌파론이 절충점을 찾아갔다. 원자력연구소가 책임을 지고 설계를 하되 사업자인 한전을 안심시키기 위하여 CE를 자문회사로 쓴다.

"벌써 밤 12시가 넘었어. 하루를 넘겼네. 그럼 결론을 내리지. 울진 3, 4호기 핵연료와 원자로계통 설계는 우리 연구소가 주계약자가 된다. 핵연료는 외국 기술의 도움 없이 우리 단독으로 수행하며, 원자로계통 설계는 우리 연구소가 주계약자가 되고 CE를 컨설팅 회사로 쓴다. 핵연료 부문은 김 박사가 주관하여 한전과 정부를 설득하고, 원자로계통 설계 분야는 최 단장이 주관하여 정부와 한전을 설득한다. 조 부소장과 문 소장은 최 단장을 지원한다. 특히 문 소장은 윈저 귀임 전에 최 단장을 도와 한전과 정부에 설명을 한다. 됐지요?"

한 소장이 지친 기색이 역력한 부하들에게 결론을 내려줬다.

"나는 내일 당장 한전 사장을 만나 우리의 뜻을 전하겠습니다. 과기처장관을 찾아뵙고 한전, 동자부를 설득하는 데 과기처의 지원을 요청하겠습니다. 이제 연구소 방침이 정해졌으니 그 문제에 대하여 더 이상 왈가왈부 없기를 바랍니다. 이상. 내일 아니 오늘부터 각자 맡은 바 임무에 최선을 다합시다."

"저 소장님."

조 부소장이 자리에서 일어서려는 소장을 잡았다.

"또 뭐야? 이미 결정됐는데."

소장이 짜증을 냈다.

"다른 것이 아니고 한전 사장 만나시는 것은 우리가 밑에 사람과 말하고 난 다음에 하시면."

"알았어. 그것은 내가 알아서 할게."

"그리고 CE 컨설팅을 비밀로 하시지요."

"그건 추후 문제야. 모두 수고했어. 문 소장 귀국한 보람이 있네. 언제 귀임이야?"

"내일 모렙니다."

"하루 이틀 더 있어도 좋으니 최 단장 잘 보필해. 그럼 조심해서 돌아가고 윈저 직원들에게도 더 열심히 하라고 전해."

한 소장이 문성식에게 손을 내밀었다.

"소장님, CE에게 비밀로 하는 문제는 중요한 문제입니다. 결론을 짓고 가셔야지요."

조 부소장이 물고 늘어졌다.

"한전과 동자부에 설명할 때 CE 문제는 우선 CE에게는 비밀로 해달라고 말해."

한 소장이 조 부소장의 고집에 졌다.

"소장님."

조 부소장이 문쪽으로 걸어가는 한 소장을 붙잡았다.

"아직 결정할 사항이 더 있습니다."

"됐어. 오늘은 그만해. 내일 봅시다."

한 소장이 조 부소장을 뿌리치고 방을 나갔다.

"가시면 안 되는데… ."

조 부소장이 아쉬워했다.

"부소장님 가시지요."

김 박사가 부소장을 끌었다.

문성식은 상명하복이 철저한 한전에서는 도저히 볼 수 없는 자유분방한 광경을 보며 눈이 커졌다.

문성식은 연구소에서 독신들을 위해 운영하는 독신료에서 시차에 시달리며 잠을 설쳤다. 문성식은 최문호 단장을 모시고 연구소 결정 사항을 정부와 한전에 설명하러 서울로 올라가며 승용차가 북대전 톨게이트를 벗어나서 고속도로에 들어서자마자 바로 잠에 빠져 들었다.

과기처 원자력 정책과장 김종호는 설명을 마치기도 전에 연구소의 안에 찬성했다.

"당연하지. 기술 자립을 뭐 하러 했어요. 당연히 연구소가 주계약자가 되어야지. 아직도 CE에게 주계약자를 주겠다는 동자부나 한전 친구들은 어느 나라 친구들이지? 기술 사대주의에 빠져서. 내가 바로 한전에 그렇게 하도록 지시할게요. 인허가를 내주는 과기처가 좋다는데 한전 친구들이 반대 못할 거요."

김 과장이 산하기관 간부 앞에서 서슬이 퍼렇게 그의 힘을 과시했다.

"감사합니다. 연구소의 입장을 이해해 주서서."

최 단장은 그보다 열다섯 살은 어린 정부 서기관에게 깍듯이 인사치레를 했다.

"국장님에게도 설명하시지요. 지금 손님 나가면 바로 연락 주기로 했어요."

최 단장의 깍듯한 응대에 기분이 좋아진 김 과장이 손수 국장실에 전화를 하여 시간을 잡아줬다.

원자력국장은 김 과장보다 더 화끈했다.

"당연한 일을 바쁜 시간 내서서 설명하시러 오실 것 없었는데. 그냥 전화로 하시지. 김 과장, 당장 한전 정 전무에게 전화해."

"네. 바로 전화하겠습니다."

"감사합니다. 이렇게 기술 자립을 이해해 주서서. 점심시간도 다 되어 가는데 점심 식사라도."

최 단장은 그보다 열 살도 더 어린 국장에게 머리를 조아리며 점심시간을 주십사고 간청했다.

문성식은 대전을 떠나기 전 김 과장에게 국장과 점심을 제의하였다. 김 과장은 오늘 국장님 점심 스케줄이 없으니 직접 말씀 드리라고 코치했었다.

"김 과장. 모처럼만에 최 단장께서 점심 산다는데 어디 예약하지? 과장들 다 오시라고 해."

"감사합니다. 시간 내주서서."

최 단장이 다시 한 번 머리를 조아렸다.

"우리 연구소가 이렇게 일찍 기술 자립을 하니까 동자부 친구들이 배가 아픈 모양이야. 기술 자립 다해 놓으니까 동자부 친구들 사업을 빼앗아가겠다고 난리요. 어림없지. 그럼 점심시간에 뵈어요."

원자력국장이 큰 소리를 쳤다.

최 단장과 문성식은 면회실에서 점심시간이 될 때까지 기다리다가, 최 단장은 승용차로 국장을 모시고, 문성식은 식당에서 보낸 봉고차로 과장들과 같이 식당으로 갔다.

오후 2시 최 단장과 문성식은 동력자원부 원자력발전과에 들렀다.

문성식은 안면이 있는 조 사무관에게 인사를 건네며, 단장님을 모시고 왔으니 과장님께 인사를 시켜달라고 했다. 조 사무관이 최 단장의 명함을 들고 과장 자리로 갔다. 문성식과 조 사무관이 서로 인사하는 것을 못 본 체하며 곁눈으로 보고 있던 유삼철 원자력발전과장이 조 사무관이 건넨 명함을 흘깃 보고 그의 자리로 다가오는 최 단장에게 자리를 권했다. 법대를 나와 행정고시 출신인 유 과장은 원자력발전과장으로 부임한 지 반년이 되었다. 그는 벌써 그의 경력에 보탬이 되는 다른 자리로 옮겨가려고 운동을 하고 있다.

과장과 단장이 인사를 나눴다. 과장이 명함을 단장에게 건넸다.

"윈저 사무소장입니다. 원자력 11, 12호기 원자로계통과 핵연료설계를 총괄하고 있습니다."

단장이 문성식을 과장에게 소개시켰다. 서로 명함을 교환했다.

"무슨 일로?"

과장이 본론을 재촉했다.

"울진 3, 4호기 사업추진 관련, 원자로계통 설계와 핵연료 설계 주계약자를 원자력연구소가 하겠다는 보고 드리러 왔습니다."

"그 문제면 한전과 이야기하시면 됩니다."

과장이 정중히 설명을 막았다. 과장은 원자력발전과장으로 반년 가까이 근무하며 기술자들의 꽉 막힌 고집통을 끝없이 대해 왔다. 법률 용어만 일반인들이 알아듣기 어려운 특수 용어인 줄 알았었는데 원자력하는 친구들도 대화 중간 중간에 영어를 섞어 쓰며 어떻게 약자를 많이 쓰던지 알아 들기가 어려웠다. 최 단장이나 윈저 소장이라는 자의 명함을 보니 박사 타이틀이 적혀 있다.

'이 치들이 얼마나 토막 영어에 약자를 섞어 쓰며 자기 고집을 부릴까?'

"핵연료는 원자력연구소가 주계약자가 되고, 원자로계통은 울진 3, 4호기 한 번 더 CE에 계약을 주도록 결정이 되었습니다."

조 사무관이 과장을 쳐다보며 못을 쳤다.

"그래서 저희들이 왔습니다. 보고 받으셨겠지만 이미 원자력 11, 12호기 원자로계통 설계의 100%를 우리 연구소가 수행하고 있습니다."

문성식이 성급하게 끼어들었다.

"CE 책임하에 하고 있지요?"

과장은 윈저 소장 따위가 단장과 서기관과의 대화에 끼어드는 것이 불쾌했다.

"네, CE가 책임지고 하고 있습니다. 그러나 CE는 계약상 책임을 지는 것이고 실제 일은 우리 연구소가 다하고 있습니다."

문성식은 과장의 반응에 전혀 개의치 않고 그가 할 말을 이어갔다.

"원자력발전소 설계 기술 자립은 동력자원부가 앞날을 내다보고 큰 결심을 하시어 수행하는 사업입니다. 동력자원부의 강력한 지원 아래 한전의 R&D자금 지원을 받아 예상보다 빨리 기술 자립의 길에 들어섰으며, 울진 3, 4호기부터 그 열매를 따게 되었습니다. 이것은 오로지 과장님을 비롯한 동력자원부 간부님들의 열과 성의, 앞날을 보는 혜안으로 이루어진 쾌거이며, 동력자원부에서 크게 국민들에게 선전할 수 있는 성공 사례입니다."

인문계 출신 과장은 그의 부서를 추겨 세우며 유창하게 자기 주장을 펴는 기술자로는 별종인 문성식을 흥미롭게 쳐다봤다.

"저는 윈저 소장으로 부임한 이래 단시일내에 기술 자립이라는 동력자원부가 수립한 기술 국산화 계획을 조기에 달성하려고 노력하고 있으며, 우리 애국심에 불타는 젊은 엔지니어들이 불철주야 노력하여 이제 CE와 비견한 기술 수준에 도달하였습니다. 아직 CE 수준을 넘었다고는 생각하지 않지만 한전에서 기술의 해외 수출을 논의할 만큼 기술 수준이 높아졌어요.

이런 차제에 울진 3, 4호기 주계약자를 다시 CE로 하면 우리 기술 수준이 아직 수출과는 거리가 멀다는 것을 대내외에 스스로 알리는 결과가 되며 동력자원부에서 추진하는 원자력 기술 수출계획에도 차질이 있게 됩니다.”

“문 박사는 인문계요?”

1+1=2를 고집하는 이공계 출신을 가볍게 여기는 과장이 신기한 듯 문 박사를 쳐다보며 의미심장하게 웃었다.

“아닙니다. 대학에서 기계공학을 전공했습니다.”

“원저가 바닷가에 있다면서요?”

“네. 뉴욕에서 차로 네 시간 거리에 있습니다. 오시면 제가 뉴욕까지 차로 모시러 나가겠습니다.”

“조 사무관 언제 원자력 11, 12호기 PRM(주 : Project Review Meeting) 있지?”

“곧 있을 것 같은데 한전에 알아보겠습니다.”

“그 때 한 번 가볼까? 기술 자립 현황을 파악하러. 제가 가면 안내 잘해 주세요.”

“그곳 해산물이 일품입니다, 특히 바닷가재가 좋습니다.”

“단장님 이렇게 대전에서 멀리 오셨는데 이 문제는 저희들이 한전에 맡겨 놓고 있습니다. 사업자인 한전에 권한을 줘야지 정부에서 이래라 저래라 하면 안 되지요. 문 소장 말도 일리가 있는 것 같은데 한전과 이야기해 보시지요.”

자리를 옮기려고 생각하고 있는 과장은 더 깊이 기술적인 이야기를 듣고 싶지 않았다.

“이왕 오셨으니 기술적인 사항을 조 사무관에게 설명하시지요. 조 사무관, 최 단장님 설명을 들어봐요. 그럼.”

과장이 단장에게 악수를 청했다.

단장과 문성식과 악수를 나누고 과장은 자리를 떴다.

조 사무관에게 설명을 마친 연구소팀이 국장께 인사차 들르겠다고 하자,

조 사무관은 어떻게 연구소의 단장이 감히 국장님을 만나려 하는지 황당하다는 표정을 지으며 한 마디로 거절했다. 과장은 그때까지 사무실에 돌아오지 않았다.

"단장님, 한전에 가서서는 처장까지는 제가 설명하겠습니다. 전무님께 설명하실 때만 같이 가시지요."

과천 정부청사에서 한전으로 가는 승용차 안에서 문성식이 단장에게 건의했다. 문성식은 그의 직속 상사가 그와 동년배인 한전 중간 간부들 앞에서 머리를 조아리는 것이 싫었다.

"그게 편하겠어?"

마음씨 착한 단장은 바로 동의했다.

"이번 PRM때 한전에 말해서 동자부 원발과장 같이 모시고 오라고 해야겠는데요. 외국에 갈 기회가 별로 없을 테니."

"그거 좋은 생각이야. 실제 가서 봐야 현장감이 생기지."

"동자부 원자력발전과와 과기처 원자력국을 합쳤으면 좋겠어요. 두 부처 나눠져 있어 사사건건 다투기만 하고."

"한 쪽은 추진, 한 쪽은 규제라는 칼을 들고 있는데 밥그릇을 놓으려고 하겠어. 더구나 과기처에서 원자력국은 앙꼬 같은 부선데."

단장이 포기한 듯 말했다.

"한전을 관장하는 동자부도 한전 예산 중 제일 큰 투자비를 쓰는 원자력을 포기하려고 안 할 거고. 연구소나 한전이나 애비가 서로 틀려 둘 다 애비 말 듣느라 우리 기술자끼리 해결될 것도 자꾸 딴 소리 하게 만들잖아요?"

"문 소장은 한전도 근무해 보고 연구소도 근무하니 그 어려움을 잘 알겠네. 우리 오늘 설명하고 다니는 일도 동자부, 과기처 기 싸움의 대상이 안 됐으면 좋겠어. 울진 3, 4호기 설계를 연구소가 하는 것을 밀겠다는 과기처나 연구소를 못 믿어 CE에 주겠다는 동자부나 다 일리가 있는 주장이거든."

"그래도 우리 능력이 있는데 외국에 줄 필요 없지요. 설계비의 대부분이 인건비인데 인건비가 비싼 미국 친구들에게 맡기는 것보다야, 국내 인력에 맡기는 것이 낫지요."

문성식은 좋은 것이 좋은 것, 남과 다투기를 싫어하며 살아온 단장이 딴 말을 하기 전에 쐐기를 박았다.

단장은 면회실에서 커피를 마시며 기다리고, 문성식은 먼저 울진 3, 4호기 PM 이순덕을 찾았다.

"문 소장님 언제 귀국하셨어요?"

이 PM이 반갑게 문성식을 맞았다. 이 PM은 문 소장보다 1년 늦게 한전에 입사하여 바로 옆 부서에서 근무했었다.

"이 부처장 잘 있었어요?"

두 사람은 반갑게 악수를 나눴다. 이 PM이 여직원에게 커피를 부탁했다.

"미국 생활은 하실 만하세요?"

"이제 1년이 넘으니 좀 적응이 되어가고 있어요."

"미국서 골프 치세요, 아님 테니스를 치세요?"

"둘 다 하지요. 골프는 시간이 많이 걸려 한 달에 한 번 꼴로 나가요. 거기 교민들과 사귀려면 골프를 안 치면 안 되니."

"그럼 교회도 나가세요?"

"교회도 나가지요. 교회가 교민들 친교 장소지요. 대한민국에서 제일 큰 사업 하는 바쁜 사람 붙잡아놓고 한담만 할 수는 없고 본론으로 들어갈까요?"

문 소장이 봉투에서 서류를 꺼내 이 PM에게 건넸다.

"왜 오셨는지는 알아요. 울진 3, 4호기 계약 때문에 오셨잖아요? 연구소가 주계약자가 되겠다고."

"내가 기술자로서 명예를 걸고 말하는데 우리 기술로 울진 3, 4호기 설계를 할 수가 있어요."

이 PM은 열심히 문성식이 건네준 서류를 뒤적였다.

"문 소장님. 우리도 연구소가 단시일 내에 기술 자립의 기틀을 잡아가는 것에 감탄하고 있어요. 문 소장님이 CE와 싸워 공동설계 포션을 70%까지 올린 것도 알고."

"금년부터는 100% 하고 있어요. 그럼 설명을 드릴게요."

문 소장이 볼펜을 꺼내 서류를 집으며 설명을 시작하려 했다.

"선배님 뜻은 설명 안 하셔도 잘 알아요. 울진 3, 4호기 기본 방침은 원자력기획처에서 수립해요. 우리는 기획처에서 정해 준 사업방침에 따라 사업만 하면 되니 저한테는 설명을 안 하셔도 돼요."

이 PM은 옛 선배에게 설명을 듣는 것이 어색한 모양이었다. 문성식은 이 PM을 만나러 오기 전에 원자력기획처 부처장 박경호의 방에 들렀었다. 그는 정부에 가서 4시가 넘어야 들어올 거라고 했다.

"아마 원자력기획처에서 우리 처 의견도 물을 겁니다. 이 서류 놓고 가시면 제가 저희 직원 시켜서 공정한 눈으로 검토시킬게요. 저도 사실 국내 기술진에게 설계업무를 맡기고 싶어요. 더구나 우리 정 전무님은 고리 1호기를 할 때부터 웨스팅하우스 친구들에게 기술 없는 설움을 톡톡히 받으신 분이에요. 더구나 2차 계통을 공급했던 영국 GEC 친구들이 우리가 기술이 없다고 어디서 팔다 남은 고물 엉터리 기기를 공급하여 골탕 먹고, 그것을 고치느라 고생하시어서 외국 친구들을 싫어해요. 저야 고리 1호기 때는 신입사원이었지만 외국 친구들 기술 횡포를 잘 알아요. 그래서 연구소를 주계약자로 하고 싶어요. 그러나 제가 맡은 일이 너무 커요. 공사비가 무려 40억 달러나 돼요. 그 때와 돈 가치는 다르지만 단순 비교하면 경부고속도로 거의 열개 건설할 돈이에요. 지금 한강에 다리를 놓는데 4, 5백억 드는 모양인데 한강에 다리를 백 개 놓을 수 있는 투자비예요. 그런 큰 투자비를 들일 사업에 차질이 있으면 안 되지요. 그래서 신중을 기하는 겁니다."

"이 PM 말은 알겠고, 연구소가 신용을 아직 얻지 못해 그런 모양인데 그 점은 걱정 말아요. 원저에 있는 팀은 내가 사업 마인드를 심어놨어요. 공기와 코스트를 모르면 엔지니어가 아니라고."

"솔직히 연구소에 책임을 맡기는데 부담이 돼요. 새로운 발명을 하는 연구소 사람들이 공기와 돈에 매이면 뭐가 되겠어요? 또 실패를 무서워하면 어떻게 새로운 것을 발명하겠어요? 그런 점은 연구소에서는 전혀 문제가 아니지요. 끝없는 실패, 재도전이 연구소의 미덕이지요. 그러나 우리는 지금 사업을 하는 거요. 그것도 우리나라에서 제일 큰 프로젝트를. 실패가 있으면 안 돼요. 실패에 익숙한 연구소의 기질이 걱정돼요.”

“그 점은 내가 책임질게요.”

“문 선배님이야 믿지만 그 밑에 실제 일할 사람들 주축이 연구소 생활에 10년 이상 물든 사람들이잖아요?”

“연구소 사람들이 조직력이 약하고, 사업에 대한 감각이 떨어지는 것은 인정해요. 그러나 연구원들에게는 장점이 있어요. 한 번 물면 놓지 않는. 밤낮 없이 눌러 붙어 끝장을 보는. 이번 원자력 11, 12호기 공동설계도 이론적으로는 도저히 안 되는 일을 이뤄냈어요. 그 정열은 높이 사야 해요.”

“마침 문 소장님이 잘 오셨어요. 우리 회사에서 원자력기획처 주관으로 자체회의를 하여 곧 울진 3, 4호기 계약 추진방침을 결정하여 사장께 보고할 예정이에요. 문 소장이 마련한 자료를 신중히 검토하고 의견을 낼게요.”

“울진 3, 4호기 설계에 필요한 각 분야 기술능력을 사실대로 평가해 봤으니 잘 검토해 봐요. 의문사항이 있으면 언제든지 연락하고.”

“바로 답을 못 드려 죄송합니다. 제 머리 속에는 어떻게든 예산 범위 내에서 공기를 지켜 완벽한 발전소를 짓는 것 외에는 다른 생각이 없어요. 하루 공기가 늦어지면 10억 원이 날아갑니다. 이번 울진 3, 4호기는 원자력 11, 12호기에서 배운 기술을 반영한 최초의 한국형 원자력 발전소입니다. 울진 3, 4호기의 성공 여부는 바로 우리 원자력 사업의 성공 여부와 직결됩니다. 그래서 제 능력을 다하여 최선의 계약 방법을 건의하고 방침이 정해지면 그대로 추진할 겁니다.”

문 소장은 이 PM을 설득하러 왔다가 오히려 설득을 당하는 기분이었다. 그의 열정, 그의 사명감을 볼 때 울진 3, 4호기는 틀림없이 성공할 것 같았다. 후배지만 저절로 머리가 숙여졌다.

“이왕 오셨으니 처장님께 인사하고 가시지요.”

이 PM이 재등 표시등 20번이 켜져 있는 것을 보며 말했다.

한전은 각 사무실마다 임원급 이상의 재실 여부를 표시한 표시등이 설치되어 있다. 1번은 사장, 2번은 감사, 3번은 부사장,……, 처장은 맨 끝번 20번이다. 파란 불은 재실, 빨간 불은 외출 중이다.

"문 소장이 울진 3, 4호기 원자로계통 설계와 핵연료 설계의 주계약자를 연구소가 하겠다며 기술능력을 분석한 자료를 가져왔습니다. 면밀히 검토하여 보고하겠습니다."

허석호 원자력 건설처장과 문 소장이 인사를 마치자 바로 이 PM이 보고하였다.

"연구소가 하겠다고? 문 소장은 우리 회사에서 근무하다 연구소 갔으니 황당한 이야기할 것 같지 않군. 잘 검토해 봐."

처장이 군소리 없이 지시했다.

"처장님, 저도 한전 근무하여 사업의 중요성을 잘 압니다. 우리 연구소가 아니 우리 팀이 능력이 있으니 꼭 일을 맡겨 주십시오."

한전의 속성을 잘 아는 문 소장은 한 마디로 그의 방문 목적을 전달했다.

"우리도 신중히 검토할 거요. 그래 미국 생활은 어때요?"

허 건설처장은 실무진의 검토가 끝날 때까지 더 이상 업무 관련 이야기를 하지 않으려 했다. 문 소장은 커피 잔을 비울 때까지 한담을 나누고 처장실을 나왔다.

"원자력사업단장 정현태 전무, 옛날에 모시고 있었어요. 인사하고 갈게요."

처장실을 나서며 문성식이 이 PM에게 말했다. 원자력사업단장은 대한민국에서 제일 투자비가 큰 원전 건설과 운영을 책임지고 있다.

"그럼 제가 안 모시고 가도 되겠네요."

"네, 혼자 가서 인사만 하고 갈게요."

문성식은 이 PM이 전무실까지 안내하는 친절을 베푼다면 무슨 구실을 붙여 면회실에서 대기중인 단장을 불러올릴까 걱정이 되었었다. 단장이 한전까지 왔는데 2직급인 이 PM 방에 나타나지 않았다면 그를 무시했다고 꽁

할 것이다.

"서류 잘 검토할게요. 그럼 조심해서 미국 돌아가세요."

이 PM이 손을 내밀었다.

"잘 부탁합니다. 기술에는 자신 있어요."

문성식은 다시 한 번 강조했다.

문성식은 원자력부서 사무실이 있는 18층에서 엘리베이터를 타고 현관으로 내려와서 면회실에 우두커니 앉아있는 최문호 단장을 모시고 10층 정 전무 방으로 갔다.

최 단장이 명함을 여비서에게 건넸다.

여비서가 명함을 들고 방으로 들어갔다 나오며 들어오시라며 접견실로 안내했다. 접견실에서 비서가 내온 차를 마시며 벽에 걸린 원자력 11, 12호 기 조감도를 보고 있을 때 정 전무가 접견실로 들어섰다.

"최 단장님 오랜 만입니다."

"정 전무님 시간 내주셔서 감사합니다."

의례적인 인사를 주고받으며 악수를 나눴다.

"어, 문 소장도 왔어? 언제 귀국했어?"

정 전무가 반갑게 문성식을 맞았다.

"네 2일 전에 귀국했습니다."

"문 소장 옛날 나랑 같이 근무했었어요. 저 친구 나를 이긴 친구입니다. 자기가 한 번 옳다고 생각하면 놓지 않는 고집통이에요. 단장님도 골치 아프시겠네요."

정 전무가 덕담을 던졌다.

"네. CE 친구들이 꼼짝 못해요."

"무용담은 잘 들었어요. 무슨 일로?"

"네. 울진 3, 4호기 설계를 우리 연구소가 하겠습니다."

"자신 있으세요?"

정 전무가 최 단장의 눈을 똑바로 쳐다봤다.

"전무님, 제가 실무 책임자인데 자신 있습니다."

최 단장이 확답을 망설이는 틈을 비집고 문성식이 끼어들었다.

"그래? 최 단장님. 울진 3, 4호기는 연구가 아닌 사업입니다. 말로 되는 것이 아닙니다. 일호의 착오도 있어서는 안 돼요."

정 전무가 최 단장에게 주위를 환기시켰다. 최 단장이 정 전무의 시선을 피했다. 문성식은 최 단장의 연약한 태도에 속이 탔다. 그렇다고 양 기관 경영 간부들의 대화에 또 다시 끼어들 수도 없었다. 그는 준비해 온 자료를 정 전무 앞에 펼쳤다.

"한 소장이 참석한 가운데 어제 밤늦도록 우리 연구소의 기술 능력을 검토한 결과 우리 연구소가 사업을 수행할 수 있다는 결론을 냈습니다. 곧 한 소장이 안 사장에게도 보고할 겁니다."

"한 소장이 안 사장에게?"

정 전무는 문성식이 들이민 서류를 훑어보며 고개를 갸웃했다.

"최 단장님. 안 사장님은 굉장히 꼼꼼한 분이에요. 불쑥 말해서 통할 분이 아니에요. 더구나 연구소가 핵연료 설계기술을 독일에서 들여와 기술적으로 문제가 있어. 그것을 고치느라 돈도 많이 들고 한 것을 직접 보고 받으서서 연구소가 신뢰를 많이 잃었어요. 아직도 발전소에서 웨스팅하우스 화로(주 : 원자로를 자주 화로라 부름)에 독일제 연탄(주 : 핵연료)을 넣었더니 말썽을 피워 계속 보고가 올라와요. 안 사장은 전 박 사장하고는 다른 스타일이세요."

육군 중령 출신인 박정규 한전 사장과 공군 대령 출신인 한철우 원자력연구소장은 서로 잘 통했었다.

"그래서 이렇게 정 전무님께 미리 설명을 왔습니다."

연구 분야만 종사했던 최 단장이 정 전무의 강경한 말에 제대로 응수를 못하고 쩔쩔맸다. 문성식은 이 중요한 순간에 단장이 어물거려 속이 탔다.

"저도 기술적인 깊은 것은 잘 모릅니다. 문 소장, 이순덕 PM에게도 설명했지요?"

정 전무가 최 단장을 예우했다.

"예, 이 PM, 건설처장께도 설명했습니다."

"그럼 곧 검토 결과를 보고하겠네요. 저도 비싼 돈을 들여 기술 자립을 추진하고 있는 마당에 다시 CE를 주계약자로 하는 것은 부담이 돼요. 그러나 사업은 사업인 만큼 기분으로 할 수야 없지요. 좀 전에도 말씀드렸지만 안 사장님은 부임한 지 얼마 되시지 않았는데 원자력에 대하여 많이 파악하고 계세요. 산업체에서 오신 분이라 연구소가 사업을 하고 있는데 부정적이시고. 사장님은 계시던 곳 부설 연구소 사람들을 많이 접촉해 보셔서 그 장단점을 잘 알고 계셔요. 한 소장이 그냥 열정만 가지고 말씀하시면……. 오히려 역효과가 날 수도 있어요."

정 전무는 한 소장이 안 사장 방에 돈키호테식으로 밀고 들어갔다가 역효과가 날 것이 걱정되었다.

"단장님 제가 자료를 설명할까요?"

최 단장이 우물쭈물하자 문성식이 나섰다.

"문 소장이 멀리 미국에서 자료를 만들어 온 모양인데 설명을 한 번 들어 볼까? 이번에는 나를 이기려고 하지 말고 설득해 봐요."

정 전무가 단장과 대화 중에 불쑥 끼어드는 문성식을 빤히 쳐다보다 옛 부하의 체면을 세워줬다.

"원자로계통 설계는 발전회사가 원하는 출력을 결정해 주면 그것을 바탕으로 설계를 시작합니다. 이미 울진 3, 4호기는 전기출력 100만 kw로 결정되었으므로 원자로에서 얼마나 핵분열로 열을 생산해 내야 하는지 계산에 들어갑니다. 당연히 1차 계통의 주기기인 증기발생기, 냉각제 순환 펌프의 능력도 고려해야지요. 원자력 11, 12호기나 울진 3, 4호기는 다 출력이 100만 kw이므로 그 동안 강화된 규제 요건만 반영하면 되어 크게 설계를 바꿀 것은 없습니다."

문성식은 발전소 설계에 경험이 없는 정 전무에 쉬운 말로 설명하려고 애를 썼다.

정 전무는 문성식의 설명을 경청했다. 학구적인 안 사장에게 설명할 때 참고하려는 것이다.

포항제철 사장으로 근무하다 한전 사장으로 발탁된 안병수 사장은 기술적인 문제를 부하 직원들에게 배울 경우 부하 통솔에 문제가 있다고 여기는 것 같다. 그는 대학 교수를 사장실에 독선생으로 초빙하여 몇 시간이고 강의를 듣는다. 그는 대학 교수로부터 현재 상용화 된 기술을 배울 뿐만 아니라 아직 실용화 되지 않은 첨단기술 개발 현황까지 배워 아직 최신 개발 현황까지 파악하지 못한 경영 간부들의 기를 죽이며 호되게 훈련시킨다. 원자로계통 설계를 외국 업자에게 주어야 하는지 국내 업자에게 주어야 하는지가 당장 쟁점이 되고 있으므로 안 사장은 틀림없이 그 문제도 몰래 공부했을 것이다.

"원자로계통 설계는 현재 CE와 공동으로 여섯 개 팀으로 나눠 실시하고 있으며, 전 분야에서 우리가 주도하고 있습니다. 설계 컴퓨터 코드와 기술자료는 벌써 다 인수하여 사용법을 완전히 익혔으며, 인력 양성도 끝나 우리 독자적으로 설계를 수행할 능력을 갖췄습니다."

문성식은 6개 팀이 수행하는 업무 내용을 간략하게 설명하고 각 파트의 기술 확보현황을 설명했다. 그의 음성에 정열과 자신이 넘쳐 두 사람이 그의 흡인력에 폭 빠져들었다.

"울진 3, 4호기 설계를 국내에서 하기 위한 인적 기술적 준비는 다 됐습니다. 다만 연구소에게 일을 맡긴다면 현재 CE에서 사용중인 클래이 컴퓨터를 들여와야 합니다. 연구소가 쓰고 있는 IBM 컴퓨터로도 가능하지만 컴퓨터 프로그램을 클래이 버전에서 IBM 버전으로 바꾸려면 많은 인력과 시간이 필요합니다. 정 전무님 우리 연구소를 믿고 울진 3, 4호기 설계를 저희에게 주십시오."

문성식이 단호하게 그의 주장을 펴가며 일부러 컴퓨터 문제를 제기해 가벼운 약점을 드러내 보였다. 정 전무는 옛날 그의 부하로만 치부했던 문성식의 성장에 내심 놀라며 다시 쳐다보았다.

"문 소장 설명 감사해요. 이 문제는 박경호 부처장이 여러 부서 의견을 듣고 종합하여 보고할 거예요. 박 부처장 정부 들어갔는데 만나보고 갈 거지요? 박 부처장과 이 부처장의 종합보고를 듣고 결정할게요."

정 전무가 문 소장에 대하는 말투를 바꿨다.

"전무님 긍정적으로 검토해 주실 것으로 믿겠습니다."

정 전무가 그의 설명에 어느 정도 호응하는 것을 눈치 챈 문성식이 다시 한 번 쐐기를 박았다.

문성식은 단장을 먼저 대전으로 내려가시도록 하고 박경호의 집무실로 갔다. 아직 그는 정부에서 돌아오지 않았다. 박경호의 여비서는 막 과천 청사를 떠난다는 연락을 받았다며 부처장의 방에 들어가서 기다리라고 했다.

"어, 문 박사 왔어? 언제 귀국한 거야?"

박경호가 그의 방에 들어서며 반겼다.

"응 4일 전에. 잘 있었어?"

두 사람은 정답게 악수를 나눴다.

"한참 기다렸다며? 혼자 심심했겠네."

"신문 보고 있었어. 제수씨는 잘 계셔?"

"제수? 니 형수님 잘 계신다."

문성식과 박경호는 서로 상대방 부인을 '제수' 라고 불렀다.

"원자력 11, 12호기 설계가 공기보다 빨리 진척되고 있다는 말 들었어. 우리 문 박이 억세게 들볶는 모양이지."

"들볶기는. 연구원들이 알아서 기지."

"너 정 전무 방에도 다녀온 모양이던데?"

"응. 퍽 리즌어블(주 : reasonable)하시던데."

"그래. 죽 엘리트 코스만 밟아 온 분이잖아."

"그럼 본론으로 들어갈까?"

박경호는 가방에서 서류를 꺼냈다.

"서류는 내가 볼 테니 놓고 가고, 결국 울진 3, 4호기 원자로계통 설계를 연구소가 하겠다는 거지?"

"그래. 원자력 11, 12호기 공동설계를 우리가 책임지고 해 가면서 이미 기술 자립했다고 판단해."

"그래도 최종 책임은 CE가 지지."

"일은 우리가 다 하는데. 그 자료 보면 설계 모든 분야에 대한 기술현황을 알 수 있을 거야. 설명을 좀 할게."

문성식이 서류를 펼쳤다.

"됐어. 나도 원자력을 한 사람으로 당연히 울진 3, 4호기는 연구소에 주고 싶지. 그 많은 돈을 들여 CE 기술 사 왔는데 또 CE에 주고 싶겠어? 그런데 아직 연구소가 우리 회사에 신용을 못 얻었어. 오후에 너희 소장 다녀간 모양이던데."

"우리 소장이?"

"그래 사장 방에 들러 무조건 울진 3, 4호기 설계를 연구소가 하겠다고 통고하고 갔대. CE에 주면 역적이라는 투로 말한 모양이야."

한 소장이면 충분히 그렇게 말할 분이다.

문성식은 하루 이틀만 참으시지 성질도 급하시다 탄식하며 한 소장이 실무진 설명도 끝나기 전에 너무 성급하게 나서 사업에 초를 친 것은 아닌지 정신이 아찔했다.

"우리 사장이 정 전무에게 뭐 그런 친구가 다 있냐고 하신 모양이야. 감히 을이 갑에게 와서 이래라 저래라 한다고. 우리 사장도 경기고에 서울대학교 나와 무척 자존심이 센데 긁은 모양이야."

"실무자 설명을 마치기 전에는 한전 안 오신다고 했는데……."

문성식은 변명 아닌 변명을 했다.

"니 자료 안 봐도 연구소가 자신 있다고 꾸며 왔을 거고…. 나는 CE 선정 때부터 기술 자립에 중점을 두고 검토했어. 기술 자립이 하루라도 빨리 이루어져 우리 기술을 해외에 수출할 수 있는 날이 오기를 누구보다 간절히 바라는 사람이야. 원래 발전회사는 세계적으로 모두 보수적인 회사야. 우리 회사도 마찬가지지. 그 벽을 뚫기가 쉽지 않아. 다시 말하지만 연구소가 신용을 못 얻었어. 핵연료 설계기술을 연구소에서 비싼 돈 주고 서독에서 들여왔는데 문제가 많아. 지금 연료처에서 다시 웨스팅하우스의 기술로 바꾸려고 해. 우리 사장에게도 보고됐고. 그래서 안 사장이 연구소 하는 일을 어설프다고 생각하지. 그런데 니 소장이 와서 자존심을 건드렸으니."

"그게……."

"니가 변명할 것은 없고, 한 소장이 같은 군 출신인 박 사장과 밀월 관계 때를 생각한 모양인데 물태우가 군 출신이지만 군사정권은 끝났어. 너한테 공연히 힘든 이야기만 했네. 나는 우리 기술자들을 믿지. 내가 외국 친구들 상대해 보니 그 친구들 우리보다 영어를 잘하는 것 외에 나은 것이 없어. 나는 연구소가 그 일을 할 수 있다고 믿는 사람이야. 니가 준 자료를 긍정적인 방향에서 검토할게."

"그래? 고맙다. 필요한 자료 있으면 말해."

"고맙기는, 나는 울진 3, 4호기 때 국내 업체인 연구소와 코펙이 주계약자가 안 되면 그 다음 원자력발전소 건설할 때도 똑 같은 문제가 나올 거라고 생각해. 한 번은 겪어야 하는 진통이야. 이번에 가능하면 외국 친구들 입김에서 벗어나야지."

문 박사는 박경호의 말을 들으며 그가 크게 성장한 것이 느껴졌다.

"너 언제 귀임할 거니?"

"이틀 후."

"오늘 저녁 약속 있니?"

"아니."

"그럼 잘 됐다. 마침 이철준 부소장도 출장왔는데 모처럼만에 같이 저녁이나 하자."

"좋지. 6시가 넘었네. 이 부소장 참석하는 회의 끝났는지 알아볼게. 잠깐 기다려."

박경호는 방을 나갔다.

문성식은 한철우 소장이 안병수 사장을 방문한 것은 계산된 행동으로 판단했다. 한 소장은 틀림없이 동력자원부에 가서도 한전 사장을 만났을 때와 같은 말을 했을 것이다. 과학기술처에 가서는 열을 품으며 울진 3, 4호기를 외국에 주려는 사람은 역적이라고 충동질했을 것이다. 문성식은 소장의 시도가 긍정적일지 부정적일지 판단이 서지 않았다.

"우리 둘이만 가야겠다. 이 부소장이 회의 참석자들과 같이 저녁을 해야 하는 모양이야. 저녁 끝나는 대로 우리한테 조인한댔어. 자 나가자."

박경호가 방에 들어서며 말했다.

문성식은 다음 날 출국 인사를 핑계대고 동력자원부에 들러 조 사무관에게 다시 입김을 넣었다. 한전에 들러서 이 PM과 박경호를 찾고 추가로 설명하겠다는 제스처를 취했다.

출국하는 날 문성식은 쫓기는 시간을 쪼개 다시 한전에 들러 정 전무와 이 PM에게 출국인사를 하며 그의 주장을 상기시켰다.

27
반핵은 직업

1989년 9월.

이철준 부소장은 소장실에서 아침 회의를 마치고 사무실로 돌아와 결재를 마친 다음 그의 차를 몰고 먼지가 나는 가설도로를 따라 어제 오후 3시에 기공식을 치른 원자력 11, 12호기 현장 점검을 나섰다. 준공식장의 단상과 의자는 치워졌으나 플래카드 등은 그대로 붙어 있었다.

현장 정리를 하던 토건부장 조철구가 거수경례를 붙이고 다가왔다.

"오늘 오전내로 정리를 마치고 바로 공사에 들어가도록 하겠습니다."

"그래. 시간은 바로 돈이야. 바로 굴착공사에 들어갈 수 있도록 서둘러 정리를 마치도록 해."

이철준은 어제 VIP들이 발파한 지점, 원자로가 들어설 자리를 건너다보며 말했다.

"몸은 괜찮으세요?"

"어떻게 괜찮겠어? 조 부장이 때맞춰 나타나줘서 천만 다행이었지."

원자력 건설기술 자립의 효시인 원자력 11, 12호기 기공식은 총리를 주빈으로 모시고 성대하게 치러졌다. 동력자원부장관, 도지사, 군수, 경찰서장 등 행정 관료는 물론 지역 기관장과 마을 유지들이 참석했다.

준공식 후 간단한 다과회를 가진 후 사장은 총리와 장관을 모시고 귀경했다. 건설사무소 간부들은 두 그룹으로 나뉘어 뒤풀이 잔치를 열었다. 본부장과 건설소장은 군수와 서장 등 기관장급 지방 유지를, 부소장인 이철준은 나머지 지방 유지를 접대했다.

이철준은 이장, 새마을 회장, 개발위원장…… 등 다양한 직함의 지방유지 20여 분을 법성포횟집에 초대해 소주 파티를 벌였다. 유지들은 이철준에게 한 잔 이상 술잔을 권했다.

파티가 끝날 무렵, 이철준은 거의 떡이 되어 몸을 가누기 어려웠으나 의지로 쓰러지려는 몸을 버텼다. 30대의 개발위원장 김만복이 발동을 걸어 달집으로 2차를 갔다. 세 사람만 따라왔다. 달집은 맥주와 양주를 주로 파는 법성포에서 고급 축에 드는 술집이다. 아가씨도 둘이 있다.

술에 만취한 물봉을 손님으로 맞은 마담은 마구 계산서를 올렸다. 술에 취한 개발위원장 김만복은 자기가 술값을 낼 것같이 호기를 부리며 아가씨를 주무르며 기분을 냈다.

"이 부소장. 혼자 사느라 적적할 텐데 내가 오늘 장가 보내주지."

김만복은 살이 통통하게 찐 30대의 아가씨, 월영을 이 부소장 옆자리에 강제로 앉히며 큰소리를 쳤다.

"누가 시집 간대요?"

월영이 앙탈을 부렸다.

"야, 임마. 이 부소장 숫총각이야. 니가 어떻게 총각 맛보겠어?"

"숫총각? 그럼 여자 옷 벗길 줄도 모르겠네."

"니가 벗기면 되잖아?"

"호호호, 이렇게 흐물거려 일이 되겠어?"

월영은 바지 위에서 이철준의 물건을 쓸며 쫑알댔다.

술이 취해 정신이 들락거리는 이철준은 마을 유지들에게 술에 지는 약한 모습을 보이지 않으려고 안간힘을 쓰며 버텼다.

"야, 니가 책임지고 세워야지."

김만복은 술에 취해 비틀대는 이철준을 건너다보며, 평소에 접근이 어려웠던 부소장을 골탕 먹일 좋은 기회로 여기는 것 같았다.

"신방 차려주면 책임지고 세울게. 자기 색시나 잘 챙겨."

월영이 받았다.

"자, 김 위원장 내 술 한 잔 받지."

이철준은 단전에 힘을 모으며 잔을 권했다.

"좋지요. 형수님이 따르서야죠."

김만복이 이철준에게 받은 잔을 월영에게 내밀었다. 월영이 맥주를 잔에 채웠다. 김만복은 단숨에 잔을 비우고 바로 이철준에게 잔을 넘겼다.

"우리 서방님 너무 술 취하면 밤일 못하니 내가 대신 마실게."

월영이 대신 잔을 받았다.

"야, 만리성도 쌓기 전에 서방님 생각이라, 이거 질투 나서. 부소장은 어떻게 그렇게 여복도 많아요."

"김 위원장 파트너가 더 예쁜데."

"에이, 주제에 여자 보는 눈은 있어 가지고. 이 부소장, 정말 그러기야. 사택에 식당 하나 하자는데 이 부소장이 반대했다면서?"

김만복은 사택에 식당을 하겠다며 총무부장을 통하여 청을 넣었으나, 이미 군수의 먼 친척이라며 군청 건설과장이 부탁한 사람이 있어 순위에서 밀렸다.

"그런 얘기는 다음에 하고 오늘은 술이나 먹읍시다."

적성리 청년회장 이상춘이 제동을 걸었다.

"이 회장, 그래 그럴 수가 있어? 어떻게 우리 마을 사람 놔두고 타지 사람에게 식당을 주는 거야?"

"다 사정이 있겠지. 그건 우리 형님 결정 사항도 아니고."

이상춘은 이철준과 같은 전주 이씨라며 형님이라고 불렀다.

"뭐 타지 사람이 들어온다고?"

구만리 청년회장 박춘배가 김만복을 거들었다.

"그래. 한전 친구들이 발전소 안 지으려고 작정한 모양이지. 그렇지 않고 어떻게 내가 한다는데 지 고장 사람 제치고 타지 사람에게 식당을 줘."

박춘배의 말에 힘을 얻은 김만복이 기세를 올렸다.

“그렇게 나가 봐라. 한전 발전소 지을 수 있나.”
박춘배가 거품을 품었다.
“짝퉁 발전소 짓는 거 봐줬더니 지역 주민을 무시해?”
김만복이 주먹을 흔들었다.
“뜨거운 맛을 봐야 정신을 차리지. 기공식했다고 단지 알아?”
박춘배가 이철준에게 삿대질을 하였다.
“부소장님 술이 많이 되셨는데 가시지요.”
부소장을 보호하려 조용히 일행을 따라와 룸 밖에서 대기하고 있던 토건부장 조철구가 룸에서 소리가 커지자 룸으로 들어서며 말했다.
“조 부장, 이제 막 술 시작인데 가자고? 그런 법이 어디 있어?”
김만복이 시비의 대상을 바꿨다.
“술 많이 취했어. 오늘은 그만하지.”
조철구가 단호한 목소리로 말했다.
“술 취했다? 이 친구 누구한테 반말이야? 뵈는 거 없어? 아예 발전소 안 지을 거야?”
김만복이 자리에서 일어서서 손찌검이라도 할 자세다.
“자, 그만 가지. 비싼 술들 먹고 뭐하는 짓들이야.”
이상춘이 김만복을 떠밀었다. 김만복은 힘없이 자리에 주저앉았다.
“형님 잘 먹었어요. 김 위원장은 내가 데리고 갈 테니 먼저 가요.”
이상춘이 김만복의 앞을 막고 섰다.
그 틈에 날쌔게 조철구가 이철준을 부축하여 룸을 빠져 나왔다.

“어제 소장님도 오래 잡혀 있었던 모양이던데요.”
조철구가 비취산에 눈길을 보내며 말했다.
“본부장은 군수랑 일차 마치고 사택에 갔는데 소장은 교육장이 주동이 돼서 2차에 끌려갔었대.”
“소장님 정년도 얼마 남지 않으셨는데 그러다 건강 상하시면.”
“그래도 원래 건강하시니까.”

“부소장님 오늘 저녁에 또 술 드셔야 하잖아요?”

“문성식 박사 특강 왔는데 대접해야지. 소장님 보고 해달랄 수는 없고.”

기공식에 참석한 문성식 원자력연구소 울진 3, 4호기 PM에게 원자력 11, 12호기 건설요원을 상대로 설계 기술 자립 현황을 특강해달라고 부탁했다.

원자력연구소는 한전과 본격적으로 울진 3, 4호기 계약 협상이 진행되자 유리한 계약 조건을 확보하기 위하여 한전 출신인 문성식을 윈저 소장 임기 2년을 채우기 전에 울진 3, 4호기 PM으로 발령을 냈다.

“저 문 박사님이 우리 회사 근무할 때 옆 부서에서 근무했었어요.”

“그럼 조 부장도 참석해야겠네. 마침 박경호 부처장도 어제 기공식에 내려와서 오늘 광주 조선대에서 학생들에게 회사 홍보하고 영광으로 올 거야. 녹색운동연합 장성훈 대표 접대하러.”

“장성훈은 반핵하는 사람이잖아요? 그런 사람하고는 술 먹기 싫어요. 또 입사 동기 회하시는 것 같은데 저는 빠지겠습니다. 입사 동기끼리 반핵 대표 모시고 잘해 보십시오.”

“그래? 저녁에 술 생각나면 들러. 오후에 녹색운동연합 장성훈이 현장에 올 거니 조 부장이 안내해.”

“그치가 어떻게 현장에?”

“박경호 부처장이 계속 원자력 반대만 할 것이 아니라 현장을 가서 보고 반대를 하라고 억지로 끌고 온 모양이야. 어제 기공식에 오자고 했는데 자기가 원자력발전소 기공식에 참석하는 것은 원자력을 찬성하는 것으로 비칠 수 있어 싫다며 오늘 오겠대.”

“그 친구 현장 본다고 뭐 달라지겠어요?”

“그래도 어쩌겠어. 최선을 다해 설득해 봐야지. 곧 신문사 주최로 원자력 찬반 토론이 있는데 현장을 보고 엉터리 소리 말라고 하는 거지.”

“차비만 날리는 것 같은데요.”

“그래도 최선을 다해서 현장을 알려야지. 광주공항으로 차가 나갈 거야. 2시 비행기라니 4시쯤 현장 도착할 거야. 나 인테이크(주 : 취수구) 공사현장 갈게.”

고위 간부는 항상 그의 동선動線이 추적 가능하도록 행선지를 알리고 다녀야 한다.

750m 길이의 취수로 공사가 한창이다. 이철준은 공사 현장에서 50m쯤 떨어진 바닷가에 그의 승용차 포니를 세우고, 태풍에 대비하여 50톤짜리 콘크리트 중량물 테트라포드를 크레인으로 들어 올려 둑을 쌓는 현장에 접근해 갔다.

'저 취수로로 100만 kw급 원자력발전소 6기분 냉각수를 끌어온다. 초당 360톤! 광주 시민이 쓰는 상수도 수량의 두 배!'

취수로 공사는 이철준이 고리, 월성 발전소 건설현장에서 신물이 나도록 보아온 광경이다. 그러나 그는 거대한 중량물을 하늘에 매달고 흔들거리는 크레인의 괴력을 볼 때마다 감탄하곤 한다. 그는 팔꿈치를 폈다 굽혔다 하며 크레인의 흉내를 내며 현장에 접근했다.

'역발산 기개세하는 항우나 그리스 신화에 나오는 헤라클레스가 살아온다면 저 크레인 대신 중량물을 들어 올릴 수 있을까?'

'사람의 힘으로 테트라포드를 들어 올릴 수 있다면 공사도 쉽고 진척도 빨라 공기 단축을 할 수 있을 텐데…….'

'공기를 하루 단축하면 10억 원!'

이철준은 무의식중에 공기 단축에 따른 공사비 절감액을 셈하고 있는 자신을 보며 '직업은 못 속이네' 하며 픽 웃었다.

'사람의 힘으로는 중량물을 들 수는 없지만, 머리를 써서 새로운 공법을 개발해 내면 공기를 단축할 수가 있다!'

이철준은 수평선 위에 눈을 두고 기중기에 매달려 공중에서 흔들거리는 50톤 테트라포드를 쳐다보았다. 순간 섬광같이 아이디어가 그의 머리를 스쳤다.

'그래! 격납건물 라이너를 한 단씩 올려놓고 콘크리트 작업을 할 것이 아니라 두 단, 세 단을 지상에서 용접하여 올려놓고 콘크리트 작업을 하면……, 그만큼 공기를 단축할 수 있겠지. 콘크리트 양생은? 가능할까?'

섬광같이 떠오른 새로운 아이디어에 이철준은 전신에 열기가 올랐다. 한 시라도 빨리 그의 아이디어를 현실화할 수 있나 확인해 보고 싶었다.

모처럼만에 입사 동기 세 사람이 법성포횟집에서 만났다. 2년 전 서울 삼성동 곱창집에서 만나고 처음이다. 반핵의 골수, 장성훈이 손님으로 끼어 자유도는 떨어졌지만 그래도 즐거웠다.

"오늘도 출근했습니다."

이철준이 들어서며 법성포 횟집 여주인에게 애교를 부렸다.

"매일 오셔도 환영이에요. 오늘은 제가 직접 잡은 자연산을 올릴게요."

40대 중반의 뚱뚱한 몸집의 횟집 여주인은 손수 잠수를 하여 고기를 잡는 해녀다. 그녀는 단골손님에게만 그녀가 잡은 자연산을 내놓는다.

"고기를 손수 잡으세요?"

장성훈이 신기해 했다.

"아, 주인 아줌마가 해녀 출신이에요."

이철준이 소개했다. 여주인은 나이에 어울리지 않게 수줍음을 타며 부엌으로 들어갔다.

"한 10분 있다 올게요. 상 차려 놔요."

이철준이 여주인에게 주문을 하고, "해변의 경치가 좋으니 저기 등대까지만 걸어갔다 올까요?" 하며 앞장서서 걸었다.

등대까지 이어진 긴 제방 왼편으로 해송 숲의 푸르름이 저녁노을에 반짝이고, 제방 오른편으로 해변을 따라 어촌이 줄서 있다. 가벼운 파도가 제방을 간질이며 한가로운 분위기를 돋웠다. 해송 숲 너머 저쪽에 발전소 부지가 있다.

"정말 경치 한 번 끝내 주네요. 꼭 이렇게 아름다운 해변에 원자력발전소를 지어야 해요?"

장성훈이 시니컬한 목소리를 냈다.

"원자력발전소를 지어도 이 경관은 깨지지 않아요."

늦은 오후의 고즈넉한 평화를 깨기 싫어 이철준이 가벼운 톤으로 대답했다.

"장 대표는 이런 해변에서 데이트해 본 경험이 있으세요?"

박경호가 아예 논쟁의 씨를 날리러 화제를 바꿨다.

"불행히도 없습니다. 학창시절에는 유신정권과 싸우느라 여념이 없었고, 감방을 드나들고, 그러다가 환경운동에 몰두하다 보니 그럴 시간이 있었겠습니까? 박 부처장은 그럴 기회가 많았겠지요? 제가 감방에서 독재와 항거할 때 대학을 졸업하고 좋은 직장에 들어가 편안한 세월을 보내셨으니."

"저도 그럴 시간이 없었어요. 현대기술로 만든 시설 중 가장 안전에 신경을 써야 하는 원자력발전소 건설과 운영 업무를 하다 보니 여러 문제에 휘둘렸거든요."

박경호는 노을에 일렁이는 바다에 시선을 두고 영탄조로 말했다.

"로맨스 이야기하는데, 좀 전에 본 횟집 아줌마는 제주도에서 오셨어요. 육지에서 놀러간 남자를 좇아."

이철준이 말했다.

"남자를 좇다니?"

문성식 박사가 물었다.

"육지에서 놀러간 남자가 해녀를 건드린 모양이야. 그리곤 육지로 토꼈는데 해녀는 육지까지 좇아와 남자 집에서 퍼진 거요. 어떻게 하겠어요? 그래서 결혼을 했고, 해녀는 바다에 뛰어들어 고기를 잡고 횟집을 열고. 남자는 해녀가 싫어 바람을 피웠었지만 이제 나이드니 별 수 없이 마누라에게 얹혀 사는 신세가 됐지요."

이철준이 조근조근 말했다.

"로맨스가 아니고 우리나라의 한 풍속도인데."

문성식이 받았다.

"자, 회 준비가 다 됐을 테니 가시지요."

일행은 자리를 잡고 앉았다.

손님인 장성훈과 문 박사를 안쪽에 앉히고, 박경호와 이철준이 문쪽에 앉았다.

"세 분이 입사동기시라고? 공연히 제가 낀 것 아닌지 모르겠네요?"

이철준이 첫잔을 따르자 장성훈이 인사치레를 하였다.

몸통의 살점을 다 뜯기고 뼈만 남은 우럭이 아가미를 벌름거렸다.

"이거 어디 먹을 수가 있겠나? 이렇게 입을 벌름거리며 하소연하는데. 자우리 식어족을 위하여 건배."

박경호가 환경운동을 하는 장성훈을 의식하며 '식어족'이라는 신조어로 건배를 제의했다.

"식어족? 처음 들어보는 말인데."

장성훈이 첫잔을 맛있게 비우고, 회 한 점을 입으로 가져가며 말했다.

"식어족이란 말을 들으니 우리 인류는 참 못 먹는 것이 없네. 자신의 살만 빼고 다 먹는 셈이군."

문 박사가 술을 장성훈에게 권하며 말했다.

"제살도 먹잖아. 식인종은."

이철준이 말했다.

"그것은 예외이고. 풀, 나무, 육고기, 물고기…, 인간은 못 먹는 것이 없는 잡식동물이지요. 막 환경을 파괴하는…."

장성훈이 술잔을 문 박사에게 권했다. 신이 나서 말이 튀었다.

"문명 발달에 비례하여 환경 파괴는 별 수 없는 부산물이지요."

박경호가 상추에 싼 회를 맛있게 씹으며 말했다.

"그래서 제가 환경운동을 하게 된 겁니다. 어쨌든 문명의 발달은 막을 수 없는 대세지만 그래도 환경을 덜 파괴하는 쪽으로 신경을 써야 하지요. 우리나라도 이제 국민 소득이 5천불을 넘어섰으니 환경에 투자를 시작할 때가 되었어요."

세 입사 동기는 투사 기질을 발휘하며 격렬하게 환경문제에 대쉬하던 장성훈이 유연하게 접근하자 의외라고 생각했다.

"솔직히 보릿고개를 넘겨야 하는 절박한 시절에는 경제발전이 우선이지 어떻게 일일이 환경문제까지 챙기며 산업을 일으켜요? 그때는 개발이 우선이었지요. 어느 나라나 국민 소득이 5천불을 넘어서고 이제 배고픔을 면하면 그때부터 환경운동이 시작돼요. 저도 그런 것은 잘 알고 있지요.”

세 사람은 돌아가며 술잔을 장성훈에게 권했다. 좌석에 앉은 지 20분도 지나기 전에 벌써 소주 세 병을 비웠다.

“이왕 이야기가 나왔으니 이 좋은 자리에 길게 이야기하기는 그렇고 한마디만 하지요. 장 대표도 알다시피 우리나라 에너지 수요의 90%는 해외에서 사와요. 그중 가장 큰 규모로 수입하는 석유는 몇 십 년내에 고갈될 것이고, 우리나라에서 나는 석탄은 저칼로리에 심층 채굴이 불가피하며, 그것도 양이 부족하여 벌써 구공탄 만드는 탄까지 수입하는 형편입니다. 제철, 시멘트, 발전에 쓰이는 유연탄은 100% 해외에 의존하고 있고. 이렇게 에너지를 대부분 해외에 의존하는 우리나라에서 에너지원의 다원화 정책을 쓰는 것은 당연하고, 그래서 원자력을 들여오는 거잖아요? 그것도 그렇게 많이 짓는 것이 아니라 매년 새로 짓는 발전소의 삼분의 일만 원자력으로 짓는데, 환경단체에서는 마치 새로 짓는 모든 발전소를 원자력으로 짓는 것같이 인식되도록 선전하고 있어요.”

말이 길어지자 박경호는 자신도 모르게 열이 났다.

“그렇지요. 그렇다고 우리가 원자력은 새로 짓는 발전소 중 겨우 삼분의 일만 짓는다고 해요? 그럼 일반 국민들이 흥미가 없지요.”

장성훈이 여유롭게 박경호의 말을 받았다.

“환경단체도 원자력이 안전하고 경제적이라는 것을 다 알고 있는 줄 아는데 몇 년 전에 일어난 체르노빌 사고나 들먹이고, 2차 대전 때 터진 원자폭탄과 같이 원자력발전소가 곧 터질 것같이 선전하고. 최열 환경운동연합 사무총장은 체르노빌 한 번 다녀온 것을 신주같이 우려 먹던데.”

이철준이 투덜댔다.

“허허. 이거 회 몇 조각 얻어먹다가 삼대 일로 당하겠네.”

장성훈이 술잔을 박경호에게 넘기며 말했다.

“그런 뜻은 아니고 이왕 이야기가 나왔으니 한 마디만 더하지요. 장 대표도 풍력, 조력, 지열 등 대체 에너지가 아직 현실적인 대체 에너지가 되려면 멀었다는 건 알지요? 제발 토론 때 사실만 이야기해 줘요."

박경호가 바로 술잔을 장성훈에게 넘기며 말했다.

"저도 그런 거야 다 알지요. 그런데 환경운동은 미래를 보고 하는 운동이에요. 결국 언젠가 환경을 지키기 위하여 재생에너지 개발은 불가피하니 우리 환경운동 그룹에서 미래를 보고 불을 지펴야지요. 10년이 될지 20년이 될지는 몰라도."

"그럼 왜 하필 우리 원자력을 잡고 물고 늘어져요?"

"그럼 석유를 잡고 물고 늘어질까요, 아님 석탄을 잡고 물고 늘어질까요? 환경을 위해 석유를 쓰지 말자고 하면 우리 환경운동은 열흘을 버티지 못하고 문을 닫아야 해요. 일반 국민더러 자동차도 타지 말고 비행기도 타지 말라고 할 수는 없지요. 원자력은 일반 국민과 떨어진 오지에 발전소가 있고 전기를 원자력으로 만드는지도 모르는 사람이 많아요. 더구나 원자력 운영 주체는 우리나라에서 제일 큰 기업인 한전이고. 더구나 한전은 몸집은 큰데 경영진은 자주 바뀌고 제 회사가 아니라 매를 맞아도 대응이 느리고 적극적이 아니에요. 일반 국민들 앞에서 딱 때리기 좋은 대상이지요. 더구나 원자력은 히로시마 · 나가사키 원폭으로 시작한 원죄도 있고, 티엠아이, 체르노빌 사고 등 씹을 거리도 있고."

장성훈은 한전 돈으로 영광발전소에 와서, 한전 돈으로 사는 자연산 회를 먹으며, 엘리트라고 자부하는 한전 간부들을 상대로 줄을 당겼다 놓았다 하며 은근히 대화를 즐겼다.

장성훈은 벌써 소주 두 병은 비웠을 텐데 끄덕도 없다. 여전히 꼿꼿한 자세로 버티고 있다. 여간 술이 센 것이 아니다. 술은 남에게 지지 않는다고 자부하는 박경호는 소주의 집중포화를 받고도 끄떡 없는 환경운동가를 다시 보았다.

"감치는 자연산 회에 맛있는 소주를 얻어 먹은 김에 한 말씀만 더 해 드릴까요? 우리도 원자력이 그렇게 위험하지 않다는 것은 다 알아요. 발전소 근처에 살아도 방사선 더 많이 받지 않는다는 것도 다 알고 있고."

"그런데 왜 원자력발전소 방사선 관리가 엉망이니 발전소 주위 사람이 무뇌아를 낳고 기형 송아지도 다 원자력 때문이라고 허위선전을 해요?”

술이 비교적 약한 문 박사가 흐느적거리며 항의했다.

“그거야 그렇게 해야 우리 사업이 되니까. 지금은 아니지만 초창기에 원자력하던 사람들이 지은 죄가 크지요. 선례도 있고. 고리에서 방사선을 길에 질질 흘리고 다녔다고 신문에 대서특필된 적도 있었지요?”

“그렇다고 현재 그렇지도 않은 것을 가지고 과거에 그랬다고 마구 매도를 하면.”

“처녀가 시집가기 전에 애밴 사실이 세월이 지난다고 없어져요?”

장성훈은 순진한 원자력 기술자들을 데리고 요설을 즐겼다.

“어떻게 그것하고 같아요. 오늘 발전소도 보고, 건설 현장도 보고 원자력을 제대로 하고 있다는 것을 아셨으니 이제 본 대로만 이야기해 줘요.”

이철준이 강요했다.

“저도 그러고 싶은데 그러면 제 직업이 없어져요. 그 점은 인정해 주셔야지.”

“직업이 없어지다니?”

“저 환경운동해서 먹고 살아요. 원자력은 안전하고 값싸다고 그렇게 하고 다니면 이틀도 가기 전에 환경운동계에서 쫓겨나요. 그럼 저 취직시켜줄 거요?”

“그거야 가능하지요.”

“저 밑에 자리는 싫은데. 지금 대표이니 최소 그보다 높은 자리를 줘야지요.”

“대표보다 위? 그런 자리가 어디 있어요?”

“없으면 별 수 없고. 지금 제 자리면 당신 회사 사장, 원하면 언제든지 만날 수 있지만 내가 직원으로 들어가 봐요 어림도 없지. 당신들 사장 만나려면 굉장히 어렵지요?”

장성훈이 세 사람을 둘러보았다. 아무도 대답을 하지 못했다.

“문 박사는 한전 다니시다 연구소 가셨다면서요?”

장성훈을 문 박사를 쳐다보며 물었다.

“네. 한전 다니다가 미국 가서 박사하고 연구소로 갔지요.”

“연구소 가셨으면 연구나 하지 무엇하러 흙탕물 사업에 뛰어들었어요?”

장성훈이 좌충우돌이다. 문성식의 얼굴이 찌그러들었다.

“원자력 기술 자립의 첨병에게 무슨 그런 섭한 말을.”

사장 자리보다 높은 자리를 내놓아야 한다는 말에 밸이 틀어졌던 이철준이 장성훈을 들이받았다.

“남의 기술 베끼면서 기술 자립이요?”

“말 그렇게 하면 안 되지요. 처음부터 기술이 있는 사람이 어디 있어요? 다 배워서 우리 것으로 만드는 거지.”

문성식이 정색을 하였다. 목소리의 톤이 날카롭다.

“좋은 자리에서 싸우겠다. 문 박사 내 술 한 잔 받아.”

박경호가 중재를 섰다. 문성식은 허공에 시선을 고정한 채 술잔을 거부했다.

“술에 취해 제가 말이 막나갔네요. 제 술 한 잔 받으시지요.”

방안 분위기를 날쌔게 파악하고 장성훈이 문성식에게 술을 권했다. 박경호가 눈짓을 보냈다. 문성식이 마지못해 잔을 받았다.

“지수 엄마 잘 있어?”

박경호가 부드러운 화제로 바꿨다.

“응. 잘 있을 거야.”

문성식이 깊은 숨을 들이쉬었다.

“미국 생활은 잘 적응하고?”

“너무 잘 적응해서 걱정이다. 봉사활동도 하고, 영어는 별로인데 미국 사람들하고도 잘 어울려.”

“그래도 다행이네. 그런 의미에서 폭탄주 한 잔? 어때요?”

박경호가 어색해진 분위기를 추슬렀다.

“좋습니다. 오늘 좋은 친구들 만났으니 코 삐뚤어지게 마셔 봅시다. 문 박사님은?”

장성훈이 문성식을 챙겼다.

"괜찮습니다."

문 박사가 어정쩡하게 대답했다.

"아줌마 맥주 가져와요."

박경호가 소리를 쳤다.

"박 부처장 정말 맘에 들어요. 박 부처장 생각해서 나도 원자력과 한 패가 돼볼까?"

장성훈이 박자를 맞췄다.

박경호는 맥주잔에 맥주를 2/3 쯤 채우고, 나머지는 소주로 채웠다. 넉 잔을 만들어 한 잔씩 죽 돌렸다.

"준국산 에너지 원자력을 위하여!"

장성훈이 웃음 띤 얼굴로 건배를 선창했다.

폭탄주가 돌았다. 술이 약한 문성식은 두 잔째부터 대열에서 빠져 벽에 등을 기대고 퍼졌다.

문성식은 바로 사택으로 실려 갔다.

학창 시절의 로맨스, 교도소 생활, 환경운동의 애로사항 등으로 화제가 럭비공처럼 튀었다.

10시가 넘도록 폭탄주를 마신 세 사람은 어깨동무를 하고 노래방에 가서 새벽이 오도록 노래를 불렀다.

28
데모 만능

1989년 9월.

이철준, 원자력 11, 12호기 건설사무소 부소장은 어깨를 축 늘어뜨리고 본부장 방에 들어섰다.

밤 11시가 다 되도록 퇴근을 않고 기다리던 영광원자력 손민호 본부장, 원자력 11, 12호기 건설소장, 영광 제1 발전소장이 지친 표정으로 들어서는 이철준을 눈으로 맞았다.

"어떻게 됐어?"

본부장이 조급하게 물었다.

"잘 안 됐습니다."

이 부소장은 먼저 결론을 보고했다.

"잘 안 돼? 내일 본사에 꼭 데모 가겠다고?"

본부장이 신경질적으로 말했다.

"죄송합니다. 김만복 투쟁위원장이 200억을 준다고 하면 내일 안 가겠답니다."

"200억을? 200억이 뉘 아이 이름인 줄 알아?"

본부장이 짜증을 냈다.

"본부 차원에서는 결정할 수 없다고 하자 본사에 쳐들어가서 맛을 보여야겠답니다."

"왜 안 하던 짓을 하는 거야? 현장과 대화하면 되지."

주민들은 온배수 피해(주 : 원자력발전소에서 우라늄이 핵분열하여 발생한 열로 물을 데워 증기를 만들고, 증기로 터빈/발전기를 돌려 전기를 만든다. 핵분열로 발생한 열중 약 34%는 전기를 만드는 데 쓰이나 나머지 66%는 그대로 바다에 버린다. 버려지는 열을 식히기 위하여 많은 양의 바닷물이 필요하다. 발전소에서 버리는 열을 식히고 나온 바닷물은 발전소에 들어갈 때보다 약 7~8℃ 온도가 높아져 바다로 흘러 나온다. 이와 같이 더워져서 나온 바닷물을 온배수라 하며, 발전소 주위 바닷물의 수온을 높여 온도에 민감한 김, 미역 등 양식에 영향을 준다.) 보상을 요구하며 간헐적으로 본부 정문에서 데모를 벌였었으나 본사로 쳐들어간 적은 없었다.

"영광과 고창 주민들이 서로 선명 경쟁을 하는 데다 뒤에서 반핵세력이 조종하는 거 같습니다."

(주 : 영광원자력발전소는 영광군에 위치하나, 반경 5 km 이내에 고창군 일부지역이 포함됨.)

"반핵 세력이?"

"처음에는 본부장님 안 오셨다고 시비를 붙다가 계속 200억 타령만 하다가 더 이상 진전이 없어 별 수 없이 돌아왔습니다."

일부 어민 대표들은 온배수 피해 보상조로 200억 원을 일괄 지불하면 자기들이 책임지고 모든 민원을 해결해 주겠다고 큰소리 치고 있다.

"그래 몇 명이나 간대?"

"버스 네 대 갈 것 같습니다. 발전소 때문에 데모 가니 버스 임대료랑 식비 등 데모 비용을 다 저더러 내라고……."

"데모 비용을 우리 보고 내라고? 이 더위에 누가 자기들 보고 데모 가랬어? 그래 막을 수 없다고? 원자력 4개 본부 중 처음으로 본사에 쳐들어가는 것 같은데 전무, 부사장, 사장을 어떻게 보나? 정말 막을 수가 없어?"

본부장이 계속 짜증을 냈다.

"제가 몇 시간을 인간적으로 달래고 겁도 주고 해 봤지만 안 됩니다. 200억 안 주면 안 된대요. 김만복은 데모대 끌고 갈 돈 마련도 쉽지 않고 서울 가기 싫은 모양인데 잠깐 밖에 나갔다 오면 다시 강경해집니다. 누군가 눈치를 보는 것 같았어요."

"수고했어. 내가 가서 사정해 볼까?"

"본부장님 나서면 더 기만 살 텐데요. 돈이 없어 내일 서울 가도 오래 못 버틸 겁니다. 버스도 김만복이 우리 회사에서 받아서 주겠다고 하고 빌린 모양입니다."

"웃기는 친구들이군. 일은 자기들이 벌리고 우리 보고 데모 뒷돈을 대라고."

"그럼 어떻게 한다?"

"내일 본부장님이 데모대보다 먼저 본사 가셔야 할 것 같은데요."

발전소장이 조심스럽게 말했다.

"그래야겠지. 이 부소장 그래도 어민들하고 잘 통하니 나랑 같이 가지. 어민들 떠나는 것 보고 바로 내 차로 가자고. 자기용이 버스보다는 빠르겠지. 두 소장은 현장을 잘 지켜요."

"죄송합니다. 본사에 모시고 가지 못하여. 발전소는 잘 지키겠습니다. 그러나 본부장님 본사에 이야기해서 200억 주고 끝내면 어때요?"

발전소장이 자리에서 일어서다 다시 앉으며 어렵게 말을 꺼냈다.

"무슨 근거로? 누구한테?"

"어민들에게 대표를 뽑으라고 하지요. 가마미 건을 보면 주민들이 처음 요구할 때 그 돈을 주고 끝내는 것이 훨씬 돈도 덜 들고 힘도 덜 들었어요."

(주 : 핵발전소인 영광 1, 2호기 운전으로 이미지가 나빠져 발전소 인근에 위치한 가마미해수욕장의 피서객이 줄었다며 가마미해수욕장 인근 주민들이 10억 원의 보상을 요구했다. 국영기업체인 한전은 근거도 없는 보상을 할 수가 없어 지방대학에 용역을 줬다. 교수들은 주민의 편에 서서 마구 피해액을 늘였다. 한전은 27억 원을 보상할 수 뿐이 없었다. 10억 원만 지불했으면 끝날 보상을 그 2.7배나 지불했다.)

"그래도 별 수 없어. 200억 주는 것을 누가 결정해?"

"본사 사장이 결정하면 되지요."

"한전 사장이? 사장이 그렇게 결정해 주고 나가면 감사원 감사는 우리가 받아야 해. 근거도 없이 보상해 주도록 사장에게 건의했다고 목이 열 개라도 못 당할걸."

"제가 생각하기에 200억이 훨씬 쌀 것 같은데."

"나도 그런 생각이야. 200억이 훨씬 싸다고. 그런데 그 타당성을 어떻게 맞추나?"

"그래도 본사 계신 분은 통들이 클 테니 한 번 말씀을 해 보시지요."

"통들이 크다고? 나 실없는 사람 돼 보라고."

"그래도 현장을 제일 잘 아시는 본부장님이 말씀하셔야지."

"솔직히 퇴직도 얼마 남지 않았으니 미친 척 한 번 해 보라는 거지?"

"그런 말씀은 아니고 200억이 해결되지 않으면 계속 데모할 거고 지역대학 시켜서 용역하면 또 몇 백억이 나올지 모르겠고."

"그 일은 나한테 맡기고 제대 말년에 이 무슨 날벼락이야. 자 퇴근합시다."

내년 3월 정년퇴직을 앞두고 연말이면 보직이 떨어질 손 본부장은 나머지 몇 달을 곱게 넘기지 못하고 시위대가 본사에 쳐들어가지 못하도록 현장에서 막지 못한 것이 크게 마음에 걸리는 모양이다. 그것도 원자력 4개 본부 중 처음으로.

오전 8시, 시위대를 태운 버스가 법성포를 떠나는 것을 보고 손 본부장은 바로 서울로 향했다. 점심시간 전에 서울에 도착한 손 본부장은 전무실에 들러 시위대를 영광 현장에서 막지 못한 사과부터 하였다. 그때 승용차로 시위대의 버스를 따라 오던 총무부장이 시위대가 11시 반 안성휴게소에서 이른 점심을 들고 서울로 막 떠났으니 1시가 조금 넘으면 본사에 도착할 거라고 보고해 왔다. 손 본부장은 부사장, 감사, 사장실에 차례로 들러 그의 무능(?)함을 깊이 사과 드리고 전무 방으로 내려왔다.

한전 본사 현관 로비를 점령한 영광·고창 지역 주민들은 한껏 세를 과시하며 구호를 외쳐댔다. 대규모 시위를 처음 당한 경비들의 대응이 서툴러서 쉽게 본관 로비를 시위대에게 내줬다.

우리 후손 다 죽이는 원전건설 백지화하라
온배수 보상 없이 원전 건설 어림없다.

손민호 영광본부장은 본사 로비를 점거한 시위대를 응시하다가 시선을 현관 문쪽으로 돌렸다. 미처 로비로 진입하지 못한 시위대들과 경비들이 심하게 몸싸움을 벌이고 있었다.

"데모대 본관 진입을 막지 못했다고 위에서 난리를 칠 텐데."

육군 대령 출신의 안전처장이 손 본부장의 귀에 대고 속삭였다. 그는 예비군과 민방위를 총괄하며, 본사 경비원들도 관장한다.

"이렇게 거세게 나올 줄 몰랐잖아요?"

"부사장에게 보고를 해야 하는데 손 본부장께서 좀 해 주시겠어요?"

"제가?"

"저는 여기서 데모대가 2층으로 못 쳐들어가게 현장 지휘를 해야 해요."

안전처장은 현장 지휘를 핑계로 악역을 손 본부장에게 떠넘겼다.

"우리 본부가 있는 영광에서 출발을 막지 못했으니 제가 가서 보고 드리지요."

손 본부장은 안전처장이 욕먹는 역할을 피하려는 의도를 빤히 알면서도 영광에서 시위대를 막지 못한 원죄가 있는 터라 모른 척하고 이철준 부소장을 현관이 남겨 놓고 경비원들의 인간 바리케이드를 넘어서 경영간부용 엘리베이터를 타고 11층 부사장실로 갔다.

부사장실 여비서가 손 본부장의 부사장실 입실을 바로 허용했다.

문정호 부사장은 팔짱을 끼고 불독의 상으로 집무실을 서성거리고 있었다. 문 부사장은 청와대 출신으로 낙하산을 타고 내려와서 경영본부장을 거쳐 부사장으로 영전했다.

"부사장님 죄송합니다. 현관 로비 진입을 막지 못해."

"어떻게 영광에서도 못 막더니 본사에서 로비까지 뚫리나?"

부사장이 꽥 소리를 질렀다.

"죄송합니다."

손 본부장은 본사에서 현관이 뚫린 것은 그의 책임이 아니었으나 책임소재를 따질 형편이 못 되어 무조건 두 손을 비비며 머리를 조아렸다.

"죄송이면 다야! 원자력 부서장들 다 모이라고 해."

부사장이 호통을 쳤다.

원자력 부서장들이 부사장실 결재 대기실에 모였다. 나도식 원자력건설 처장이 헐레벌떡 부사장실 옆 접견실에 들어섰다.

"다 모인 것 같으니 들어가지."

정현태 원자력사업단장이 앞장서서 부사장실로 들어갔다.

"원자력 부서장들이 다 모였습니다."

정 단장이 부사장에게 최대한 공손한 말투로 보고했다.

"최 처장 안 보이잖아?"

"최 처장은 정부에 가서 박 부처장이 대신 왔습니다."

"앉아요. 그래 원자력부서 사람들은 어떻게 일을 하는 거요? 데모대가 본사에 쳐들어오기 전에 현지에서 막았어야지."

"죄송합니다."

손 본부장이 자리에서 일어서며 사과하였다.

"서울까지 쳐들어온 어민들이 요구하는 게 도대체 뭐요?"

부사장은 이미 보고를 받아 다 알고 있는 내용을 되풀이하여 추궁했다.

"네, 온배수 피해 보상해 달라는 겁니다."

"얼마를 보상하라는 거요?"

"아직 피해 규모를 모르니 조사해 봐야 합니다."

"얼마인지도 모르는데 보상하라고?"

"조사하기 전 우선 기선 제압을 위한 시위입니다."

고리, 월성, 영광, 울진, 네 곳 원자력본부의 발전소를 관장하는 원자력발전처장 조형식이 나섰다.

"그럼 조사해 보면 될 것 아냐?"

"우리는 중립적인 해양연구소를 추천하는데 어민들은 지방 수산대학을 추천합니다.”

“뭐가 달라?”

“해양연구소는 안산에 위치하여 어민들의 입김을 덜 받고 공정하게 조사하겠지만 지방대학은 어민들의 입김이 많이 들어가 아무래도 보상액이 크게 나오겠지요. 또 조사에 어민들을 참여시키라고 하고.”

“그래, 그런 것을 가지고 싸운다고? 원자력하는 친구들은 영 감각이 없구먼. 지금 세상이 어떻게 변하고 있는데 아직도 군사정권 시절의 온실에서 잠을 자고 있어요?”

말석에 앉은 박경호 부처장은 군 출신으로 그 덕분에 부사장까지 된 사람이 군사정권 운운하는 데 어이가 없었다.

“그 정도 일은 정 전무 선에서 처리해야지 어떻게 나까지 인볼브(주 : involve) 하게 해요?”

“죄송합니다.”

정 전무가 고개를 숙였다.

“정 전무가 어민 대표 만나서 잘 말해서 돌려보내요. 어민들이 막 나가면 내가 청와대에 이야기하여 조치하라고 할 거니.”

문 부사장이 청와대 출신임을 과시했다.

“노력하겠습니다.”

“노력할 게 아니라 문제를 해결해야지. 더 할 말 있어요?”

참석자들은 서로 눈치만 봤다.

“어민들이 200억만 주면 더 이상 보상을 요구하지 않겠다고 합니다.”

손 본부장이 망설이다가 운을 뗐다.

“아직 피해 규모도 모른다면서?”

부사장이 신경질적인 반응을 보였다.

“제가 보기에 200억을 주고 끝내는 것이 훨씬 유리할 것 같습니다.”

“어떻게 그것을 알아?”

“우리 본부에서 가마미해수욕장 피해 보상을 해 줬는데 주민들이 10억만 주면 더 이상 요구하지 않겠다고 한 것을 근거가 없다고 피해조사 용역을 하여 지역 대학에서 조사시켰더니 주민 편에 서서 보상액을 과다 산출하는 바람에 27억을 보상한 선례도 있습니다."

"용역할 때 우리 직원들은 뭐했어? 감사실 시켜서 조사해 봐야겠구먼. 돈 받아먹고 눈감아줬나?"

"그런 것이 아니고, 지역 정서상 간섭이 어렵습니다. 제가 보기에 실제 조사를 하면 얼마가 나올지 모릅니다. 200억으로 영광에 들어설 6기까지 다 보상이 끝나면 훨씬 우리 회사에 유리할 것 같습니다. 경영진이 결심해 주시면."

"근거도 없이 결심하라고 나더러?"

"자료는 저희가 만들어 올리겠습니다."

"그것을 나더러 결정하라고? 내가 정주영인지 알아? 안전처장에게 어민들 사옥 밖으로 쫓아내라고 하고, 정 전무가 책임지고 바로 다 내려 보내요."

부사장이 눈을 치켜뜨고 부하들에게 나가보라는 손짓을 보냈다.

정현태 원자력사업단장실.

"원자력 사이트(주 : site)에서 본사까지 쳐들어온 것은 이번이 처음이요. 앞으로도 이런 사태가 계속 일어날 것 같은데 본사 방침을 정해야 할 것 같아. 부사장도 말씀하셨지만 그동안 사회 환경도 크게 바뀌었는데 우리 원자력하는 사람들이 아직 5공 때까지 누려 온 치외법권적인 특혜에 젖어 있어요. 원자력에 관한 정보는 대외비로 분류되고, 원자력발전소는 국가 1급 중요시설로 분류되어 접근이 금지되고. 5공 말기부터 불기 시작한 거센 자유의 물결을 타고 국민들은 알 권리를 주장해요. 원자력에서 진행되는 모든 일을 다 알기를 원해. 이번 어민이 쳐들어 온 것도 우리가 너무 안일하게 대처하여 그렇게 되었어요."

정 전무가 짜증을 담아 말을 뱉었다.

"일례로 며칠 전 이상희 과학기술처장관이 영광을 방문했을 때, 내가 수행했었지만, 주민과의 대화시간에 주민들은 향후 원자력이 환경에 미치는 영향을 평가할 때 주민들을 참여시켜 달라고 했어요. 손 본부장은 현장에서 들었겠지. 특히 온배수 영향을 평가할 때 동참을 요구하여 이 장관이 긍정적으로 답변했어요. 원전에서 나오는 온배수가 김, 미역 등 양식어장에 어떤 영향을 주는지의 평가는 보상과 직결되므로 공정한 평가를 해야 해요. 5공시절 같으면 말도 꺼내지 못할 사안들이 시대가 바뀌자 봇물처럼 터지고 있어요. 부사장께서 우리더러 대책을 수립하라고 지시하며 당장 어민들을 내려 보내라고 하는데 어떻게 하면 좋겠어요? 당사자인 손 본부장의 의견은?”

“다 아시지만 영광은 부지의 특성상 발전소에서 나오는 온배수가 바로 심해로 들어가지 않고 해안을 따라 남북으로 길게 흘러 갑니다. 따라서 온배수의 영향으로 섭씨 1도 높은 온배수가 흘러 가는 영역이 해안을 따라 남북으로 수km에 달합니다.”

“고리는 배수구에서 1km만 가면 온도차가 1도 이하로 떨어지는데 그렇게 멀리까지 영향이 가요? 영광은 부지를 잘못 정했네요.”

나도식 건설처장이 투덜댔다.

“이미 발전소가 돌아가고 또 원자력 11, 12호기를 건설 중입니다. 부지가 어떻고 할 게제가 아니지요. 온배수 영향은 평가해서 보상은 해야 합니다. 200억만 주면 해결하겠다고 하지만 국영기업에서 근거도 없이 돈 주겠다고 결정할 사람이 없고. 제 생각은 온배수 영향 평가를 지역 대학에 맡겼으면 하는데요. 평가 용역에 주민 참여는 본사에서 방침을 정해 주면 주민을 설득하겠습니다.”

손 본부장이 말을 마치고 전무를 쳐다보았다.

“그럼 첫 번째로 영향 평가를 누구에게 시킬 것인가 의견을 말들 해 봐요.”

전무가 얼굴을 찡그리며 입맛을 다셨다.

“지역 대학을 지정하면 지역 주민과 밀착하여 주민에게 일방적으로 유리한 평가를 할 수 있으므로 공정하게 해양연구소를 용역기관으로 하면 어떻겠습니까?”

조형식 발전처장이 말했다.

"조 처장이 현장 분위기를 잘 모르고 하는 말 같은데 해양연구소를 용역 기관으로 하면 공정성은 있겠습니다만 지역 대학을 배제하면 지역에서 반발이 심할 겁니다."

조 처장과 대학 동기동창으로 다음 전무 진급 경쟁 상대인 나도식 원자력건설처장이 반대의견을 냈다.

"나 처장 의견도 일리가 있지만 저는 우리나라 해양연구의 본산인 해양연구소에 맡기는 것이 좋다고 생각합니다."

원자력발전처장 조형식이 단호한 목소리로 말했다.

두 사람은 양보 없이 자기 고집을 세우며 논쟁을 벌였다.

"박 부처장 의견은?"

정 전무가 처장들의 기세 싸움을 멍하니 바라보고 있는 박 부처장에게 물었다.

"처장님들이 말씀하시는데 제가 말해도 됩니까?"

박경호가 사양했다.

"무슨 말을, 지금은 원자력기획처장 자격으로 참석한 거야."

정 전무가 단호하게 말했다.

"제 생각에는 해양연구소가 주관이 되고 지역 대학이 참여하는 방안이 어떨까 합니다."

"그렇겠지. 대개 의견을 들었으니 회의 말미에 내가 결론을 내리겠습니다."

정 전무가 고개를 끄덕이며 말했다.

"손 본부장, 그럼 평가에 지역 주민을 참여시킬까요?"

"네. 참여시키는 것이 용역결과에 대하여 뒷말도 없고 좋을 듯합니다."

"그럼 주민 누구를 참여시킵니까?"

"주민들에게 대표를 선정하라고 해야지요."

"저는 주민 참여는 반대입니다. 해양에 대하여 문외한인 주민이 참여하여 무엇을 할 수 있겠습니까? 그들의 이익을 대변하러 학자들에게 압력이

나 넣겠지요."

나 처장이 강렬한 어조로 반대했다.

"온배수 영향 평가는 전문적인 분야입니다. 그에 대한 상식 이상의 지식이 없는 주민을 참여시키는 것은 용역을 이상한 방향으로 흘러 가게 할 겁니다. 또한 주민 대표를 선정하는 것도 쉽지 않습니다. 영광발전소 주변 지역인 전남 영광과 전북 고창 지역의 이해관계가 첨예하게 대립되어 대표 선정이 쉽지 않을 겁니다. 영광, 고창 대표가 용역에 참여하면 자기 지역에 유리하게 보고서를 작성하도록 학자들을 들볶을 겁니다. 저는 지역 주민을 용역에 참여시키는 것을 반대합니다."

조 처장이 말했다.

"조 처장이 지역정서를 몰라서 하는 말이고 용역결과를 발표한 후에 주민들의 반대를 잠재우기 위하여 지역 주민을 참여시켜야 합니다."

나 처장이 강한 어조로 말했다.

갑론을박이 이어졌다. 처장을 대신하여 회의에 참석한 박경호 부처장은 경쟁 관계에 있는 처장들의 뜨거운 입씨름을 보며, 처장들이 서로 기 싸움을 하는 것같아 입맛이 썼다.

얼굴을 찡그리고 논쟁을 지켜보던 정 전무가 결론을 내렸다.

"더 이야기해 봐야 결론이 안 날 것 같으니 내가 내리지요. 용역은 해양연구소에 주는 것으로 합시다. 다만 해양연구소에서 최소 몇 명은 지역 대학에서 위촉한 연구원을 쓰는 것을 전제로 합시다. 이의 없지요?"

상명하복에 길들여져 있는 회의 참석자들은, "네" 하며 전무의 결정에 두말 없이 승복했다.

"주민의 용역 참가는 득보다는 실이 많을 것 같으니 참여시키지 않는 것으로 하고, 다만 용역 중간결과와 최종 보고서 발간 전에 최종결과를 주민 설명회를 통하여 주민들에게 알리고 의견을 수렴하는 것으로 합시다."

회의 참석자는 모두 고개를 가볍게 끄덕이며 동의를 표시했다.

"또 하나, 반핵 단체들이 조직적 집단적으로 원자력을 반대하려는 운동을 벌리고 있습니다. 이번 시위도 배후에 반핵 단체가 있을 거요. 이에 대하여 어떻게 대응할 것인지 회사 방침을 정해야 해요. 모두 심도 있게 고민하기 바랍니다. 박 부처장은 오늘 회의내용을 한 페이지로 간단히 정리해 줘요. 사장님께 보고하게. 더 할 말 없지요?"

정 전무가 참석자를 돌아다보았다.

"아까 말을 꺼낸 200억 건은 어떻게 합니까?"

손 본부장이 어렵게 말을 꺼냈다.

"그 제안을 한 사람들이 대표성이 있어요?"

전무가 날카롭게 물었다.

"있다고 할 수도 있어요."

"아무 근거도 없이 200억 주는 것을 누가 결정합니까? 사장이? 설령 사장이 결정했다 해도 감사원 감사는 누가 받아요? 더 이상 논의 가치가 없어요."

정 전무가 신경질적인 반응을 보였다.

"그래도 그 방법이 최선의 방법 같은데……."

손 본부장이 혼자 중얼거렸다.

"조 처장은 바로 어민 대표를 내 방에 모시고 와요. 그럼."

정 전무가 창밖으로 시선을 돌렸다.

어민들은 시위 비용, 버스 임대료와 식비 등을 한전에서 돌려받고, 밤늦기 전에 돌아가야 한다며 어민 대표가 전무를 면담한 후 한 시간 쯤 시위를 하는 척하다가 귀향했다. 손 본부장과 이 부소장은 서울까지 와서 부인 얼굴도 못 보고 바로 시위대 버스를 뒤쫓아 영광으로 내려갔다.

29
12월기업소 건설이 늦어진다

1989년 9월.

이홍섭 12월기업소 기사장은 팔짱을 끼고 창가에 붙어 서서 하늘에 총총히 빛나는 별을 올려다보며 긴 한숨을 내쉬었다.

'한 달 후, 지도자 동지를 대신하여 전병호 군수비서가 온태실험(hot test) 단추를 누르러 이곳에 온다. 조선에서 최초로 플루토늄을 뽑아내는 잔치에.'

전 계통에 물을 채우고 하는 냉태실험(cold test) 과정에서 물이 새고, 밸브가 제대로 작동되지 않는 부분을 보수하였다. 새 핵연료를 산에 녹이는 실험까지 간신히 마쳤으나 원격조정 장치가 말을 듣지 않아 기술자들이 직접 시설 안에 들어가서 보수를 하였다. 사용후 핵연료를 재처리하는 실제 운전 중에 고장이 나면 시설 내의 방사선 준위가 너무 높아 사람이 시설내에 들어가서 보수를 할 수가 없다.

어쩔 수 없이 4월 15일 수령 김일성의 생일에 맞춰 거창하게 실시하려던 온태실험 일정을 연기했다.

군수비서가 방문하여 단추를 누를 때만이라도 기기가 제대로 동작하여야 할 텐데 자신이 없다.

지난 10여 년간 동위원소연구소에서 실험실 규모의 시설에서 재처리 실험을 할 때는 문제 없이 동작하던 기기들이 시설을 대규모로 키우고 부품의 용량이 커지자 여기저기서 문제가 터졌다.

이홍섭은 이 문제를 이승기에게 사실대로 보고해야 하는지 결정을 내리지 못하고 혼자 고민했다. 이홍섭은 조선의 공업 수준이 사용후 핵연료 재처리시설에 쓸 정밀기기를 만들 수 있는 수준에 미치지 못한다고 차마 보고할 수가 없었다. 무조건 국산 기기만 쓰겠다고 밀어붙일 것이 아니라 일부 부품은 해외에서 수입했어야 했다.

공화국의 기술력이 떨어져 국내에서 만든 기기로는 시설을 제대로 돌릴 수 없다고 보고하면 자칫 반동으로 몰려 요덕으로 쫓겨 갈지도 모른다.

'문제를 숨기고 세월을 보내다가 들통이 나면 총살형?'

밤을 새운다고 문제가 해결될 리가 없다.

이홍섭은 절망의 늪에 빠져 이대로 죽어졌으면 했다.

똑똑 노크 소리가 나고, 문이 열리며 인기척이 났다.

이홍섭이 고개를 들었다.

"아직도 퇴근 안 했어요?"

이홍섭은 단물을 받쳐 들고 들어서는 소선희에게 죽어가는 목소리로 말했다.

"기사장 동무께서 계시는데."

소선희가 수줍음을 탔다.

이홍섭의 탈진한 시선에 수줍음을 타는 제복의 젊은 소선희가 어머니로 보였다. 그는 여자의 품에 안겨 그냥 울고 싶었다.

"나 언제 퇴근할지 몰라요. 먼저 퇴근해서 쉬어요."

이홍섭는 마음과는 다르게 손을 흔들며 말했다.

"기사장 동무가 매일 불철주야 혁명과업 수행에 돌진하시는데 저만 편하게 잠자리에 들 수 없지요."

소선희는 단물 잔을 책상에 놓으면 기사장 동무를 따뜻한 눈으로 쳐다봤다.

"단물 고맙고, 오늘도 여기서 밤을 샐 거요. 벌써 12시가 넘었으니 숙소에 들어가세요."

이홍섭은 여자의 손을 잡고 싶었다.

"제가 건방지지만 벌써 두어 해 기사장 동지를 모시면서 요즘같이 힘들어 하시는 거 처음 뵈어요. 사업 수행에 어려움이 많으시지요?"

그녀의 말투에 진정으로 남자를 걱정하는 마음이 담겨져 있다. 이홍섭은 가슴이 뭉클했다. 그녀에게 고민을 툭 털어놓고 이야기하고 싶었다.

"기사장 동무께선 제가 왜 이곳에 와있는지 아시지요?"

소선희가 엉뚱한 질문을 하였다. 이홍섭은 답은 알고 있었으나 말을 할 수가 없었다.

"제가 제 역할을 말하는 순간 저는 이곳을 떠나야 해요. 저도 감시를 받고 있거든요."

이홍섭은 강하게 고개를 흔들어 그녀의 다음 말을 저지했다.

"기사장 동무께선 지금 어려운 문제에 부딪혔는데 상부에 보고하기도 그렇지요? 기사장님 능력으로 해결할 수는 없고?"

그녀의 눈빛이 너무 진지하여 그는 그녀가 그를 시험하고 있다고 생각되지 않았다. 그는 한 발짝 그녀에게 다가갔다. 하마터면 그녀의 손을 잡을 뻔했다.

"혹시 제가 기사장님을 떠본다고 생각하시는 것은 아니지요? 곧 저는 떠날 거예요. 제가 너무 오래 있었어요. 혹시 정분이라도 나면 제대로 감시 역할을 못할 것 같으니 당에서 조치를 할 거예요. 저를 군으로 되돌려 보내겠지요. 제가 군관이라는 것은 다 아시고 계실 거고."

소선희가 이홍섭을 빤히 쳐다봤다.

"기사장 동지와 근무하며 기사장 동지의 투철한 혁명정신을 존경하게 됐어요. 몸과 마음을 다해 당과 지도자 동지의 혁명노선을 따라 과업을 수행하시는 기사장 동지를 감시하는 제 역할에 회의를 느꼈어요."

소선희는 조용한 분위기에서 남녀가 단둘이 있을 때 나누는 사랑의 표현을 하고 싶었으나 이십여 년을 살아온 환경이 그 선을 넘지 못하도록 막았다.

"소 동무. 지금 이야기는 안 들은 것으로 할게요. 나도 감정이 있는 인간이요. 소 동무를 향한 마음이 비서 동무 이상의 한계를 넘지 않으려고 애써 왔어요. 우리 그 선을 지킵시다. 단물 고마워요. 먼저 퇴근해요."

이홍섭이 다 식은 찻잔을 입에 대며 허공을 보고 말했다.

"네. 저 퇴근할게요. 한 마디만. 지금 어려운 상황 이승기 총국장과 상의하세요. 제가 벌써 제 조직을 통해 다 보고했어요."

"뭐?…, 그럼."

이홍섭의 입에서 자신도 모르게 진한 신음이 흘러 나왔다.

"기사장 동무."

소선희가 총알같이 이홍섭의 품으로 달려들었다. 엉겁결에 이홍섭이 그녀를 안았다.

"잠시만 이러고 있어요."

그녀가 그의 가슴에서 속삭였다. 그는 그녀의 머리에 얼굴을 묻었다. 그녀의 머리에서 피마자기름 냄새가 났다.

두 사람은 시간이 그대로 멈추기를 바랐다.

"온태 실험에 들어갈 수 없다고요?"

이홍섭의 보고를 받은 이승기 총국장이 눈을 감은 채 말했다.

이승기는 이미 전병호 군수비서가 방문하는 날 제대로 실험을 할 수 없다는 것을 알고 있었으나 그 날짜를 먼저 바꾸자고 할 수가 없어 모른 체하며 이홍섭이 보고하기만을 기다리고 있었다.

"네. 자동 밸브의 동작이 제대로 될지 의문이고, 원격 제어장치도 자신이 없습니다. 사용후 핵연료로 직접 실험을 하다 문제가 터지면 시설이 다 오염되어 당분간 시설을 쓸 수가 없습니다."

이홍섭은 죽는 심정으로 사실대로 보고했다.

"그러면 어떻게 하면 되지요?"

이승기의 목소리가 공허했다.

"우선 몇 가지 주요 부품을 해외에서 수입하여야…, 긴급으로."

이홍섭은 떨리는 목소리로 말했다.

"결국 우리 조선에서 만든 기기가 불량하다는 말이지요?"

"네, 죄송합니다."

"이건 우리만의 문제가 아닌데…, 지도자 동지의 특명을 받들고 12월기업소의 부품을 만들어 공급한 대안중기계와 용성기계국 등에도 불통이……."

"저도 그 점 때문에 며칠을 고민하며 다른 대안을 찾았습니다만 찾을 수가 없었습니다. 일부 기기를 외제로 바꾸지 않는 한 12월기업소의 준공은 불가능합니다."

이홍섭은 최후를 맞는 심정으로 죽어도 감추고 싶은 말을 내뱉었다.

"음……, 지도자 동지에게 실망을 드릴 수는 없습니다. 내가 전 비서동무와 협의하겠습니다. 이 기사장은 외국에서 긴급히 들여와야 할 물품 목록을 작성해 주시오."

허공에 시선을 두고 한참을 숙고하던 노력영웅은 간결하게 결론을 내려줬다.

"그리고 오늘은 바로 퇴근하여 푹 쉬시오. 지난 2주 동안 퇴근도 않고 사무실에서 보냈다면서요?"

"네? 챙길 것이 많습니다."

이홍섭은 얼버무려 대답을 하며, 일거수일투족을 모두 감시받는 현실이 무서웠다.

"그렇게 무리를 하다 우리 조선의 일급 기술자를 잃으면 국가적인 손실일 뿐만 아니라 혁명과업 수행에도 지장이 커요. 이 기사장의 몸은 이 기사장의 것이 아닙니다, 우리 조선의 재산이요. 내일 아침까지 저에게 목록을 주십시오."

소비에트연방공화국 블라디보스토크 조선민주주의인민공화국 총영사관.

"이 장비를 2주내에 확보해 줘야겠어. 더 빠를수록 값을 더 쳐주지."

총영사 김판술이 마피아의 극동 총책 바실리에프 이바노프에게 서류뭉치를 넘기며 말했다.

"내일 아침 9시에 언제까지 공급 가능한지 알려주지. 가격도 그때 말하지."

이바노프는 서류 뭉치를 받아들고 무덤덤하게 말했다.

"좋아. 그럼 내일 아침 9시에 보자. 그리고 언제 시간 내서 그곳에 한 번 안내해."

그곳은 이바노프의 별장으로 주지육림에 빠질 수 있는 도원경이다.

"좋아. 우선 장사부터 하고 몸을 풀러 가지."

이바노프는 악수도 않고 총영사관 사무실을 나갔다.

이바노프가 사무실을 나서자 김판술은 바로 전병호 군수비서로부터 밀명을 받고 총영사관을 찾아온 이병호를 사무실로 불러들이도록 지시했다.

이병호는 직위도 소속도 알 수가 없다. 전병호 군수비서실에서 이병호라는 사람이 710호 사업과 관련 방문할 테니 군수비서로부터 직접 지시받는 것으로 알고 그가 지시하는 업무를 수행하라는 연락을 받았다.

이병호는 사무실 밖에서 기다리다 이바노프가 사무실을 떠나는 것을 보고 노크도 없이 총영사 방으로 들어섰다.

이병호는 1m 80cm의 큰 키에 깡마르고 눈매가 날카롭다. 신경질적으로 보였다.

"조치를 마쳤습니다."

김판술은 직위도 모르는 이병호에게 보고를 하고 자존심이 상했다.

"그럼 언제 물품을 받을 수가 있는 거요?"

이병호가 아랫사람을 대하듯 차가운 자세로 물었다.

"내일 아침 알려주기로 했습니다. 어디에 쓸 물건입니까?"

"그것은 알 필요 없습니다. 최단 시일내에 물건만 구해 주면 됩니다."

"네?"

"그럼 내일 아침 9시에 오겠소."

"물건 수송은 어떻게 합니까?"

"국경 근처까지만 실어 달라 하면 그때는 내가 알아서 할 거요."

이병호는 인사도 없이 총영사의 방을 나갔다. 완전히 무시를 당한 김판술은 기분이 상했다.

"물품 목록 2번, 5번, 11번은 일주일 이내에 조달해 주지. 물품의 부피가 크지 않기 때문에 이곳으로 가져올게. 미화 25만 불과 교환해. 1번, 6번은 소련연방에서 구할 수 없어 최소 1개월은 소요될 거야. 인도 장소가 어디야? 가격은 미화 백만 불. 나머지 물품은 요구한 대로 2주 내 공급할게. 지정한 인도 장소로 운반해 주지. 가격은 40만 불."

아침 9시 정각, 김판술을 찾은 이바노프는 감정이 없는 말투로 말을 이어 갔다.

"총 백육십오만 불인데 한 번 거래로 끝날 일이 아니니 총 백오십만 불을 내지."

"네고를 하자고?"

"부르는 대로 값을 쳐주는 법이 어디 있어?"

"좋아. 그 동안 관계를 고려하여 백오십만 불에 해 주지. 그 이상 네고는 없어."

"좋아. 그 대신 해외에서 조달하는 물품을 2주내에 공급하면 보너스로 십만 불을 더 주지."

"우리 조직으로 안 되는 일은 없지만, 총영사가 요구하는 물품 중 일부는 이미 국제적으로 거래를 감시 받는 품목이야. 미국 CIA의 감시가 심하여 쉽지 않을 거야. 그 점을 알아줬으면."

"그럼 거래는 성사된 거야. 거래가 완성된 후 파티비용은 내가 부담하지."

"좋지. 그럼 일주일 후에 우리 직원이 부품 2번, 5번, 11번을 가지고 올 거야. 그럼."

이바노프는 손을 내밀었다. 김판술이 그의 손을 잡자 이바노프는 아귀의 힘을 과시하듯 김판술의 손을 꽉 잡았다.

　이병호는 이바노프가 떠나자마자 노크도 없이 김판술의 사무실에 들어섰다.
　"어떻게 된 거요?"
　이병호는 인사도 없이 김판술을 부하 다루듯하며 바로 본론을 재촉했다.
　위대한 지도자 김정일의 특명을 받고 혁명과업 수행의 최일선에서 외화벌이를 하고 있는 김판술은 이바노프가 전한 말을 그대로 이병호에게 전하며 꼭 상사에게 보고를 하는 것같아 기분이 더러웠다.
　"150만 불? 나는 백만 불을 예상했는데 총영사 동무가 너무 헤프게 거래를 한 것 아니요? 더구나 이번 거래는 우선 급한 불을 끈 것으로 계속 물건을 사야 할 텐데 공화국 달러 사정이 어렵다는 것을 해외에 나와 본국에서 보내주는 달러로 편히 생활을 하니 잘 모르는 모양이군. 그럼 일주일 후에 25만 불을 가지고 오겠소. 해외 인도 장소는 비엔나 우리 대사관으로 하시오. 나머지 국내 인도 물품은 용정으로 하시오. 그럼 일주일 후에 오겠소. 이번 거래는 일급비밀 사항이요. 특히 서방 미제 도당이 냄새 맡지 못하도록 기밀에 철저를 기하시오."
　이병호는 지시를 마치고 악수도 않고 사무실을 나갔다.
　김판술의 관자놀이가 울뚝 불퉁거렸다.

30
북한을 너무 모른다

1989년 9월. 문정호 부사장실.

"오늘 지시는 박 부처장과 나만 알고 있어야 하니 절대 누설하면 안 돼요. 지시 자체도 없었던 것으로 하고."

부사장은 박경호 부처장에게 지시도 하기 전에 비밀을 지킬 것을 당부했다. 박경호는 긴장하며 부사장의 입을 주시했다.

"두 가지를 조사해 줘요. 첫 번째, 월성 1호기 핵연료를 4개월만 때고 꺼내면 얼마나 손해를 보는지 계산해 주고, 기술적으로 계속 연료를 4개월만 때고 꺼낼 수 있는지 확인해 줘요. 둘째, 북한의 원자력 현황을 조사하고 얼마나 핵무기 제조기술에 접근했는지 판단해서 보고해 줘요. 알았지요? 박 부처장이 우리 회사에서 제일 국제통이라면서?"

부사장의 표정은 근엄했다.

"4개월만 때고 전량 교체하는 겁니까?"

"나는 원자력은 잘 모르지만 원자력발전소에서 오래 타면 플루토늄의 질이 떨어진다면서?"

"네. 핵분열성 물질인 플루토늄-239가 중성자를 흡수하여 플루토늄 240으로 변하여 질이 떨어집니다."

"그래? 어쨌든 월성에서 4개월만 태우고 꺼내는 가정을 해서 계산해 봐."

"첫 번째 지시는 한 시간 내로 보고 드릴 수 있지만, 두 번째 지시는 자료를 조사하려면 며칠 걸리겠는데요. 국내에서 그런 자료를 종합하여 가지고 있는 기관이 있는지도 잘 모르겠고."

"그럼 첫 번째 지시는 오늘내로 보고하고, 두 번째 지시는 다음 주 월요일에 보고해 줘. 다시 말하는데 그 계산도 직원들 시키지 말고 박 부처장이 직접 해야 해."

(주 : 중수로인 월성원자력발전소는 발전소를 운전하며 매일 핵연료를 교체한다. 인도는 캐나다에서 공급한 중수로원자로에서 꺼낸 타고난 연료에서 플루토늄을 추출하여 원자탄을 만들었다.)

박경호는 부사장실에서 그의 집무실로 가는 길에 자료실에 들러 월성 1호기 기술 규격서를 빌렸다.

그는 바로 규격서의 핵연료 부문에서 관련 자료를 찾아 계산을 시작했다.

'월성 1호기에는 매년 100톤의 새 핵연료가 장전된다. 천연우라늄 1 kg의 값이 20U\$이니 100톤이면 2백만 불, 가공비가 kg당 40U\$ 선이니 4백만 불, 1년분 핵연료비가 6백만 불. 1년 쓸 연료를 4개월만 쓰고 꺼내면 200백만 불 어치 쓰고, 400만 불은 버리는 셈이지. 큰돈이 아니네.'

박경호는 자료를 정리하여 바로 부사장에게 보고했다.

"어 벌써 다 됐어?"

부사장이 입을 딱 벌렸다.

"네. 원자력에 기초지식이 있는 사람은 바로 계산할 수가 있습니다. 농축우라늄을 연료로 쓰는 경수로는 좀 복잡하지만 중수로는 천연우라늄을 연료로 사용하기 때문에 계산이 간단합니다."

"한 번에 겨우 4백만 불 손해 본다고? 계산 제대로 한 거야? 이거 너무 돈이 적은데."

"네. 우라늄 값이 워낙 싸서 연료비가 많이 들지 않습니다."

"그런데 계속적으로 4개월씩 땐 연료를 뽑아내면 발전소 안전 운전이 어렵다고?"

"새 연료를 너무 자주 교체하면 발전소 제어에 문제가 생깁니다. 원자로에 들어있는 핵연료는 대개 일년을 태우고 꺼내며 총 4,560 다발 중 매일 16

다발이나 24다발만을 교체합니다. 그래야 안전 운전이 가능하며 핵연료 장
전기도 견딜 수 있습니다."
"그럼 발전소를 세우고 전량 교체하고 다시 장전하고 하면 되겠네."
"그것은 가능하지요."
"그럼 재장전 시간을 포함 1년에 두 번 이상 교체할 수 있겠네. 한 번에 플
루토늄 얼마나 얻을 수 있어?"
"당초 설계대로 1년 동안 원자로에서 연소 후 꺼내면 1년 교체분에서 약
300kg의 플루토늄을 얻을 수가 있습니다. 핵분열성 물질 함유량이 약 75%
됩니다. 경수로의 경우 3년간 태우고 교체하면 핵분열성 물질 함유량이 약
60%입니다. 4개월 연소 후 꺼내면 핵분열성 물질 함유량이 90% 정도 될 것
으로 예측됩니다. 발생량은 계산해 봐야 할 것 같습니다. 제가 계산한 손실
중 전기를 생산 못해 입는 손해는 포함하지 않았습니다. 단지 핵연료비만
계산했습니다."
"4개월 태우고 꺼내면 플루토늄이 얼마나 생산되는지 그리고 그 순도는
어떻게 되는지 계산해서 보고해 줘."
"계산은 연구원에 의뢰해서 컴퓨터를 돌려야 하는데."
"그래? 대강 1년 때면 300kg 나온다니까 4개월이면 한 100kg 나온다고 하
면 되겠네. 수고했어. 이 보고서 나 주고 카피도 남기지 마."
박경호는 이 정도 자료는 원자력의 기초만 배운 사람이면 몇 분 내에 작
성할 수 있는데 대외비라며 쉬쉬하는 부사장이 재미있었다.

박경호는 부사장의 두 번째 지시사항을 조사하며 북한의 사정에 너무 어
두운 것에 놀랐다. 북한은 우리와 휴전상태인 국가인데 그 동안 박경호는
북한의 원자력 능력에 대하여 전혀 관심조차 없었다.
박경호는 먼저 국제원자력기구에서 발간하는 〈각국의 원자력발전소 현
황과 우라늄 자원 현황〉 보고서를 뒤졌으나 북한에 관한 정보는 없었다. 그
는 국립 도서관을 찾아 지난 일년 동안 신문에 난 북한 원자력 관련 기사를
뒤졌다. '북한의 핵폭탄 생산 가능성', '북한 핵무기 개발 어느 수준인가?'

등 거창한 제목이 눈길을 끌었으나, 그 내용은 빈약했다. 그는 신문을 뒤져서 겨우 북한 영변에 원자력 연구시설이 있으며, 그곳에 소규모 원자로와 플루토늄 생산용 원자로가 있다는 정도를 알아냈다. 플루토늄 생산용 원자로는 그 용량이 4MW 정도로, 1980년대 중반부터 하루 8시간씩 운전을 하고 있으며, 북한 우라늄 광산에서 생산된 우라늄으로 그 원자로에 쓰는 핵연료를 만드는 모양이다. 북한은 1985년 12월 말 핵비확산조약에 가입하였으나, 4년이 지난 지금까지 핵안전보장조치 협정에 가입하지 않아 국제적으로 고립상태이다. 북한은 핵무기비확산조약에 가입 조건으로 소련으로부터 동해안 지역에 440MW급 원자로 4기를 제공받기로 되어있으나, 핵안전보장조치협정을 체결하지 않아 그 진척 상황이 지지부진하다.

박경호는 며칠을 조사한 자료로 한 페이지 분량의 보고서도 작성할 수가 없었다. 그는 그렇게 빈약한 자료를 부사장에게 보고할 수가 없어, 1985년 NPT 제 3차 평가회의 기간 동안 3주간 스위스 제네바에 같이 출장을 갔던 과기처 원자력정책과장 김종호에게 북한의 정보를 물었다.

"한전은 원자력발전소나 잘 건설하여 운영하면 돼요. 그런 사항은 비밀이니 알려고 하지 말아요."

김 과장은 한 마디로 정보 제공을 거절하였다.

박경호는 김 과장이 실제 정보를 가지고 답변을 거부하는지, 모르는 것을 인정하기 싫어 답변을 회피하는지 판단을 할 수가 없었다. 박경호는 안기부에 근무하는 대학 원자력과 동기동창인 조선봉에게 전화를 넣었다.

"그런 비밀 사항을 어떻게 전화로 알려줄 수 있니?"

조선봉은 가볍게 그의 질문을 피해 갔다. 박경호는 빌다시피 사정하여 조선봉의 저녁 시간을 얻었다. 저녁을 하며 조선봉은 박경호가 알고자 하는 북한 원자력에 대한 정보는 하나도 주지 않고, 오히려 박경호로부터 원자력의 여러 현안에 대한 정보를 캐내려 하였다.

"원자력 11, 12호기가 CE 팔로버디 발전소를 모델로 짓고 있다는데 팔로버디는 그 용량이 백삼십오만이나 되는데 원자력 11, 12호기는 백만 밖에 안 된다며? 축소 설계를 했는데 안전성에는 문제가 없어? 우리 동창끼리 술직히 얘기해 주라."

"영광발전소 주변에 기형 송아지가 태어났다고 언론이 난리인데 정말 영광에서 나온 방사선 때문이냐?"

"영광에 온배수 때문에 데모하고 난리던데 정말 온배수 피해가 그렇게 큰 거니?"

박경호는 친구로부터 아무런 정보도 얻지 못하고 밥값만 축냈다. 그는 최근 원자력계에서 불거진 쟁점들에 대하여 해명하느라 밥도 제대로 먹지 못했다. 그는 아무런 소득도 없이 조선봉과 헤어지며 화도 나고 답답하기도 하였다.

박경호는 우리나라에서 제일 큰 회사에서 국제통으로 소문이 난 그가 북한의 원자력 현황에 대하여 너무나 캄캄한 것이 한심했다. 때로는 대한민국 대표단의 일원으로, 때로는 기술 자문역으로 정부 관리들과 함께 수십 차례 원자력 관련 국제회의에 참석하며 원자력 관련 국제 흐름과 동향을 나름대로 잘 파악하고 있다고 자부하고 있었는데, 얕은 밑천이 탄로났다.

박경호는 여비서에게 전화로 부사장의 기상도를 물었다. 여비서는 쾌청은 아니지만 구름은 끼지 않았다고 알려줬다. 박경호는 그동안 조사한 북한의 원자력 현황을 한 장으로 요약한 보고서를 들고 부사장실을 찾았다.

"간단하군."

보고서를 일별한 부사장은 짓궂은 미소를 보내며 박경호를 건너다보았다.

"죄송합니다. 그동안 신문도 뒤지고, 안기부, 과기처 친구들에게도 자료를 얻을까 하고 찾아도 갔었습니다만 더 이상 찾을 수가 없었습니다."

"우리가 우리 적국의 정보에 너무 어둡지?"

부사장이 입맛을 다시며 스스로에게 말을 했다.

"죄송합니다."

"박 부처장이 미안할 것은 없고, 우리 회사도 원자력 관련 정보를 전부 대외비로 분류하여 일반 국민들에게는 비밀로 하고 있었는데 폐쇄적인 북한

에서 자료를 공개하겠어? 안기부나 과기처 고위층들은 알고 있겠지만 밑에
는 비밀로 하라고 했을 거고. 박 부처장은 정부 관리들 따라 여러 차례 국제
회의 다녀왔었지? 가끔 북한 대표들 얼굴은 보았을 거고."

"네. 국제회의 때 몇 번 본 것 같습니다. 대화는 할 생각도 못했습니다."

"당연하지. 어떻게 북한 대표단과 대화할 생각을 해. 우리 회사의 국제통
이 그 정도니…… 공연히 시간만 낭비했네. 그냥 청와대에 물어보는 건데.
어쨌든 자료 찾느라 수고했어."

부사장이 형식적인 위로의 말을 했다. 부사장의 '공연히 시간만 낭비했
다'는 말이 박경호의 가슴에 비수로 꽂혔다. 그는 꾸벅 절을 하고 짙은 좌절
감으로 무너지는 자존심을 부둥켜안고 부사장실을 나왔다.

명색이 한전의 국제통으로 IAEA, 미국, 캐나다, 호주, 불란서 등과 원자력
협력회의 등에 수 없이 참석하며, 핵확산 관련 국제적인 분위기를 누구보
다 잘 알고 있다고 자부했던 박경호는 우리의 주적인 북한의 원자력 현황에
대하여 너무나도 무지한 것이 화가 나고 창피했다.

박경호는 하루 종일 부사장의 '공연히 시간만 낭비했네' 하던 말이 귓가
에 맴돌아 우울했다. 저녁 7시를 넘자 박경호는 더 이상 회사에 있고 싶지
않았다. 그는 퇴근을 하려 책상을 챙겼다.

"벌써 퇴근하시게요?"

김병태 부장이 사무실 문을 밀고 들어오며 손을 비볐다.

"오늘은 컨디션이 그래. 일찍 집에 갈 거야."

"저녁 약속 없으시면 제가 모시겠습니다. 소주나 한 잔 하시지요."

하루 종일 우울했던 박경호는 소주라도 한 잔 하고 싶었다.

"당연히 내가 사야지. 정책부랑 회식한 지도 오래 됐는데, 약속 없는 직원
들과 회식이나 할까?"

"그러실래요? 그럼 제가 불고기집에 예약하고 바로 모시러 오겠습니다."

회식을 마칠 때 쯤 박경호는 정책부 직원들로부터 한 잔씩 받아 마신 소

주에 가볍게 취했다. 술을 마시면서도 부사장에게 제대로 보고를 하지 못한 것이 마음에 걸렸다. 회식이 끝나자, 김병태 부장은 오늘 부처장님이 무슨 일이 있으신 것 같은데 희정에 가서 기분을 푸시자며 은근히 꼬였다.

"내가 좀 피곤하니 오늘은 그만 집에 들어가지. 내일 일찍 원자력연수원에 강의를 가야 하고."

"아직 9시 밖에 안 됐는데, 고리 가시면서 버스 속에서 주무시면 되지요."

김병태가 우겼다.

"오늘은 더 술 마실 기분이 아니니 다녀와서 한 잔 사지."

박경호가 완곡히 거절했다.

"그럼 다녀와서 사시는 겁니다."

김병태는 다음 기회를 다짐하고 박경호를 풀어줬다.

박경호는 전철을 타러 천천히 지하도를 내려갔다. 마음이 무거웠다. 바로 집에 들어가기가 싫었다. 문득 조희정이 보고 싶었다.

그는 택시를 타고 '희정' 으로 갔다.

"따거, 오랜 만이야."

박경호가 희정에 들어서자 카운터에 앉아있던 조희정이 쪼르르 달려오며 반겼다.

"잘 있었어?"

박경호는 저녁을 접대하고 2차를 가야 할 경우 술값이 저렴한 희정을 가끔 찾았다.

처음에 희정은 경호를 박 박사라고 불렀다. 어느 날 술이 떡이 되도록 마시고 술에 취한 김에 서로 말을 트기로 했다. 희정은 젊은 사람들처럼 '오빠' 라고 부르기도 뭐하다며 중국 무협지에서 자주 듣는 '따거' 로 부르겠다고 했다. 경호는 '조희정' 을 '희' 라고 불렀다.

"오늘은 어째 혼자네."

경호가 자리를 차지하고 앉자 희정이 마주 보고 앉으며 눈을 크게 뜨는 시늉을 하였다.

"오늘 희랑 오붓이 데이트하려고."

"데이트 좋지, 마침 손님도 없는데 내가 한 잔 낼게."

"그래도 이 형님이 내야지. 먹다 남은 병 없어?"

"지난번 관리들과 바닥내고 갔잖아?"

"그럼 새 술은 새 부대에 담는다고 스카치 블루 한 병 따지."

"새 술은 새 부대라니?"

"그런 게 있어. 오늘 시간 낼 수 있어?아직 시간이 일러 그런데 곧 손님이 밀려 올 텐데."

"그거야 잠시 잠시 다녀오면 되지."

"결국 독점은 안 된다?"

"웬일이야? 투정을 다하고."

"오늘은 데이트하러 왔다고 했잖아."

"지금 데이트 중인데."

"엥, 이게 데이트야? 데이트는 손도 잡고 얼굴도 부비고 해야지."

"얼굴만 부비지 말고 키스도 해야지."

"키스? 좋지. 여기 같이 오는 친구들마다 나랑 희와 관계를 의심하거든. 어디까지 갔냐고?"

"그럼 부산까지 갔다고 해."

"부산?내일 고리 가는데 부산 같이 갈까?"

"정말?그러다 마누라한테 쫓겨 나려고?그런데 무슨 일 있었어, 오늘?"

"무슨 일은. 이렇게 마주 보고 앉아서 보니 우리 희가 너무 예뻐서 안아주고 싶어진다."

"그럼 안아줘. 나 임자 없는 몸인데 좀 안으면 어때?"

"그렇게 헤프게 말하니 매력 달아난다."

"그럼 어찌 하오리까?"

그녀는 눈을 찔끔하며 애교를 부렸다.

"됐어. 남들이 우리가 부산 넘어 태평양을 건넌지 아는데 한강도 안 건넜으니. 그냥 심심해서 농담해 본 거야.”

“심심한 것 같지는 않고, 따거 오늘 무슨 일이 있구나. 그래서 망가지고 싶지?”

“좀 그렇지. 어떻게 알았어?”

“난 여자야, 그것도 산전수전 다 겪은.”

“그런가? 내가 잘못한 것이 있어.”

“무슨 잘못?”

“유원에서 처음 만났을 때 슬쩍하는 건데.”

“아쉬워? 그 때 슬쩍했으면 그것으로 우리 사이는 끝. 그 후에 내가 연락하지 않았지.”

“그랬겠지. 그럼 나도 찾지 않았을 거고. 어쨌든 친구들이 희랑 나랑 사이를 보통으로 보지 않으니 억울할 때도 있지.”

“그렇게 억울해? 그럼 언제든지 프러포즈만 해. 나는 언제든지 환영이니까.”

“그럼 그것으로 끝이라면서?”

“지금은 상황이 바뀌었잖아? 어쩔지 모르겠네. 해 봐야 알 것 같다. 잠깐. 손님 왔다. 미스 김에게 접대하라고 하고 바로 올게.”

“알았어? 막 고개를 넘으려고 하는데.”

경호는 막 자리에 앉는 젊은 손님의 테이블로 가서 미소로 손님을 맞이하는 희정을 건너다보며 질투가 났다. 그는 위스키를 씹었다.

술상을 챙겨주고 그녀는 바로 경호의 테이블로 왔다.

“좀 질투 나던데.”

경호는 솔직히 말했다.

“무엇이? 아! 좋은 현상인데. 행복하다고 해야 할까? 정말 만리성 쌓아야겠네.”

“만리성? 내가 쓸데없는 소리했지. 희가 인격적으로 모욕을 느꼈다면 미안.”

“와, 좀 전에는 매력적이었는데 이젠 멋없다. 우리 사이에 뭐 그런 예의

차려. 어때 내 손 부드럽지."

그녀가 그의 손을 더듬었다.

경호는 그녀의 손을 두 손으로 마주 잡고 그녀를 빤히 쳐다봤다.

그의 앞에 앉아있는 여인이 퍽 낯설게 느껴졌다. 그런 생뚱한 감정이 그를 쓸쓸하게 했다.

"희, 너무 미인인데."

경호는 공허한 감탄사를 내뱉었다.

"박 부처장님, 오늘 무슨 일 있었지요?"

눈치 빠른 여자가 바로 남이 되어 남자의 공식 직함을 불렀다.

"아무 일도."

경호는 무척 친하다고 여기고 있던 여인으로부터 평범한 손님 대접을 받으며 가슴이 푹 꺼졌다.

'이럴 때 둘만의 갇힌 공간에 있었으면 남자가 여자를 가슴에 꼭 안고 가슴에 뚫린 구멍을 채울 수도 있을 텐데……'

"따거, 쓸쓸해 보인다."

화류계 생활 십년이 넘는 여자는 바로 남자의 기분을 알아챘다.

"따거가 너무 멀리 있는 것 같다. 이 탁자가 태평양보다 멀어 보인다. 이럴 때는 따거한테 꽉 안겨야 하는데."

경호는 남자의 마음을 귀신같이 알아내는 여자의 노련함에 정신이 아찔했다.

"그럼 한 번 안아줘."

경호가 힘없이 말했다.

"따거, 넘 힘없어 보인다. 따거로만 지내려고 했는데 이젠 따거의 자기 돼줘야겠다."

"지금까진 아니었어?"

"반반이었지. 우리 그만 나갈까?"

"장사는 어떻게 하고?"

"그거야 미스 김더러 보라고 하고. 따거 위로해 주는 것이 먼저인 것 같다.”

“됐어. 자기 맘 알았으니. 그냥 이렇게 술이나 마시자.”

“우리 술자리 룸으로 옮기자. 그리고 코가 삐뚤어지도록 마셔 볼까?”

“좋지. 한 시간만 마시자.”

“한 시간?”

“내일 새벽 6시 버스로 울산 가야 해. 그래야 강의시간에 맞춰 갈 수 있어.”

“에이 멋없다. 따거 그렇게 머리로만 살면 평생 연애 못한다. 내일 일은 내일 걱정하면 되지. 오늘은 그냥 여기서 마시고 이번 주말에 우리 산에나 갈까?”

“산에?”

“일요일 오전에 만나 같이 가자. 내가 차 가지고 집 앞으로 모시러 갈까?”

“내가 모셔야지. 그럼 10시?”

“그것은 너무 늦고 9시 어때?”

“그렇게 일찍?”

“좀 멀리 가려면 9시엔 떠나야지.”

“알았어. 내가 9시까지 장미 아파트 앞 상가로 차를 가지고 갈게. 갈 곳은 희가 정하고.”

“좋아. 벌써 10시 넘었어. 내일 새벽 6시 버스 타려면 일찍 집에 가야지.”

희정이 시계를 보며 직업적인 말투로 말했다.

“와 막 쫓아내네.”

경호는 그런 그녀의 태도가 섭섭했다.

“내가 따거 챙겨야지 누가 챙길 거야?”

그때 한 패의 손님이 문을 밀고 들어왔다.

“나 저기 봐주고 올게.”

“됐어. 나 간다. 일요일에 보자.”

경호는 비틀거리며 자리에서 일어섰다.

31
건설 공법 개선

1989년 10월.

이철준 부소장은 소장 부속실 여비서와 눈짓으로 소장의 재실을 확인하고 가볍게 노크를 하고 소장 집무실에 들어섰다.

팔짱을 낀 채 바다를 바라보고 있던 김보성 소장이 고개를 돌리고 눈으로 이철준을 맞으며 소파로 가서 앉았다.

"박연선 신부님께 인사를 드리고 왔습니다."

"수고했어. 미스 조, 녹차 두 잔 내와."

김 소장이 부소장이 그의 옆자리에 앉는 것을 보고 여비서에게 인터폰으로 차를 주문했다.

"박 신부가 원자력에 부정적이라는데 이야기는 해 봤어?"

김 소장이 먼저 물었다.

"제가 갔을 때 뜰에서 감을 따고 있었습니다."

"제대로 말도 못해 봤겠네."

"아닙니다. 같이 간 홍보부장이 박 신부와 구면인 데다가, 마침 감을 따는 것을 도와주던 신자가 우리 회사 직원 부인이었어요. 그 부인이 홍보부장을 거들어 저를 소개해 줘서 쉽게 대화를 틀 수가 있었습니다. 벤치에 앉아서 한 20분 이야기를 나누었어요. 추후 시간을 내서 더 이야기를 하기로 했어요. 박 신부는 하나님의 사도로서 인간이 하나님이 창조하신 지구를 훼손하는 것을 아주 싫어했어요. 우리 원자력뿐만 아니라 문명의 발달에 따른 환경파괴에 회의적이었어요. 우리가 문명사회를 영위하기 위하여 자연을 활용하는 것은 별 수 없다 치더라도, 그 영향을 최소화하여야 한다는 주장이 있었어요. 제가 듣기에는 문명은 인정하면서 자연파괴는 안 된다는 이율배반적인 주장인데 그렇다고 제 주장을 펴다가는 오히려 반발을 살 것 같아 오늘은 주로 신부님의 주장을 들었어요.”

“이상주의자군.”

“좋게 말해서 이상주의자고, 솔직히 현실 감각이 떨어지는 것 같았어요.”

“원자력을 반대한다고 들었는데.”

“네 잠시 원자력에 대한 이야기도 있었습니다. 원자폭탄을 언급하면서 원자탄은 인간의 오만에 대한 하나님의 심판 도구래요. 문명이 발달함에 따라 인간은 자연을 정복할 수 있다는, 하나님을 넘볼 수 있다는 자만심이 커가고 있으며, 대표적인 오만의 상징이 하나님이 창조한 핵을 깨는 무모한 도전을 시도하는 거래요. 바로 원자탄이라는 거예요. 그래서 몇 kg의 핵을 깬 죄과로 폭탄을 터뜨려 수백만 명을 살상할 수 있도록 하나님이 소돔과 고모라를 벌준 것 같이 벌을 주셨대요. 인간 스스로 하나님의 무서움을 알 수 있도록 벌을 내리신 거래요.”

“이론 비약이 심하군.”

“우리 원자력발전도 하나님이 창조한 우라늄이라는 원소를, 비록 인간 컨트롤하며 깨기는 하지만 하나님의 창조물을 인간이 깨는 것은 똑 같데요.”

“박 신부가 우라늄이 저절로 깨지는 것을 모르는 모양이지.”

“그래서 제가 우라늄 원소는 너무 무게가 무거워 자체적으로 불안정하여 스스로 깨져 안정된 원소로 바뀌고 있다는 말씀을 드렸어요. 그랬더니 우라늄이 스스로 붕괴하느냐고 반문하는 것을 보니 우라늄이 자연 붕괴하는 것을 모르고 계셨던 것 같아요.”

“신학교에서야 배울 리 없고 고등학교 때 물리 시간에 배웠겠지만 별관심이 없었겠지.”

"그래서 지상에 있는 우라늄이 45억년이 지나면 절반으로 줄어든다는 설명을 드렸더니 금방 반론을 펴는 거예요. 원자력발전을 할 때 우라늄은 얼마만에 반으로 주느냐고? 그래서 보통 원자력 11, 12호기에 약 70톤 정도의 우라늄이 들어가는데 1년에 약 1톤 정도 붕괴된다고 말했더니, 혼자 계산해 보고 35년이면 절반이 없어지네요, 하고 되묻는 거요. 그렇게 계산할 수 있다고 했더니 하나님이 우라늄을 45억년에 절반만큼 줄어들게 하는 것은 우주의 질서를 잡기 위한 섭리인데, 인간이 우라늄을 단시간 내에 파괴하는 것은 하나님이 설정한 우주의 질서를 파괴하는 행동이라는 겁니다."

"재미 있는 이론인데 석유를 쓰는 거나 석탄을 마구 캐서 쓰는 것도 하나님의 섭리를 깨는 것이라 하겠네."

"제가 모두에 말씀 드렸지만 원시 인간의 행동 외에 최신 문명 활동은 전부 하나님의 섭리, 하나님이 설정해 놓은 우주의 섭리를 깨는 것으로 치부해요."

"신부님은 영향력이 큰 분인데 박 신부가 원자력을 그런 이론으로 반대하면 설득할 길이 마땅히 없네. 우리 원자력 11, 12호기를 하는데, 표현이 그렇지만, 솔직히 걸림돌이 되겠구먼."

"어떻게든 설득하여 이해를 시켜 드려야지요. 그래서 시간되는 대로 원자력을 전공한 친구와 같이 가서 다시 자세히 설명할 겁니다."

"그래. 시간을 내서 설득을 해야지. 친원전은 어렵지만 대놓고 반대만 안 해도 크게 도움이 되겠지. 내가 나서야 하는데 이제 두 달, 연말이면 보직을 내놔야 하니 달라붙어 일하기가 그렇군. 이 부소장은 원자력 공채 1기로 우리 회사 들어왔지?"

"네, 이제 입사 20년이 좀 넘었습니다."

"나이로 보나 한창 일할 나이야. 금년으로 내가 회사 들어온 지 34년째 되었어. 참 세월은 빨라. 회사 생활 34년 중 그래도 원자력에서 일할 때가 제일 보람 있었어. 이 부소장은 지금 한참 일할 때야. 부디 지금 시작한 원자력 기술 자립을 이룩하여, 나도 그 한 축을 담당했었다는 자부심을 가지게 해 줘."

"네 열심히 하겠습니다."

"일전에 보고한 건설기술 선진화방안 추진은 잘 되고 있지?"

"네, 해외 문헌과 자료조사가 끝나고 본사와 일본과 불란서 현장을 방문하고 확인하고 있습니다."

"그래. 잘 해 봐. 이 부소장 건의대로 타 분야에서는 원자력 기술 자립이라는 기치를 내걸고 뛰고 있는데 우리 건설 파트만 이미 기술이 자립됐다고 옛 기술을 그대로 답습해서 쓰겠어?"

"그렇습니다. 우리 건설 파트야 최초 원자력발전소인 고리 1호기부터 건설에 참여하여 기술을 배워 원자력 3호기, 월성부터는 우리 기술로 건설을 할 수 있는 단계까지 왔으나 그 이후 획기적인 기술 발전이 없이 답보 상태였지요."

"답보라는 단어보다 기술을 익숙하게 하는 단계가 맞지."

김 소장은 젊은 부소장이 선택한 부적절한 단어를 고쳐줬다.

"원전 건설 부문은 이제 완전히 우리 기술이 되었으니 도약을 해야지. 우리 파트는 기술 자립 차원을 넘어 한 단계 도약단계로 가야지. 원자력은 우리나라 공사 중에 가장 큰 공사야. 옛 이야기지만 경부고속도로는 500억도 안 되는 돈으로 건설했어. 원자력 11, 12호기 건설비가 2조 7천억이야. 하루 이자가 10억 원. 거기다 하루 원자력을 돌리는 것과 비싼 기름 발전소를 돌리는 것의 연료비 차이가 10억 원이 넘어. 건설공기를 하루 단축하면 국가 경제에 20억 원의 이익이 돌아가는 거야. 일반인들이야 그런 사실을 모르겠지만. 공기 단축을 위하여 최우선 연구과제로 선택한 격납용기 건설기법 개선과 핵연료장전 기간 단축은 이 부소장같이 젊은 엘리트가 착안할 수 있는 아이디어지. 내가 계속 현직에 있다면 적극 지원하겠지만 나는 곧 은퇴할 거고, 이 부소장 그룹이 회사를 이끌 테니 꼭 성공해야지."

이철준은 격납건물을 건설할 때 라이너 플레이트를 일단만 올려놓고 콘크리트를 타설하던 공법을 지상에서 두 단을 용접하여 한꺼번에 설치하고 콘크리트 작업을 하여 공기를 단축하는 신공법을 김 소장에게 보고했고, 김 소장은 기술적으로 문제가 없는지 확인하라고 지시했었다.

"네, 그래서 국내외 원자력발전소 건설 기법뿐만 아니라 다른 공장, 항만, 도로 건설 기법들도 조사하고 있습니다. 격납용기 건립은 원자력발전소 건설의 보틀넥(병목, bottle neck) 공정이므로 열흘만 단축할 수 있어도 200억 원을 절감할 수가 있습니다."

"그래. 나 퇴직하기 전에 연구결과를 보고 받고 싶구먼."

"네 12월 초순까지는 보고 드리겠습니다."

"핵연료 장전 기간 단축문제는?"

"네, 그 문제는 시운전 때 이야기라 아직 3년 가량 시간의 여유가 있습니다만 우선 핵연료 장전요원의 훈련을 위한 모의模擬시설을 고리 원자력연수원에 건설하기로 본사와 협의했습니다."

"모의시설이라?"

"네. 원자로와 워터 풀(주 : water pool)을 모의로 건설하여 모의 핵연료를 이용하여 오퍼레이터 사전훈련을 시킬 예정입니다."

"그래, 그거 좋은 생각이야. 핵연료 장전 며칠 전에 오퍼레이터를 단기간 훈련을 시키고 핵연료를 장전하니 시간도 많이 걸리고, 혹시 실수라도 있을까 조마조마했는데 사전에 모의시설을 이용하여 충분히 훈련을 시키고 다시 장전 전에 발전소에서 마무리 훈련을 하는 것, 아주 좋은 방법이야."

"핵연료 취급기기 개선 연구도 전력연구원에서 착수하였습니다."

"정말 내가 처음 원자력에 발을 들여놓았을 때와 비교하면 격세지감이 있어. 화력발전소를 운전하다 원자력 요원으로 선발되어 와서 다 늦은 나이에 원자력 이론 공부부터 시작하여 자이온발전소(주 : 고리 1호기 시운전 요원이 훈련을 받던 미국 원자력발전소)에 시운전 훈련 가서 매주 시험 보던 때가 생각나는군. 그 때 30대 초반의 팔팔한 이 부소장 동기들이랑 같이 공부했어. 시험에 꼴등은 할 수 없고 짧은 영어 실력에 정말 죽을 둥 살 둥 공부했어. 얼마 전 원자력연구소로 간 문 박사가 왔던데 그 친구는 오퍼레이터 교육은 안 받았지. 아마 노심관리 교육을 받았을 거야. 거의 1년, 제일 긴 코스였을 거야."

"노심관리 코스 교육받고 귀국하여 가방 끈이 짧다며 국제원자력기구 장학금을 받고 미국에 가서 석사를 하고 왔지요. 그리곤 정말 가방 끈을 더 키우다고 박사를 하러 갔고. 박사 하러 갈 때 꽤 많은 돈을 물어냈어요."

"알지. 보증 섰던 정현태 전무가 난처해 하던 거 지금도 생각나는데. 문 박이 돈을 안 물어냈으면 정 전무가 대신 물어내야 했었지."

"문 박사 그렇게 흐릿한 사람 아니예요."

"내일 마을 대표들과 보상 문제로 10시에 만나기로 되어 있는데 제대 두 달 남겨놓고 씨름하기가 싫은데."

"그럼 제가 대신 만날까요?"

"그랬으면 좋지만 부책임자가 나온다고 불만일 거야. 내가 만나지. 전두환 시절엔 꼼짝도 못했는데, 노태우 대통령 들어서니 물태우라서인지 민원이 봇물이야. 이제 좋은 시절 다 간 것 같아."

"다 우리가 지은 원죄 때문입니다. 대처해 가야지요."

"그래. 그 동안 원자력은 온실 속에 있었지. 정부의 과보호 아래. 내일 아침 8시 반에 내 방에서 대책회의를 하도록 준비 좀 해줘. 어떻게 가을이 깊어서인지, 퇴직이 임박해서인지 좀 쓸쓸한데 저녁에 소주나 한 잔 할까?"

"그러시지요. 부장들 다 나오라고 할까요?"

"아니. 총무부장만 가자고 하지."

"그럼 준비하겠습니다."

이철준은 패기만만했던 김보성 소장의 축 처진 어깨에서 흘러가는 세월을 보며 착 가라앉은 기분으로 소장의 방을 나섰다.

〈제2권에 계속〉

남북한의 핵개발 이야기

야누스의 불꽃 ❶

지은이 / 양창국
펴낸이 / 김정희
펴낸곳 / **지구문학**

110-122, 서울시 종로구 종로2가 39 뉴파고다빌딩 215호
전화 / (02)764-9679
팩스 / (02)764-7082

등록 / 제1-A2301호(1998. 3. 19)

초판발행일 / 2010년 5월 15일

ⓒ 2010 양창국 Printed in KOREA

값 13,000원

E-mail/jigumunhak@hanmail.net

※잘못된 책은 바꿔드립니다.
※저자와의 협약으로 인지는 생략합니다.

ISBN 978-89-89240-33-4 03810
ISBN 978-89-89240-32-7(전3권)